新丝路文库

一条不容低估的文学带

记号

〔马其顿〕布拉热·米内夫斯基 著

王琳淳 译

Нишан

Блаже Миневски

新丝路文库

编委会

(按姓氏笔画排列)

冯植生　　张晓强　　林洪亮　　高　兴
曹德明　　蔡伟良　　薛庆国　　穆宏燕

致玛丽亚与泰雷扎,
我唯一的希望与安慰

我在你身上留了记号,德丝碧娜,
永远不要忘记我
三年过去了,
你却忘记了我……

——马其顿民谣

一

太阳践踏着残败的堡垒，我的狙击步枪指向河的另一边，在那里我看见了她；她也直直地看着我；在我发现她之前，我早已入她眼帘。生杀大权曾执之她手，我想，在面前如浑水般丛生的青草间，我喘息；我的心在迷彩服下漏跳了一拍，仿佛一只蚂蚱在作祟。我在瞄准镜中看见了她，清晰得像毕业舞会的照片；她也在看着我。她有一只蓝色的大眼睛，就像堡垒上方的晴空；我甚至看见她眼角那一层薄薄的水光，看来她已经一眨不眨地凝视我许久。我瞄准时，会闭上左眼；她却睁着左眼，即使那只眼看不见我，因为她与我相距甚远。我看见她金色的头发，倾泻在樱草丛中，一望无际。我不知它何去何从，也不知它始于何方：

——我在樱草丛中发现你之前，你早可以置我于死地，我说，樱草丛，我对你说，你眨了眨眼，像在确认我的话，像在读我的唇。我看见你的手指扣紧了扳机，我说，你的手指，我对你说，就像现在我也扣紧了扳机；我清楚你定能射中我，就像我也能轻易击中你。我知道你能看见我，好像近在咫尺，太阳在残败的堡垒上空闪烁，难以置信。时间在我们眼中划过，好像不属于这个时空，好像属于过去，我说，过去，我对你说，你甚至撇撇嘴笑了笑，直勾勾地看透我吐出的长长的字眼。我柔声说，当然，也许我只是张了张嘴，看见你左边的嘴角微微颤抖，好像你听见了，好像你为我难过：我要叫你朵兰缇娜，我说，当你透过瞄准镜看着我，能透过我的唇读出你的名。你的发丝间尽是黄色的花瓣，好像樱草是从你身体里长出来的，簇拥着你，就连空气里也开着花，在我看来是这样的；我要叫你朵兰缇娜，我稍稍大声地重复，一字一字地重复，你又笑了，左眼眨了眨，这说明你同意，我说，你同意，我对你说。直到此刻我才听见我下方淌过潺潺的流水，还有从堡垒那儿流出的溪水经过你的身旁，在我们中间下方汇聚一处。听着那潺潺的水声，突然，我好像坠入梦乡，变成一个故事，诉说着自己，因为人生，我说，人生，我对你说，就是人口中的故事。

　　一个故事，我说，一个故事，我对你说，我看见你在聆听，通过阅读我的双唇，你又那般笑了，手指却仍在扳机旁，以防万一：时光飞逝，朵兰缇娜，我说，时光，我对你说，然而什么都没有变。如果我顺流而下来见你，你的人会抓住我；如果你顺流而下来见我，我的人会抓住你，我说，你眨了眨左眼，这说明你同意。你已经知晓一切，朵兰缇娜，当我们下方的河水奔涌不息，就是那条河，曾将她带走，不留痕迹。当我转身，只见她的帽子在浪尖跳跃，咯咯娇笑。帽子在咯咯地笑，而河水奔涌不息，与此刻无异。

　　看着你左边的嘴角笑得悲伤，我想提议我们等一个晚上，然后一起下到河里，我说，河里，我对你说，但我突然感觉靴子被人狠狠踢了一脚，我说，靴子，我对你说，趴在我旁边的人，就在这蓟丛后咒骂着，朵兰缇娜，现在你看见了，我说，看，我对你说，不需要任何动作，只需用左眼的眼角，我瞥了一眼望远镜和热头鹰的歪鼻子。

　　"你还等什么？"他问，"开枪！"

二

  我叫你朵兰缇娜，我说，你眨了眨左眼；显然你喜欢这个名字。我知道你会喜欢。那位艾奥瓦国际作家研习班的创意写作教授史蒂夫·利普托夫总是心怀憧憬地说起朵兰缇娜的传说，认为这是他这辈子听过最美的故事，彰显了跨越生死的爱的力量。这就是为什么他固执地，甚至近乎令人厌烦地，要求我们的同学，来自克鲁亚①的诗人法托斯·德德尔利，不要写新诗，而是改写朵兰缇娜的传说。你知道她有九个兄弟，个个都是勇悍之士。当她到了谈婚论嫁的年龄，在相隔九片坟地、九座大山的千里之外，有个富人爱慕追求她。她的八个兄弟和她的母亲都不同意她远嫁他乡，但是她最小的兄弟康斯坦丁却同意了，并向他们的母亲保证说，只要她愿意，无论何时，他都会穿过九座坟地、翻过九座大山，把她女儿带回家让她看看，我说，让她抱抱，我对你说，我看见你的眼轻颤，暖风爬上你的玉颈，我心中的河。年复一年，你知道，诅咒降临到他们身上，不知是黑死病还是黄热病，故事里并没有说起，只说到，一个接一个，所有的兄弟都死了，母亲也双目尽盲，但仍孜孜不倦为她的康斯坦丁祷告，要他恪守承诺，把

---

① 阿尔巴尼亚中部城市。——译注

朵兰缇娜带回家，好让她抱抱她，轻抚她。这位老母亲用眼泪和着经文祷告多日，却依然不见康斯坦丁的踪影。

终于有一天，那最小的儿子听见了母亲的请求，从坟墓中起身，棺材也化成了一匹骏马。他跨上骏马，我说，骏马，我对你说，从坟地的这一头，踏上带她回家的旅程。翻过九座大山，他在樱草的海洋里找到了孤身一人的她，金色的头发洒落在草丛中，好像金色的披肩。他在她面前勒马，让她坐在身后，便又起程重新穿过那些坟地回到家乡，我说，在我的记忆中，我对你说，我看见一颗天一般蓝的泪珠从你眼中滚落，掉在樱草上。他们到达村子的入口时，一个老人看见他们站在萧瑟的山头，不敢相信自己的眼睛：

"那是一匹骏马，一匹骏马上坐着一个活人一个死人。"他惊诧，咀嚼着嘴中的一阵狂风。

他杵在那儿，在风中目瞪口呆，而康斯坦丁和朵兰缇娜已进了庭院，下了骏马。在门廊前，他轻抚她的头发，我说，又或许是叫她自己先上去，他先把马儿绑在屋后再与她们相聚。朵兰缇娜走上楼梯，没有看见他匆匆出了村口，急着赶回他空空的墓穴。我说，墓穴，我对你说，但是突然，诗人法托斯·德德尔利的影子仿佛踏入了这片蓟丛，他柔软的声音细碎地爆裂，而史蒂夫·利普托夫教授焦急地搓着双手，等待着故事的尾声。于是，如他所愿——随着朵兰缇娜到了楼上，故事继续铺展。当她踏进房门，德德尔利在艾奥瓦作家研习班上读着，她看见她的母亲坐在窗边，浑然不觉母亲双目尽盲：

"是谁？"老妇人问。

"朵兰缇娜。"女孩说，跪了下来。

"别骗我；也许你是黑死病，将我的儿子们从我身边夺走，现在你终于来找我了?"

"是朵兰缇娜,母亲;你的女儿。"她说着将头枕在老妇人的腿上。她金色的头发洒落地面;像金色的春天填满了整个房间。

"谁带你来的?"她母亲问。

"康斯坦丁。"她回答。

"康斯坦丁……早就死了。"老妇人颤抖着沉默,轻抚她女儿的蝽首,直到她变成一片雪花融化在朵兰缇娜的缕缕柔丝之间。

就在这一瞬间,我们都开始向手心呵气,好像冰屑嵌入了我们的指甲。史蒂夫·利普托夫教授显然很满意法托斯·德德尔利的最新版本,否则他不是在赶鼻尖苍蝇般摆手,就是在朝垃圾桶扔粉笔了。故事听完,他心潮澎湃。当然,我也一样。这就是为什么我要叫你朵兰缇娜,我说。这就是为什么,我对你说。现在,当我这般看着你,比实际距离近了八倍,我想没有任何一个名字可以成为你;只有那最美的名字,只有那永恒的名字才配得上你,因为留在传奇中的名字永不会逝去。若不是德德尔利,我也不会知道世上竟有这么美妙的名字。若不是此时此刻亲眼目睹,我也无法想象出这么美妙的情景,因为法托斯厌恶冗长的描述和句子;他比我早三个月离开艾奥瓦,后来我回到家,听说他已葬身萨兰达镇反对党的叛变中。不过再后来,我又听说他还活着,只不过不幸断了左臂。我不知何为真相,朵兰缇娜;我只知道自己无数次梦见你那头金发,就像他诗中那般,我说,诗,我对你说,就像易碎的玻璃杯那般通透,在玻璃杯上贴着光滑的嘴唇,连一丝唇纹也没有,红得像西瓜覆着露水的红心;一个左边嘴角有小小记号的仙女。就是此刻我眼中的你,朵兰缇娜。

如果热头鹰上尉知道我在看着你,找到了你,你已经在我视野里,我却没有开枪,他一定会将我正法,就在窗边的祭坛之后。他会用我飞溅的血花画一朵蒲公英，在迫击炮的石壁上，在古老拜占庭的遗迹中。然后，他会用左脚踏着我的尸体，叫奥托·叽叽端起他的喇叭哀鸣两下以慰亡灵。然而现在，他正在为回声·响嘴的死怒火中烧，他是我们组织中最资深的志愿者，也算是他的副手。今天早上我来这之前他就死了；当时他在坟地墙壁后面拉屎，原谅我粗鄙的语言①，却不知道篱笆这一端向下倾斜，因此从河对岸的堡垒可以清晰地瞄准他进行射击。他就待在那里，手里还拿着我刚给他的文件；他手拿那份文件，好像什么都没有发生，好像还在津津有味地品读。直到他们把他拉出来的时候，才发现他的嘴被射穿了。当时，我正从教堂里出来。刚关上门，热头鹰上尉头往坟地点了点，在我之前跳进了壕沟，矮下身子，踢了踢几个土堆，便急急忙忙、忽前忽侧地做着假动作，肩膀擦着壕沟龟裂的土壁。我们脚步匆匆，他也不解释我们这么急着去哪儿，干什么；他只是不停低声诅咒，唾骂着蚂蚁，直到他微微侧头，告诉我必须要自己完成任务。我们到这之后，便在蓟丛后匍匐了下来，这你已经知道了，直到那时热头鹰才说我的任务是杀死那个百步穿杨的狙击手，他在三天里杀了我们十个人，包括回声·响嘴。

"不是你死就是他亡。"他说，然后匍匐回壕沟之后便跑向某处，也许是教堂，我不知道。

现在，我还能对你说什么呢，朵兰缇娜；当我在樱草中发现你，便是找到了我的生命；我说我的生命，而非死亡，虽然听上去有点愚蠢。我想说的是，在我被带到这儿，这个战区之前，我已在谷底。那是一场可怕的悲剧，彻底毁了我的职业和人生，如果那也算人生。我的第一本也是唯一一本小说，是我刚从艾奥瓦回来便出版的，我说，一本小说，我对你说，

---

① 字面意思为"原谅我的法语"。——译注

被人竞相追捧并立刻在所有邻国出了译本，但它突然间幻灭，坠入了深渊，与我一起消失，朵兰缇娜。剩下的只有那暗红色的字母组成了我的名。以后，如果我有时间，如果你就是时间，我就告诉你发生了什么事，信任是如何将我击溃。我可以看见你的微笑，看见你读我的双唇，明白了我的意思。我看见樱草丛中你火力强大的狙击步枪；它闪着微光，躺在你白净的手中；它平静地靠着你的前臂休憩，温柔修长，好似剑兰。但我知道一旦它的激光瞄准镜的红点落到目标的头上，就像额头上的记号，那一切就都结束了，就算那受害者离你足足一英里远，当然，他全然不知自己其实就像年鉴中的一张照片般端坐在你的面前。你的瞄准镜很强大，朵兰缇娜。我看见了，我说，我看见了，我对你说，而且我也明了。我确定这是黑克勒-科赫 PSG-1，完美无瑕的杀人机器；你只需轻轻一扣扳机，那子弹自然知道该怎么做。而你没有扣动扳机……直到现在也不曾扣动，甚至连一点扣动的迹象也没有……为什么，朵兰缇娜，你在等什么？我问，让我暂且睁开尽落你眼中的我的左眼，如你所见；我睁开了眼，而你的眼却眨了几下，吐出一声叹息，落入了樱草丛中：那黄色的花瓣好似站在雨中般颤抖，好像蝴蝶兴奋地翻飞。在你身后，堡垒的左边，就在先行者圣乔治破败教堂的正上方，傲立着清真寺的尖塔。此刻我正侧耳倾听，你也是，听那领拜人跪在长廊中，召唤所有人参加祷告，除了那些仍在战壕里的。领拜人，我说，领拜人，我对你说，或许只是个喇叭而已。今天是周五，现在是中午，也许吧。我想很快那些不在战壕里的人就要鱼贯入寺；他们会在那面有拱形凹门的墙壁前排好队，每个人都要面朝这面墙，因为这是确保他们面朝麦加城的唯一途径，然后开始摊开手掌喃喃低语，大拇指要触摸耳朵。他们会轻声细语"真主至大"，如果我没弄错的话，他们的祷告词都是背出来的，我说，然后他们便会鞠躬。神是最伟大的，但人生就是我们所拥有的一切，失去它对任何人来说都是最大的损失。当然，除了我。

艾奥瓦国际作家研习班的史蒂夫·利普托夫教授要我们研究一切宗教，好写出以天堂和地狱为背景的短篇小说。我承认，此时此地，我真心喜爱你的天堂，而你也明了那是一片由数不尽的河流所浇灌的花园，也许就像我们从这儿就能看见的景色，只需向谷底稍稍眺望即可入目。但我们不能，因为我们不能不瞄准，即使你我的溪水最终汇入同一条河流，朵兰缇娜，我们身畔簇拥着甘美的果实与鲜花，就像天堂。这是否就是那些人梦中的天堂，那些愉快得被我们的狙击枪、战斗机以及火炮送上西天的大胡子？在天堂中，树荫下，人们喝着在这世上禁止的葡萄酒：不醉人酒。帅气的小伙子为他们端上酒杯，那目如点漆的魅惑处子则负责满足他们要求的一切欢愉，我说，欢愉，我对你说，我能看见你在微笑，你的发丝在肩头扑闪，像一丝狡猾的风在你紧致的身体游荡。

我再次睁开了我的左眼，我说，眼，我对你说，就在这一秒，我若用这只眼睛看你，就能看见你离我有多远，我若用另一只眼睛看你，就能看见你离我有多近。我很快闭上了这只眼睛，那遥远的距离令人恐惧，而现在我又见到你躺在樱草丛中，手中的狙击步枪枪口朝着我的方向。是的，朵兰缇娜，这是最新的黑克勒，毫无疑问，黑克勒，我对你说！它的每一个细节我都熟稔于心；我还在上小学的时候，就已经着迷此道，收集了所有报纸和武器杂志上有关枪支的一切信息，我如此疯魔，甚至成为了"方阵"射击俱乐部的成员。我能用狙击步枪在靶子上刻花。我记得，只要一把意大利贝雷塔在手，我便能仅用六颗子弹在六百米之外刻出一朵小小的樱草花。在那儿，闻得到樱草的芳馨。让人目不转睛。透过我的瞄准镜，我仔细端详，屏住呼吸。热头鹰，我的指挥官，也有这个能力；他是小口径步枪的无冕之王。是的，黑克勒，朵兰缇娜，黑克勒！和我的黑箭的瞄准镜不同，我看见放大了八倍的你，你却看见了十倍的我。你可以直接戳到我的眼睛；你可以看见我三天没有剃过胡须；你可以看见我的鼻子肿得像个番茄，不是蚊子就是蜘蛛咬的，无关紧要；你可以看见我双眉间的记号，我说，记号，我对你说，这疤痕就是那时候留下的，当时全世界只剩下我一人，因此我想要印上记号，好得到惩罚，追上天堂中我所爱的人。我并没有成功加入他们进入天堂，却发现天堂的存在只不过是为了让人理解这人世。

你为什么不开枪，朵兰缇娜？快在热头鹰来之前开枪；我不想让他看见我窘迫的样子。你有一切权利这么做；在我还没看见你之前你就可以杀了我。你让我看见了你，这就已经足够。我确定没有任何一个狙击手会让这种情况发生；包括我自己，朵兰缇娜，相信我，我说，相信我，我对你说，草叶在我的眼前行军，在我一呼一吸间排好了队，梳妆整齐，像执行死刑的射击队般站得笔挺：他们在等待着，一声令下，我的胸腔就要承受钻心的痛，我的眼前就会垂下红色的幕布。就连这些青草也在等着我窘迫的鲜血滴落，朵兰缇娜。

然而，在我过来之前，我就在钟塔里。我们的指挥官，热头鹰，你一定见过他，我在棉蓟后面找好位置的时候，还以为你们的主狙击手正藏在清真寺中。我当时还徒劳地盯着桥看会不会有人出现，是他把我从战壕里拉起来，带着我去钟塔，瞄准清真寺。那个下午，我看见一个光秃秃的屁股，像个南瓜似的，还有一根眉毛从长廊中向外窥视，但我没打中：子弹飞得高了，嵌入了尖塔的墙壁。后来，今天早上，就在回声·响嘴被射杀之后，你们那儿的一个人，我们的间谍，告诉我们堡垒下有一条通道；他告诉我们你就是从这条通道出来，来到樱草遍布的山脊，从那儿你可以看见教堂周围的一切。这就是为什么我在这里，朵兰缇娜，我说，这就是为什么，我对你说，来看你是如何缓缓弯曲手指扣上扳机。现在我明白热头鹰是对的。"你的下一个错误会让你付出生命的代价。"这是他在来时路上说的。他选了这棉蓟后面的位置，告诉我在这儿没有人可以避开狙击手的视线。"你等着，他一定会出现。"说完他就走了。

而我究竟是要等谁出现呢，朵兰缇娜，既然我早已踏入你的视野？大错已铸，我说，错误，我对你说，突然之间，史蒂夫·利普托夫教授猛然扎进我的脑海：

"在这宇宙中，他曾说，在这宇宙中，他对我说，没有错误；错误只存于我们眼中。"这是他评讲我的第一本也是唯一一本小说时加上的评语，那是我在美国艾奥瓦州艾奥瓦市，在他的指导下开始写的。现在我明白他当时引用了验光师本尼迪克·范德布鲁赫，就算他从来不说哪些是他的哪些是别人的，所以大部分时间我都以为他说的话是他自己当下独创的。

"如果没有我们错误便不存在，那没有错误我们也就不存在了，"他会说，在阶梯教室的底部徘徊，"每个错误都会酿出一个新的错误。这就是为什么你们应该犯错，正在犯错时也不应害怕。"然后，利普托夫会咧嘴傻傻一笑，把一支粉笔扔进垃圾桶。现在，试想，朵兰缇娜：史蒂夫·利普托夫教授和热头鹰上尉，就算他们根本不知对方的存在，却与错误在宇宙中的本质达成了共识！我称之为寰宇错误观。打个比方，对热头鹰来说，人生就是永无止境地改正错误。"人生，"他说，在战壕里走在我前面，"这，当然也包括你的，所谓的将军，"他说，"之所以存在就是因为死亡。这就是宇宙的错误，没有任何改正的可能。生命是死亡的一部分，死亡却不是生命的一部分。知道这一点，你就会活得轻松一点。顺带一提，有没有任何人尚未出生便已经活着？没有。有没有任何人尚未活过便已经死了？"他问。"没有，该死，没有一个人。生命是尾巴；死亡是嘴巴。一切循环往复。所有的生命就像狂风与微风般交织。"他说,在战壕的尽头停住。"这儿,就在这蓟花后面,"他说,"你等着你的记号。他们的堡垒下面有一条通道。"他说完了,像一阵狂风,或者微风,管他的,猛然扎进壕沟往营地去了。去了教堂,也许。当然,这蓟花则留在我的眼前,奇怪地看着我的蠢样,毫无疑问,因为我还真躲在它后面,相信没人看得见我。

这都不重要,重要的是你在这儿,朵兰缇娜;我可以透过我黑箭的瞄准镜看见你脸颊上的胎记;我可以看见你左眼睑的睫毛,你嘴角的微笑,红润甘美,有小小的水珠闪着光,像西瓜切开后渗出的红露。看着放大了的你,我想你就是那**拥有惊人智力、独特魅力、自由灵魂的生物**,来自库库塔的豪尔赫·胡里奥·加布里埃尔·埃伯特会这么形容你,他是我在艾奥瓦市的写作班上的同学。你身畔的榛树随风颤抖,或者是因为太过激动吧。我看见你左手戴着做工精细的戒指,我看见你卡其衬衫领口解开的扣子,颜色相较绿色更偏向黄色,我说,衬衫,我对你说,我还看见你莹白酥胸的一小部分压在樱草上,还有一只小小的蝴蝶飞扑而下,采集着它们缝隙间的薄雾;在那儿我看见从你衬衫上荡下的小小链条,也许挂着刻着你身份号码的牌子,和我的一样。你的衬衫渐渐隐入樱草,而我的从某种程度上也模仿着这棉蓟,还有它周围干涸的泥土。也许正因如此,朵兰缇娜,也许是因为你的头发和衬衫,和你周遭的环境一样,我说,头发,我对你说,因为樱草掩映着你的脸庞,所以我才没有第一时间看见你,找到你。当我找到你的时候,你早看见了我。然而现在,当我再次看向你,我仍然分不清那是你细长的玉颈还是花的茎干,那是你的手还是花瓣,我说,手:你和它们如此相似,却又截然不同;只有熟谙此道之人才能在樱草中找到你。如果我没有弄错,你已在这儿守了好几天;你在等我出现,终于,我来了:你的等待结束了。你的视线已经俘获了我,朵兰缇娜,我说,你已俘获了我，我对你说：你只需扣动扳机。据我对你的手与眼的观察，我可以肯定你是狙击专家，无论何时都冷血而耐心。你可能是左岸最好的狙击手。然而你却如此美丽，朵兰缇娜；你如此美丽，法托斯·德德尔利也会觉得难以言表，因为你让陈词滥调无地自容！我愿穿过所有坟地，只为抚摸你的秀发，但是我知道，一旦我顺流而下，溪流，朵兰缇娜，就算不是你，你的人也一定会欢快地杀了我，你的处境也一样，相信我：如果你顺流而下，同一条溪流，我说，溪流，我对你说，你也同样会被我的人杀死。我可以看见那小小蝴蝶飞落你身旁的樱草丛中；是的，那只蝴蝶，朵兰缇娜，那只小蝴蝶，我对你说。就在那儿，你的面前；那儿，你的瞄准镜前！我愿它能飞向我，对我柔声细语；说些温柔而恬静的话；说些让我铭记一生的话。我所卧之处，在这干涸的小丘，连一只大黄蜂都不见影踪，更别说蝴蝶了。我能给你什么呢，朵兰缇娜？我知道头不能动，所以没法给你看我左侧口袋里的记事本；在那，朵兰缇娜，我的左侧口袋，我带着爱，我说，爱·白色黎明，我对你说，那是尤里·安德烈耶维奇·斯特雷尔尼科夫的第二任妻子的名字。在这儿，在记事本里，她说："如果有什么可以代替爱，那它就能成为记忆。"那儿，我的这位爱·白色黎明，我放在左侧口袋随身携带，在我心旁，我说，我的心，我对你说，我眼中那小小蝴蝶的记忆，我要交给你；记忆，朵兰缇娜，我说，记忆，我对你说，突然之间和你一起，我心中的河，好似是被一阵狂风也不知是微风卷起，我飞回了艾奥瓦。回到了艾奥瓦！

三

　　我拄着雨的拐杖来到了艾奥瓦；学院的小路落水狗般雾气蒸腾。我拿了国际创意写作学校的奖学金。我将在之后的九个月中在这儿学习如何写小说。史蒂夫·利普托夫教授，一位早已忘记自己斯拉夫身份的中年作家，从一开始就声明天赋是一种惩罚，接着便寥寥数语地解释给我们听，在一五五三年的日内瓦，科学家塞尔维特被绑在木桩上活活烧死，罪名是写了一本关于医学发现的书；在一六〇〇年，布鲁诺在罗马被烧死，因为他写了《论无限、宇宙与众世界》；十九年之后，他的学生万尼尼也一丝不落地化为一缕浓烟，全因他的书《论自然的奥秘》；不久之后，这一命运也降临在托马斯·拉奇埃尔的身上，因为他写的《人体的历史》，之后还有更多人前赴后继。

　　"如果你想要成为一个作家，"利普托夫说，"你必须要记住你的读者也许不能，或者不需要，理解你，但是如果他不喜欢你写的东西，他永远有权烧死你。当然，他不需要木桩；他本身就是木桩。在那化为灰烬的心脏里，没有一缕慰藉的烟升起。问题的核心在于，即使你仍活着，你也已不复存在。我希望你们能够学会，实际上，我想教会你们这个世界不会因为虚构的故事而改变，更不会因为真实的故事而改变。其实，好作家只要把自己的小说写真了就够了。与此同时，每一个真正的事实总能引出两种虚构的事实。小说不是现实，现实也不是小说；读者不会相信一个真实的故事，只会相信令人信服的故事。新文学的未来就在于将虚构的事实变成真的事实。"史蒂夫·利普托夫在第一节课上告诉我们。"这就是为什么文学与记忆有关，回忆，而非灵感；这就是为什么人们总会思念被遗忘的一切。"他补充道。他拍了拍手，转过身，绕着他的桌子走了几步，就在那里，我发现他是一个心地善良的人：他的双腿走起路来果断而锐利，但他那垂下的两瓣臀却像高中管弦乐队中的铙钹般颤抖。

"作家不需要说明，"他继续，"他不应解释人生的真相；他只能描述它们，尽量赋予它们生命。其他人也说过这样的话，而我也要这么对你们说，事实就是如此。现实是狂想；狂想是现实。就到这里了，引用完毕，去！"他扇走了鼻尖上的苍蝇，踮着脚尖，身子弹了两下，便往门口走去，特别气势汹汹，都快赶上竞走运动员了。他的臀部像两只铜钹般聒噪。

"你们这儿何为现实，何为狂想？"第二排的一个人问道。我转身发现是豪尔赫·胡里奥·加布里埃尔·埃伯特。

"在我们库库塔。"他说。"库库塔南部。"他补充，整理着他那些鹦鹉般绚烂的纸张，把它们塞进文件夹。"真相对我们来说不是问题，朋友；现实对我们也不是问题。没有人，"他说，"没有人，朋友，"他对我们说，"相信我们写的东西曾真的发生过……！"

"他们也不相信我们。"我说着转向他。

"我们的现实就是令人难以置信的真相！"埃伯特在他俗气的衬衫中挺直了身板。鸟一般的手臂支撑着他，让他看上去就像他短篇小说里的鹦鹉，在那个故事中有个散发着苦杏仁气味的医生，人称孩子他爸唐·必诺。他的头发只有头顶那部分十分蓬松，好像从一锅汤里冒出来似的。

短短五分钟之后，顺着通往学院宿舍的小道走，宿舍上刻着它恰如其分的名字**五月花**，那位激动的豪尔赫·胡里奥，埃伯特兄弟，已经在咯咯笑着讲述一个关于塞西莉亚·冈萨雷斯·皮萨诺的故事，她是一位拥有**惊人智力、独特魅力、自由灵魂**的女孩，她与她的贵族阿姨一起住在一座殖民豪宅里，耸立在向日葵的海洋中，就在他的学会对面。接着他滔滔不绝地讲述莱蒂西亚·卡布雷拉·苏克雷，一位有着可可肤色的阿比西尼亚①女子，在床上放荡不羁，她的高潮狂放而猛烈，让爱的天性像澎湃汹涌的河水般决堤。她住在一处坟地旁的小木屋里，所有的邻居都抱怨她像个欢愉的荡妇般打扰亡灵。有位盗墓者让他们镇静了下来，因为他告诉他们有一天，他会让她咬着枕头的！有一天，她真咬了。

"现在，若这一切都是真实的，何为狂想，何为现实？"埃伯特困惑地问，而我和法托斯·德德尔利只能耸耸肩，不知该说些什么来安慰他。我们的脑海中充斥着莱蒂西亚·卡布雷拉·苏克雷。之后的两天我一直臆想着那坟地和那欢愉的荡妇。

在那里，朵兰缇娜，如你所见，你也一定看见了，艾奥瓦的回忆在这一秒让我睁开了左眼，却闭上了右眼，这就是为什么你突然消失了，你已离开了我的视线。你又回来了，但是你左边的嘴角已不再挂着微笑。你一直圆睁的左眼此刻却瑟缩，眯缝了起来。一定是出了事，我对我自己说，停止了呼吸，右眼压回瞄准镜，我看见一个长着大胡子的男人在你身后。太阳在他的背后，我说，他的背后，我对你说，他的黑影落在樱草上，在它们身上盖上黑色的棺罩。他蹲伏着，双腿分开，那干瘪枯瘦而阴魂不散的榛树的树枝，只遮蔽了他身体的一小部分，这阴影犬牙交错，犹如疯狗；

---

① 埃塞俄比亚的前身。——译注

他摇着头,手不停比画。他一定在说什么,因为他的胡子如叶子般颤抖,好像随时会剥落一般。他的手指向清真寺,然后转了过来,直直地指向我,对准了这小丘上的棉蓟。我想他看不见我,我说,我想,我对你说,实际上他只靠眼睛是看不见我的,因为从这儿到河对岸隔着至少六百米的空气。躲在蓟花后面,我闭着嘴看见那个男人少了一条胳膊;他少了左臂:那黑色的袖管从他的肩膀处无力地垂下,只是在空中摆动。他的衬衫口袋和贝雷帽上绣着某种红色的徽章。我可以清楚地看见他正怒火冲天:我可以看见他的眼球从眼窝中跳出来,好像被捕蝇器抓住的虫子。他的胡子是如此厚重,你只能从两个洞中看见他的眼睛。我看不见他的嘴;不知道他在说什么。他正在为什么事对她发脾气:也许他在问她为什么还没杀了我,也许他在告诉她他们尖塔上的那位秃顶狙击手今天早上受了重创。她知道是我射伤了他;我已经告诉了她,不过我只说了我没能射中他:我以为没射中。据我所见,朵兰缇娜,保持着冷静;她的脸一动不动,唯一不见了的是她左边嘴角的笑意。那大胡子还在用唯一一条胳膊扑腾着,指着河对岸,河的右岸;他打着手势向朵兰缇娜弯下身子;好像随时会倒在她身上一样,扑在她身上闷死她。我的黑箭口径十二点七毫米,配了上好的消火帽和消音器,所以此刻,他朝着她探身,我对自己说,在她的脑海中吼叫,我可以只用一颗子弹,让他的血肉溅满榛树,或者将他钉在堡垒的外墙上。实际上,我想,我可以只用一颗子弹射杀他俩;从朵兰缇娜脑袋中穿过的子弹可以直接打中他的心脏。我知道我做得到;我甚至可以在他的胸膛上刻出一朵樱草花,如果我愿意;只不过多用几颗子弹罢了。但是,不,我对自己说,没门:他不值得被染着朵兰缇娜高贵鲜血的子弹杀死;他,站在原地向前倾身的他,不值得我浪费一颗子弹,即使我感觉到我扣着扳机的手指在颤抖,看着他的胡子在他的喉咙那儿抽搐,眼神在她全身上下游走,让他看上去好像是在点头。我让手指冷静下来，镇定而松弛：他不值得被沾着她气味的子弹杀死，我对自己说。

保持安静，朵兰缇娜，我说，保持安静，我对她说。他不知道你能看见我；如果他知道的话，早将你就地正法，就像热头鹰会杀了我一样，近距离平射，相信我；直接一枪爆头，眼睛都不眨一下。或者他会割断你的喉咙，朵兰缇娜，干净利索。我想他应该更想割断你的喉咙，好感受你温热的身体在他手中颤抖；你的血倾洒在樱草花上，将它们染成红色的罂粟，纪念被屠杀的春天。那些长胡子的人享受屠杀的乐趣。他会像宰小羊那般割下你的头。他们有特制的刀，双层刀刃，削铁如泥；他们抓着你额头上的头发，将你的头往后拉，让你整个颈部直到下巴都暴露出来，弯成弓一般的形状，接着便是一划，一切就都结束了。我在电视上见过他们割断那些绑住的囚犯的喉咙；首先让他微笑着朝亲戚招手；然后就在电视上播放这个录像，与此同时，在另一卷仅供内部使用的录像带上，录下他们从背后抓着囚犯们的头发，割开喉咙。受害者只听到咯呲一声，就像我那位来自《昨日岛》的朋友吉巴蒂斯塔·博诺尼说的："**咯呲。**"他说，除此以外再没别的声响，而头颅已经在刽子手的手上晃荡，血从手中滴下，他就像清洁工捏着湿抹布。那身体还在草上扭动，背部还在弹跳，好像要坐起来；双腿还试着要迈动步子，好像想要赶紧离开这儿，而他们，我说，就像你面前那个独臂人，我对你说，看着那颗死人的头颅，拿它当灯笼般转动，手上的刀子在空中飞舞，他们欢呼雀跃。接着，他们将穿着靴子的脚踩在那颗头颅上，拍照留念。我见过那种录像，朵兰缇娜，就算片头往往警告胆小者慎入。

你怎么忍心屠杀另一个人，我说，一个人，我对你说，如果你明白，也应该明白自己是人，而他和你一样拥有记忆，有母亲，或许还有孩子，就和你一样，如果你真的是人？我想，我心中的河，他们是否也会觉得脖子一阵疼痛，当他们将那刀子刺入那个吻，那最后给他送别之人留下的，我说，一个吻，我对你说，他们是否也感到那血液在燃烧，当它裹着他们的拇指，就像融化的焦糖。别出声，朵兰缇娜，我又说了一遍，要是这断臂人能在那待久一些，要是他能好心保持这个姿势，直到太阳落到堡垒后方；那我就能将我的激光记号印在他的前额，就像夜晚的萤火虫，我说，在眨眼的瞬间，甚至在此之前，他就完了，被盖上邮戳送走了，拿热头鹰的话说：他就被消灭了。只不过，我还是觉得这么做不妥，也不机智，至少让他从你身边退开两步，因为要是照他现在这么站着，他就会倒在你身上；你是如此柔软，如此纯洁；我不能让那渣滓玷污你，那恶臭的毒虫，那干瘪断臂的废物，那人形的粪便，本该长眼睛的地方只见埋在胡子里的两个洞。

等等，朵兰缇娜，别动，我说，别动，我对你说，他稍稍直起了身，往后挪了挪；现在，风叹息着穿过榛树的叶子，我说，他还拉着那树枝吵嚷个不停，现在我可以将记号贴到他的前额，将他就地正法，因为我知道他会在意识到我能从河对岸的小丘看到他之前就栽倒在灌木丛中。我几乎可以看见他腰部以上的身体，如此我便能在他倒下的同时钉入三枚子弹。一秒一枚：三秒——三枚。如果他倒得慢些，我能做到六枚。你知道，朵兰缇娜，子弹的速度是每秒八百二十米，我的黑箭甚至能射下一架直升机，或者在一架飞机起飞降落时杀死飞行员。我的手指已经放在扳机上；谁知道这一秒会发生什么，我说，这一秒，我对你说。他可能命令你射击；练练手，比如说，浪费一枚子弹，射击河对岸挡在你面前的什么东西，就在河的这一侧，我说，左岸，就是练练手。你必须这么做，然后，扣动扳机，因为你早就将十字准线对住了我，那子弹自然会飞向我，就连断臂人都毫不知情，你射中了我，我被消灭。只不过，他会不会已经知道你已将我禁锢在十字准线之中？他应该已经知道些什么了，不然不会朝着河的另一边，朝着我所在的位置，甩动他空空的袖子。我知道在一秒之内你的子弹就会把我掀翻到壕沟里去，我说，壕沟，我对你说，一切就此完结，一切就此落幕。透过他的眼睛，我的死亡是虚幻的，因为它随机得彻底，毫无征兆；算是死得其所。而你，就是唯一能不偏不倚述说我死亡故事之人，令人信服，恍若身临其境。

别出声，朵兰缇娜，我说，别出声，还不是说话的时候；但你却笑了，这说明除了死亡前的最后一秒，我还能在这世上多存活一秒。那断臂的影子在你身旁跪下，在樱草丛中挨着你，而你，我看见，又笑了，左眼眨了眨。他看不见；他看不见我们那新的一秒即将来临，朵兰缇娜。然而，是现在还是下一秒，都已无关紧要，你必须开枪；到时这棉蓟丛可救不了我；恰恰相反，它一定为你杀了我而高兴。我可以看见你慢慢挪动左肘，你的左肘托着你的黑克勒-科赫 PSG-1。你的狙击步枪没有腿，不像我的枪能自己站着。我有一个两脚架，而我黑箭的机械装置是由头等不锈钢打造的。我知道此时此刻这不是重点；现实已经变得令人难以置信，再徒增事实也无力回天。我发现你开始慢慢挪动你的中指，食指内侧已经拥抱着扳机；这个信号说明你已经准备行动，准备开枪。你慢慢闭上左眼：这只眼到目前为止一直都睁着；你屏息，你和我一样作好了准备，朵兰缇娜；现在就看谁的那一秒来得更快，谁的空气更稀薄，我说，空气，我对你说，就要迎来故事的尾声。或许，我的那一秒和你的那一秒同时降临，在半途擦肩而过，也许在河上方的某处，因此我们是否射中了对方，他们是活着还是死了，我们都不得而知。马其顿无政府主义的悲剧理想主义称此为"马其顿救世军"，朵兰缇娜：子弹与靶子一起动。也许我们该给对方发个信号，好同时扣动扳机；也许我应该在这一切必须发生之前提醒你。那段你赐予我的时间，在我发现樱草中的你之前，已经结束；我可以听到脑后热头鹰那不愿消停的吵嚷声："杀，然后立刻忘记。"一条细小温暖的线从我扣着扳机的手指延伸下来，好像有人在它下面移动着一根燃起的火柴。现在，已经回不去了，我对自己说，又再次快速打量起你的脸庞，朵兰缇娜；左边的嘴角，上方附近的胎记，入鬓的长眉，探着鬓角的脉动，你的鼻子，让你身后堡垒东面的墙壁倾斜，左侧脸颊上的红晕，像樱草丛中孤独的罂粟般飘摇。还有那樱草，我说，樱草，我对你说，当然，那樱草伴着丝丝缕缕的阳光，如魔幻的雨一般散落。还有你的头发，朵兰缇娜，又长又密；这头秀发可以编成梯子伸到我的面前；这头秀发像金色的蛛网落在你左边的肩头，倾泻进樱草丛里，又或许是樱草花爬上了你的头发，覆上了你的前额，像是锻金的桂冠般耀目。看，现在你彻底闭上了左眼；你悄悄藏起眼角的一滴泪，却被我发现，你屏住呼吸，然后……

  突然，那只吮吸着你身周樱草花露的小蝴蝶穿过棉蓟飞了出来。这说明我大概还活着，我对自己说。大胡子男人站起了身，朝着我的方向晃动他的机关枪，沉入了榛树林；没多久又在堡垒的东墙冒了出来；很明显河左岸有一条通到残垣内部的隧道，另一头就是清真寺。所以，热头鹰一直以来都是对的，他说你们只有几个狙击手防卫左岸，你们之间的交接在前线无迹可寻。"他们晚上把手电筒绑在狗的身上，你们这些呆瓜，他妈的，就朝着它们开枪，暴露自己的位置；这就是为什么他们杀死你们就和拍死苍蝇般易如反掌。"他站在无名英雄纪念碑那里放哨时老这么说。我现在在战壕中都能听见他的声音，你呼气的时候，朵兰缇娜，那悲伤的微笑又浮现在左边的嘴角。这是多么美妙的一天，我说，美妙的一天，我对你说。我听见那溪水潺潺，不分你我；它们欢快地在你我的壕沟之下奔腾；我们若向下看，可以看到它们在谷底的岩石下相依相偎。听它们亲吻，我说，亲吻，我对你说，不顾一切；听它们像爱人般在柳枝下奔跑，奔向大海抑或是大洋，这都无关紧要，只要离这里远远的就好。透过我的瞄准镜看着你，我的身体撞击着地面，想要钻下去，颤抖着，塌落下去，战栗就像蚂蚁般在我身周奔忙，慌慌张张地奔进奔出我的胸膛；我不知道我是不是还活着，还是只是在像活着那样叙述这一切。尽管如此，我仍要为这安静的日落，你身后连绵的远山，还有那堡垒，感谢你；为这天空，这河流，这榛树伞般拖拉着的树枝，这蝴蝶，这樱草花金色的花瓣，这随着你的微笑乘着河流的波涛传来的甜蜜味道，在这里落脚，朵兰缇娜，我说，在这里，我对你说，在恐惧面前如懦夫般颤抖的我与棉蓟的面前。如果我仍然活着，就能沏一杯樱草茶；它能让神经和心脏平静下来；也是治失眠的良药。想象一个美好的冬季；空旷的田野中立着一座小木屋，外面因好奇而徘徊不去的雪花翩翩落地。我们面前的茶热气氤氲，我们只是默默坐着看着对方；我们活着，却感受不到我们仍活着的气息；飘落的雪花留下的阴影轻抚我们的脸庞；你透明如杯中升起的袅袅雾气；我不敢触碰你，怕你可能因此消失。就算我没有真的看见，但我感觉到一个金发男人透过窗户窥视，那刻薄的山羊胡让他看起来像林肯时代的美国佬。外面的雪花仍不停落下；还是那徘徊不去的雪；雪花飘落，所有的敌人都暴露了行踪，朵兰缇娜，这想法在我脑中浮现，我说，他们的行踪，我对你说，我看着桌旁的你脸色闪动。我相信我们仍爱着，因为这是我们身下的土地，我们头顶的蓝天，那些树，那些雪，还有那透过窗窥视的男人想要看到的：我不想要你的身体；我想要你的脸庞，它会把你的身体献给我，作为你爱的证明，我想要告诉你，但是绕着木屋盘旋的狼群突然发出可怕的嗥叫，你的脸渐渐消失在屋顶的横梁。我打开窗，看见雪地上留下的踪迹，是那刻薄山羊胡男人的脸：每个人都在自己忘却的故事里终结，我对自己说，一个故事，我对自己说，我看着落雪慢慢填补雪地上凹陷的脸。我拥有你的脸，在那杯子里；你拥有我的脸，在那窗户上。我们活着，却感受不到我们仍活着的气息。我见你似乎懂了，可我却不知自己要说什么；我只知道这是令人困惑的时代；现实是回忆，回忆是现实；在我们的瞄准镜中不存在河流，但我们却共享同一个天堂，同一个地狱，因为天堂与地狱都是意识形态，而非实际地点。我们住在死人的回忆里，这就是为什么我们感受不到我们仍活着的气息。于是，渐渐地，我们与那杯茶一起，消失在稀薄的空气里。

  于是，最后，我们成为艾奥瓦上方一朵小小香云。

  在创意写作课上，外面淅淅沥沥下着香雨，法托斯·德德尔利朗诵了一首关于爱的诗。诗名为"我拥有的脸"。我全部都记得，朵兰缇娜，整首诗，我心中的河，我说，我眼中的光，听着："你记得吗，朵兰缇娜，我拥有你的脸，他们将你嫁到九片坟地之外；他们愉快地嘎嘎大笑，烧毁了我们的圣像，把我们拆散。现在，在这夜晚，我的声音，我的回响远航到你的窗前；你是否听见那穿过樱草丛的黑马绝望的嘶鸣？那跑过永无止境的黑夜的骏马？在你对着我死去的身体撒谎之前；记得他们将埋葬我的那座坟墓，不要哭，朵兰缇娜；风会传回你哭泣的声音，从九座大山外，九片坟地外……"你在哭吗，朵兰缇娜?!? 你在那里，在你的瞄准镜后面，还有她那儿，在所有坟地之外。谁来告诉我们，我们还活着吧。如果我们活着。

  我从艾奥瓦回来之后，诗人法托斯·德德尔利给我寄了一张明信片：克鲁亚，一张春天喷泉的照片。他说他在反对派的某次和平示威中失去了左臂。透过你的微笑，我知道你已经知道我在说什么：我看见的那个男人，那个穿着黑色衬衫的，额头上绑着红帕子的那个浑蛋该不会就是法托斯·德德尔利吧，朵兰缇娜？会不会，告诉我，我说，告诉我，我问，会不会他就是法托斯·德德尔利，那位可以用诗句软化任何监狱棘铁的诗人？他会不会就是那个站在你身边的男人；那冲着河的右岸甩动空袖子的男人。我希望这是不可能的，我想要相信这是可能的。我看着，等着；你没有肯定，我说，你没有，我对你说，你只需要眨眨眼，我就知道诗是一回事，生命完全是另一回事。如果真的是他，我说，他，我对你说，如果我刚才扣动了扳机，他将不会在这故事中驻足；我可能已经将他和所有的回忆杀死，而我也会失去你，朵兰缇娜；我会失去对你说这件事的机会，以及对你说另外一件事的机会。六个月来，我和他，我说，如果真的是他，我对你说，还有胡里奥，埃伯特兄弟，住在一个房间里。六个月来，我和那个浑蛋住在一个房间里，如果是他的话，我说，如果真的是法托斯·德德尔利，我对你说，当他拿下他的帕子，我说，帕子，我对你说，这一切与那张明信片串联起来，说他在一次反对示威中受了伤，失去了他的手臂。也许他失去的是左臂；所有这些开始之前他实质上并没有和我联系，甚至比这更久。尽管如此，无论如何，我刚才必须要杀了他，如果他真在看我的棉蓟丛，朵兰缇娜，尽管我们在艾奥瓦共处了六个月，在他回到九片坟地之外，回到他的克鲁亚。三个月后我也回到了家乡，之后没多久我就出版了我的第一本也是唯一一本小说，参照史蒂夫·利普托夫如何写出全球畅销书的指南写出来的。我尽享那赞誉与盛名，只是为了不久之后能跌得更重一些。在所有的荣耀，所有的奖励，以及十个畅销版本的背后，一系列骇人听闻的转折性事件猝不及防地出现。我被那些曾经将我高高捧起的人击败，碾碎，毁灭，曾经他们让我以为我在飞，我说，飞，我对你说，扶摇直上，越过了海鸥乔纳森。他们带我来之前的三个晚上，我想要自杀，想到那个叫圣地亚哥的老人和那个叫曼诺林的孩子，与海水一起撞到沙滩上。最后的那个清晨，先是热头鹰的头，再是回声·响嘴的小胡子出现在

镶着五彩纱门的门背后;他们二话不说把狙击步枪塞到我手里,把我塞进装满各种罐头和枪支的军用吉普,便上路来到了这里:

"昨天晚上我在教堂背后放水的时候,想到你了,"鹰对我说,"回声,我的副手,在我旁边撒尿;差点尿了我一身,因为他听到你的名字激动得不行!"

"只有真正的大师,"回声·响嘴大叫,"只有真正的高手可以做好这份工作。我们的敌人很危险,我就不绕弯子了;他们聘用了外国的指挥员,用贩毒赚来的钱。"他一边说,一遍关上军用吉普左边的门。

"只有你,没有别人,屁股将军,给他们点颜色瞧瞧,该死的。"热头鹰呱呱叫着,瞪着斗鸡眼,看着主街旁大树上吊着的死人面带微笑。接着我们穿过几条小巷,皱着的脸毫无血色,好像被厄运诅咒那般,而他还在聒噪,不带一点停顿。"你会忘记一切的,"他说,"不管是好的还是坏的。去他妈的作家,去他妈的书,"他说,书,他对我说,"如果你从未经历你写的那些东西,该死的,最后生还,你爱怎么想象就怎么想象,"他继续说道,"但是只有人生写出来的小说才是带种的,兄弟。"说完,他咧嘴笑了,就像那次他藏在广场中的枫树后面等我的时候那样笑了。除此之外,他还在我的狙击枪上扇了几巴掌,它在我腿上弹了几下,好像因发烧而困扰。

"我们知道你可以在千米之外的靶子上刻出一朵樱草花:轻轻一扣,嚓,嚓,嚓,像缝纫机一样,绣得一手好花,我说得可是真的!"他发自内心地大笑,好像连他的肠子都在隆隆作响,这回声·响嘴。"还有你的父亲,神让他安息,"他继续说,"也是一样。他能看见老鹰踏水,就在下雨之前,他让它走到湖心,然后就在那时,好像用了一把钩子钩住了老鹰;他直接射中它的头,将它放倒,然后他就游过去把它抓回来;他正是人中之龙,那个男人,真的。"他这么说的时候,我们已经到了教堂前,壕沟的起点。

根据你的高度判断，和我的比较起来，我确定你能看清教堂。如果看不到全貌，也至少能看到楼顶上的十字架和钟楼的一半。我一出军用吉普热头鹰就把我带上去了，带进了钟楼。我在那等了两天，然后就被一个头上有个记号的伙计顶替了；他上去之后，我就到一个新的位置去了，现在我发现自己在这儿，我说，这儿，我对你说，在这像极了坟墓的小土坡，在这疯子般嘎嘎笑着的棉蓟后面。这儿朵兰缇娜，就在这儿，我说，我就在这儿，我对你说，在你的瞄准镜里。然而，你还在看着我，又笑了，我早知道你一定会懂我；我确定你在读我的唇，唯一我不能确定的，就是如果我把眼睛从瞄准镜挪开，你会怎么做；如果我让狙击枪横躺在棉蓟后，顺流而下来到河边，再从那儿顺着你的溪流而上来找你。你，也许，什么都不会做；你可能不会远远地射杀我，但你们军队里的人，也许法托斯·德德尔利会，如果那个断臂人真是他，我那来自克鲁亚的同学，他几乎肯定会这么做，一旦我进入他肉眼可见的范围；对面每死一个人都代表着一次胜利，每一个活人则都代表一次失败。当然，同样的事也会发生在你身上，如果你把狙击枪留在樱草丛中，如果你托起发中的蝴蝶，如果你顺着你的溪流向下，再顺着我的溪流向上来找我，这儿，河的右岸。我会静静等着你，但是热头鹰会毫不犹豫，他不会失去一次升级的机会，终于可以做陆军少校，甚至成为将军。在这样的时代，许多人莫名其妙就成了将军。对了，我们到现在为止都没能捕获一具尸体，朵兰缇娜；我们没有捡到一具穿着制服的尸体；左岸的尸体从来不会在前线暴露很久，久到我们能把它带回营地。热头鹰上尉说你们会给尸体穿上百姓的衣服，把它们放在路边，好让外国使节和记者看到。我不知道，朵兰缇娜，也许你也不知道，但是他们说那些长着大胡子的，就像断臂人那样，会以任何代价收集死尸；

他们用特制的钩子拖着他们，把它们藏在安全的地方；我们的情报组织声称这些尸体往往携带大量的金钱；这钱就归那些立刻将尸体拖得尽可能远的人。不过这些情报员老爱编故事，在这些故事中他们永远是对的。就算他们是错的。两天前，我透过瞄准镜看见一队黑制服和长胡子；他们在堡垒的某处突然消失了，然而我们的情报组织极力否认这件事，声称一切尽在掌控之中。反正这也无关痛痒；我知道最后你们会清点这些死尸，好让日后的报复事出有因；死尸是被需要的，好让一切再次重新开始。再一次，我说，总是从头来过，我对你说，不断从死者的梦境中继承仇恨。地球也随着他们不断旋转。

然而，大约几百年以来它一直在旋转，自从一名作家躺在盛开的樱花树下，问自己为什么我们有思想、视觉、语言和感觉，如果他们最终都要归于尘土，或者与土地冻结在一起，随着地球毫无意义地转动，绕着太阳毫无目的地转上百万年。为什么，朵兰缇娜？若要随着地球转动，我们根本无须思想，无论如何它都要转动；没有我们它也会转动。比如说，在这儿，看朵兰缇娜，这是我从河对岸送来的一个吻，只给你一人，而这吻也会在几个世纪之后和我们一起绕着太阳转动。谁知道还有什么和我们一起随着地球转动，而你又在透过瞄准镜看着我，就像我透过我的瞄准镜看着你。试想，朵兰缇娜，我只是一颗尘埃，而你也是一颗尘埃，但我们仍然透过我们的瞄准镜看着对方，就算我们已经毫无目的、毫无意义地绕着太阳旋转了几百万年！

四

　　我们仍在旋转,朵兰缇娜,还有那条小径,艾奥瓦城市学院那条,仍然像落水狗般雾气蒸腾。透过瞄准镜看着你的时候,我窃窃私语,不知道你是否赞同我,不知道你是否能懂我,我说,慢慢张开嘴,小心翼翼,好让你更清楚地读我的唇,听见我想要对你说的话。如果我还能多活至少一秒,我就告诉你我曾经从法托斯·德德尔利那里听到的朵兰缇娜的故事,我说,一阵看不见的风轻轻吹动你肩头那丝般的秀发,将它与你身旁的樱草交织在一起。一切闻起来像樱草的味道,朵兰缇娜,我说,樱草,我对你说。当我发现你,你的狙击步枪朝着我;你想要什么时候杀了我都可以。比如说,昨天,我的人射杀了你们的一个老头,他只是去左岸抓几只蜗牛而已,所以你的人立刻回敬我们,射杀了一个老妇人,她只是到桥上抓她的黑色狮子狗。两方都不会去原谅;没有人知道是谁射杀了他们,没有一个确切的杀手,但他们还是死了。也许有人因此得到一枚奖章,而他也知道奖章为何而来。那我呢?一切都取决于断臂人,不是吗?

　　当热头鹰上尉发现我的尸体扑在我的狙击枪上,他会作一个演讲表彰我的勇气;站在不知名战士的坟墓上,他会声明我是一名爱国义士,为国捐躯;我已尽我所能,歼灭了 X 个敌军士兵,这时候如果还没有下雨,他就会让喇叭手奥托·叽叽吹奏一段国歌祭奠我。当然了,热头鹰知道这是他最后一次升职的机会;要么就此作为上尉退休,要么,如果上帝允许,他就能跳好几级,成为上校再退休。我不觉得要是我为坚守岗位而英勇赴死,他就能变成将军。我又听到他在我身后的战壕跑着;他是我们这些人里唯一一个职业军人;他只相信自己的眼睛。我知道我在你的瞄准镜里放大了十倍,而你也已经通过读我的唇语知道我刚才说的一切;我看见你阴暗的嘴角渐渐亮起,你的眼睛也开始发光,如蝶翅般闪烁。多么美丽,我对自己说,这种美承载的力量能延续至少一秒,让我说完我的故事,说完这个故事。

我梦想成为一名作家,朵兰缇娜,而现在我什么都不是,是一滴血在说话,我那位来自特兰西瓦尼亚的同学会这么形容我,他是来自高崎的女诗人麦戏戈·探戈的密友。作家的工作与神的工作相似:你按自己的意愿无中生有,暗中生光,你自由玩耍就好。可我玩耍的时间已经结束。从艾奥瓦回来的路上,我梦到自己翱翔在海鸥乔纳森之上,而现在,唉,我在对着这大黄蜂叹气,它刚从我的棉蓟上掉下来,现在开始沿着枪管冲着我爬来。我的末日,我的终结,朵兰缇娜,自我第一也是唯一一本小说出版没多久之后就开始了。突然之间,我下沉,消失,而现在我已不复存在;现在,我除了呼吸,百无一用,就像我面前的这只大黄蜂,也只是在呼吸着,大黄蜂,我说,随着我呼气,大黄蜂也呼气,从头到尾这棉蓟都在笑,嘎嘎地笑。大黄蜂从枪管上掉下,而那只小蝴蝶还在你周围翩翩起舞,我说,翩翩起舞,我对你说,注视着你的脸,发着光,被盛放的黄色樱草点亮。我在你之中看见自己,像照镜子一般,他们说死亡也是一面镜子:你的面前好像映射着自己的一辈子,你会试着去辨认自己,记住自己。最先出来的画面往往是你人生最悲痛的时刻里最强烈的记忆。或者,也许,最美好的记忆,我不知道。我只知道,在我将狙击步枪转向河对岸的那一刻,我说,转向,我对你说,我意识到在我发现樱草丛中的你之前,你早就瞄准了我,那一刻我看见了她,我说,盛放,我对你说,我高中的文学老师:她就在这儿,仍在玉米地中奔跑,她将我带回我的第一部短篇小说,那个关于莉莉的故事。

  盛放不高兴的时候,会将自己说成投身铁轨之前的安娜·卡列尼娜,可当她感受到某种发自灵魂的内心喜悦,并因此微笑的时候,她才更像永远不会让自己葬身铁轨的安娜·卡列尼娜。她是唯一知道我第一个故事的人,是她亲自叫我去教师办公室把这个故事读给她听。她说只有通过作者的声音才能感受语言真实的意义。我看见你面前的樱草花轻轻摇曳,朵兰缇娜,我说,樱草花,我对你说,它们让我想到她裙子的胸部开口处镶着蕾丝花边,随着她心跳的节奏,在她的酥胸翩翩起舞。真是奇怪,一个男人竟然在面对死亡的时候奇迹般地记得这样的细节,我甚至还记得她的味道:新鲜樱草的味道,朵兰缇娜。就连回忆,现在,都散发着樱草的味道。她左手拿着笔记本,在上面潦草写下了题目"男孩与闪电",我说,闪电,我对你说,她又写下"在爱与死亡之树下"。我们两个在微笑,用手捂着嘴,好像不想让谁看见。可惜,就算有这样的题目,这故事也从未见过天日;一直都没有出版。只有她知道我把它寄给了三家艺术杂志,没有一家将它出版。现在,她就在我的眼前,朵兰缇娜,我说,她在这里,我对你说,好像在我们视线之间的旋风中翻飞;在这里,她头一次告诉我艾奥瓦这个城市、艾奥瓦州,还有美国的大致情况。在这里,她正在给我建议。

  "你,"她说,"是有天赋的,你知道该怎么说故事,但这是不够的。你必须要学会如何选择主题,也要树立自己的风格。你看,有比较才有风格。比如说,'她的头发从她的肩头飘落,好像蜘蛛网'不好,我看了一点都不激动;'她的头发在她的唇上悸动,好像一个男人的呼吸'就不一样了,这就富有张力而与众不同。读到这样的词句,或者近似这样的,我感觉心里有白色的蝴蝶翩翩起舞。这就是为什么你必须要学会如何不断给人惊奇的感觉,"她说,"持续不断,"她对我说,"在每一句句子里。这些你都可以学,不要担心;我这儿有艾奥瓦国际写作项目的地址,在美国。"她说,她低头在我的笔记本上写字,我的笔记本上写满了字,就连封面也是满的。这些字母在她白色的连衣裙上漫步,而她的头发在她的臀部悸动,真的,像深呼吸一般。

"你可以学会怎么组织句子,但辞藻却是神赐予的。"她说,一只手捂着肚子,她把写着故事的笔记本还给我,转过头看向窗外。"你最好的小说,"她继续说道,"你毕生的成就,只有当你面对生命中最大的挑战之后才能写就;我该这么说,比如,当你面临死亡,当你理解死亡为何物。"她说,一边把头发撩拨到一旁,一边看着我。"最伟大的小说,永不老去的小说,在对死亡的蔑视中诞生。这就是为什么那火车不断进站,而卡列宁不断在改变想法的一瞬间撞上第二节车厢。火车为何从不晚点?因为这是一本永恒的小说,而没有人能改变永恒,"她说,第二次看向故事之外的某处——"只有忘却了作者的作品才会不朽。我给你的忠告是,就算你要写作,就算你**变成**作家,因为作家是可以**变成**的,只在你面临着随时消亡的挑战时动笔,这么说吧,好像你永远处在十字瞄准线的中心般写作;好像你的每句话都是此生最后一句;好像你在下一秒、下一个词中就要死去般写作,这样你没有任何时间去解释,描述或回头改正。并且,与此同时,我重复,要时刻谨记……"她停下,想了一会儿,又转向我,头发抽打着窗户的下沿。"……谨记,"她继续说道,"你动笔之时,就处于某人的十字瞄准线中。只有这样的小说才值得为它而生。当然,也值得为它而死。"她说完后用左眼看着我，因为另一只眼被头发遮住；接着她突然颤抖起来，好像因体内的一阵狂风而战栗，一言不发地走出了教师办公室。当时，在那里，她离开了，但是现在，在这里，我看见她仍在我面前颤抖，朵兰缇娜；好像她从空气中出现，又在空气中溶解。我本可以为她做些什么吗？我本可以为她多做些什么，除了看着她的帽子在河中微小的浪尖跳跃，而我只能在柳枝中穿梭奔跑，却无力改变，或者不想改变任何事？就像安娜·卡列尼娜和第二节车厢，朵兰缇娜，我说，第二节车厢，我对你说。

而我是多么希望她能听见我第一个故事的尾声，我承认，那个关于莉莉的故事。幸运的是，那之后的几天她又叫我去办公室了；那儿别无他人，只有她和我。她拿起笔记本读了起来：玉米在摇曳，莉莉形单影只地奔跑，只听见她沙哑的声音。她读着，我说，而我盯着她的嘴：觉得好像自己是她说出的每一个字，好像自己在她的舌尖滚动，好像自己从她那柔软鲜嫩、没有一丝皱纹、甘美得如曙光初绽般的嘴唇上滑落。第一次有人如此读出我的心声，而这声音由我的辞藻组成。每一个词都变成一只小虫在我身上爬行。长话短说，盛放在朗读，莉莉劈开面前的玉米墙，她知道自己被一个我用自己的名字命名的男孩追逐着。玉米因她温热肉体的触感而颤抖，玉米，我说，如浪涛起伏，交错的枝叶像舌头般粘在她的腿上，朝她裙子里窥视。着迷地看着她，我感觉好像是我的教授在朗读，在追逐她，坠入同样一片玉米的海洋。你再也听不见篱笆外的院子里嘟嘟作响的婚礼配乐。男孩在田野里那棵孤独的树下追上了女孩，我说，树，我对你说，又矮又扁，好像一个蘑菇。

"土地的低语令她着迷，莉莉伸开手足躺在玉米地里，开始在树旁打滚，"盛放读道，"那茎秆觍着脸撬开她的手指钻进指缝，钻进她的胸，透过她衬衫的钮孔，激动地爬上她内裤上的蕾丝。他也将自己扔进无人触过的一大捆玉米中，如初雪般柔软。整片田野，还有那蘑菇般的，或者，仔细想想，伞般的树，颤抖了起来。被玉米的喃喃低语荼毒，"教授读道，虽然在我看来他并没有看笔记本，"他们如无法避免彼此的蜗牛横冲直撞。他只能放出一次响亮的呼吸，她只能咯咯笑着潜入他的下方好让他们能一起滚得越远越好。他们身旁的那棵孤独的树也在他们制造出的麦浪中动摇，谁知道他们跨过了什么边界，那些温暖的波浪，他们激起的波浪。当他们睁开眼睛，婚礼的来宾站在他们周围；他们手拉手，默默拖着沉重的步伐融入圈中，跳着最古怪的舞蹈。一起跺着脚，他们的圆圈渐渐吞噬他们，只放出一声突然的尖叫，直到那时莉莉和那个男孩才发现树下有一个男人，全身都是黑的，每一寸身体都被烧焦，靠在树干上。闪电只留下了他的眼睛；他坐在那里张着嘴呆望天空：

"'他不是在祈祷就是在诅咒。'男孩说，看着那些婚礼舞者的眼睛，他们用叹息包围了他们……这故事是谁写的？"盛放问。

"我写的。"我回答。

"都是真的。"她说着把笔记本还给了我。"那个倒在树下、被闪电劈死的男人也是真的……通过他望着天空的眼睛，我认出他来了。如果他没有被烧脱了形，"她说，"你可以想象他是罗多尔夫，爱玛·包法利的情人，或者安德烈，也许，安娜·卡列尼娜的安德烈……还是算了，我觉得你不能这么比较，我们还没有上到那课。遗憾的是，我没能想通他怎么就到了那一棵树下，为什么，田野中那么多树，他偏偏选择了那一棵来证明……好吧，让我告诉你他的事，实事求是，但是首先你必须要告诉我关于你所知的莉莉的一切。"盛放好奇地盯着我。

"她有着悲惨的命运。我还没有写完这部短篇呢。"我说。

"我不相信你能创造出全部的真相。这个故事有一个真实的结局。"她说。"莉莉和我是高中同学；我想我们只有在第一年的时候在一个班。她比我大两岁；她来我们班的时候，已经在艺术学校里又留了一级。她的命运是悲惨的，毫无疑问，而这也是现实中所发生的，真正发生过的事，"她对我说，"我不能相信你竟然知道这件事。"她又加了一句，利落地一把将头发抓成了马尾。

"我在一张旧报纸上读到有一个叫这个名字的女孩死得很惨……"我承认。"我想要写一个爱情故事，也想让一个被闪电劈中的男人见证这整个故事……"

"为什么？"

"因为闪电残留在眼中——我说——这个男人什么都听不见，什么都说不了，他只能看见闪电所看见的。我也是在报纸上读到了他的故事。后来，婚礼上的一名小号手也进入了这个故事……"

"的确如此。"盛放打断了我。"他站在边界上，用小号收集叹息。看见莉莉的时候，他像狐狸般眨了眨眼，低声呢喃人若死了，他的思想也就死了。'逝者有很多计划。'小号手说。'树下的男人是我的兄弟；三个月来，他追逐着一场暴风雨，最后他遇上了。他想要证明自己已经准备好变成一只蝴蝶，这样她就会爱上他。'他补充道，在边界上转了个身，眼睛瞟动着，好像真的在空中寻一只蝴蝶。我和莉莉坐在玉米中哭泣。'活人知道自己要死了，因此他们了解死亡的一切；死人却对于死亡一无所知，因为他们拿不出什么来与之相比。'小号手结束了他的讲话，画出了边界，像一只彻底淋湿的鸽子般蜷缩起来，追着队伍跑走了。接下来的一个月，"盛放说，"他又回来了，胡子染了色，染成莉莉头发的颜色，仅仅十天之后她就跟他走了，就算我和那个爱着她的男孩求她不要走。我知道那个小号手是什么样的男人。我会告诉你一切，你也可以从那儿开始继续写你自己的故事。

"坐在玉米地的那棵树下，被闪电击中的男人是一个文学教授，最近才来到我们的高中教书，爱我爱得要死。又一次，我开玩笑说我的爱就像闪电，说我会把男人变成蝴蝶，而他就给我寄了一张纸条：'那就等着我，等我变成蝴蝶！'那个小号手是他的兄弟，这个彻头彻尾的骗子；他按着前一天的谎言来度过今天。不幸的是，莉莉走了，没有留心我的建议。"我的教授肃静地说。"我们分开了，我们曾在后院拥抱；我就在那里，推着我们的自行车，一边哭一边绕着柱子转弯。'我想哭，'莉莉说，'因为，你自己看呀，'她说，'没有一件事顺我的心意；我的生命就要像一只虫子那般结束。我想看看远在九片坟地、九座大山之外的生活是否也是如此，至少一年。我不想一个人站着，像那玉米地里被诅咒的树，蜜糖。'她对我说。她只有悲伤的时候才叫我蜜糖。'是否有人梦想飞翔，是否有一种生物一边飞翔，一边学着人类走路？'她说完，直直地看进我的眼睛，她的声音仍在我脑海中回响，好像环绕着我，好像在我头顶盘旋。她推着中间那辆自行车，她说，中间那辆，她对我说，承认在停下来之前绕着我们走了一整圈；接着她飞快地在我脸颊轻啄了一下，就像一只蝴蝶，穿着她一直穿的白色凉鞋走了。当然，下雨的时候她不穿这双鞋。现在我知道她知道飞翔的梦，但是我不知道她是否知道人生不是命运，而是选择。她一到那儿，那个小号手就为了钱把她卖了；六个月来她为他工作，直到后来她不知怎么的总算逃脱了。之后，她回来了好几年我都不知道；我不知道她究竟经历了什么。"盛放说。

真相已经揭晓，她知道得太晚，朵兰缇娜；莉莉孤身一人在南部边境的某个小村庄住了一年，然后和一个我取名为康斯坦丁的男孩结婚了；就是那个在我的故事中追逐她的男孩。他们俩住在火车铁轨旁的小木屋里；

在某个老旧的、被遗弃的火车站。有一天，他三个最年长的表兄来了，是当地人，又矮又壮，满脸络腮而不剃，胡子都碰到他们的胸口了，手里拿着干草叉和木杖，蹦跳着跨过铁轨，要带男孩回家。他们相信她在河边偷走了他，他们不可能相爱；是她爱上了她，所以他随着她。那个正在学习如何成为牧师的表兄，骑着他在屋后发现的一头驴，解释说她是一个女巫，她在晚上吸走康斯坦丁的思想，这就是为什么他不知道发生了什么；他不知道她是谁，她是什么，她过去都做了什么。最年长的也是胡子最长的那个，那个六年前欢迎康斯坦丁回到村庄和他的母亲住在一起的表兄，已经用他的干草叉在门上刻下了十字，命令那个女巫一个人出来，不准使用巫术。至少那个男孩出来了，此时，他最年长的表兄冲了进去，喉头发出野猪般的咕哝声，那个正在学习如何成为牧师的，喃喃自语，疯狂地晃着夜灯，绕着木屋转了三圈。当男孩开始战斗，紧紧抓住门和门槛的时候，最年轻的、壮得像头牛一般的表兄架起他的手臂，用胡子把他绑起来，把他扛到肩膀上，带他翻过了山岭，嘴里哼着爱国主义歌曲；莉莉透过窗户看着他们消失在稀薄的空气里，变成微小的苍蝇在铁轨和坑洞上跳跃。他们将她绑在床脚上，留在那里。

  在我写我的短篇小说的时候，和报纸上登出来的文章一样，那个男孩在那天夜里不知怎么回到了小木屋，在下一个春天里，他们迎来他们儿子的诞生。这些表兄回归自己命运的轨迹，却没有和他俩重归于好，拒绝与他们相见。当他们的孙子也满六个月的时候，他的祖父母，还有男孩的父母，变得宽和起来，邀请他们去探亲，到所有的山岭，所有的坟地之外。终于，一天早上，莉莉和那个男孩坐上了火车，这火车竟也偶尔停在他们的车站，它转了个弯飞驰过田野，飞驰过北边的三条河，经过三个夜晚，他们就能到斯尔梅尼扎。故事里写说他们欣喜万分；婴儿也不断微笑，而此时火车尖声呼啸着穿过了玉米地。记者是这样描述的，莉莉坐在窗边，外面是春天，这儿的玉米地也许和那棵爱与死亡之树所在的玉米地有着相同的颜色。为了给我的短篇物色一个合适的人物，我在报纸上读到莉莉坐在她的座位上，快乐到眩晕，将她儿子小小的身体紧紧揉进胸前，小小的白色蝴蝶在火车上落脚，在窗上画出好笑的小图案。没过多久，她把孩子交给他，那个男孩脸贴着窗户，如儿童般和蝴蝶玩耍。在那些山上，像乐队指挥家的手般烦躁不安的，是掠过的军用卡车、吉普车和坦克。戴着面具的士兵顶着头盔上绿色的树枝潜入玉米地，时不时像迷茫的警犬般探出头来。根据列车播报员的声明，还有报纸上刊登的信息，当天早上最大规模的军事演习就在这个区域进行，于是，列车上的乘客在这好几英里的旅途中，在到达最后那座山之前，透过车窗观看一场"战争"的直播。玉米地吐出虫子般的坦克，驶往铁轨，我说，铁轨，我对你说，朵兰缇娜。我除了你之外什么都看不见，而你看着我，好像没有在呼吸，好像在观看那些坦克。我捕捉到你嘴角一抹好奇的微笑，看见你眼中的火花，这说明你已经了解我对你说的一切，我感觉你也喜欢这个故事，因为莉莉终于得到了幸福。然而，可惜的是，最美好的幸福之后，往往是最可怕的不幸，我说，不幸，我对你说。窗外像小小云朵般降落的蝴蝶，在轨道边扎根的罂粟与甘菊中浮浮沉沉，突然就不见了，朵兰缇娜，我说，不见，我对你说。带着条纹的木片在空中纷飞，与此同时，如愤怒的野兽般冲破窗户的，是那撞上火车的坦克火炮；它猛然冲入了车厢，对准莉莉的头狠狠撞击；好像所有的炮弹已经消耗殆尽，所以有人决定要用这火炮筒对准她的头来撞死她。她立刻就死了，都没来得及看到坦克天线上的白旗，现在这旗子卡在玉米地中的第二节车厢里。她是唯一一个死去的，我说，只有莉莉，我对你说。报纸上写道，他们终究没有与男孩远在斯尔梅尼扎的父母重归于好；他带着她回到小木屋，她在那儿留了两天，因为他没有钱为她购买坟墓，却又不想在田野里埋葬她，而是要在城市里，将她安葬在她父母身边。所有这一切，包括莉莉生前最后一刻对他说的一切，他全都告诉了记者，而所有这一切，目前为止，都是我在城市图书馆里的报纸上读到的，我说，而你的左眼眨了眨，一滴泪突然出现，在眼角闪烁，泪里满是樱草，朵兰缇娜。它滑落你的脸颊，滴在托着狙击步枪的手上。

"我，也一样，是从报纸上读到的。"盛放在教师办公室对我说。"我买了一口棺材、花圈和花，在第三天才随着灵车到达那里，在清晨，太阳升起之前。又是春天，正如你已经知道的，又和那时一样，暴风雨正击打着边界，山上可能早就开始下雨了。玉米地沙沙作响，好像她仍在里面打滚，好像她仍在绕着我旋转。三个月之后，因为他无法抚养那个孩子，被逼无奈只好把他送去某座村庄让人领养，我不知道是哪座村庄。从此以后，我再也没有他们的任何消息，不管是那个孩子还是那个男人。每年春天，我都会去那片田野，听身周的玉米沙沙作响。我相信灵魂仍存留世间，因为神早就停止创造新的灵魂了。生生不息只是一场好戏……"我的老师一边说，一边凝视某个遥远的地方，朝那些山岭的方向。然后，我说，然后，我对你说，就在我要离开教师办公室之前，我看见她为那扇窗，还有那落入最后那排房子后面的天空，赋予了意义。现在，记忆以不可思议的速度朝我涌来，朵兰缇娜。我以为自己是为了短篇小说而创造了莉莉，可她却早已这般存在，和我创造出来的一模一样。如果我真的创造了莉莉，而她竟也是真实的，那么盛放就是真实的，因为没有人能创造她。你看着她，只能相信自己的眼睛。一切看得见的都是我们自己创造的；一切看不见的只有神才可以创造。我本可以为她做些什么吗？我本可以多为她做些什么吗，朵兰缇娜？她游荡的灵魂成为我永恒的惩罚。

"坟墓上，灵魂如蝴蝶般扑闪着翅膀，只为飞得更高，高到你再也认不出它们。"她轻轻说，让我看她的鬓发在她玉颈扑闪。我想我看到了一只小蝴蝶扑棱着翅膀，在窗户外层的玻璃上旋转。教师办公室中，她又落寞起来，坐在长桌后，缩成一团，双手放在两腿间，每次她坐着凝视窗外，陷入沉思的时候都是这般。"这里的人们，"她继续说道，"相信因为爱而不幸的男孩，如果能找到认得他灵魂的暴风雨，就可以变成一只蝴蝶。他在我的作业本上用小字写下这些；他在每一个转角、每一棵树后等着我，就算我因此浑身不舒服，想让他放弃；他是我的老师，而我只是刚刚入学的高中生。如果那是爱，那爱就是不可理喻的，特别是在这个残败的小镇，到处都是假先知与堕天使。我站在那里，就像你现在站在这里，唯一的区别就是他不是看着我脖子上的鬓发，而是直勾勾地让视线闯进我的眼睛。'有一天我会变成蝴蝶，来到你的窗前，但是我永远不会落在你的掌心，永远不会。'他说。'为什么？'我问他，用这一只手捂着嘴，免得他发现我在笑。'因为你不相信。'他回答，转过身，默默离开。"

我的老师将双臂紧紧夹在膝盖之间，仍然看着窗外。

如果我没记错，那只小小的白色蝴蝶仍在玻璃外面扑闪着翅膀，但就在她打开窗户的一刹那，它却消失了，突然之间，销声匿迹。

就算蝴蝶的到来也许只是偶然，我还是相信它们早有安排，想要告诉我们些什么，朵兰缇娜。不过，谁知道呢，也许我只是单纯地想相信奇迹，因为你若不信奇迹，那奇迹便不会发生。无论如何。从那时起，我开始和所有我遇见的蝴蝶对话，或许我只是在想象自己在与它们对话，想着它们是转世的灵魂，因为没有什么比它们更加美丽而静谧。那些从我看过的书或者盛放告诉我的那些书中飞出来的蝴蝶，常常对我窃窃私语；我相信小说里到处都是蝴蝶，因为作家创造的不是肉体，而是灵魂，只有灵魂。无论何处，无论在哪本书中，没有一个人物拥有肉体，朵兰缇娜；所有人物都是灵魂，蝴蝶的一种，如永恒般美丽而静谧，我说，永恒，我对你说。我捏紧了写着莉莉完整故事的笔记本，想着如果有一天我爱上了我的文学老师，我是否也能通过某种方式变成一只蝴蝶。我甚至努力眯起眼，想象自己是一只蝴蝶，但老师关上了窗，向我走来，安静地做了一个手势，连她的手好像也变成了蝴蝶，让我先离开。当然，那本笔记本中仍然没有写上，也不可能写上，很久之后我们之间的一星半点。只不过几分钟后，她就来给我们班讲课，谈着有关控制情绪与堕落的问题。在开始谈及少女狂野的过去所残留下的质朴、谦逊之前，她告诉我们接下来的三周我们会说三个永恒的故事，关于三个女人与三个悲剧。接着，她提到了脖子上扑闪的鬈发，我立刻就知道她在说谁了。她在说……

你知道她在说谁吗，朵兰缇娜？

五

"想象一辆巨大的火车，拖着长长的尾巴向远处驶去；最先进的技术；距首次蒸汽机车的引进才过了十年。"我们的老师为我们画了一幅画。"我们站在铁轨旁边，看着一长串的车厢，各种螺栓和铁链；高大的车轮在铁轨上滑动。第二节车厢来了，突然之间，一个红色的手袋在灰尘中翻滚；火车头在前面领跑，它周围蒸汽缭绕，排出的烟也装饰着山岭，为它添上鬃毛。我们的面前，在充斥着车站的沉默中，我们看着最后一团蒸汽消失，一只小小的白色蝴蝶在铁轨上翩翩飞舞。'我是安娜·卡列尼娜，'她说，'那是我的红色小包；那复仇也是我的；我已经报了仇。我本可以选择鄙弃，就如我被鄙弃那般。我的丈夫是亚历山大·卡列宁伯爵，我们有一个儿子，谢廖沙；然而我和弗伦斯基相爱了。有一天，当我与他清澈俊朗的眸子四目相对，我告诉他我有孩子了。他脸刷一下白了，想要说什么，但他只能垂下臂膀与脑袋。''我们的命运在此刻已定。'他在缓过气来之后说。'我们应停止过去那充满谎言的生活；无论如何总比那样好。我看见你因为这一切而付出的代价。这个世界，你的儿子，你的丈夫；我们都要远离。'他在阳台上边说边静静踱步。'我丈夫不知道。'我说，血液冲上了我的脸，我的双颊，我的额头和我的脖子，羞愧的眼泪就要夺眶而出。我听见我的眼泪的声音,我听见我的谢廖沙,我的儿子的声音,从庭院传来。弗伦斯基的眼睛里又燃起了熟悉的火光,于是我敏捷地抬起我带满戒指的手,捧住他的脸,与他四目相交了一秒,一个微笑照亮了我整张脸庞,我飞快地亲了一下他的双唇,他的双眼,只是为了把他推远。我想离开,但他却停下我的脚步。'什么时候?'他问,直直地看进我的眼睛。'今天,午夜之后的一点。'我低声回答,飞快地走开去找我的谢廖沙。'"

蝴蝶扑动翅膀,我们如着魔般欣赏。我发誓她就在那里,就在我们面前。无论风将她吹向何方,我们的视线都紧追不放。我们仍能听见山岭后火车的呼啸;我们老师却在那里茕茕孑立,靠在窗框上,我说,窗,我对你说,凝视着我们头顶上方某处消散的小小云朵。鸦雀无声;我感觉不是在上文学课,而是一场召唤灵魂的降神会。盛放手中的书如活物般哆嗦着;她将它压在胸前,好让它冷静下来,最终她吐出一口气,说道:"当激情已经逝去,只剩过错还在继续。"说完她转身,又看向窗外,释放出一阵轻微的战栗,微不可查,好像她体内突然涌起一阵寒意,好像一阵奇怪的风雨穿透了她。她翻了几页,发现弗伦斯基已经骑着他的母马花花,想要赶超骏马角斗士。下一刻,花花突然倒向一旁,呼吸粗重,徒劳地挣扎着想要站起,马蹄在弗伦斯基的腿边挥舞着,好像受了伤的鸟儿。

"从赛场回来,在马车里瑟缩得如一只中弹的鸟儿,我决定将弗伦斯基的事告诉伯爵。我用双手捂住脸,轻轻哭泣。我记得亚历山大·卡列宁,我的丈夫,连看都没有看我一眼,屁股也没有挪动半分。等我们快到我们的庄园的时候,他只是对我说他明天会告诉我决定。"蝴蝶在我们眼前翩翩飞舞,仍保持在铁轨上方同一高度,即使一阵低微的风从河面吹来,气势汹汹,带来湿土壤、接骨木和野薄荷的味道。

"'他要么决斗,要么离婚。'她继续说,扇动着小小的翅膀。'我们仍然住在同一屋檐下，就在对方身边，却又形同陌路。就连我最亲爱的安德烈，我爱的天使，也没有来过这幢房子，卡列宁伯爵知道我们之间的会面。再说了，我就快要生产了。'蝴蝶说着，却突然落下，好像一片叶子，好像她已经死了。"全班倒吸一口凉气，因为她突然的死亡而惊骇万分，但是，就在她要在油腻的铁轨上摔得粉碎之前，她又毫无征兆地活了过来，像一阵暖风般翩飞着，转过身又回到了之前的那个高度，那是故事暂停的地方。

"终于，她的丈夫决定搬出去，去莫斯科，要求她把儿子给他的姐妹。'放过谢廖沙吧！'安娜绝望地哭喊，但是亚历山大·卡列宁抽回了她刚才因恐慌而抓住的手臂，默默离开了房间⋯⋯"我们的老师叹气，虽然在我看来是那只蝴蝶停在她的嘴上才让她停下的。房间里一片死寂，好像卡列宁刚刚离开了这里。在那死寂中，朵兰缇娜，我说，死寂，我对你说，爆出一声惊雷；豆大的雨点如女人的眼泪般向下划过窗玻璃。就连水流下玻璃的彩色底座发出的汩汩声也应该可以听得一清二楚，室内却没有一丝声响。令人绝望的沉默逼近，好像死者的亡灵被召唤而来的情景。我们都盯着老师的嘴，等着那只蝴蝶扇动翅膀，飞起来，回到那铁轨上空，到我们初次见到她的地方，火车在那里尖啸而过。盛放的胸如雨下粉色的伞般闪着光，瓢泼大雨，而那本它们护着的书则保持干爽，我说，彻底干爽，我对你说，没有任何水珠从书页滴下。空气中也弥漫着好奇的味道，朵兰缇娜，班里的每一个人，就像你一样，我说，现在，我对你说，想知道接下去发生了什么，卡列宁伯爵去了莫斯科之后；安娜是否产下了孩子，她和弗伦斯基的风流韵事又如何收场？我们都知道她觉得伯爵面目可憎，他有一双大耳朵，牙齿蜡黄，就算他在结婚前还算聪明英俊。爱是一种激情，朵兰缇娜。"当激情已经逝去，只剩过错还在继续。"我记得当盛放手中的书如活物般哆嗦，她的样子和她所说的话语。她倚着窗，转过身背对着外面的雨。她的一条腿放在另一条腿上,交叠的大腿形成一个奇妙的杯子,窗玻璃外固执地不断落下雨滴,它们雄赳赳的影子便流入那杯子里。一小片雨后纯净的天空映衬着她的脸颊,一小缕细碎的阳光窥视她左边的嘴角。

"一天,亚历山大收到一封安娜发来的电报:'我快死了,求你,我乞求你,来一趟吧。带着你的原谅,我也可以安心地去了。'"盛放安静地继续讲着故事。"他知道她怀了孩子,可他也知道这个孩子是弗伦斯基的。'如果她快要死了我还不理睬,'他自言自语,'别人就会以为我冷酷无情。'这就是为什么他决定去一趟圣彼得堡。"我们的老师总结道,蝴蝶裂开了它的双唇,我说,双唇,我对你说,又再一次飞舞在铺在我们眼前的铁轨上空。"'当他到圣彼得堡的时候,坐在我床边的正是弗伦斯基。他的脸埋在双手中,静静哭泣。卡列宁从他尴尬的脸前抽出他的双手,在他肩膀上轻拍,好像哄小孩一般。我憎恶他的伪善。'"蝴蝶转了个身,教授交换了双腿,现在左腿叠在右腿上,让所有人看见她左膝洋溢的红晕,仿佛为压痕感到又羞又窘。她看着我,朵兰缇娜,我说,看着我,我对你说,让我想躲在双手后面哭泣。这是出于喜悦还是羞愧,都已无关紧要。她将微笑藏在嘴角,继续讲故事:

"两天之后,"她说,"安娜生下了安娜。不幸的是,她对她的感情与她对她儿子谢廖沙的相比根本都不能称之为爱。在他的身上,就算他是她不爱的男人的儿子,她仍然用尽了一切力气去爱,也得到了回报;但是小女孩确实是在极端悲惨的境地下出生的,"教授叙述道,"这就是为什么她没有得到哪怕一丁点她给予她儿子的爱。"她说完了,右手指敲着窗沿。雨已经停了,而蝴蝶还在那里,在故事里,只是现在它扇动翅膀的动作明显放慢,显得力不从心。好像就要在空中下沉,我说,下沉,我对你说,但在最后一刻,它不会忘记尽最大的努力喘上一口气,足以让它又回到铁轨上空同样的高度，自从火车离站后它一直保持着的高度。它成功了。

"我已经一年没有见到谢廖沙了。"蝴蝶扇动着疲惫的翅膀。"之后几年，他再也没有听见关于我的消息。他遇见许多儿时共同长大的朋友，也很喜爱他们。但关于我的记忆却彻底褪去。有一次他的叔叔斯捷潘·阿布拉莫维奇问他：'你记得你的母亲吗？'我的儿子垂下头答：'不，我不记得她。'我和弗伦斯基就像生活在地狱中，就连树都蒙满了灰尘与谴责，忍无可忍。我也很嫉妒，不是因为别的女人，而是因为他的爱日渐减少。这就是为什么我总是把一切都怪在他头上，认为他不愿意去理解我的人生。我不断抱怨他不够爱我，所以有一天他转身，用眼神凌迟我，他说：'你在挑战我的耐性。我的耐心是有限的，就和其他一切一样。'我看得出他在控制他自己，即使他已经没什么好说的了：'你这么说是什么意思？'我惊骇地尖叫，看着他的脸，特别是眼睛，映出毫不掩饰的厌恶。他愤怒地回答：'你要我说什么？'他继续说道：'我想要爱，但爱已不在。''所以，一切都结束了。'我断定，转身要走。'等等！'他绝望地哭喊，他的吻突然如雨点般落在我的手上，而我以为自己听到眼泪在他的声音中回荡。我拥抱他，吻他直到窒息：他的脸，他的脖子，他的手……"蝴蝶在我们眼前翻飞，好像绕着某个人的头、脖子和手……第一排的女生大声叹气，开始抽噎，散发出草莓的气味。这是她们在课间休息时溜进二楼的男厕所抽完烟后涂上的口红的味道。我们的老师很平静，和任何早已知道故事结局的人一样。

"他们虽然互相亲吻，但是还是会继续争吵。"她说。"他曾经爱着的女人现在成为了他沉重的负担。"她平静地说，好像一个见证人。"所以，有一天早上，弗洛伦斯基离开了他们的家；安娜发现自己犯了一个错误，写了一封信，但是信差没能找到他把信交给他。她满心绝望，直接去了火车站，想要哀求他回来。在路上她与自己争辩，他已经不再以她为骄傲，而是因她而羞耻，他对她的爱不断减少，而她对他的爱却越发炙热，也越发自私。爱之末，便是恨之初。"说着，她抬起了头，翻了几页，看向窗外，把书压在胸前，又继续说下去。

"然而，让她自己说说发生了什么事吧：'我上了第一辆进站的火车：车厢里只有我一个人，与火车一起和谐地在铁轨上摇晃。我的车厢经过了月台、石墙和一些货运车厢边，接着车轮骑在轨道上，开始呼啸，发出流动的、滑动的、带着一点当啷当啷的声响。傍晚的阳光照亮了车厢；风扬起了窗帘，把它嵌进窗户顶端敞开的窄窄的缝隙中。当火车驶进第一个车站，我藏在其他乘客背后，蹑手蹑脚地下了火车，站在月台上。看着手里紧握的红色手袋，我试着去回想我为何而来，又想做何事。一辆货运火车驶过我的身边，月台开始颤抖，我以为自己是在去往某处的旅途中；我以为是时候让自己离开了。我快步走下阶梯，站在铁轨的旁边，火车已经在我面前移动。我看见车厢连成一条长长的线；那些螺栓和铁链，第一节车厢高大的车轮，在火车头后面缓缓滚动；我想要将自己扔进第一节车厢中部下方，但是我从肩上取下的红色包包拖住了我，让我与它失之交臂。然而，第二节车厢来了，当车厢中部与我平行的时候，我扔下了包，头埋在双肩，手先着地；我想要直起身来，站起来，跳回去，但有个巨大的东西撞击我的头部，把我拉回去。"主啊，原谅我！"我尖叫，接着车轮骑在轨道上，开始呼啸，发出流动的、滑动的、带着一点当啷当啷的声响。'"小蝴蝶最后一次在空中扑动了一下翅膀便突然消失在稀薄的空气里，无影无踪，好像它从未出现；我觉得它已经变身，成为盛放脸上神秘而悲伤的微笑。合上书，她看着我，带着一丝释然，好像她告诉我的是她自己的秘密，而不是一本全球闻名的小说。

"人们对她弃如敝屣。"她说。"然而，她才是最有资格鄙弃他们的人。"

她又说道，看着一只真正的蝴蝶撞了一下窗玻璃，接着又撞了一下，想要闯进教室。我不知道我的老师在想什么，但是我确信这只蝴蝶一定目标明确，它一定是被召唤来的灵魂，才偏偏来到这一扇窗前。或者，也许，它的出现纯属意外，虽然我觉得它目标明确，它知道自己为何而来；实际上，也许我只是单纯地想相信奇迹，朵兰缇娜，我说，奇迹，我对你说，因为你若不信奇迹，那奇迹便不会发生。

徒劳地尝试了几次之后，蝴蝶停留在玻璃上，微微扇动翅膀，然后就飞走了，立刻消失在我们想象中铁轨上空的云朵里。

六

　　蝴蝶在这里，朵兰缇娜！它不知从哪儿冒出来，径直停在我的瞄准镜前。我可以通过我的左眼看见它在转向我的时候如何掀动翅膀。当然，我也能看见你。你仍将我禁锢在十字准线的中心，毫不动摇。像这样同时看着你们俩，透过肉眼看着它，透过瞄准镜看你，我想也许这是某种预兆或信息，某种在作出任何决定之前，必须深入探究或正确解读的东西。它一定是想告诉我些什么，我低声自言自语，否则为什么它就这么巧地停在这里，在我的狙击步枪上？它为什么不去停在其他地方，比如我旁边那丛棉蓟或者下面的那丛蓍草上？冥冥中有一种东西将会连接想象与真相，小说与现实；很难说前者终于何处，后者始于何方。它想要说什么呢，这只小蝴蝶，朵兰缇娜？我说，这只小蝴蝶，我对你说？你也看见了，它是如何扑闪着翅膀，站在我的瞄准镜前；这让你左边的眼角又笑了起来，而你的笑与扑闪的翅膀融为一体，让我很难辨别蝴蝶终于何处，微笑始于何方。为什么事物要融为一体呢，朵兰缇娜？究竟是什么让它们融为一体？

　　骄阳高悬，樱草盛放，棉蓟摇曳，近在咫尺，与此同时，在南方某处，在我与你的河岸，真实的炮弹如雨点般落下，它们像是要改变些什么。也许它们想要将蓟草移到你那边，樱草移到我这边？或者，也许它们想要让两岸融为一体，让东面和西面从此不分彼此？与此同时，我眼中的光，那蝴蝶仍在那扑动翅膀，仿佛被我们之间的视线禁锢；实际上，它似乎成了你微笑的一部分，我呼吸的一部分，朵兰缇娜。不幸的是，我不能，或者，应该说，不应该，抓住它或赶走它，因为如果我动上哪怕一英尺，你一定会毫不犹豫地扣动扳机，让我摊开四肢躺在这蓟草丛中，这草丛经过训练，早已对我满腔恨意。看着这只蝴蝶，我想起盛放和那节关于爱玛·包法利的课，第二节课，但是我也记得上艾奥瓦国际作家研习班时，史蒂夫·利普托夫所说的话，当时，在那奇幻的现实中，飘着奇幻的雨滴。

"今天不应该下雨；天气预报在这里准得和福音一样，但是在五月花边上有人在拍电影，而电影里你想在什么时候，什么地方，下什么样的雨都可以。所以，你在这里看到的不是真实的雨，我亲爱的作家们，即使它湿漉漉的，停在窗户上的蝴蝶也不是真的蝴蝶，而是假的。当然了，观众无所谓何为现实，因为现实是亲眼目睹的产物。因此，这雨对我们来说挺真实的，因为我们不是农夫，而是艺术家。所以，亲爱的同学们，我重申一遍，我们无所谓何为现实。"教授对我们说，像在洗手般搓动着双手，我说，就好像在涂肥皂，搓到泡沫开始在水下破裂为止。"然而，对于我们来说，现实根本不是什么棘手的问题。"他重复，两只手伸进袖管里，拉出了褪色的粉色羊毛衫袖子。

"在我们库库塔。"豪尔赫·胡里奥·加布里埃尔·埃伯特鸣叫道。"在我们库库塔。"等史蒂夫·利普托夫在后排找到他之后，他重复道。他说："在库库塔南部，我们认为现实是很棘手的，兄弟们。"埃伯特试着解释："写小说不棘手，棘手的只有现实。"他又说道："让我们觉得棘手的是如何让人相信现实，兄弟们，举个例子，在我的《百年小说》中，我写的一切都是事实,但没有一个人相信这些真的发生过。我们的现实是如此难以置信,因此,相信我,兄弟们,很难让人相信现实。"至此,豪尔赫·胡里奥,埃伯特兄弟说完了,又两手撑着椅子前后摇动起来,活像一只鹦鹉。史蒂夫·利普托夫教授,他是来自帕扎尔吉克①的斯基泰人②,至少他自己是这么认为的,想要说些什么,但是他刚张开嘴,雨就停了,所以他只能长叹一声,把粉笔掰成两段,在黑板上写道:**承诺做到最好,然后超越你的承诺**。他把剩下的粉笔扔向唐·豪尔赫·胡里奥·埃伯特;他用一只手就抓住了,像苍蝇一样,扔进他的嘴里开始咀嚼,吃了起来。我们来自库库塔的朋友有时的行为举止和真正的鹦鹉没什么两样,因此他也会和任何其他正常的鸟儿一样吃粉笔。我坐在他旁边,飞快地把我的粉笔递给他,因为埃伯特应该写一句比黑板上更出彩的话才行;实际上,这就是为什么教授把粉笔掰成两段,然后把它扔给必须站出来和他决斗之人。

"作家在句子中诞生,也在句子中死亡,埃伯特先生。"史蒂夫·利普托夫说,狡黠地晃荡着他茂密的一字眉。在等埃伯特走到黑板前的同时,他打开了窗户,我说,窗户,我对你说,真实的春意携着真实的阳光踏入了房间。不幸的是,他吸了第一口气之后才想起来他对真实的空气过敏,于是教授开始咳嗽,如窗帘般挂在脸上的眼袋恐慌地嘎嘎作响。他眯缝起双眼,关上窗,跑到窗对面的墙边,在巨大的美国地图前站定下来,这地图就像一叠火腿和鸡蛋。

在我来自库库塔的同学旋转着手上的粉笔时,我意识到自己也一样觉得现实很棘手:没有人会相信回声·响嘴,我的父亲佩恩·E.罗尔·奈斯

---

① 保加利亚南部城市。——译注
② 公元前八世纪至公元前三世纪生活在中亚和南俄草原的游牧民族。——译注

塔洛夫的老朋友，走在早已报废的缆车的电缆上，横跨整个村庄，就好像在空中漫步一般。回声·响嘴的所作所为如此令人难以置信，那我要如何让人相信这事实？他会登上特尼克上方的山坡，向田里那些忙碌的农民们挥手，然后向下走十公里，走到镇上去，到了之后，他便从几米高的铁丝网上跳下来。这铁丝网原本是一种保护措施，万一支撑着缆车的杆子倒下来，就靠它们了；这些铁丝网一路延伸到研钵研杵、擀面杖和木勺子工厂。"他们砍掉整片森林，那些狗娘养的，就为了研钵研杵和勺子。"热头鹰抱怨道，看着河对面光秃秃的山坡。除了在缆车的电缆上漫步，回声·响嘴，也就是今天我来这儿之前被杀死的那个，朵兰缇娜，我说，今天早上来这儿之前，我对你说，也曾尝试踏水而行；他们带着他划船到湖中央，他跨出小船准备行走，刚走了一步就像块大卵石般沉了下去；我的父亲在最后一刻抓住了他的胡子。

  但这不是重点，因为我那同住艾奥瓦五月花的室友，唐·豪尔赫·埃伯特，走向了黑板，足下生风，花哨的衬衫拍打着走廊，好像尾巴一样。我不知道是否真的存在比史蒂夫·利普托夫写的那句更出彩的句子，但是我知道他喜欢来自爱达荷州凯彻姆的哈里·摩根写的短篇小说，他所塑造的卡西尔达·阿曼达这样的伤心妓女，当然还有共产党人；特别是菲德尔·卡斯特罗，以及他一生的尝试。他站在黑板前，从头到脚都在颤抖，好像在用全身写字或者是在抓住现实。他展现在我们面前的是他短小而令人目瞪口呆的句子：人生是人口中的故事。然后他转身，狼吞虎咽地吃下了我给他的粉笔，打开了窗，在教授还没来得及反应之前，一只小小的白色蝴蝶飞了进来，和我们这只一样，朵兰缇娜，我说，一只小蝴蝶，我对你说。它在史蒂夫·利普托夫和豪尔赫·胡里奥，埃伯特兄弟之间飘动，无法决定在何处落脚。没过几分钟，它停在了桌上，扑动着翅膀，好像有话要说。

这些，还有盛放给我们讲爱玛·包法利的故事，我说，就是当我看见这蝴蝶在我枪杆上的瞄准镜前落脚时想起的。我也记起了豪尔赫·胡里奥，埃伯特兄弟，我艾奥瓦的朋友，显而易见，对我来说，人生的确仅仅是记忆中与口中的故事。显而易见，我们都住在同一个故事里，朵兰缇娜，唯一的问题就是每个人都用不同的方式在诉说；如果我们用眼睛交谈，那故事便可永无止境。

"在旁观者的眼中，"盛放说，"住着一个小人儿，与传声筒无异。人眼中的小人儿的眼中，也住着这样一个小人儿，与传声筒无异。与一人交谈，便是与所有人交谈。这就是为什么你的目光要进入人的眼睛。"我们，朵兰缇娜，就算不想这么做也不行；我看见你眼中的蝴蝶，你也在我的眼里看见它。它渐渐成为我们共同的回忆。听，朵兰缇娜。"我的小蝴蝶，善良的心，如果回忆可以成为爱的代替，触摸她温香的玉颈，好让她知道这一切都是真的；轻抚她的额头，就像你会轻抚同样的灵魂；触碰她的胸脯，将你翅膀上的星尘洒一些在她的眼睑上；为了我这么做吧，亲爱的，轻柔羞怯地触碰她的双唇，好像是我们的初吻，我说，吻，我对你说，你屏住呼吸，宇宙中再也没有其他的存在。只有你的心跳，像翅膀在喉间扑动，像是从双唇下，嘴角边泛起的一阵麻痒。停，我说，到了那儿就停下，我对你说，就在那儿停下，在她影影绰绰闪着樱草的柔光的发丝间，那里，你无法分辨他们终于何处，她又始于何方，无法分辨何为秀发，何为樱草。"我这么说着的时候，蝴蝶，看，蝴蝶扑动翅膀，在瞄准镜前转了个身，好像难以置信自己竟然找了这么个奇怪的地方歇脚，就在我的面前。也许它难以想象竟有人会说这些话，因为只需一根手指轻轻一扣，即使它从不存在也无人在意，我说，一根手指，我对你说，就可以结束这一切，一个小红点就可以让故事终结。看呀，朵兰缇娜，我说，看，我对你说，突然这蝴蝶激动地扑闪着翅膀,飞了起来;它在瞄准镜上停了一秒,然后又飞下来触碰了一下我的嘴唇,我左边的嘴角,接着又飞了起来,如你所见,飞过了蓟丛,飞走了。它在那里,像一朵奇幻的白色云彩,像一片破碎的天空消失在我们俩瞄准镜之间的隧道里。它朝你飞去,朵兰缇娜,我说,朝你的方向,我对你说!要是我能告诉唐·豪尔赫·胡里奥,埃伯特兄弟这一切;如果我能告诉他蝴蝶是如何在那处落脚,在你的手上,朵兰缇娜,他一定立刻就懂,他会明白的。因为,和他一样,我也觉得让人相信现实是很棘手的问题。何为现实,何为梦境,朵兰缇娜?梦境,朵兰缇娜,我说,梦境,我对你说。谁会相信一只普通的白蝴蝶,那儿,一只蝴蝶,我说,一只蝴蝶,我对你说,听懂了一切,并飞上了天空,一只蝴蝶,兄弟,就停在我想要亲吻的地方;就在你的额头,我说,额头,我对你说。他们说亲吻额头有多层意思:第一,这表现出你尊重对方,第二,你真诚地爱着对方,第三,你就要离去。我可以看见蝴蝶扇动着翅膀翩翩飞舞,一瞬满心欢喜,我说,满心欢喜,我对你说,下一瞬又平静了下来,停在你光洁如镜的脸颊。明灭的光影略过你左脸晕红的脸颊,在我看来,这与安娜的脸颊如出一辙,在她告诉亚历山大·卡列宁她怀着弗伦斯基的孩子时,如果你还记得,我说,记得,我对你说。我可以看见你两边的嘴角微微颤抖,好像是要忍住大笑的冲动,又好像是感觉有些窘迫,但与此同时又为发生这样的事感到欣喜,这样奇怪而难以置信的事,我说,难以置信,我对你说。在这里,在两把狙击步枪之间空洞的旋风里,我能察觉你的气味正在靠近,朵兰缇娜。你身上樱草的味道,我说,樱草,我对你说,你的长发如瀑,落在狙击步枪上,啊,多么令人意乱情迷,啊,多么浓厚而深重,你周围整座山坡的芬芳,整座山坡的怒放。蝴蝶爬上了你的左臂,我说,左边,我对你说,托着枪的手臂,它的吻闪电般落满整条手臂,我说,吻，我对你说；走到尽头它才停下，停在前臂与上臂之间那柔软的臂弯。我在你的左眼中看见了它，还有你眼里那小人儿的眼中，我说，小人儿，我对你说。我看它正准备安顿下来，好像要窝在那安全温暖的摇篮里，血脉传唱着心脏的摇篮曲，以微不可闻的节奏将它轻轻摇晃。

　　太阳在堡垒上空某处立足，好像对一切已知与未知的自然法则弃之不顾；蝴蝶飞离你的臂膀，在你上方转了一小圈；又停在了你的脸颊上，然后又飞起，落在你秀美的鼻子上，我说，秀美的鼻子，我对你说，接着它又飞起，再一次落下时，它停在你左边的嘴角。它轻扇双翅，又飞了起来，在你的额头歇了歇脚，接着飞起，在你衬衫纽扣下隆起的左胸上歇了歇，我说，左边，我对你说，它飞到你的脖子上，好像是要逃离那狙击步枪的末端，好像想在樱草上如一只白鸽般打滚。我感觉那藏在你皮肤下的东西就要情难自已，我说，皮肤，我对你说；它颤抖着，动摇着，因蝴蝶的触碰而摇摆，蝴蝶再次轻跃，就在那里，我看见它扶摇直上，好像想要把所有的吻都留在那里，在那一刻，我说，在你的胸脯上，我对你说。我可以从我干涸的嘴巴的皱褶里听到细小的血管中血液在循环；那填满了春天的脉搏，那聚在乳尖上的泡沫，如涨潮般搏动。我可以看见你呼吸粗重，朵兰缇娜，我说，呼吸，我对你说，你的乳浪在我的瞄准镜中翻滚，冲击我的视线。你的左眼闪闪发光，那亮光就要溢出眼眶，我说，溢出眼眶，你的虹膜在收缩，你的呼吸让樱草弯下了腰，波浪不断延展，缠绕着太阳的金丝向河的下游流去。这只小小的蝴蝶在你脖子上不断轻点，我说，小蝴蝶，我对你说，触碰你耳垂下方，你的鬓角，接着又浮浮沉沉，去了又回，从头至尾，你全身上下都在颤抖，我们瞄准镜之间的整条隧道都在摇晃：所有那些晶亮的光影旋涡，传递着我们之间的凝视，朵兰缇娜。那圆形的蛛网，从我的右眼延伸到你的左眼，发出微微的光亮；从我的棉蓟到你的樱草，我说，樱草，我对你说，还有你背后的榛树。

我可以看见蝴蝶在你左手的小指上歇脚；那只你用来支撑狙击步枪的手；那根小手指在与它玩耍，与那只蝴蝶，忽上忽下地逗弄它，而它则抓得紧紧的，不想掉下。接着它又绕过枪管，停在另外一根小指上，这根手指在扳机护环下颤抖，但它只是停留了一小会儿，也许是觉得没什么别的地方好玩的了。它翻了个跟斗，穿过你的手臂，落在一株孤单的樱草上，我说，樱草，我对你说，扎根在枪口的正前方，在那十二点七毫米宽的枪管开口的正前方；直到现在我才发现，朵兰缇娜，这朵孤单的花，这株樱草，我说，这一株，我对你说，就长在子弹的正前方，那枚用来射杀我的子弹，我说，会先杀死那朵花，即使它只是无意间站在那里，又无法移动，因为植物没有戏谑的本性。我可以看见那朵脆弱的花儿彻底遮住了黑洞洞的枪管，好像想要阻止那枚子弹，然而，无论如何，是现在还是之后，这枚子弹都要亲吻我的额头，我说，额头，我对你说，并且没人会注意到有任何异样；狙击手往往会瞄准额头，因为若是如此，你也一定清楚得很，他们立刻就能判断他们的任务是否已经成功完成。我只是想知道我是否还有时间看到那黄色的花冠炸裂的瞬间，只留下樱草的茎叶在枪管前摇曳。

看，蝴蝶已经随着那朵樱草花摇晃了好一会儿；像是离别前的拥抱，仿佛在跳最后一支死亡之舞。接着它开始在瞄准镜之间的旋涡中旋转，它朝这里来了，它正朝我飞来，朝河的右岸；它来了，朵兰缇娜，我说，它来了，我对你说。我靠目前所知来判断，而我能知道不是因为它在望远镜瞄准器前飞翔，而是唯一判断它飞翔能力的标准只有它的体型，它要飞成千上万年才能到达我的蓟丛，我说，成千上万年，我对你说，因为我认为它飞得非常慢，时不时还要倒退；我确定你这么认为，它时常在半空中驻足，在那里扑闪着翅膀，像是在沉思，又像是在回忆。它重新飞了起来，这次毫不停留；它会跨过河流，为我带来你的芬芳，朵兰缇娜，我说，芬芳，我对你说。还有你嘴唇的战栗；你胸脯的暖风，还有从樱草丛散播到堡垒的热量，我说，堡垒，我对你说，从堡垒到左岸那沿岸的壕沟。是的，它来了，朵兰缇娜，看，它已经在半路上，在河流上方，就在那咯咯作响的溪流上方，将整条河流分割开来，形成数不清的纹路；它已经走了一半……飞吧，我说，飞吧，我对你说，那位令人惊异的豪尔赫·胡里奥，埃伯特兄弟，进入我的脑海，我想现实最终仍是可以让人相信的，如果有人愿意相信你。他会相信我的；我会告诉他战区有一只蝴蝶，我说，战区，我对你说，爱上了一株樱草，并且生还。我会告诉他你的故事，朵兰缇娜，而他一定会相信你是存在的。我也知道如果我们在艾奥瓦，他会怎么做：如果他有一支粉笔，他会像一只鹦鹉一样出于纯粹的喜悦而狼吞虎咽；如果她没有，他就会用他的手指，又细又蓝好像一只麻雀的手指，理顺他的小胡须，接着他会平静地说："文学也有苦楚的灵魂，兄弟。"对于他而言，一切都是文学，我心中的河，因为他活着就是为了诉说。他一定会相信我的，朵兰缇娜，因为他告诉我库库塔的人们，南库库塔，都是乘着飞毯的，而我相信了他；他告诉我有一个老妇人，带着她十二岁的孙女游走各地，售卖小女孩的身体，好凑够钱来修理女孩不小心烧毁的房屋；他告诉我，十五年来，她每天把女孩卖给三十个男人，然而当我们在艾奥瓦的时候，她还是没能凑够钱。他告诉我有一天，有人带他去看冰；在他触碰那神秘之物时，他的心脏因恐惧与喜悦而颤抖，我相信了他，朵兰缇娜。他告诉我马其顿一位聪明的炼金术师所创造的第八大奇迹，朵兰缇娜，我说，马其顿，我对你说，我相信了他。这就是为什么我知道他一定会相信我，如果我告诉他蝴蝶与你的故事，朵兰缇娜，但是可惜，他不在这里，就算在南库库塔，他的家乡库库塔，他也不会久留。这里有的，我说，这里，我对你说，我的背后，只有那面目扭曲、喋喋不休的热头鹰，我说，热头鹰上尉，我对你说，你永远都说不准他是在哭还是在笑，是在表扬还是在斥责。大部分时间，他只是在咒骂和吐痰，在壕沟里像一只饥饿的鼹鼠般刨着土；在意想不到的地点探出头来窥视。他还没来察看我是否还活着；但是，在这里，那只蝴蝶正要过河；它只需再飞一小段距离即可，往上飞一点就能平安抵达河岸，到我身边，除非它在下降的时候突然又改变主意或方向，撞上我的瞄准镜。我看见它在空中旋转，我说，空中，突然俯冲下去，又再度盘旋而上，没有离开旋涡一步，离开那亮晶晶的圆形蛛网，在你我的瞄准镜之间，在你我之间，我眼中的光。我可以看见它飞翔着，享受着，朵兰缇娜；就好像我看见你的嘴唇与我近在咫尺，对着我微笑，渴求着我。就好像我看见一生中所能见到的所有的蝴蝶，我心中的河，所有的蝴蝶，我说。

  该死的！见鬼！怎么回事，朵兰缇娜?！看！快看，我说，她翻着跟斗开始落下，而她原应朝着我的方向向上爬；她的翅膀黏在一起，她无法动弹，无法停止，抓不住空气；她就像碎片般掉落，向水面撞去。她一定被什么东西击中了；面目狰狞，恨意滔天，一定是出了什么事，朵兰缇娜，我说，出事了，我对你说，而你，我可以看见，也发现了，你嘴角的微笑消失不见，你的眼睛悲伤地瑟缩起来，一滴泪映着光，滚落下来，滚落你的脸颊，就像那卖火柴的小女孩的眼泪。我们的蝴蝶不见了，朵兰缇娜，我再也看不见她。在桥下，炮弹又重新落下，让两岸同样惊慌，我说两岸，我对你说，我面前的蓟草和你面前的樱草。虽透过沿路爬来的烟雾，我可以看见，你头一次既没有用左边的嘴角微笑，也没有眨动你的左眼。你只是紧紧抓住你的枪，我说，枪，我对你说，屏住呼吸，透过瞄准镜直盯我的额头。

七

我的高中老师亲吻我的额头,我还以为是安娜·卡列尼娜在亲吻我;一切都在我脑中混杂,朵兰缇娜,我已无力分辨何为现实,何为小说;实际上,我就连什么可能是真的,什么可能是假的都无法分辨。这个吻是在火车站上落在我的额头,当时盛放正要送我们去红酒之城参加一个诗歌节。我看见她在月台上向后缩,她的手却好像是在我们眼前挥动,就好像要飞到车厢里似的。我眺望许久,头伸出窗外,躲开冲着火车伸来的树枝。我以为如果我不断凝视她脖子上颤动的鬈发,她就永远不能将自己扔到货车第二节车厢的底下去,那货车九十九年来一直都准时到站。准时。我看着你,好像你也在看着我,就像我在那里的那一刻一样,朵兰缇娜;你又笑了,几乎不能相信这一切正在发生。通过你那被樱草点亮的左眼和前额来判断,我几乎可以肯定你和我文学老师当时的年龄相仿。看着你,想象着她,我突然发现自己是一个让人难以忍受的学生,一个倔犟的傻瓜,用愚蠢的恶作剧吸引身边所有人注意。我对你承认这一切,朵兰缇娜,因为我的生死就握在你的手里。我像小丑一样想要引人注目,想要成为大人物,可是实际上我所做的一切只是让我成为无名小卒。我在墙上和课桌上给自己署名"屁股将军",我说,屁股,我对你说,然而我恬不知耻地对法语老师狼绯撒谎，说是有人为了侮辱我故意这么做的，因为我来自乡下，我说，我是乡下男孩，我对你说。现在想起来，哪个脑筋正常的人会在语言教室里崭新的课桌上，刚刚从法国克莱蒙费朗来的货车上卸下的课桌上，给自己刻上这么一个名字；谁，我说，谁，我对你说，除了我这样愚昧无知的蠢猪？没有一个尚存一盎司智力的人会吹嘘这么一个恶心的别名，也许老师也是这么想的吧，所以才接受了我厚颜无耻的谎言，信以为真。现在我知道她是盛放在整个高中里唯一的朋友。我记得她从不口出恶言；她的字典里没有这样的词。如果她想要表达对某件事的不满，她会在褒义词的前面加上一个否定词，举个例子，她会说那粗糙的涂鸦并非出自"某个恨我的人"，而是"某个不够喜欢我的人"。这些词从她的舌头滚落，我说，她的舌头，我对你说，她发音的时候就像在亲吻空气。另外，她们俩是整个高中里最漂亮的老师，她和盛放；她有一头浓厚的鬈发，不断微笑的双眸，虽然她的名字叫狼绯。她举止极其规矩优雅，这让我越发尊敬她，因为她是唯一会时不时和盛放聊上几句的人，虽然只在去教师办公室的路上聊。其他所有人都恨她，我说，恨她，我对你说，鄙弃她。现在想起来，我说，现在想起来，无论何时回想起来，狼绯的确从不口出恶言。"这一定是某个不够喜欢你的人做的。"她说，相信没有一个人会把自己丑陋的别名写满整个学校。任何正常人都会因这么一个别名而羞愧，她想，却不知道的确就有这么一个白痴病患者，我说，白痴病患者，我对你说，这个词源于法语，这也是狼绯的口头禅，它的意思是智力低下，无说话能力。谁会想让人称自己为"屁股将军"？我无比真诚、发自内心地为这讨厌的别名似乎已被遗忘而高兴；很难相信那些出于恶意留在镇上的人会记得这个名字，我说，恶意，只为保留那些功成名就的人最落魄的回忆。

每次我回家，都是低着头匆匆走过，好避过主街旁树上贴着的讣告，那贴在树干上的笑脸炯炯地注视着我。有这么一个人，从广场上的枫树背后窥视我，一边还咧着嘴笑，他会故意扯着嗓子大声喊我的别名，好让所有人都听到。我知道他这么做是要让我窘迫，或者至少想要表现我的成就与那些在我还是无名小卒时就认识我的人一点关系也没有。那别名像惊雷般回荡，被周围的建筑反弹，回到枫树下面，我说，枫树，我对你说，退休的教授就在枫树的树荫下下象棋或双陆棋。就连那些站在裸体小孩撒尿喷泉周围抽烟的人也会抬起头，一柱柱黑烟从他们头上冒起，就像是从工厂的烟囱里冒出来的一样。现在，如果你愿意，请你想象一下：大地因热气而颤动，蒸腾的空气在耳边嗡鸣，如一群牛虻般嗡鸣，盖住了喷泉里的男孩汩汩撒尿的声音，突然不知从哪里冒出来一个胆敢扯着嗓子叫"屁屁屁屁屁股将军！"的人。当躲在枫树后的那个人开始刺耳地嘎嘎大笑，那喷泉也突然鸣叫起来，加入那嘎嘎大笑的阵营。当然，我说，当然，我对你说，一瞬间所有人都转头看向我，看着我放下装满了书、手稿和空罐头的行李箱，我说，罐头，我对你说，然后向前伸手去问候面前那个笑得七倒八歪，可能一不小心就要尿裤子的人。他立正，向我敬了一个礼，假装士兵来愚弄我。

你觉得这人是谁，朵兰缇娜？你能猜猜吗；你敢猜吗？你不需要，我心中的河，不要皱眉，不要烦恼；是热头鹰，我刚到这个镇上时认识的小学同学，我说，后来还一起上了高中，只上了很短的时间。他是唯一从未忘记我别名的人。好像他在广场上站岗，就为了找到我，我说，广场，我对你说，不断等待着死一般的寂静，好让笑声爆发之时如雷声轰鸣，让那附着在树与墙之上的笑声，穿透喷泉大理石男孩纤细的水柱。男孩在撒尿，水柱在蒸发，而那嘎嘎大笑却像雷声一样击打着枫树，摇晃那些吸烟者头上的烟囱。想象，朵兰缇娜，我说，想象，我对你说，在我头两年学习比较文学的时候，这种情况至少每两个月要出现一次，实际上直到热头鹰去当兵之后才停止，他去当兵也只是为了能回来当一个预备军官。后来，我发现他加入了联邦军队，成了少尉，我说，少尉，我对你说，那么多年来我都没有听说过他的事。至少，直到那天早上他和回声·响嘴一起来我家把我带到这里，几乎像是在拘捕我一般。当我们坐在那军用吉普车上，这车就像蚂蚱一样一路弹跳着，他们告诉我你们在河边向我们射击，而我们就在另一边向你们射击。头一次只剩下我们两人的时候，鹰上尉最后一次叫了我的别名，之后就再也没有提起过。现在，躺在地上躲在这蓟丛后面，我觉得他自始至终都在我的背后，在我的脖子上呼气。我非常熟悉他的呼吸；我熟悉他的呼吸，无论是用鼻子还是嘴巴。

作为我们班上最差的学生，他总是戴着惩罚纸帽坐在教室最后，虽然有时他会坐我旁边。开学之后的两个月，他转到我们班来，因为他被数学班开除了，因为他说数学老师是狗，我说，狗，我对你说。实际上，在他转到我们班上来之前，就已经是臭名昭著的差生了，甚至比我还差。用雀斑奶奶的话来说，他像是一只恼人的牛虻。就算我并没有在听他说话，因为我的耳朵只想听盛放，因为她才刚要开始上一周她说要上的三节课中的第二节，热头鹰在我耳边孜孜不倦地告诉我他为何会从数学班被赶出来。虽然他听到盛放一遍又一遍重复："校长随时会来我们教室。"只有短短一句话，也许是给我们的警告，但是他充耳未闻。他说："如果说数学家不能有情绪，他仍然可以解数学问题，但是如果我们禁止一只狗去爱，那么他就会生病，因为失去情绪之后他就不能成为人类最好的朋友。你懂吗？数学家还不如狗。我只是说了这些，兄弟，其他什么都没说，他说，什么都没说，他对我说，可是那个乡绅就把他的粉笔扔进垃圾桶走出了教室；你怎么看，他有权利为狗不是数学家而生气吗？"热头鹰大声耳语，咯咯偷笑，鼻孔不停喷气，好像要赶走空中的苍蝇。我虽然听不懂，但也躲在自己大衣的袖子后面，跟着疯笑起来。

盛放，我们的老师，站在我们面前用同样的声音重复同一句句子："校长随时会来我们教室。"接着，正当她重复的时候，校长竟真的进来了。他旁边站着亚伯拉罕·响嘴，回声·响嘴第一段婚姻留下的儿子。校长甩了甩他较短的那条手臂的衣袖，先是看看我们，接着又看向盛放，虽然她不停重复同一句话，却无一奏效。热头鹰仍在窃窃私语，好像入魔了一般，说道："如果人和植物没有一同进化，我们的人生便会截然不同。"我站在他旁边，听着他讲话，就算我一点都没有听懂，我们俩却都在笑。

"那个人，"他说，"那个一条手臂比另一条短的，那个狗娘养的，"他说，用眼神瞥瞥校长，"现在是一根黄瓜，接着就成为一盘色拉，如果他质量够好的话，总之不可能变成人。"他不断胡言乱语，好像一直都只是在呼气，根本不用吸气。当然，他也被赶出了我们班，因为他当着我们所有人的面咬了校长的左耳，我说，耳朵，我对你说，当他在给他颁发气枪比赛头等奖的时候。"我以为他是根黄瓜。"后来他在撒尿男孩的喷泉边对我说。"如果不是什么狗屁的进化，兄弟，昨天的事就不会发生；动物和植物会分开发展，只有这样，猿才能变成人，而那根黄瓜则还是黄瓜。如今的一切都令人困惑，他说，一切，他对我说，危险的困惑，你无法分辨什么是黄瓜，什么是人，天杀的。"他边说边把嘴对准撒尿男孩的水柱。我知道这水不能喝，我也知道我听不懂他所说的话。他喝了一口之后，因为我事发当时不在现场，热头鹰想要演示给我看耳朵事件，结果我差点就残废了。后来，他从农业高中毕业，我说，农业，我对你说，从邻镇那所教畜牧养殖的学校。在那里，他故伎重施，同样也将数学老师比作狗，不过那个老师倒善解人意，还让他毕业了，在考察他的实践动手能力，也就是为一头布沙母牛①进行人工授精之后。再后来，我只在喷泉旁见过他一次，我说，喷泉，我对你说：当时，他在撒尿男孩的注视下，习惯性地问候我，并激情澎湃地对我说他被招去参军。从那天起我就再没有见过他，直到他将狙击步枪扔到我腿上的那一刻，正如我已经对你说的。现在你知道我的指挥官是什么样的人了吧。我不是说那个站在你背后的人，我是说断臂人，会比他好到哪儿去，只不过我必须承认如果他真的是法托斯·德德尔利，那位来自克鲁亚的抒情诗人，那真是令人羞愧。据我的观察，我觉得他也是一个样，和热头鹰一个样，对自然心怀怨恨；我看见他掐断那些他认为正在偷窥你胸部的樱草。由此可见，进化的过程中的确是出了一些纰漏。

　　现在，想象一下，朵兰缇娜，那个你我身陷的故事：你背后站着断臂人，我背后的壕沟里有热头鹰，都一样是毫不崇尚自然之人，然而在我的面前，在河的左岸，我却在最小的那朵花中找到了你，即使是透过这瞄准镜，我也无法区分你和樱草。这就是为什么我当初没能发现你，或者更准确地说，当我发现你，你已将我禁锢在你十字准线的中心。看着樱草丛中的你，我开始意识到你就是整条堤岸，整条堤岸都是你也只是你；没有任何东西可以离开你而独自存在，一切都与你同在，可是与此同时，在你身后某处，也许是在榛树后面，那个大胡子，那个只有一条手臂的，躺在地上，我说，躺着，我对你说，咬牙切齿，因为自然仍包围着他，太阳仍然存在，樱草仍在怒放，就连我的心脏都仍在跳动，而你却已经落在河的这一边，落在我的瞄准镜中，我说，而我则落在河的另一边，落在你的瞄准镜中，我对你说。这蓟丛也是一样，即使它痛恨我，却并没有离开，所以

---

① 布沙牛产于迪纳拉山脉（跨越斯洛文尼亚、克罗地亚、波斯尼亚和黑塞哥维那、塞尔维亚、黑山、阿尔巴尼亚、科索沃）的牛种。——译注

它一定以为自己仍在遮挡我。究竟是谁需要学习如何进化成人，朵兰缇娜？他究竟何时才能进化成人，如果他真能成人的话，我心中的河？为什么？然而，你又能做什么呢；剩下的只有故事的尾声，当然，它是你的。如果是这样，那就不会再有镜子般映衬着你的樱草；我的面前也不再有蓟草，在所有日子里的这一日，宇宙中所有的蝴蝶和蜜蜂都渴望降落，那就不会再有河流，那就不会再有太阳高悬，只有神知道它已经在破败的堡垒上空悬挂了多久，一动不动。

　　通过蓟丛看着你，我想要相信你正向我传递全世界的美丽，所以我睁开了我的左眼，像个男人一样对生命道别。现在我发现自己，实际上，一只都活在人生错误的那一侧，在那里，你活着，但不会让生活为你拍拍背，拥抱你，在你没有亲人的时候成为你的亲人。现在我发现我一无所有，只有我背后的生命。一直以来都是如此，我从未向正确的方向前进，反而总是脱离轨道拐向相反的方向。如果我能在一小时之内到达正确的地点，我便总是爬过错误的山洞、峡谷和峭壁，十小时之后才到达。为了取得最小的成功我都要付出最大的代价；在我喝醉的时候，我都会作出紧急的决定，只为将它们拖到明日我清醒的时刻。然而，明日复明日，我一直都活在将来，就算我知道没有人在那里存活。活在将来的时候，我，实际上，是活在我错误的过去；永远享受着篡改的人生，不断想出谎言，再试着让它成真。当然，这几乎从未发生过，所以我大部分时间都是活在我假装是真相的谎言中。也许有的时候我的一些旧日谎言会与新的现实相符，但是这对于幸福来说却为时已晚，因为我在旧日就已经通过谎言挥霍了幸福。我提前讲述我的人生，却不懂人生只能用来回首。我的人生就是不能成真的故事。现在，朵兰缇娜，你拥有了我的人生，如你所知，而我只是通过阅读你的记忆来叙述我的人生。这就是人生，我说，人生，我对你说。没有任何死亡可以记得自己，正如没有任何死亡可以推迟自己。被推迟的，实际上只是在这一刻被推迟的或者我以为被推迟的，至少在我能通过我的瞄准镜看着你的这一刻，不是死亡，因为死亡不能推迟自己。我们每一个人只能携带他自己的时间，没有人能拥有除了自己之外其他人的时间。诸如此类，我说，长话短说，你要原谅我，朵兰缇娜，如果我在说废话。樱草翻飞，告诉我你也心跳加速；你能从扣在扳机上的指尖感受到这一点；像针刺一般，我说，刺，我对你说，你的手指。我也有同感；我可以听到在我喉咙间脉动的钟鸣，咚—咚—咚，好像在呼召我去祷告。我也感觉得到粘在额头上的红点；它就像一个小小的圆圈般掀动，像你托着狙击步枪的手中的心跳。

你怎么看，朵兰缇娜：永无止境的是死亡吗？还是人生？

在艾奥瓦也是一样，在那个国际捉家淹习班，波兰口音的安娜·科米茨卡就是这么说的，我们经常讨论这个话题。"我认为人生，而非死亡，是无边无际的。"唐·豪尔赫·胡里奥，埃伯特兄弟，在回库库塔的那天说道。他必须要提前三个月走，因为他的母亲皮拉·特勒那突然间患了失眠症，于是，作为库库塔唯一识字的人，他必须立刻回家，把家里所有东西的名字按顺序写下来，好让那个可怜的女人不要因无知而死。另外，他同意让安娜·科米茨卡看了那封信，天知道她怎么会库库塔语的，在那封信中他悲痛的父亲路易斯·布拉格·米格尔·洛佩斯·埃伯特写道，周三以来，在整个库库塔，几乎所有人都活在一种他们毫无把握的现实之中，每一天都在无尽的遗忘的可能性中越陷越深。"我也会忘记一切；在我忘记你的存在之前回来吧。"信中恳求道。在他之后，法托斯·德德尔利也走了，但是他在反对示威中受伤之前联系过我。"这里的每一个人都忘记了书面语的意思；他们记得的唯一一个词就是血海深仇。"来自克鲁亚的电报如是说。

　　通过我的故事来讲述他们的故事，朵兰缇娜，因为在我看来，这里，河的两岸，遗忘的瘟疫已经肆虐了很长一段时间；这就是为什么总有历史被遗忘。当他们以历史之名杀了人，凶手成了神话，我说，英雄，我对你说。明天，到处都会竖起他们的纪念碑。谋杀成了简单的算术，我说，没有任何情绪的算术；死人只是数字，凶手则是分母。死亡除以他。这就是为什么你要除以我，朵兰缇娜，这样我就不用再做除法，我说，再也不用，我对你说，听不见那些刺穿地面的枪林弹雨，就像遥远的历史的回音；你的和我的人中有一些应该已经变成一团小小的松软的云；明天他们就会下雨，一场凄凉的雨。樱草会战栗；我的棉蓟会颤抖，而雨水会流入溪中，轰隆隆地滚落到河里。谁知道有多少这样的雨水汇入了我们的河流，朵兰缇娜？我从教室的窗户眺望的那条河，而你一定在我们楼上见过它的景象，在你上学的时候，我说，那时，我对你说。我记得在我从校长办公室回来的时候，我们的老师还没有开始讲课；我坐在亚伯拉罕·响嘴旁边。我以为盛放在等着我回来，好开始讲她在一周前说要上的三节课里的第二节。我看着她玉颈上颤动的鬈发，但我也能看见热头鹰正向那座桥走来，我说，那座桥，我对你说，朝着所有的栏杆吐唾沫，然后将书包里的一切都扔进河里。书像鹭鸶一样向下倾身，潜入水中，又冒出头在浪尖跳跃。盛放也看见他将他们扔进水里，我说，她看见了，我对你说，我还知道她感觉很糟，因为她能切身体会每一个人的处境，包括那些除了蔑视之外不值一顾的人。也许她同情热头鹰，我真的不知道。当时，她还不知道整个小镇都知道些什么关于她的事，你一定要清楚，朵兰缇娜，我们的小镇是残破不堪的，我说，残破不堪，我对你说。在这里他们会编出几乎不可能出现在真实生活中的故事，想想他们编的关于盛放的故事吧，我说，我连一半都记不得了。如果他们不能八卦，那他们就没有什么可聊的；所有对话都是关于其他人的，我说，其他人，最好笑的、最精彩的、最愉快的谈话只有躲在某人背后才能拥有，朵兰缇娜。他们几乎不会聊起日常问题，就算聊了，他们要不含糊要不结巴，你基本上听不懂他们在说什么；你永远分不清他们是在抱怨还是吹嘘。你若不反击，他们会毫不犹豫将你钉上十字架；他们会编故事，说你想要成为王中之王，他们会点起蜡烛赞美你，好让你永远不要忘记你所背负的十字架。当然了，我的老师后来原谅了他们所有人，但是就算是她的灵魂也不是永无止境的，她只有一个灵魂，没有无尽的宽恕。就算热头鹰被学校开除不是她的错，每个人都觉得她才是起因。我发现她很伤心，看着他把自己的书扔进河里，我说，河里，我对你说，但是她转过身，叹了一口气，结束了第二节课。"查理最终埋葬她时，让她穿着婚纱，套着白色的鞋子，头戴花冠，盖着绿色天鹅绒布，头发散落在肩上，装扮得像一个诚实的女人……"

八

现在我知道这是福楼拜的《包法利夫人》，也就是盛放上周说要上的三节课的第二节。就像一周前，一切都在我脑中混为一谈，这次也一样，现实再次与小说融合或者小说与现实融合，这都无关紧要。当她说出第一句话，她说"校长来了"，他真的来了。他是个苍白矮小的男人，总是穿着定制的深蓝色法式西装，量身定制，只是他的左臂稍短一些，所以你根本看不见他的手伸出袖子。他移动手臂时，就好像是在甩着空空的水袖。他自己也举止怪异，像是一团影子。这次他和亚伯拉罕·响嘴两个人一起来了，他修椅子修了整整三个小时，这是对他在地理课上把椅子腿给拆下来的惩罚。当亚伯拉罕终于把椅子放好坐下来之后，校长静静地碰了碰我面前的桌子，用那软趴趴的袖子指着我叫我出去。老师困惑地看着我，合上了《包法利夫人》，站在她的讲台边。直到那时我才看见校长的另一只手拿着一张奖状和一块奖牌，但是当他捂着耳朵跑出教室的时候我已经出去了。他空空的袖子胡乱拍打着，好像在抓苍蝇，在走廊尽头他消失了，消失在无花果树林之后。紧随其后的是热头鹰，脖子上挂着一块奖牌，他从洞开的窗口跳出，迷失在他的黄瓜园里。后来，我就看见他把书扔进了河里。

回到教室之前，我说，教室，我对你说，因为我过去的故事，我得去校长办公室一趟,在那张长长的到处都是划痕的红木办公桌上,铺着我的几本笔记本和我刻在学校各个角落的签名。检查员迪克·麦克鲍尔斯,所有的店主都这么叫他,或者沃利·沃克,也就是他正式的名字,严厉地看着我,小心地扭动他的小胡子,和我的外公泥刻·镍克斯的胡子一样,第三帝国所遗留的风潮,接着,他不作任何解释,将所有的证据转到我的面前。他从下方斜视着我,此刻扬起的小胡子和上唇都飞到了鼻孔上去,这说明他非常生气。除了表示肯定地点点头,我还能做什么呢?在那一刻我觉得我的耳朵肯定是掉了,所以我小心翼翼地低头看着地板,幸运的是我并没有在地上看到它们。我看到的只有校长的鞋子,我说,鞋子,我对你说,洒着些干涸的血液。他进来的时候,头上缠着包头巾,坐在沃利·沃克鼻子下面的小胡子旁边。当我从包头巾移开视线向上看的时候,发现那留着一个烟囱洞的墙上挂着一个笑得歇斯底里的男人圣像,我们的学校就是以这个男人命名的。看着他,我觉得他在嘲笑我;但当时我没有想到,他也可能一直都在嘲笑校长,纱布一直缠到他的眉毛,只露出一小撮染过的头发。无论谁是他嘲笑的对象,这个正在看着我们笑得开怀的男人实际就是我们国家唯一的元帅。我也笑了,因为我深深地爱他,也想要像他那样被爱,这也就是为什么我用 Air Raid(空袭)、Scope(瞄准镜)和 Smooth(平静)这三个词的首字母 ASS 作为我的别称。主要是我迷上了一部真实的纪录片,是二战时期在某个山洞前拍摄的:游击队最高指挥官对战法西斯、乌斯塔沙和南斯拉夫祖国军,他透过瞄准镜观察,敌军正在快速包围他们;天上处处落下敌军的伞兵,敌方正在全力发动对德尔瓦尔的空袭,而他却面容平静,带着一抹微笑。这需要多大的勇气,多强的智谋,我对自己说!就在当时我决定要变成 A. S. S.(屁股),但是,因为元帅只能有一个,那就是他,所以我决定要做屁股将军,无论是身体上还是心灵上都很适合。我很确定这会让我的母亲很高兴,我说,高兴,我对你说:她认为只有将军和医生才是重要人物。这就是为什么,每当我就着蜡烛的光影在笔记本里涂鸦,因为电线离郊区太远,无法将电力传输过来,她都会在远处叹气,她的气息让蜡烛的火焰扑闪了起来,无须言语。我知道为她写作只是浪费时间;我们家从没出过作家。"你要做医生或者将军,让人敬畏,欣赏;在这里你只能先让人敬畏才会有人欣赏你。"她会一边说,一边把衣服晾在炉子上面的绳子上,旁边就是匆匆制作出来的香肠,用我们都憎恶的那头猪做的。

从个人角度来看,无论如何,在沃利·沃克面前,我说,在他面前,我对你说,我必须要擦掉已经写下的一切,就是我到处写下的屁股将军;对于那些擦不掉的,我的外公泥刻·镍克斯必须自告奋勇地帮忙,当然是免费的,在学校周围建造一圈石头围栏,全靠他一个人。如果我父母健在,那我的情况会更糟;但是我的外公认为这算是对他做了一辈子的石砌工艺致敬,他甚至将他的名字刻在墙上某处,好让人知道是谁砌了一道这么漂亮的墙。在我把名字擦完之后,在回畜栏的路上,因为当时的教室是叫畜栏,就是那种圈养牲畜的地方,我看见沃利,人称步行者①,那个耳朵像叶片一样的男人,正在无花果树中对地理老师上下其手,这也是那个一直四处传播盛放流言飞语的人。我假装我只看见了无花果树,虽然我的内心深处十分希望他们中的一个其实是仙人掌。

当我回到教室,我们的老师正将双手放在膝盖之间,看着窗外。我坐在亚伯拉罕·响嘴旁边,直到此时她才又打开书,开始叙述。她的声音在

---

① 步行者(the Walker)就是沃利·沃克(Wally Walker)的后半部分,沃利(Wally)有"傻瓜"的意思。——译注

颤抖，忽远忽近，好像是从一辆忽远忽近的公共马车里传来的，这辆马车在绕着我们兜圈子。我知道她会从她开始，提醒我们前几节课的内容，这样我们可以一同登上马车，我想。就是在这样的马车里，安娜·卡列尼娜告诉她丈夫她怀了弗伦斯基的孩子。现在爱玛·包法利告诉查尔斯他是瞎子。"你是瞎子，查尔斯！你什么都看不见！"她说，但是他只是微笑，依旧看着窗外的树，在马车的窗畔娴静地开着花。盛放也正处于盛放之时，或者她在我心中绽放着。"在她结婚之前，"她沙哑的声音蔓延开来，"她以为自己坠入爱河，但是那爱应该与快乐并驾齐驱，可快乐却全无影踪。这就是为什么她觉得自己犯了一个错误，驱使她去寻找什么才算穷尽一生的爱；那些书本中描绘得如此美丽的爱。"她叹气，合上书，放在桌上。闪闪发亮的小小尘埃在她的手上发出微光。阳光的细丝在她和窗户之间织成蛛网；就像现在在你和堡垒之间飘动的那张，朵兰缇娜，我说，堡垒，我对你说，甚至更远，一直连到清真寺，从那里连到河的这一侧的教堂。这就是为什么在我看来，这些都属于同一个空间，这就是为什么她在这里，在我们两个面前；在那张悬挂在河上的闪光的网中，我看见她在扑闪翅膀。

当时在教室里，我说，在讲堂里，我对你说，似乎到处飘浮着窗上折射出的彩色的光。在她后面，天空渐渐暗了下来，好像牛奶中融入了可可。魁伟的亚伯拉罕·响嘴，憋着一肚子无聊，用手指敲击着桌面，用脚刮着地，让它们陷落，震动；而我却只听到马车的隆隆声，车轮的滚动声，当它驰过坑坑洼洼的沙地。我发现亚伯拉罕已经受够了爱玛·包法利，就像他已经受够了安娜·卡列尼娜。他只读漫画，朵兰缇娜；他热爱扎戈尔和他的朋友奇科或者唐·奇科·费利佩·卡耶诺·洛佩斯·马丁内斯·伊·冈萨雷斯，老师突然叫他回答问题的时候，他总是咕哝这么一长串。几乎他所有的笔记本都没有封面；他会把漫画书夹在这些封面里，然后在桌子下面看。现在，当我们在课堂上讲爱玛·包法利的时候，由于高中时期他和他父亲之间的那段插曲，他就没办法偷偷地在桌子下面看漫画了，可如此一来，他就坐立不安，因此他开始用手敲桌子，用脚刮地。

两周之前，他父亲回声·响嘴到教室里来，带着一大堆笔记本，安静地站了一会儿，像山羊一样眨着眼睛，然后将它们全都摔在盛放面前的桌子上："这些是文学吗，太太？这就是你教我儿子的东西吗？"他大叫，用两根手指夹起其中的一张封面，把它举起来，就像捏着一只鸽子的翅膀，扬起眉毛咧开了嘴。我们都看见里面粘着一本色情杂志。我们的老师抄起她的学生名册，低下了头，我说，她的头，我对你说，然后一跃而起，弯着腰驼着背向门外冲去。我发誓，朵兰缇娜，她脖子上的鬈发因羞愧而垂落。此时回声·响嘴的眉毛则四散在额头上，所以他很难把它们召集起来好挤眉弄眼；他把杂志放在桌上，匆匆追了上去。紧接着，在门关上后，校长进来了，好像他一直在透过钥匙孔窥视，没有手的袖口在前方摸索；他抄起杂志，夹在腋下，闪电般冲出门外，但是有一些杂志掉出来了，我们所有人都冲到前面去，好瞄上一眼里面的内容。他在我们面前铺开了他的外套，隔断我们的视线，又把它们夹到腋下，像个小丑般蹦跳着离开了教室。

隔天，一张关于我们老师盛放的谴责书张贴在学校的告示板上，上面说她在学校里散布了某些淫秽内容。地理老师脸上的微笑从南极一直咧到了北极，就这么笑了好几天，也就是在这些日子里盛放甚至开始回避法语老师，那个唯一敢偶尔在走廊上和她说话的老师。我有种感觉，我们最喜爱的文学老师，就算有些人不恨她，那也一定不够喜欢她。很长一段时间内，我都不知道原因是什么，如果有原因的话，我只知道她是最漂亮、最善良也是最聪明的老师，她往往会一个人离开教师办公室，省得去听关于那些不在场的人的闲言碎语。这也是我后来才发现的。我只想说她是诚实而纯洁的，至少我这么认为。在她离开这里前往曼尼托巴或者安大略之前，去见她的扎戈尔或唐·奇科·费利佩·卡耶诺·洛佩斯·马丁内斯·伊·冈萨雷斯之前，亚伯拉罕·响嘴自己也承认了这些：色情杂志事件是鲁斯卡，也就是地理老师，脑力劳动的产物，用来算计盛放，好把她赶出学校。就算她没有被炒鱿鱼，回声·响嘴还是收到一辆二手助动车，而他的儿子亚伯拉罕自信满满地对我说，他拿到了足够多的钱去买他没能收集到的三十三集《扎戈尔》漫画，其中他最喜爱的是第八集，名字叫"白色的亡命之徒"。也许后来发生在他们身上的事算是某种报应；算是扯平了，我也不知道。

  我再也听不见那马车的声响，但是看着盛放紫色的裙子，在我们中间发出沙沙的声音，我因为亚伯拉罕的敲击和在桌下刮地的声音而走神了，我开始以为自己与爱玛·包法利一同坐在马车里，她光滑的黑发碰触我的手臂，随着她头部轻摆缓缓滑下，几乎不让她的耳尖有机会向外窥视。她的双颊晕红，那个早晨清新怡人，就像一只公鸡站在谷仓和马厩后面的墙壁上引吭高歌。那是一个灿烂的早晨，我说，灿烂，我对你说，也许是因为那微风，当爱玛伸出头，微风逗弄着她脖颈后面的纤细发丝。看着那双带扣的紫色鞋子，我根本没有意识到自己一直在盯着看，实际上，看着盛放的肚子，在我面前闪着细碎的光，只需稍稍向上一点，就是她弹动的胸部，将那些光都反弹回来，弹回肚脐所在的地方，回到她裙子的褶皱间，因为裙子卡在她双腿间的海湾。我的视线突然纠缠了起来，在亚伯拉罕·响嘴的指尖感到困惑，而老师继续在我们头上短促嘶哑地呼吸，和她说话的方式一样。我有种感觉她才刚刚醒来，正在告诉我们她刚做的梦。

  "我的天哪，为什么我竟会结婚？"她想，陷入爱玛的角色之中，看着巴黎明亮的灯光形成了无边无际的紫色海洋。"她一直在想如果幸运转盘重新转一次，她不可避免会遇见另一个男人，一定不会像查尔斯这么丑，而是英俊，诙谐，清秀，有魅力，就像她所有以前的朋友嫁的男人一样……"我们的老师在课桌间踱步的时候，我们可以听见她刺耳的低语；她紫色的裙子沙沙作响，我清楚地知道是什么声音，是哪里在摩擦，是她身体的那个部位在向我靠近；我知道她身体的每个动作是在哪里触碰到了她的裙子；一阵细微的低语，时不时停顿，就像树叶轻声细语，不断由她的裙子和大腿光滑皮肤间的碰触传来，还有她背后垄沟的弧度；循环往复的轻语附和着她裙子轻抚丝质内裤的节奏，与此同时，裙摆不断从一边膝盖落到另一边，滋生出不断重复的短暂惊颤。我的老师发出的声音本可以哄我入睡，我本可以为这一切的美好死去，这就是，我认为，为什么她在继续说下去之前咳嗽了几声。

"有一天，她遇见了莱昂，"她说，"他为了对她公开示爱已经挣扎了很久，不断在害怕冒犯她以及被拒绝之后的尴尬之间嗤笑。缺乏决心与旺盛的欲望使他日渐憔悴，只剩眼泪。爱玛在场的时候，他的决心必然会让他失望，而她希望爱在一瞬间到来，如暴风雨中的电闪雷鸣，如从天上俯冲而下迷魂夺魄的龙，让那震颤传至生命的根源，把灵魂带上天空。等待着风驰电掣、从天而降的猛龙，她渐渐开始憎恶她自己的孩子，她的女儿白尔特。"盛放叹了口气，停了下来，但是她的裙子仍在翻飞着，将她灵魂的一切惊颤传达给我。亚伯拉罕上下抖着腿，这会儿，他用膝盖把课桌顶起了一秒，然后立刻让它自己砸了下来，我说，砸下来，我对你说，它砰一声砸在地上，让那些前排的女生中了魔咒般在椅子上直起身，惊恐地转过身看向我们。亚伯拉罕将椅子向后顶，双手拍桌，说道："光是这么想就是不忠的表现！我一定会把那只母鸡的头拧下来！以暗夜森林中所有的鼓声之名！"那些女孩立刻转头看向老师，但她只是拉了拉左腿上的裙子，走上黑板前低低的讲台，坐在她的桌子后面。太阳穿过云层窥视，先向着她的左胸眨眼，再转向微笑的右胸。虽然盛放没注意到，但是她的手仍然轻轻扫过她的乳沟，用左手翻了几页书。

"莱昂已经不想再继续那徒劳的爱，"她继续说，好像什么都没有发生，"他决定去巴黎，去学习法律。他走之前都没有时间与包法利夫人道别。她灵魂中的动荡咆哮着，就像废弃城堡中的狂风……"我也真的能听到那咆哮，虽然亚伯拉罕的确从头到尾都在用嘴巴和鼻子喘着粗气。然而我们的老师并没有注意到，因为她已经随着莱昂而去，去了巴黎。她告诉我们在爱玛眼中，他变得更英俊，更伟岸，更有魅力，甚至更不可限量。"虽然离她很远，他却仍然在她身边。"她宣告，抬头看天，天突然变成了黑巧克力色。她舔了舔上唇，我说，舔，我对你说，然后继续说故事。"墙壁也是，"她对我们说，"好似保留下了他的影子好让她看见。她想要追上他，抓住他，投入他的双臂，告诉她：'我来了，我是你的！'"

"荡妇！"亚伯拉罕用大得可怕的力气击打着桌子。

"出去。"盛放柔声命令。

"如果我出去，谁知道她会做出些什么来。"亚伯拉罕严肃地说，转向我，双脚继续刮地。

够了，我说，够了，我对你说，我已经受够了，朵兰缇娜，我告诉你为什么。那个亚伯拉罕三年前搬走了，到曼尼托巴或安大略去了，去哪都无所谓。她和费丝①一起走的，他的初恋，也是唯一。我不知道怎么回事，只有神知道为什么，当我为他送别的时候，记起了他在桌子下面看的最后一页漫画：**渡船巨大的轮廓将住在大河边的人们送回平静的生活，然而我**

---

① 费丝（Faith）也有"忠诚"的意思。——译注

们的英雄扎戈尔勇敢地出发，踏上寻找宝藏的征程。我总感觉他是要前往他漫画中的世界。后来，我收到一张他从南安大略的死亡森林寄来的明信片，吹嘘自己在那里过得比这儿好得多。唉，那是我从他那里收到的第一张也是最后一张明信片。回声·响嘴周五时刚告诉我，我说，这周五，我对你说，就是今天早上他被杀之前没几天，有人在靠近阿特金森堡的地方发现他儿子的尸体。他被一支淬了毒的箭咬到了。他小孙女后来写信告诉他，那支箭上绑着一面小小的白旗，上面写着：**以暗夜森林中所有的鼓声之名，你只能怪你自己**。没过几天，那个矮胖的男人，声称自己是唐·奇科·费利佩·卡耶诺·洛佩斯·马丁内斯·伊·冈萨雷斯，他费力噙着眼泪，告诉他们自己是如何将他安葬在一棵加拿大白杨树下，用一把小刀在他取名为"扎戈尔"的树上刻上了这句话：**宿命比正义来得更快**。他也告诉他们，如果他们想要取回他的遗体，如果他们碰巧经过阿特金森堡，他说，南安大略，他对他们说，如果他恰巧不在那儿，而是在圣何塞德尔卡波塔帕丘拉，他们只需要找人问问那棵叫扎戈尔的树在哪就够了。为了让事情更加复杂，这同一个男人后来又寄了一封信给回声·响嘴；在信中，他描述自己在北边的乌鸦高原与亚伯拉罕见面的时候，一群红皮浑蛋①包围了他们，于是一场恶战，只听"嘭，轰，刷，乒，喳，哎哟！"。看着亚伯拉罕勇悍地战斗，他目眩神驰地喊"啊呀！"和"啊哟！"，与此同时亚伯拉罕则负责喷出这些词"以一千顶头皮和暗夜森林中所有的鼓声之名"等等。

　　信中说，在一次混战中，唐·奇科·费利佩·卡耶诺·洛佩斯·马丁内斯·伊·冈萨雷斯把火药塞进了他的烟斗，当然他不是故意的。被眼睛和鼻子前突如其来的爆炸震晕之后，他写道，之后的事他不记得了，只能

---

① 指印第安人。——译注

依稀听见亚伯拉罕用尽最后一丝力气大喊:"停下,你们这些豺狼,我们来算账吧!"等他恢复视觉,奇科看见他的朋友被一支绑着小白旗的箭刺穿。正如漫画中描绘的,他死亡的过程痛苦而漫长,期间他不断诅咒一个叫费丝的姑娘,在爱上某个绣满文身的曼尼托巴当地人之后,她带着他们的两个孩子跑了。"他被杀害之前的那一天,"此人写道,自称是来自圣何塞德尔卡波塔帕丘拉的贵族,"你们的亲戚、我伟大的朋友自信满满地告诉我,他在阿特金森堡找到了那个曼尼托巴猿人,从他背后扑上去勒住他,勒了仿佛永恒般那么久,觉得应该是把他勒死了,便出发去乌鸦高原了。唉,这高原到处都是红皮浑蛋。"埋葬他之前,他在他的口袋里找到了一张照片,附在这封信里。

"这张照片,"回声·响嘴告诉我,"看,就是这张。"在照片里,亚伯拉罕和费丝站在瀑布旁,两个女儿跪在他们面前,笑着看向远处,也许是九座大山、九片坟地之外,但说实话,谁知道在哪。

"这些都是真实的,奉我家所有的小胡子为名。"唐·奇科·费利佩·卡耶诺·洛佩斯·马丁内斯·伊·冈萨雷斯以此收尾。回声·响嘴也就是在他自己被杀死之前的没几天告诉我这个故事的。我刚要哈哈大笑,告诉他有人在耍他,这故事只会发生在漫画里,并非真相,当回声把照片放回口袋,拿出一份文件,上面用英文证明亚伯拉罕·响嘴死于阿特金森堡附近的乌鸦高原。上面还有安大略相关机构不容置疑的印章。印章,朵兰缇娜,我说,印章,我对你说。再一次,我无法分辨何为真实,何为谎言;他是否真的死了,还是他故意假死?他真如一个真人般死去了吗,还是这是虚构的、暂时的、在他最爱的漫画中的死亡,我说,漫画,我对你说,我很困惑。你可以脱开参照点抓住死亡吗,朵兰缇娜?

然而,如果我们追溯过去,因为只有回忆可以替代爱,因此我们可以看见天空变成了黑巧克力色，盛放仍在看着亚伯拉罕，等着他走出教室，但是他仍然坐在那，双手放在桌上，双脚在地上刮来刮去，没有要停下的意思。老师用悲伤的眼睛环顾教室，叹了一口气，继续说下去。

"罗多尔夫出现了……"

"我就知道！"亚伯拉罕往手中喷气。"等我和我的费丝结婚了，我要把她管得紧紧的！女人都是母狗，唯一的区别就是她们全年无休，以暗夜森林中所有的鼓声之名。"他咬牙切齿地说，紧紧捏我的手要说服我。

"包法利夫人挽着罗多尔夫的手臂，他护送她回家了。他们站在她门前道别。"盛放柔声说着故事，虽然她的声音中夹杂些让人心神不宁的风味，好像有点嘶鸣与沙哑，听上去像是有两个声音让这些词句回响。"隔天早晨，罗多尔夫带着两匹马来到她的门前；一匹耳朵上有粉色的流苏，背上有鹿皮做的女式马鞍。刚一坐稳，她骑的那匹马便开始飞驰。罗多尔夫在她旁边也策马奔腾了起来。他们在山顶上停下，眼前整片山谷看上去就像一面巨大苍白的湖泊变成了蒸汽。他们又继续沿着树林的边缘骑行；那些蕨草不停纠缠着马镫；飞入橡树林的乌鸦时不时发出拍打翅膀或者嘶声叫喊的声音。他们下了马……"

"你觉得呢，你这鼓槌，现在怎么着，看在鼓的分上。"亚伯拉罕咕哝着，用硕大的爪子遮着嘴。

"鲁道夫拴好了马，"盛放平静地说，抚摸着在她面前打开的书，"爱玛走在两侧沟槽之间长满青苔的小道上。他向前伸展手臂，扶着她的腰，领她走向一片小湖，它的波浪上点缀着气泡留下的小斑点。'爱玛。'他的鼻息喷在她的脖子上。'啊，鲁道夫。'她呻吟，裙子钩在他外套的天鹅绒饰布上；她天鹅般雪白的颈项靠了过去，因叹息而颤抖，因流泪而力竭，于是，遮着脸，她在蕨草丛中静静地将自己交给他……"

"我就跟你说是在蕨草里,你个鼓槌,"亚伯拉罕哼哼,"我会掐断她,像掐断一把草那样,看在鼓的分上!她和那些蕨草!"

"光点在叶子中闪烁,好像一群蜂鸟飞过,途中羽毛洒落。"盛放的手掌在书上移动,好像是要撇去刚刚飘落井中的几片叶子。"等蕨草停止骚动,爱玛觉得自己的心又开始跳动,血液在她全身涌动,就像乳白色的溪流。他们又原路返回容维尔。就在第二天她向鲁道夫坦白她的一切煎熬,其间不断被他轻柔的吻打断;她温柔地祈求他叫她的名字,要他不断告诉她他爱她,爱她,爱她……只要查尔斯一出门,她就会匆匆梳妆打扮,踮起脚尖走下通往河岸的楼梯。要去那小木屋,她必须要穿过一片新犁的田,她的腿陷入泥里,那泥毫不留情地弄脏她脆弱的鞋子。"盛放轻声低语,着了迷,好像在看着那些泥。就在那时我意识到,朵兰缇娜,我说,意识到,我对你说,就连她有时也无法区分真相与谎言;现实与小说,艺术与生活。我想她喜爱无形的想象,而非有形的物质。后来,有一次,她自己告诉我在书中找到的真相往往比在人生中找到的更令人信服。"有的人可以存活在他们令人难以置信的谎言中,但是没有一本书可以通过可悲而难以置信的谎言存活。"彼时彼刻,我想要告诉她我的一切谎言,我说,我的谎言,我对你说,那些我变成现实的谎言,但是我保持沉默。我要把她的一切告诉你,我说,一切,我对你说,甚至在河边发生的事,这条河边,朵兰缇娜,就在那下面,你能听见,对吗?实际上,我这辈子都活在那个画面的阴影下:她紫色的裙子,她脆弱的鞋子,她红色的手袋,还有不断在浪尖跳跃好似在笑的帽子。

我本可以为她做些什么吗?我本可以为她多做些什么吗,朵兰缇娜?

就在那一刻,扑闪着,仿佛由那些小小的光点组成,仿佛蜂鸟的落羽化出了女人的身形,她站了起来,两只手靠在桌子上,彼时彼刻,我们被一阵至今我仍能感受的芬芳席卷：像是早晨新鲜的烟草，落日前的水仙与罗勒，新月下的樱草。在她之外，在没有栅栏的操场上，天空滴下融化的巧克力，铺在她的胸脯上，就像纸杯蛋糕上的糖霜。我嘴里尝到了巧克力的味道；我暗中咽了一口，看向亚伯拉罕；他的腿仍在刮地，汗湿的手掌在桌上留下两条细细的线，好像两只蜗牛从桌上爬过。他开始用鼻孔喷气，就像冲击红布的公牛，冲击盛放红色的裙子。我想，如果鲁道夫恰巧突然出现，我们可能真能看到亚伯拉罕跳起来，赤手空拳地勒住他，就像他许多年后试着勒死安大略的那个男人那样。那并不是全部，我对你说。后来我发现他妻子情人的故事，实际上是编造的；真相是他爱上了一个曼尼托巴本地的红种女孩，他告诉她他叫扎戈尔，当费丝发现他出轨的时候，把他像一只狗一样扔出去了。他后来死在阿特金森堡附近的一所疗养院里。

在他死之前的很多年前，在盛放的故事中，他只能颤抖彷徨，手足无措。我们的老师一只手提起了裙子，好走下那放着教师课桌的小小讲台，她露出了膝盖以上的肌肤，像新刨的木头般晃眼；而我看见了蕨草，蜂鸟的落羽，还有两片天空，如融化的巧克力般滴入我的嘴里。我感觉似乎整个大自然将自己交给了我。

"她将自己越多交给其中一人，就越憎恶另一人。"盛放的声音冒着气泡，一只手将一本《包法利夫人》紧紧压在胸前。"查尔斯在她眼中前所未有的笨拙，那粗短的手指，那有限的头脑，那刻薄的姿态。鲁道夫要来的时候，她就会在两个天蓝色花瓶里装上最娇媚的玫瑰；她会装饰房间也打扮自己，就像高级妓女等待王子。她的女仆必须不断清洗她最精美的内衣，而她的目光变得更加大胆，她的话语奔放浪荡；她甚至放荡到和他一起散步，抽起了雪茄，不顾全镇的眼光。她的睫毛，根据福楼拜的说法，如果我没有记错我们老师的话，故意弄成又长又可人的模样，在这模样里虹膜会消失，有力的呼吸会让鼻孔扩张，扬起水润欲滴的唇角，像是用羽毛笔刻在苍白的脸上一样。"盛放将张开的书紧紧压在胸前。"一种征服的味道甚至从她裙子的褶皱间，从她大腿光滑的曲线里渗出……"她必须抑制自己不要颤动，由内而外，辐射全身的颤动，在她能够继续之前，我说，全身，我对你说，在她将重量从一条腿转移到另一条腿之前。"查尔斯回家时，爱玛假装已经睡了。之后，听着白尔特在摇篮里睡着发出的轻轻的呼吸，她会凝视窗外飘浮的月亮，想着鲁道夫。只有当黎明的曙光照亮窗框，她才会渐渐睡着。一天早上，她收到他的一封信，对她说他要走了，移居国外，也许有一天他们能再有机会平静地聊起他们曾经的爱情。她躺着读完信，大张着嘴，苍白得像一尊蜡像。泪珠从眼中滚落，缓缓沉入枕头。她病了，而她的丈夫在之后的四十三天里照看着病榻上的她。他抛弃了他所有的病人，连觉也不睡，为她守夜，测她的脉搏，将芥末和冷敷贴放在她的胸上。

"当她终于吃下第一口食物，查尔斯喜极而泣；当她好转起来，他带她去卢昂看歌剧。还没好全的她，在歌剧院的门厅遇见了莱昂，那个直接去巴黎学法律的男孩。没几天，她想出私下见他的方法。她已经忘记了鲁道夫，很久以前她就将查尔斯的名字从自己的名单上抹去了。爱玛告诉丈夫自己有些文件需要莱昂公证，便自己乘马车去布伦酒店与他私会共度三天。这三天他们在紧闭的百叶窗与门之后造爱，鲜花撒了一地，新鲜凉爽的鲜榨果汁每天早上都会送到房间。离别是难以忍受的；她在他怀抱中抽搐，保证她会找到某种办法，某种长期的借口，好让他们一周至少见上一次。他们的确见面了，在同样的酒店，鲜花撒了一地，新鲜凉爽的鲜榨果汁就在碗里。红木床很大，做成船的形状。丝帘从天花板一直垂到枕头，然而，没有什么比得上她的美丽，她光洁的脸，她雪白的肌肤与紫色的部分相映成趣,更别提当她佯装害羞,端庄地用赤裸的双手捂着脸的时候了。实际上,她和所有小说里所有女人一样,和所有戏剧里的人物一样,和所有诗歌中摇摆不定的她一样,陷入了爱情。"盛放总结道,在一瞬间,好像无法呼吸,她耸着肩,转过身,把书留在桌子上,迈着细碎的步子走到窗前,靠在窗框上、窗台上,交叉双腿,透过落日的余晖看着我,光如华盖般垂到地面。我欣喜不已,因此心漏跳了一拍,我以为她的心在我的心中:我能感受到自己体内的每一次搏动。

"查尔斯在家等她,"盛放终于说话了,"而她则很晚回家,几乎都没有时间亲吻白尔特。她意识到自己已经受够了莱昂,就像莱昂已经厌倦了她。这一切,包括她自己,都让人忍无可忍。她想要像鸟一样飞走,迷失在天空最纯净的角落。她拿下那个蓝色的罐头,打开盖子,等她把手伸出罐头之后,手上已经沾满了白色粉末,她开始舔了起来……"我们的老师安静了一分钟,接着又开始轻语,好像在说睡前故事。她提到了爱玛的手,在书的封皮上慢慢拖动,好像临死的女人等不及要盖上棺布的手。她环顾四周找她的镜子,靠在上面,直到大颗的眼泪开始从双眼滴落。她的双眼就像两盏将熄的灯般渐渐无神。查尔斯跪在地上,双手抱住她,随着她渐行渐远的心跳而颤抖。

"突然之间,她抬起苍白的手掌,"盛放叙述道,"她拍了拍他的头发,说:'你这瞎子。'她尽可能大声地吐出她的话语,但也没什么用;他听不懂她在说什么。看着他一如既往的丑陋脸庞,她内心深处痛恨这白色的粉末,她斥责它,求它快点,接着她释放出一阵可怕、狂烈、绝望的大笑,然后一阵惊厥把她掀翻回枕头上。查尔斯拜倒在她身边,开始哭泣。"就这样,我们的老师讲完了她的故事。

当查尔斯像婴儿般哭泣的时候,盛放转身看向窗外。一只白色的蝴蝶飞到窗玻璃上，先用其中一片翅膀转了个圈，接着再用另一片垂死的翅膀；它离开了一会儿，只是为了马上回来，再试着闯一次，又一次被弹回，接着，似乎意识到这可能是世界末日，转过身，像一块方糖般融入宇宙。前排的女孩们抽噎着，用手抹去眼泪。

"她们再这样下去，我的蛋蛋就要被淹了。"亚伯拉罕咕哝着，为了强调他的评论，抓了抓他的裤裆。

接着，我们的老师往下拉了拉裙子，因为它褪到膝盖上面去了，然后走上那小小的讲台，拿起学生名册说："查理最终埋葬她时，让她穿着婚纱，套着白色的鞋子，头上戴着花冠，盖着绿色天鹅绒布，头发散落在肩上，装扮得像一个诚实的女人……"她拿起书走向教室的门。她开门的瞬间，落日的余晖一股脑从窗户穿到了走廊，将她变成了空气中翻飞的小小落羽。门关上了，但是她还在那里，我看得见她。

"喂，你眼睛都快在门板上刻出她的轮廓了，"亚伯拉罕边说边戳我的肋骨。他是唯一一个看见我像一根羽毛一样颤抖的人；其他所有人都静默地凝视着那扇门，好像看得见落羽化成了老师的样子。

"你们还在干什么？下课了！"走廊管理员普里克·约翰逊喊道，用头顶开了门。他的头长得像牛羊的头。

他也在这里，朵兰缇娜。两天之前的夜晚，他擅离职守去"光毛小公鸡"喝酒，离教堂三百米远。他在破晓的时候穿过坟地回到岗位，上尉从无名战士纪念碑的阴影中突然落下。太阳升起前，热头鹰一直拿着枪站在他上方，我说，枪，我对你说，要是他敢反抗就射杀他。

九

教堂后面较小的帐篷是指挥官的，我说，帐篷，我对你说，较大的是我们所有人的，狙击手的。我们大约有八人。一半人上岗的时候，另一半人就在营地睡觉。然而，你永远都不知道上尉究竟是在他的帐篷里还是在战壕里。你以为他最不可能出现的时候，就会被他一脚踹在靴子上，我说，靴子，我对你说，你还没回过神来他就已经站在你后面，也许他已经在你后面站了很久，离你很近，看着你每个动作，以及你在枪林弹雨中的表现。他寻找着恐惧的征兆，对每一名狙击手来说都是最要不得的，但过分勇敢却更糟。

"一名狙击手，"他说，"必须要耐心，镇定，清楚地知道实际上他自己也是有肉体的，即使也许没有人看得见它。离敌人很远，不代表离死亡很远。每一具肉体都携带着自己的死亡，"他说，"我们所有人都有肉体，就连神也有，这样他才了解死亡；如果他没有肉体，他就不会了解死亡，如果没有死亡那就没什么仗好打了。所以，让我说得再清楚点：人就是一根普通的黄瓜，知道自己是要死的。这就是为什么你必须要负起责任，像人一样睿智地活到死去。"这是每天早上热头鹰在我们去战壕之前都要对我们说的话。他从来不会忘记提起黄瓜，我说，黄瓜，我对你说，每次他说到黄瓜我都会想起高中时他咬校长耳朵这件事。

他总是在日出之前剃须，面前摊着一本薄薄的小册子，卡在梨树枝之间，关于德克雷申佐哲学的一些历史，我想。我认为他那些高深的想法就是从这里学来，并据为己有，而我总是因此苦苦思索却从未真正理解。昨天我终于问他为什么说神有肉体，因为我们都清楚神是没有肉体的，但他只是挥了挥手把我赶走，然后爬到钟楼上去了，去看河对岸发生了什么。他下来的时候，就拉着我的胳膊带着我一起走进了战壕。

"神是如何创造出人的，我所谓的将军，"他说，"如果他不知道人长什么样。提醒你，在一开始，只有他，所以他只可能知道自己而不是其他人的模样。"他说得没错，然后就去没几天前普里克·约翰逊分到的岗位，就是那个他擅自离开去"光毛小公鸡"的岗位。当然，此刻的热头鹰已经剃干净自己的胡须，手里拿着枪走了过去，如果他反抗就杀了他。我们在墙边排好队，左看右看，但我们的眼睛最终总会回到他身上。只有普里克·约翰逊，就是那个很多年前，当我们仍出神地坐在教室里的时候，进来告诉我们爱玛·包法利的故事已经结束了的人，一个人站在旁边，靠近祭坛。热头鹰上尉突然停下了，好像喉咙里卡了一根头发一样吐了口唾沫，并且在我们面前踱步，只是盯着他，盯着约翰逊。偶尔他也会被草丛中躺着的十字架绊一跤，我说，搞得他不得不抓住最近的东西，免得摔倒，他诅咒着所有那些决定在他的路上享受永生的逝者。他因为他们挡了他的路还云淡风轻不帮他一把而愤怒不已。从头到尾他的枪都指着约翰逊，他跳上了一座大理石坟墓，也就比草高一点点，提了提他的裤子，膝盖上下动了两下好让裤子不要粘在汗湿的腿上，他在等着一颗流浪的弹壳在西瓜地里爆炸，只有坟地后面的田里才种满了早熟的西瓜，我说，爆炸，我对你说，把西瓜子炸得四处横飞。"如果他还是一个人，现在应该已经自尽了。"他说。"出于爱国之心。"他往地上吐了口唾沫,枪指着普里克·约翰逊,此人正蹦蹦跳跳好像急着上厕所的样子,为了不让裤子掉落用两根手指抓着皮带圈。"我给了他那把'精密',该死的,世界上最好的狙击步枪,由芬兰制造商拉普阿制造,美国海军陆战队研发。这是唯一一把。"他说。"军团唯一的一把。"他对我们说。"它射出的银色子弹紧贴着枪管,一点声音也没。它可以消灭远在一千三百米之外穿着四级防弹背心的敌人,看在上帝的分上!一枚子弹,该死的,与我们一千个人等价。这个人,如果他还是人的话——站住,你这根该死的黄瓜——被分配到我们的主要目标,要杀掉极其重要的人。三天前我命令他紧盯着对面,消灭他们的首领,那个缺了一条手臂的人,该死的,那个长着大胡子,胡子上给眼睛留了两个洞的人。你能相信吗,该死的,这个普里克站在这儿,把狙击步枪朝壕沟里一放——站住,你这根该死的黄瓜——那把无价的狙击步枪,该死的,为了一品脱啤酒去了'光毛小公鸡'!"

"葡萄酒。"仍然醉醺醺的普里克·约翰逊咕哝着,刺激得热头鹰从坟墓上跳起来,近距离瞄准他。这位战士在蓟丛中吧嗒吧嗒跳得越发快了,蹦蹦跳跳好像在跳吉格舞一般,而上尉抡着枪追在他后面,像是在挥舞指挥棒。

我差点笑出声来,朵兰缇娜,差点咯咯地笑。

"他,在'光毛小公鸡'的时候,我们的敌人们已经捅上了我们的'光毛屁股'!"鹰咆哮道。"三个大胡子都已经到了桥中央;他们让一头驴子拉着一车甘草走在前面。我的副手,回声·响嘴,"他说,"响嘴,"他对我们说,"及时用火箭筒射那驴车,驴车像军火库般一直炸到高空。甚至还有几门彩色的火箭炮,名副其实的烟火。从远处看还挺漂亮的,该死。但是,那爆炸本应该发生在这里,在我们中间,在我们的岗哨中,在我们的队伍中。如果真让他们得逞，我们已经变成一堆肉糜，等着给人讲故事了。然而，感谢我的副手回声·响嘴，虽然他不在我也要表彰他，那驴车唯一剩下的就是驴蹄了。我为那些驴子难过，但我可不为你难过，你这该死的蠢黄瓜！"热头鹰大叫，握着枪，他攻击普里克·约翰逊，又开始在草丛中走了起来，用闲着的那只手劈开空气，屁股在十字架之间扭动，好像滑雪一样。往回转身的时候，他被一颗隐蔽的、顶上有褪色红星的石头绊了一跤，失去了平衡，在他倒入草地的过程中，他的枪突然走火射出一枚子弹。与此同时普里克·约翰逊也往后倒入草丛中，两条腿乱蹬，像是肚皮朝上的龟，我说，龟，我对你说。手抓着草，他一路爬到了教堂的墙边，突然他两腿一伸，软了下来不动了。等热头鹰两脚着地，站起来的时候，我们仍处于震惊之中，没手没嘴，就像坟地中半身像的半成品。几秒之后，普里克慢慢站起身；他靠在祭坛上，眨眨眼，像刚刚睡醒，他捏捏鼻子，哼了哼，终于发现自己还活着。上尉发出脱臼般的咔咔声，又像哭又像笑，同时给枪里的子弹退膛。在南方某处，我说，从桥沿着溪流往南，我说，左岸的某处，在高程点106，机关枪也咔咔作响，中间有几次间歇，好像是要解决问题，你能听到狙击手发出砰一声闷响。当鹰把那些弹壳扔到我们面前，我们可以看到这里面都是空弹，头都是坏的，没有火药。他这么干已经是第二次了，可还是没有人能确定他枪里装着什么样的弹药。他开始在我们面前上膛，这次用的是真子弹，接着他气愤地给普里克·约翰逊配备了一把新的狙击步枪。"我再给你一次机会，你这该死的蠢黄瓜。"他吠叫着，并且亲自护送他到钟塔塔尖。不幸的是，他一上岗，两眼之间就嵌入了一枚子弹。半个小时之内，我们在无名英雄纪念碑旁挖了个墓，因为这是唯一一个不会被草遮住的坟墓，如果将来有人想要找到他给他收尸比较方便。我怀疑是否会有人来找他；好几年来约翰逊家没有一个人从辛普森沙漠回来过；他们都隐姓埋名住在赤道以南，印度洋之外，靠近麦克唐奈山脉山脚下的爱丽丝泉；他是唯一一个因为爱国而留在祖国的人；他只喝国产葡萄酒，唱民歌，那些悲剧英雄史诗编成的歌曲。他是个爱国志士，朵兰缇娜。就连他的葬礼都充满了爱国主义：

"汝等爱国志士约翰逊！我们都有肉体；因此神也拥有肉体。死亡是神圣的，该死。我想说的是，坟地，就像妓院，当然，适合每一个人。妓院向所有人敞开，就像坟地也向所有人敞开。昨晚你碰巧出现在'光毛小公鸡'，现在你又碰巧出现在这里。生命与死亡是一体的，就是同样的玩意儿。你只需要知道怎么玩就行。你，真正的爱国志士约翰逊，不为生死而羞耻，但是，很明显，你也不为死亡感到羞耻。你这根该死的爱国黄瓜；你，普里克，约翰逊①，不为任何事而感到羞耻，这就让你成为一位伟大的爱国志士。愿你安息，即使我知道这个地球根本不平安。"于是热头鹰结束了他的演讲，降下了我们之前碰巧在草丛里发现的国旗，扔了几块土到敞开的坟墓里。小号手奥托·叽叽迅速地吹出一段充满爱国主义的调调，接着我们在十字架上用潮湿的火药写道："国家志士约翰逊。"每个人都只知道他叫约翰逊，虽然实际上他的真姓是碎蛋人。

当晚，朵兰缇娜，你们的人展开了进攻；你们试着攻下那座桥，占领坟地，好在之后从那里进军田地。我推测你们的计划应该是向前推进，建立一条与大胡子出没的北线平行的分界线。第一波猛攻是由那些最勇敢的人发起的，随后都被歼灭，但是紧随其后的就是那些不那么勇敢，但也欲火焚身想要白白送死的人。我确定他们以为自己可以直接上天堂，你知道，那有河，有酒，有美丽少女。在普里克·约翰逊死后，热头鹰把我分到钟

---

① 两个词皆有"阴茎"之意。——译注

楼顶上，从那里，我可以看见他们如浪涛般扑来，像黑蚁，跳上那些死去、受伤、倒地的同胞们，我说，蚂蚁，我对你说，然后继续向前冲。你看不到他们队伍的尽头，真的。好像某个疯狂的神祇坐在山后某处，持续不断地用泥土把他们制造出来：**芝麻—泥土—开门—人，冲出去再死一次**，他似乎一次又一次地重复；我无法相信自己的眼睛，究竟有多少他们这样的人，我说，那么多，我对你说，像是复印机里搅和出来的。透过我的瞄准镜，透过我的夜视镜，我看见最小的那些也是最有恒心的；那些穿着黑色衬衫的大胡子，胡子中有两个为眼睛预留的洞。他们的眉毛上方绑着刻着黑字的头巾；这些字母像一串蚂蚱一样排在一起。他们会爬下河，我说，河，用牙齿咬住飞来的子弹。在我们看来，他们似乎还挺高兴去死，因为我们的前线自卫队一看到他们出现在河岸上就会立马把他们收割，我说，河岸，到达水库之前，很明显他们会不惜一切代价攻下那里。但是，他们刚开始蹒跚，新的头颅又在他们旁边冒出来，好像是从他们的胸口兀自长出来的，**芝麻—泥土—开门—人，冲出去再死一次**！在黎明之前，我们的Mi-24绞肉机必须出动；那景象可怖，名副其实的屠杀。我从钟塔上往下看，不敢相信自己的眼睛：那些留着大胡子的男孩把自己抛到我们的绞肉机下，用自己的AK-47向它射击，就是为了等下一台绞肉机将他们炸成碎片，像碎西瓜一样喷洒在空气里。红色的月光四处散落；血红的空气四处喷洒，朵兰缇娜。一个光点会突然在周围的空间闪烁，于是左岸的夜空就会被点亮，像是新年的烟火。谁知道昨晚死了多少人，朵兰缇娜。就连那些飞来藏身在钟楼里的鸟儿都散发着血腥味；燕子挤在钟塔屋檐下的鸟巢中，翅膀在滴血。

到了黎明，连一枚子弹都没有从我的狙击步枪射出，从这把黑箭之中。然而，在太阳跳上教堂的那一分钟内，就在那里，你身后，在堡垒的东墙旁，我发现一个穿着和你一样的卡其衬衫的男孩。他的狙击步枪仍然架着，朝向钟塔，而他在仔细地梳着头发。我发现那就是他们射杀普里克·约翰逊的狙击点；我把眼睛压到激光瞄准镜上，在他的额头上作了记号；他一只手拿着黑色的贝雷帽，另一只手梳着头。在扣下扳机之前，我看见他左边的口袋上绣着某种黑鸟状的徽章；所以我就向它的双翅之间射击。男孩还没来得及放下握着梳子的手；他死前无须道别，无须恐惧，因为不知者无畏。想象一下，朵兰缇娜，我到这儿之后第一次，第一次，我发誓，你一定要相信我，我感到一阵释怀；第一次，复仇赠与我喜悦。实际上，我曾有过相同的感觉，当时，四年之后，我终于发现我的短篇登上学生报纸，就是那个第一次去见男孩父母时在火车车厢里被坦克火炮筒撞死的女人的故事。我胃里某种芬芳的东西融化了，我说，我胃里，我对你说，某种看不见的东西在其中用它的翅膀爱抚我。这种成功是否可能是复仇的一种呢，朵兰缇娜？一种深埋的复仇，朵兰缇娜，我心中的河？那这种披着成功外衣的复仇又是指向谁的呢？我不知道答案，当然。之后，我只能透过瞄准镜看着，我说，瞄准镜，我对你说，看你是否能打败一整支军队，无论是谁，有多少人在帮你；看你是否能攻占左岸供给半座城市的那些水库。新的雇佣兵不断从山上蜂拥而下，一群一群，胡子挤胡子，我说，胡子挤胡子，我对你说，偷偷摸摸想要过河，好冲破那些围墙，占领那些水库。他们在北方前线已经成功了；十万居民已经断水一百天，现在仍在继续，朵兰缇娜。这是热头鹰说的，也只有他知道这些了。我想要说的是，当第一波进攻者被收割，将要落入水库周围的防卫壕沟，新一波人就会跪倒，在他们身后的影子里弯腰。他们一结束祷告，就会起身猛冲迎向那些向他们飞来的神圣子弹；有的人甚至在倒下之前能用胸口接住好几颗子弹。当黑暗快要降临，我们的苏霍伊战斗机必须介入，我说，我们的苏-25，我对你说，人称"蛙足"，和美国的A-10相似，"雷电"。那些能逃过战斗机低空扫射的，不知怎的竟能退到村子里去，假装被当局骚扰的村民。"他们知道自己雇来的妓女电视台的工作人员在哪等着，"鹰说，"这就是为什么他们像蚂蚁一样把死人拖在身后，拖到那里，给他们穿上百姓的衣服。"我也能看见那些死人慢慢爬上堡垒上方的山坡，只为隔天能上美国有线电视新闻网络。

隔天晚上，我在桥旁的位置，就是那个普里克·约翰逊留下他的狙击步枪，去"光毛小公鸡"酒吧的位置。主战壕就是从教堂开始，到这里结束，朵兰缇娜。其他分支连接了整片河岸，从水库到教堂，再从教堂到山谷的最高点，那是我现在的位置。天黑之前下了几次雨；一阵倾盆大雨之后就停了，只为了紧随其后两度卷土重来，从天上倾注而下之后才彻底停了。大约在午夜时分，战斗停止，整个夜晚一片死寂，十分应景。月亮就像黄色的碎瓷片挂在河上。我们三人在壕沟里，静默地坐着。上尉禁止任何谈话或动作，因为月亮正毫无遮拦地照在我们这一边，更不用提那死寂，让每一丝声音都在堡垒的墙壁间回荡。为了不让我们无聊地玩手指，热头鹰想出一个好玩的游戏：我们把一片片锡箔纸绑在灌木丛里，让它们沿着河岸闪烁微光。你们有些稍稍经验不足的战士毫无疑问会以为自己发现了我们的位置，因为它们在风中摇曳，月亮一照到它们便会反光。他们一定以为这是刀枪的反光，总而言之，彻底将他们戏耍一通，你们那些做记号的人则会对着那些诱饵开枪，暴露自己的狙击点。没几分钟，我们就消灭了三个。接着我们又沉寂下来，朵兰缇娜，因为我们不知道热头鹰去哪了；他可能远在天边，我们对对方说，但他也可能近在咫尺，甚至在我们背后，我们脑海的后方是这么想的。他在壕沟里潜行，犹如影子，你永远不能确定你看见的是影子还是他的真身。

大约午夜时分，如果你还记得的话，我说，记得，我对你说，天空开始下起了蒙蒙细雨；我给自己披上了雨披，但却饥肠辘辘，我肠子咆哮的声音，远在河对岸清真寺的他们一定也能听得一清二楚。我在黑暗中摸索着装面包的包，找到了午餐时剩下的一条。虽然它已经有点湿乎乎，我说，湿乎乎，我对你说，我窝在雨披里吃了起来。等我咬了几口之后，壕沟转角后方，离我不远的地方，另外一枚弹壳落了下来。我把面包收回包里，蹲在防御土墙后面，在那个凹槽里，我将自己隐蔽起来，等着另一道光从河对面，从你的那一边，从你的战壕里，射向我这边。我等着，但是那光并没有来，在破晓时分，朵兰缇娜，我看见我的旁边，那个代替普里克·约翰逊的男孩靠在战壕的土壁上，好像在酣睡。那血液汇成一条小溪流了过来；我打开包，我说，我的包，我对你说，却发现我刚还在吃的面包现在已经彻底成了红色，像海绵一样渗着鲜血。我用手把它拿起来，血开始滴落，我说，血，我对你说；就在那一刻，我只感觉天旋地转，肠胃也翻江倒海，我发誓就连我的灵魂都开始散发那男孩的气味。我用后脑勺叩击战壕湿漉漉的土壁，我说，战壕，我对你说，狠狠咬着自己的手，好防止自己叫起来，被热头鹰听见。我哭着哭着就吐了，好像要把五脏六腑都给吐出来，接着又哭，哭完了又继续翻江倒海地吐，整个过程中面包不断滴着血，我感到内脏剧烈翻腾着，都涌到我的喉咙口了，将我体内的一切都撕烂煮沸。我一直握着这血淋淋的面包，好像在握着男孩的心脏，他仿佛看着我，难以置信；难以置信我竟然吃了这块面包，或者难以置信他已经死了，朵兰缇娜？我不知道。

　　那天热头鹰把我拉出那个岗位，又把我带回钟塔。战壕将整片河岸切割成迷宫，没人知道等这一切结束之后这迷宫还有什么用。我们穿过战壕的时候，上尉对我说了些关于勇士和懦夫的话；但是我现在能想到的就是那段关于小鱼和大鱼的。实际上，他是这么说的，大鱼总是形单影只，而小鱼总是成群结队；大鱼的生命是伟大的；而小鱼的生命是渺小的。这就是为什么，他对我说，他安排我回上面去，空中，在那里我就是一个人，与一切分离，当然也包括只有在地上才能流淌的血液。"壕沟里总是有血在流，因为壕沟是小鱼游泳的地方。"他说。"诱饵。"他对我说。我断断续续地听着，转头看向另一边，朵兰缇娜，突然间，那壕沟在我眼中真的成了一条血河，而我却像死人变成的鱼一样在里面游泳。"杀，然后立刻忘记。"就是热头鹰在和我一起爬上钟楼时对我说的话，他朝清真寺撇撇头。我在空隙间架好狙击步枪，眼睛压在瞄准镜上，我说，瞄准镜，我对你说，看见尖塔里有人影在动。我想说什么，但是上尉在后面朝着我的靴子就是一脚。

"你知道死亡最大的问题是什么吗？"他问我。

"什么？"我回答，紧跟着那道影子，它又在尖塔里转了弯。

"没有人告诉你你已经死了！"是他的反驳，接着他又踹了一脚我的脚后跟就下楼去了，像老鼠般吱吱尖叫。

这倒是真的，朵兰缇娜，的确如此；死亡与我们如影随形，可我们却不认识彼此，一辈子都说不上一句话。

十

"只有当死亡挂着一张你认识的脸在你身边盘旋，你才会注意到它。否则，它只是一个空虚的空间，绕着你，走近你，好像一只猫想知道你是想要击打她还是轻抚她。现在，让我跟你说说我父亲的死，母亲的失踪，还有来自亚斯纳亚-博利尔纳的信。"盛放说，站在窗前透过薄窗帘渗入的亮光中。这是我第一次去他们家，我说，也是我第一次在同一个地方看见这么多书：窗对面的整面墙都盖满了书。全都是灰色硬皮书，因阳光而褪色。那阳光随椽而下，像是爬楼梯一般。我发现其中一排不断出现同一本俄国小说，只有在几个位置被其他翻成斯拉夫语的书给打断，但是都是同样的俄国作家们写的那几本小说。我试着去数有多少本《战争与和平》或者《安娜·卡列尼娜》，但我立刻放弃了，因为我还没数到第二排，就忘记之前我数了多少本。我只能看见这书架一直延伸到天花板，上面的书是横着放的，因为没有空间让它们站直。

　　书对面的窗注视着停满自行车的院子。这些自行车都用铁条绑在中央的巨大铁柱上。我记得过去的孩子们会骑上好几个小时；绕着铁柱旋转，吞吃着苍蝇，哈哈大笑。我也时常来这儿。我总是骑着中间的自行车，数着圈子，从日落到下一个日落。同样的落日现在正穿过盛放的裙子，在我夹在膝盖中的手上挠痒痒，此时我看着她爬上盖着刺绣坐垫的三脚凳，从书架较高的地方拿下两本书，然后坐到我对面。

"这些都是第一版，"她说，"在我还很小的时候，在我对所有故事都信以为真的时候，在我还不知道有虚构小说的时候，卡塔琳娜妈妈就会让我坐在这张凳子上，就是这张，只是上面的坐垫不一样，她给我讲了一个长长的故事，关于两个出名的女人：一个叫安娜，另一个叫娜塔莎。我记得她们都非常美丽，而且她们和我妈妈的关系都非常好，情同姐妹；她常常对我爸爸说'假如我是安娜，我也会这么做'，或者'假如娜塔莎遇到与我一样的情况，她一定也会这么做'，或者诸如'只有安娜和娜塔莎能理解我'之类的话。后来玛莎也出现了，但是每次提到她，我妈妈都会哭。'我找到了玛莎，如果我决定离开，玛莎一定会站在我这边。'当她翻着散了一地的书时便会这么说。我当时还不懂这究竟是一种威胁还是为了在我父亲面前就某件事、任何事为自己辩护，我不知道。

"很长一段时间，我还以为她们是她的朋友，虽然我觉得很奇怪，她们从没来过我们家，从没和她一起喝过咖啡，不像我妈其他朋友，不像她的同事。她在教堂旁边的小学教俄语，你知道，那些来我们家的女人都叫科莱特、费丝、西尔维、珍妮……但是没有安娜、娜塔莎、玛莎……我有次问她为什么她说起的那些朋友从来不来我们家玩，但她只是报以一阵战栗，好像突然被寒意笼罩，她拥抱我，告诉我她们来不了，因为她们不认识这里的路，但是有一天她会加入她们，因为她知道她们住在哪。就是从那时起我开始害怕她有一天会不辞而别，所以我晚上睡觉的时候总是用一根小手指勾住她睡袍的钮孔防止她逃跑。我记得有一天我们去修道院看了赛兰提斯神甫，这让我稍稍定下了心，但我仍然感觉一阵寒意穿过我的体内；从那时起，时不时，我也开始颤抖，好像有风吹过我的魂魄，"盛放说，她的双膝互相摩擦,好像她膝间的太阳正灼烧着她,"不幸的是,我毕业之后的三天,卡塔琳娜真的永远离开了,就是在那时我才发现了这几本书,就在我打扫图书馆的时候。看!"我的老师边说边翻开两本书铺在腿上。"在每一页上,只有安娜和娜塔莎的名字下用铅笔划了线,每一页,在角落里,这里,还有这里,还有这里,看,你看见吗,她到处画着小小的白色蝴蝶。安娜,娜塔莎,蝴蝶;安娜,娜塔莎,蝴蝶;但是哪里都没有玛莎,你看!我也是后来才知道她的,实际上,是卡塔琳娜在我毕业之前的几个月才揭开的秘密。"她说。她站起身,把书放回顶上的架子,接着又从第二个架子上抽出另一本书,也是硬皮封面,彻底褪色了,也许比所有书架上的书都褪得厉害。

"这是他的日记;她就是在这里发现她的祖母,并且知道她是伯爵的孙女。实际上,她是玛莎的孙女,伯爵的女仆。一九八五年,托尔斯泰在他的私密日记中写道:'今天,我撞上了玛莎。我给了她丈夫一匹马!'就是这些。但是她却确信她就是他的孙女;这就是为什么她买了他所有的书,好像要通过这种方式把那匹马的钱还给他。当然了,这儿有些书是她从她祖母玛莎那儿继承下来的;窗对面书架上的几排。她唯一的儿子,我的外公,我母亲的父亲,阿列克谢·彼得罗维奇·克拉斯诺夫,曾是白卫兵的成员,也是一位建筑师;白俄罗斯移民在红军突击之后离开了俄罗斯,在祖国之外的土地寻找新的家园。建筑师克拉斯诺夫就在那三万移民之中。卡塔琳娜妈妈就是在这里出生的。"盛放边说边坐回我对面的那张凳子上,好让我不用老是试着抬头将目光越过她的胸去搜寻她的脸。

"看,"她说,"这里,她把每一句话都划了出来;我有一种感觉,她是在字里行间寻找自己,她在所有文字间的空白中呼吸,寻找自己。然而,也许她并没有找到自己。我,也如此,也有同样的感觉,我觉得我本就生于某些书中,我本就生于两瓣书页之间,我的身体是书中的词句,我的灵魂是书中的声音。有时候,当我醒来,感觉自己的皮肤因那些句号和逗号以及各种各样的标点符号而皱了起来,而我的身体会出现小小的刺痛,好像有人还在继续握着羽毛笔在我身上写作。很多时候,我不知道生我的是活生生的母亲,还是我像爱母亲那样爱着的书本。"她叹气。"我毕业之后的三天,"她继续说着她的故事,"卡塔琳娜出去做头发,挽着红色的手袋,戴着白色的帽子,却在几周之后才从亚斯纳亚-博利尔纳传来回音,或者,更具体一点,是从她祖母玛莎的那匹马啃食青草的牧场来的,正如她的信中所写。信就在这儿。"盛放从书中抽出一张泛黄的薄纸:

"我在伯爵家受到一位年轻有礼的男孩的欢迎。他说话比其他人动听得多;你也会喜欢他的,我肯定,他唯一的缺点就是后脑勺上有一小块光秃秃的头皮。他带我去看了坟墓,想象一下,蜜糖,那些伯爵曾触摸过的树枝,就在一整条小径、在我的头顶盘旋,他与它们玩耍,让它们在创作拿破仑和库图佐夫时,更别提安娜和娜塔莎的间隙而得以休憩;那男孩得徒手抬起几根树枝,才能让我在下面笔直前进,想象一下,蜜糖,我在漫步的时候,总是感觉到玛莎祖母正透过树枝看着我;相信我,这里的一切都散发着我们那匹马的气味,那匹被赠与的马。我在坟墓旁一直待到不得不离开,接着我走进一家乡村客栈,就在一座有野鸭戏水的小池塘边;为我服务的是一位金发帅哥,我想他说他的名字是马特维耶夫;他不想接受小费,他想要的是讲述古老的故事,也就是通过他我才发现我的祖父当时得到这匹马后,得意忘形,玛莎生孩子,他跳上了马背,驰往客栈,一路高歌,唱着关于他儿子的歌曲,因此,他的头撞上了树枝,从马背上掉落,从此再没爬起来。我父亲也知道这个故事,但是他不知道伯爵有一本私密日记,他在日记中提到了这匹马;你知道,你在我生日时给我买了他的日记之后，我才知道的；谢谢你，蜜糖，但我又发现了另外一件事。这里的博物馆里有这日记的旧手稿；我在里面读到：'玛莎非常美丽，但是我因恐惧而无法描述她的外貌，我怕她极富魔力的脸庞会再度涌现在我的幻想之中，当我对她充满激情的那段时间里，这张脸已刻在我的心里。为了不犯罪，我只能说她有着白得不同寻常的皮肤，妖娆撩人的身体，她是真正的女人。'

"'如今我知道了一切，蜜糖；你长得和她很像；现在我租了一辆马车，就像伯爵曾经拥有的那辆一样，在我与那个聪明的男孩马特维耶夫道别之后，我就要前往阿斯塔波沃；你知道他就是在那里死去的，在火车站，看着第二节车厢的螺栓和铁链。否则，他怎么会想到去写："我的复仇便是我的奖赏。"我为你的父亲点燃烛火；他不想要其他任何的东西。等我到那儿之后会给你寄卡片的，蜜糖。'自此不知多少年，她仍在去阿斯塔波沃的路上。"盛放对我说，合上了夹着信的那本书。"实际上，没有人知道她是否离开了；她成了失踪人士；同样，她的死亡，也许就在我身边绕圈，却没有我能认出的脸庞。她就像一只猫一样绕着圈。"她说着，轻抚腿上的书。

落日的余晖已经爬上她的手臂，跳来跳去，想要触到她的胸；一切都孕育着期待，这就是为什么周围如此安静。在我的记忆中，她们家仍然是安静的，朵兰缇娜。她们家在小镇的尽头；后面就是有撒尿男孩雕塑的公园，它喷出的水柱大多数时间是又细又稳的，就像广场上的男孩一样。不过，广场男孩在冬天完全不撒尿，公园男孩的水柱随着时间的推移会冻结，所以你会看到圣诞节的时候游客在它前面拍照，特别是当野鸽子站在这神奇地伸展出来的冰弧上，它们因为在房屋院子中搜寻食物一无所获而感到疲惫不堪。它们也懂得国家强制张贴的圣像上那位的死意味着什么：突如其来，就连面包屑也没了！那儿，就在公园喷泉前，始于桥旁公车站的那排菩提树在那里终结。在学生时代，每当我回到这里，当然只是在法定假日回来，我必须走过那条街，走过树荫组成的长廊，去我外公家。街道两旁，排列着忠诚的卫兵，打扮停当、漂亮欢喜地拍下一生中最棒的照片，我那些去世的同胞们笑得很安静。每每走过他们身边，我都有种感觉，在街道某处，再向前或向后走一点，无论何时何地，我一定会受到熟悉微笑的欢迎，这小镇上有许多这样的微笑，因为小镇太小了，容不下陌生的逝者。我若左顾右盼，必然会立刻被一抹新的，但又挺熟悉的笑容捕捉；站在那里，在树上笑着，不愿放我离开。他看上去必然是高兴的，而我却踌躇着，很难相信他也已经排列在这大街两旁成了忠诚的卫兵。他不能说话，作为忠诚卫兵的一分子，当然，但是我可以读他的眼和唇，他想告诉我死亡并非缺席，而是一种改头换面的存在。

"死亡是存在的，"盛放突然说，"就像挤压着我们的空气。它用相当于十七吨的力量挤压着我们，然而我们并没有什么感觉，直到这种压力全都集中于一处。这里，比如说，"她说，"这里。"她对我说，两只手摸着两边的胸部。"只有当我们意识到它的存在。"她总结道。

真的，朵兰缇娜，想象一下：十七吨，我们却毫无感觉，以为空气只是我们用来呼吸的东西。挤压着你我，我心中的河，我们那十七吨的空气。就算只是一瞬间，这力量压着我们的心脏，就在那儿，我们两人在下一瞬间一定就会移到那树荫的长廊：你在街的那一边，我在街的这一边；你在桥的那一头，我在桥的这一头。还有，想象这个画面，朵兰缇娜：我们都被安放在我们的菩提树上，那些安排给我们的树，那些仍有空位接纳新微笑的树；我们站在上面，平和地看着街上的路人。我们抬头挺胸，当然，因为我们是主街忠诚的卫兵。突然间，在我们之中，在街道中间，一直到桥边，从这到那，穿着仪仗军装，毫无疑问，我们看见他们行进：是热头鹰和你的人，那个长着大胡子、只有一条手臂的男人，我说，那个断臂人，我对你说！阳光让他们胸前的徽章熠熠生辉。你的人往桥走去，接着又转身回去，因为这就是他们和我们这边达成的协议；而我的人则从桥开始走，往公园入口处撒尿男孩的喷泉走去，往盛放家走去，接着又转身回去，因为这是我们和你们那边达成的协议。看着这一切，我们都将平静、骄傲、面带微笑地站着，因为死亡，正如我所说的，并非缺席，而是一种改头换面的存在。我们都是庆典的一分子，根据自己的功绩排列。人生是一场奇怪的狂欢，我眼中的光；奇怪，我说，奇怪，我对你说。

说曹操曹操到！他，朵兰缇娜，我说，那个断臂人，我对你说。我还没发现他已经从战壕里出来，两腿大开站在樱草丛中。我看见他的影子落在你的狙击步枪上，直到此刻我才从榛树当中分辨出这大胡子人渣。我很乐意杀了他，即使我还是不知道他是否就是法托斯·德德尔利，我之前那位来自克鲁亚的同学。不管是不是我都会杀了他，我必须承认。我看见他将你喝下，我说，喝下，我对你说，朵兰缇娜，他正在用眼睛吞噬你，就像吞噬泉水那样，他用一根吸管吮吸你，鼻孔因激动而扩张，颤抖。我可以想象你在他的影子底下多么美丽地伸展着，你健美有型的腿大张着，你光滑隆起的部位搏动着，紧贴地面。就好像整座山坡都与你一同呼吸，每一片花瓣和叶子都在颤抖，通过樱草地传达着你身体的呼吸，朵兰缇娜。就算你知道他在这里，也没办法转头看他，但是我看见他的视线顺着你的腿向上蜿蜒爬行，爬到你膝盖后方的褶皱，在你的大腿漫步，咧着嘴笑着最终爬上了你背后的最高点，然而你既没有眨眼也没有微笑。你躺在樱草丛中好像已经冻结，仿佛有条蛇爬下你的脊梁。我能想象压着你的不止是那十七吨的空气，还有那黑色的影子，和那黏滑的视线，你感觉到它在你身上爬行，滑进你的头发。

突然，在那里，他，我说，大胡子，我对你说，等等，是的，令人惊骇；在那里他滑进你旁边的樱草丛，朵兰缇娜，看，在你旁边，我对你说，并且，靠着他仅剩的一条上臂，怒火滔天，像一匹绊倒的马，他暴躁地摇着头，用他的胡子打搅着樱草，让它们转圈，我说，转圈，我对你说，现在他在用那条别在肩膀上、几乎是空的袖子指着我。我知道他看不见我，但是他一定猜到在这堤岸的最高点肯定有什么东西，我说，堤岸，我对你说，在河的这一边。他把有两个眼睛洞的大胡子戳到你的头发里，甚至通过他空空的袖子喘着气，他触碰你狙击步枪下的手。他碰到了，可我不知他是否爱你。我不知他是否爱你；我看不见他的脸，但明显他不知该如何像人一样去爱或恨。他用肩膀把你撞离狙击步枪；把右眼放到瞄准镜前，正当他这么做的时候，一只翎羽褴褛的瞎眼大乌鸦停在我身旁的棉蓟上，拍打着双翅保持平衡。也许是这只乌鸦遮住了我，或者，也许，当他把你推走的时候稍稍移动了狙击步枪；我不确定，但是断臂人只是向着樱草丛怒气冲冲地吹气，用自己的鼻息去妨害那些樱草，他移走了，你又出现了，回到了瞄准镜，我说，瞄准镜，我对你说。

我本可扣动扳机，那他现在早死了，一切也早已结束，朵兰缇娜。那只神秘的乌鸦出自我的同僚作家亚瑟·戈登·佩姆，他一定就是那只乌鸦，它最终也没能在棉蓟上站稳；它飞走了，我的十字准星再次捕捉到了你，我可以看见你也在瞄准镜中捕获了我，好像什么都没有发生。然而，我还是想知道他这么转头是什么意思，我说，头，我对你说，还有他为什么要摇动他的胡子，当他看着河的这一边，朵兰缇娜。啊，我多想杀死他，当他这般看着你的头发，甚至把他嗜血的视线粘在你的罩衫下，微微抬头去看你的胸部像两面镜子般在樱草里闪光。我看见他是如何嗅着你的秀发，他是如何往后退了一点好从你后面看你，接着他举起了那条仍然健在的手臂，又缓缓往后挪了一点，站了起来，现在他站在你双腿的正后方。我可以看见他转过头说了些什么，我说，说，我对你说，他看上去十分焦躁，我只能通过他头部的晃动来推测，因为我看不见他的嘴。

通过他落在樱草上的影子，我推测他比你矮：他的头都没有到你的臀部，至少应该和你全身一样长才对，因为太阳就在他的头顶上，它站在堡垒上好像被定住了。他的手抓着胡子，像挤奶一样，右腿踢了踢，潜入你背后某处，肯定是潜入了通往堡垒的壕沟。热头鹰上尉说那是你们的隧道，我说，隧道，我对你说，有一条在清真寺旁边，就在榛树后面，但是断臂人没有走那条。他现在出现在堡垒的南墙，我说，他就在那里，我对你说，消失在树丛里，那树丛盖住了硕大的被凿开的岩石。就算现在他不在你旁边，朵兰缇娜，我仍然可以清晰地看见他的影子，好像他就站在你身后。站在你大张的双腿之后，在下一秒又落在你的肩膀上，你的脸颊上。你要如何处理他的影子，朵兰缇娜？你不能动，因为你知道我可能会采取的行动，但让你继续忍受这种压抑的存在，明知那影子比寻常空气要重得多，这是我不容许发生的。另外，我觉得头晕目眩，口干舌燥，我不知道该说什么才能将那影子驱逐，那影子在你的身边寸步不离，那被诅咒的影子，那被诅咒的乌鸦站在你身后的榛树上，像只鹦鹉般摇晃。"决不再。"亚瑟·戈登·佩姆会如是说，但影子仍在，我如是说，我的朋友，影子就在我体内。啊，现在的我，此时此刻，我说，现在，我对你说，多想离开这壕沟，这血腥的狙击巢穴，走到河里，与那十七吨的空气一同消失，朵兰缇娜……

过去的路上，我像影子一样穿过大街；我看着这些微笑的逝者，但却没人认得出我。我走得悄无声息，踮着脚尖，发现自己已经到了家门前；但里面没有人告诉我我已经死了，告诉我我被一发狙击子弹击中，彼时彼刻，今天，我说，周五下午，我对你说，在教堂北边的一个岗位。我抓住李子树的树枝，跳过尖桩篱栅；门锁着，但窗户不见了。我走进我那篇关于灵魂的故事里的大房间，却发现它并没有屋顶；家徒四壁；唯一站在那儿的就是一张木头椅子，新鲜得令人啧啧称奇，它扎在地上，椅腿随时威胁着要抽出树叶来。正如我的短篇小说《灵魂召唤》中描写的那样。为了不弄断它的嫩芽，我小心翼翼地坐到椅子上，此时两只乌鸦，就和你身后那只一样，朵兰缇娜，我说，乌鸦，我对你说，在我面前下跪。雨突然倾盆而下，真实的雨，此时此刻我才发现这两只乌鸦是他和她：一只曾是我的父亲，另一只曾是我的母亲，我说，母亲，我对你说。他们跪着，在羽衣里委靡不振，想要说些什么，他们转头，用喙挠着翅膀下方，想要说话，但却说不出话，也发不出声，我说，声音，我对你说；我们找不到理解对方的方法。

"轻轻地读。"盛放说。"关于灵魂的标题是好的。"她又说，轻抚像一只小鸟般坐在她腿上的那本褪色的书。实际上，她邀我去她家读给她听我的第二部短篇小说。

"告诉我为什么，"我轻轻地读，"告诉我你们身不由己。"我记得自己读着，而他们的头埋在羽衣的翻领中，脚在泥中、在我的标点符号中说着胡话。"至少告诉我你们过得怎么样。"我说，和我的椅子一起飙出树叶。椅子保持沉默，而故事开始祈祷：啊，灵魂，它说，**虽然你只是我低贱的灵魂。你要去何处躲避苦痛与艰险？**它问，我们却腾空升起，看见那黑色的鸟儿在椅边委靡。雨在我们耳边婉转啁啾，汩汩作响，喃喃自语：**在绝望可怖的那天，当我们面对他的烈怒，谁能拯救或安抚我们？太阳要失色，月亮要被夺去它圣洁的光辉！啊，多么可怕，多么可怕，我的灵魂，为你数之不尽的不纯、肮脏与可耻，永无止境的仇恨，粗暴，恶毒，淫荡，异**

想天开，不仁不义，嫌恶不堪，赌咒而无用的灵与肉之罪而忏悔吧！

读着读着，一只藏在墙边的蝴蝶飞了过来，停在我的掌心：**啊，你这失色的灵魂，暗淡而彷徨**，我轻声呢喃，发现自己又坐回椅子上，两只鸟站在我的肩头，在我的头发下寻寻觅觅。**啊，你这卑屈的灵魂，快飞走，我的蝴蝶，快飞，远远飞离这肉体，飞**！在我大叫之时，雨不停地下，在房间中央咯咯地笑，冲下我的脸庞，浸湿我的衣衫。蝴蝶在豆大的雨点下艰难地飘浮，两只黑鸟拍打翅膀，将水挥走，然后继续把头埋在翅膀下面看着我，用一只或另一只眼从下面窥视我，接着又缩回我的脖子取暖：**救救我，你们这些天堂的力量，天使与天使长们！救救我，你们这些使徒、先知和烈士，还有你们这些神的承载者！你们这些花朵，美丽而芬芳，为我罪恶的心哭泣**……我继续读着，后面还有下文，但是……

"很好，但这不是你的。"盛放打断道。

我的脸变得像安娜·卡列尼娜一样红，我说，窘迫，我对你说；我撕下粘在手指上的纸。我的老师见我的手在颤抖便笑了。这是我第二次尝试变成作家，也是第一次尝试去她家。我已不再头晕目眩，却很可能就在那一刻昏倒，忘记一切。包括我面前的这丛蓟草！我记得她仍然坐在书架旁的木凳上，而我坐在窗边的扶手椅上看着撒尿男孩喷泉。她坐着，双腿交叠，背挺得笔直，手交叉放在膝盖上。她身后书架的中层放着一些镶着相框的照片；大部分是她母亲打扮得像娜塔丽娅·克拉斯诺娃·尼古拉耶夫娜·冈察洛娃[①]，只有一张是她父亲的照片。我很熟悉他，因为我小时候常常来后院骑自行车；先是骑小的，接着是中等的。在他们三人照的相框下方不远处，就在盛放的头顶，是两张男孩的相片。我认出其中一个：这就

---

① 俄国诗人普希金的妻子。——译注

是那个玉米地里被闪电劈死的男孩；这张照片被刊登在报纸上，我正是读了那份报纸，才找到素材写我那篇关于莉莉和爱她至深的男孩的短篇小说。第二张照片上是另一个男孩，比前一个更年轻，和我一样瘦弱，微笑着，左边的脸颊上有一个印记。我看着他，觉得自己认识他，但是却想不出他是谁，叫什么名字。老师可能是见我在盯着它看，便拿下了相框，放在腿上的书上。看着她，因为她此刻并没有看我，我注意到她全身都在打战，但是她很快地把双手压在双膝之间，导致她的胸部跳了起来，好像被提拉了一下。

"我一毕业，就开始在高中工作，立刻，在第一年，就像那个在我还是高中生时就爱上我的年轻老师一样，这个年轻的男孩也爱上了我。这个世界很小，所有的命运都是限定的，许多事都是重复的。有一天我叫他到教师办公室来，告诉他那个关于教授与闪电，蝴蝶与灵魂的故事。我自己创造的蝴蝶，当然。我以为这么说就能将他从我面前挥走。我对他说，不能爱上我，因为他可能会被闪电击中，变成蝴蝶。我是开玩笑的，当然。那些用自己的灵魂欺骗，再用自己的肉体将这谎言变成自己自私的娱乐的人，我说，会被闪电击中，变成蝴蝶。你想要炫耀你拥有了我，我说，这就是你爱的全部，但这不是真爱。

"他离开教师办公室的时候，被一个从我上任第一天就痛恨我的老师看见了。我当时不知道，她实际上就是那个在我学生时代便被闪电击中的老师的未婚妻。正如人生常态，因为没有一件事是偶然的，那个三班的年轻男孩，一个有天赋的诗人，比你有天赋多了，真的被闪电击中了。而且这又发生在一片玉米地中，正如你关于莉莉的短篇小说里描写的一样。当然了，没有人相信他是被闪电劈死的；他们说他为了我在自己身上淋满汽油，点火自焚；说我看着他自焚来证明他对我的爱。他们甚至写了一封匿名信，说我勾引学生,然后像'黑寡妇'一样把他们杀死;你能想到吗?像一只蜘蛛。他们编造了各种各样的恶毒谣言,一长串的历史,等一切平息,也就是最近的事了,我才发现我已经形单影只,我发现我被留在这里,而我再也不想要任何人,我不想要任何东西,我不想要躲在某段婚姻的背后。我还没有结婚是因为我不想因某人而不忠;如果不忠是我想要的,我只想对自己不忠,而不要为此而对任何人负责。"盛放宣告完,站了起来,将相框和书一起放回了书架。"若要看你是否已经有能力当一名作家,先写写关于爱的什么东西吧,如果你愿意。"她微笑,站在我面前,看向窗外。

三辆自行车,尺寸各不相同,都还在后院里,各自通过一条细杆连着中间的铁柱。柱子周围小、中、大三辆自行车绕着圈;小的绕着最小的圈,大的绕着最大的圈。每一辆都有各自刻入草地的轨道;拥有各自绕着铁柱的圆圈。在她父亲杰克·商人-长颈去世之后,没有人再维护它们了,但是孩子们仍然时不时会问都不问一声便擅自来骑,它们咆哮着,尖叫着,绑在铁柱上。就算是在此刻,也有人在骑着它们,但是盛放从不赶他们走,此刻也没有,虽然那铁柱上生锈的杆子发出的声响实在难听,几乎让人忍无可忍。幸运的是,这些不请自来的访客很快就走了,一切又安静了下来。只是我觉得自己能听见那男孩在远些的地方撒尿的汩汩声,我也想站在他的位置上释放自己,放出一条从喷泉这一头连到那一头的水柱。

她穿着一条在她走路时会从右腿滑到左腿的睡袍,因此它在她的腿上开了一条高高的叉,盛放再次坐回书架旁的椅子,再次交叠双腿,并双手交叉放在膝上。她的一片袍子从大腿上划下,最终栖息在椅腿旁边。那腿,像刨过的木头般光滑,正是太阳散发出的所有好奇光线的折射之处。

"我对你诉说我的人生,你以此编一个故事出来。"她对我说。"但你必须知道,"她继续道,"没有任何普通的人生足以编出值得写下的故事。实际上，我的小男孩，真正的作家不需要真实的故事，就像饥肠辘辘的人不需要烘焙师的生平介绍。故事不是用来转述的；故事是用来诉说的。它必须是你自己的；你必须要让一切故事都变成你的。因为你有一双可以同时看见许多事情的眼睛，显而易见，你首先必须学会分辨哪些是不可或缺的，哪些是无足轻重的。"她说，把那片袍子放回膝盖上。"如果你在看着我的双眼，就不要想着我的双腿。"她嘲弄着我，她的轻笑将她的呼吸分成几份小小的叹息，接着她又交叠双腿，眨了眨眼，只用左眼看着我的耳朵。那一刻我才知道伯爵是对的，当他坚持描写安娜·卡列尼娜泛红的双耳；我无法隐藏我泛红的双耳，它们就像粘在我脸上的蜡烛般燃烧着。

"现在想象，"盛放微笑，"我比现在年轻许多，还是处子之身。面对爱情，处女往往比已经失贞的女子更加勇敢。但是，小心，我说的是爱，而不是性，不是那些就连动物在出生之时就已经会做的战战兢兢的动作。我就是透过这扇窗看着他，他会先骑最小的，再骑中间的，最后骑最大的自行车。他绕着柱子旋转的时候，我看着他。即使每个人都只是在原地绕圈，他们却仍然激动万分，好像自己骑到了很远的地方。他，也一样，车轮转动着，他的头在月亮上蹦上蹦下。月亮会逃开，可他还是在那里。我父亲为了等他骑完，会坐在他的摇椅中睡去，手里握着的，像是被抓住了翅膀的鸟儿的，是所有的票根。万籁俱寂，因为当时铁柱上的铁圈都上过油，不会发出尖叫，因此后院里唯一飘动的，不断从银盘般的月亮前闪过的，就是他的头；他转着圈，像是一团光球冲出黑暗，又消失其中。"盛放一边朗诵一边再一次交叠膝盖。她的裙子从大腿滑落，她便又把它放回原位，看着我。"一个寂静的夜晚，当我父亲已在摇椅中睡着，我下楼来到后院，骑上中间的自行车，那辆靠里的自行车，顺着圆圈旋转，我们牵着手，牵了良久，看着月亮在我们中间像温驯的鸟儿般扑闪。我们旋转着，星星缩进了后院的边缘，他环着我的腰拉了我一把，而下一刻我俩发现自己躺在我与他的圆圈之间；自行车又转了一圈，接着便停在我们面前，好像被人发号施令了一般。当我梳理他额前的发，我看见他眼中的火花；他激动地在我脖子上呼气，他的鼻息潜入我的皮肤，爬下我的肋骨，轻抚我的胸脯，它们在我的衬衣下像打湿的蜜桃。当他拉起我的裙子，掀到我受惊的膝盖上方那丝一般的毛发以上，中号和大号自行车轨迹之间的青草因兴奋而尖叫。我把他的头按进我胸脯中间，因为我以为就应该这么做，我屏住呼吸或尖叫，它们像热浪一样在我的胸脯之下泛着泡沫；它撞来又退去，在我腹部某处，在我肚脐下方的宇宙的某处，在我的银河之中。透过中号自行车的车轴，我可以看见我的父亲，我不确定究竟是他在椅子中摇晃，还是月亮在自行车的车轴间上下摇晃，让我身周的一切看上去都在移动，都在摇动。星星在我的腿上喷洒温热的牛乳，白色的细流淌下，流到青草上，微小的蓝色水晶在我的腹部上方闪烁，滑落我的胸脯，滚落下来，沉入我苍白的双腿之间。"她叙述道，用左手爱抚着歇在膝盖上的右手，落日的余晖中，彩色的蝴蝶坚持不懈地扑腾着，想要穿出她的指尖。我站了起来，看向窗外停着自行车的院子，想象盛放用言语渲染的画面。

"我们躺着推动自行车，"她继续道，"它们就会自己转一圈再回到我们面前；我们在我父亲的两个圆圈之间躺着，他生命中永恒的圆圈，因为这是他从监狱回来后，唯一知道怎么做的事。他在监狱里服了三年刑，为了某些外国书籍，实际上是为了对我母亲的爱。他坐在椅子里，眼睛鼓动着，好像是在用自己的睫毛编织这一个清晨。当日光绽放在大号自行车的框架上，男孩走了。在那一刻，我突然意识到也许我的父亲整晚都在看着我们，但因为他害羞，并且根据他从未和我对看的事实来判断，他可能不想暴露自己的存在。他坐在那里像个少年，某种不知名的爱的冲动将悲伤注入他的心房，折磨着他，正如福楼拜会说的，他压根没有注意到太阳已经升起。我害臊地叫他来吃早餐，以为他在戏弄我，便轻轻推了他一下，但是他没有回应，手中的票根落在了草地上，他扑倒了，在我眼前崩塌。他死了。他的死和爱玛·包法利的丈夫查尔斯一样，如果你还记得；你应该记得。我觉得我的皮肤在蠕动，在句号和逗号之间，在各种标点符号之间，我的身体刺痛着，好像有人在用羽毛笔尖在我身上写作。

"我们将我父亲埋葬在公园后面古老的坟地，和赛兰提斯神甫，我父亲的兄弟，葬在一起。在秋天，当叶子从桦树落下，你可以从这扇窗看见他的坟墓。墓碑上留了一个空位给我母亲，但是她没有死，虽然我不知道她是否还活着。我父亲死后，我的陌生男孩好几天都没来我们的后院，青草为了泄愤长高了，穿过了车轮，盖住了自行车的框架、把手和坐垫。"盛放微笑，与挂在她腿上的落日一同站了起来。"一圈圈的草在后院旋转，可他却不见踪影。"她继续说着她的故事，看向窗外，窗由小小的彩色丝绸装饰着。"最后我终于在下一个学年开学的时候遇见他；他离开了艺术学校，虽然他已经是高年级艺术生了，现在又重新成了低年级学生，但这次确实上的是高中。他威胁我如果我不嫁给他就会变成一只白蝴蝶。"盛放说，站在我身后。我可以感受到她的温度传到我的脊椎；空气颤抖着，好像在蒸发，我可以感觉到空气就是她，其他一切只不过是为她余出的空白。我吸气，用我的鼻，我的口，还有一切我可以用的部位，想象自己是她体内的一首歌、一滴水，知道自己该流向何方，于是现在，它从她鼓起的嘴唇滑落，在她颈项底部的曲线稍作停留，接着，慢慢地，就像那辆小号自行车，顺着通往肚脐的车辙滚落；它转了一圈，以为够了，可是还不够，所以它继续向下，够了吗，不够，它对自己说，接着一圈，一圈，又一圈，就像大自行车，那辆最大的，够了吗，不够，我对自己说，最后它终于再次向下滑落，落到那里，消失在如爱丽丝所梦游的仙境那般幽深的谷底。够了，够了，我对自己说！真的够了。我看着窗外，因那滴水珠滑过的轨迹而出神，刹那间，我感觉到她的胸贴在我的背上，如甜筒上的两团冰淇淋球般融化，在我的肩胛之间漂浮，她不断颤动的乳头在我的肋骨间滑动，就在下一刻她吻了我的鬓角，那个吻让我神魂颠倒，朵兰缇娜。

"还没结束呢；我还欠你一个故事；第三个故事。"她说。提起裙子，用一只手把它压在大腿上，她伴我走向门廊。"明天是周六，每个月的这个周六我都会去修道院；如果你愿意，可以和我一起去。"她建议道，没等我回答就关上了门。

你的确应该赏我一个堂·吉诃德式的微笑，朵兰缇娜；我只是无法分辨你究竟是嫉妒还是好奇。

十一

"只剩我俩，赤身裸体。"盛放说，用一根她用嘴唇含过的稻草在我堪堪长成的胸毛上拖出一条轨迹来降温。"只剩我俩，就像娜塔莎·罗斯托夫和安德烈·博尔孔斯基……"她边笑边侧身在我旁边躺下；她用她的胸脯抱着我，像两只小手，越过她滚烫的身体，像金色的沙漠上隆起的沙丘，我可以看见谷仓的门和黄色的清晨在缝隙间闪烁。我们躺在这堆干草上，而修道院的白鸽在墙边筑巢。我们来这儿是为了看谷仓上方老教堂里的天使；新教堂在下面，在客栈旁边。

我们分坐两班火车提前一天来到这里。在门口欢迎我们的，是一个坐在轮椅上的男人，阿伽通神甫，这位修士只有在呼气的时候才吐出他要说的话语，我说，话语，我对你说；他是这样说话的，朵兰缇娜：一个词，呼一口气，接着你要等着他吸气，好吐出下一个词。我听不懂他在说什么，但是盛放听得懂。她给他一袋水果，接着就向他介绍我，说我是来自伏尔加河畔萨拉托夫的学生，想以老教堂里著名的天使壁画作为写作素材。修士闭上眼笑了。我想他知道她在撒谎。我知道他在修道院独居，而且他坐着轮椅在院子里难以动弹，因为前轮老是卡在草里。他呼气时，发出闷闷的声音，好像里面装着坏掉的录音带，缓慢而断断续续地转动着。

现在，看着盛放手中的稻草，我觉得自己听见他就在门口，就要进来，而我们还躺在我们的衣服上。我对自己说，就在干草上，我对自己说，如果他此时此刻打开大门，我们只能赤身裸体地逃出修道院了。而我的老师还在躺着，双膝之间还夹着些清香的干草。早晨的太阳织了两条金色的线，它们轻颤着穿过门的缝隙，从我们上空滑翔而过，击中藏在黑暗中、藏在鸽巢中的记号。其中一条金线扫过她那一大颗乳头的顶端，在深色的圆圈上闪着光，而上面隆起的细小血管与那圆圈一起消融在一片白皙之中，消融在她隐秘的深谷。另一道晨光路过她的肚脐，照亮她浑圆的腹部，像水晶果盘一样闪着晶光。五颜六色的光点坠落在她的臀部和股沟；燃起她大腿间圣洁的烛火，如果唐·豪尔赫·胡里奥·埃伯特听了我的故事就会这么说。我的背后传来一阵暖意，就像我压着的干草被一根一根点燃，就像火焰从脚跟传来，一直燃烧到我的脊椎和肩膀。我挪到那道射到鸽巢上的晨光背后，就像我的朋友埃伯特的父亲在那遥远的午后带他去看的冰块，我融化了，陷入了盛放盛开的樱草中，就像你的一样，朵兰缇娜，和你的相差无几。不能自拔，我说，突然间我变成一滴水珠，从水晶盘的边缘滑下，落入盘底，水花四溅，就像落入你一直大睁的左眼眼底，四处飞溅。我已深陷，而她用舌头拾起稻草，将它们转个方向，把它们弄湿，再粘到自己的双颊上；她沙哑的嗓音分成两股，通过每一根谷仓中的稻草，粘在鸽巢上、墙壁上与门的裂缝中，终于，这些稻草静如止水，于是你又能听见阿伽通神甫的喘息，他的呼吸在打谷场上隆隆作响，与那些在他手上啄食的鸽子共襄盛举。

白色翅膀化成了云朵冉冉上升，升到教堂之上，太阳的金光再次回到门的缝隙，我说，门，我对你说，像精细的金丝般颤动，触及对面的墙壁后它转了个弯，好像什么都没有发生，好像我们并不在那里。然而，我们仍躺在干草里，朵兰缇娜，呼吸着散布在我们周围的稻草里残存的空气；她的胸高高耸起，像受了惊的白鸽般颤抖，她的乳头甚至想带它们飞得更高，但是它们在半路迟疑片刻，便失去了势头，失去了呼吸，突然间盛放沉甸甸的胸又落了下来，回到早晨柔弱的画卷之中。

"爱？什么是爱？"她呼了口气。"爱是个行骗高手。"她微笑着靠近，用她舔过的温热稻草挠我痒痒。"恨是个不会说谎的骗子，而爱是个骗术精湛的骗子。"她又说。"你若爱一个人，他说什么你都信；你若恨一个人，你听什么都不信。仔细听，因为在第三个爱的故事中，"她对我说，"我欠你的那个故事，博尔孔斯基王子受伤了，骑着马来到他面前的是拿破仑和他的两个帮手，拿破仑说：'这死法不错。'他边说边看着面前受伤的男人，那个王子，在令人瑟缩的疼痛中，他明白这不是别人，正是拿破仑在对他说话。此后的事他全无记忆；他们将他抬上担架时，他已经失去意识；他不记得那段旅程，也不记得敷在创口上的伤药。他对她全无印象，不记得她的长相，也不记得她等了整整一年，就为投入他的怀抱，倾听他的甜言蜜语，让它们充满她的心房，他全无记忆……"盛放说，接着，她用舌尖翻转着稻草，开始穿衣服。我也缓慢而安静地穿衣，从干草堆里一件一件抽出我的衣服，朵兰缇娜，我说，安静地，我对你说，因为在外面，在我看来就在门边，我能听见阿伽通神甫大声喘气，他的呼吸是疲惫的，浅薄的，饱受折磨的。

我听见他扔了几把玉米粒；一小部分散落的玉米粒击打着谷仓门，但是白鸽明显没有因此落在老教堂和谷仓之间的院子里。飘浮在我们上方的亮晶晶的细丝间，我老师的舌头仍在我全身游走，拾起粘在我脸上和脖子上的稻草。我以为自己要死在这干草上的一切美好之中，死在她第三个故事之中，我说，故事，我对你说，朵兰缇娜。

"安德烈王子不仅认为自己濒临死亡，而且感觉死神很快就会降临。"盛放心无旁骛地轻语，好像要读他的心，读我的心，读谁的都一样。"但他的生命因他对娜塔莎的爱而弥足珍贵。"她又说，用舌头为我扣起衬衫。她从远处望着我，视线停留在第三个扣子，望着我，但那眼神又将你吸入其中；她只是望着我，我却觉得她在吮吸我，好像要吸出我的灵魂。我的灵魂在喉咙中恐慌地大叫，想要自救，想要留在自己体内。这是我第一次觉得她可能会把我变成蝴蝶，就像她将那年轻的教授和三年级的学生变成蝴蝶一样。也许我就是她的第三个故事，我想，也许我已被刻上闪电的记号，成为第三只来到她窗前的蝴蝶，贴在玻璃上告诉她，它爱她。我想和她拉开一些距离，但干草窸窣作响，窃窃私语，而阿伽通神甫似乎正对着我对面的缝隙呼气，就像一只狗想从门背后嗅出点什么。

"自从她开始看护他，"盛放打断道，声音坚定而嘶哑，一如在教室中讲课一般，"他总是觉得她就在近旁。即使他看不见她，他人生中最后一段日子也过得十分简单。他作了忏悔也接受了他最后的仪式；每个人都来看他，与他道别。当肉体承受了最后一次痉挛，当灵魂与它的名字分离，当肉体最终平静下来慢慢变冷，娜塔莎来到他身边，看着他死去的眼睛，匆匆为他合上双目。"盛放说，她的鼻息靠近，为我合上双眼。"她合上了它们，却并没有在它们身上落下一个吻，"她又说，"她只是紧紧抓住有关他的最近的记忆：'他在哪儿？他现在在哪儿？'她边问边静静抹着泪，她被眼前的死亡之谜吞噬……"盛放说完了她的故事，舔了舔我的双眼；当我睁开眼睛，她已经走到谷仓较远那头的门边。我冲上去跟上她，膝盖敲碎了鸽蛋。就在那一刻，谷仓较近那头的门打开了，鸽群蜂拥而入；上百只白鸽将空间填满，将稻草挥乱；空气长出了翅膀，鸟儿在梁下墙边的稻草中搜寻栖身之地。在这炽热的空气后方，我看得见阿伽通神甫；他就在门前,他坐在轮椅上,还在拍打着双手,想要将所有的鸽子赶入仓内。

正如后来可以从老教堂看见的,有两只鹰在修道院上空盘旋。你也可以看见阿伽通神甫费力地关门,虽然鸽子还没有彻底安定下来,它们仍在碰撞着茅草屋顶,屋顶晃动着,好像随时都要冲出墙壁。当我们来到较低的那座庭院,这位修士正撞着钟,与此同时,在花园里,黄色的花瓣从郁金香上崩落。当他出现在花丛中,呼着气,像是在为自己唱着赞美诗一般,我们已经在门廊入口看壁画了。盛放转向他,向他微笑挥手致意,而他匆忙地沿着他走了无数次的小径下到教堂。在他到达门廊前,我把盛放头发里的一根稻草给挑了出来。阿伽通神甫在烛台后转了个身,快速而笨拙地画了个十字,我说,画了个十字,我对你说,便停在我们面前。等他在肺中收集了足够多的空气之后,他问我是否喜欢老教堂的天使,不等我作答,他就邀请我们到客栈里去。直到那时我才意识到他说话的时候混杂了各种斯拉夫语,包括许多古斯拉夫语的词素与音素。

在路上,据我从盛放那里听到的只言片语,他在询问我的事,而她夸赞我,微笑着用手臂搂着我的肩膀。我们进餐厅之前,修士发出一阵奇怪的笑声,鼻子也哼出哨音。之后,在我们吃着煮蛋和羊酪的时候,他不断惊慌地看着我,主要是盯着我的眼睛和嘴巴,他用拐杖敲打着地面,什么都没有吃。等我们吃完,他喝了三个鸽蛋;他将它们打在一个没有把手的小杯子里,加了些蜂蜜,挤了几滴柠檬汁,搅搅匀,倒入一点羊奶,用画圆的动作画着十字,好像在自己的胸前画一个靶子,分三口喝下了那杯东西。接着他仰头靠在轮椅上,眼睛直直地盯着盘旋在教堂上空的鹰,好像自己被绑在十字架上。

"要不是这些鸽子和它们神圣的蛋,我早就不会说话了。"他突然间用一种正常的声音说话,看着钟楼上空飘着的闲散的白云。接着,一阵短暂而仓促的雨打入窗框；一轮奇怪的太阳从玻璃滑落：又哭又笑。"随着时间的推移，我在自己体内花的时间越来越少。"修士再次开口。"我的皮肤已经放弃阻止我自己。有一天，这修道院与它周围的一切都会穿过我的身体，我们将再不相见。"他总结道，与我们一起前往庭院。

虽然他的头发几乎全白，你仍能从他的眼睛和嘴巴看出他并不老，也许和盛放同龄，或者稍微老一些，只是他的年岁并未通过外表呈现，也不足以为外人道之。实际上，他的胡子让人什么都看不出来，因为他的眼睛那么遥远，深藏不露，他的微笑也被遮蔽。他只能用胡子微笑。中途他的轮椅停下几次，为了看看我，好像是想要问我什么，又像是认出了我可又记不得我是谁，接着就没有下文了。不过，他倒有试着询问我关于那些天使壁画的事，但是盛放突然插嘴，告诉他我们还会回来的，好完成我的任务。阿伽通神甫只是垂下了头，吐了口气，什么也没说，虽然在我看来他想对我们说，他觉得我们是不会再来的。走到门口，她弯下腰吻了他的手；我也吻了，虽然我不知道为什么而吻。我发现他的手在颤抖，另一只手拍拍我的头。"我……"阿伽通神甫呼气，他的话语再次变成了鼻息。"我……很累。"一阵闷闷的声音从他体内深处传来，好像是在和自己说话。"我感到极其疲倦，厌恶生命，它应该结束了。对我来说，死亡已失去了它的悲怆。"他呢喃着，从脖子那儿拿出一把小小的修道院钥匙。"这是我二楼房间的钥匙。"他对我们说。"等我去了生命的另一边，你们就会成为仅有的可以进去的人了……"他对我们宣告，用他枯萎的手掌握着盛放的手。一阵新雨绕着我们旋转，噼噼啪啪地打在榛树林里，又往火车站冲去。"既然我已经看到了这一天，"他在门前与雨声共鸣，"我觉得体内升起一股死去的欲望，就像在忙碌的一天之后需要一阵沉眠……谢谢。"修士说完，放开盛放的手，毫无预兆，又开始像坏掉的录音机一样咔咔作响。

火车在轻如稻草的雨丝中猛冲了半个小时；雨点远远跑开，就为了再次回到轨道上。最终，好像碾过了安娜·卡列尼娜的身体一般，火车呜咽着驶入一片长满罂粟的玉米地。车轮撞击着铁轨上的轴承，罂粟花崩碎，粘在窗户上。盛放手肘撑在折叠桌板上，凝视远方某处，眼睛一眨不眨，身体一动不动；她好像已经不在了，好像去往另一个人的生命中流浪。

"我的第三个故事未完待续。"她终于开口。"娜塔莎最终形单影只；她不敢面对人生。我可以看见她蜷缩在搁脚凳上，盯着门的角落。她看着他离去的方向，在生命的另一边，看上去如此遥远，在过去不可置信的那一边。不过，她至少知道他在哪。"盛放说着说着出了神，好像在为某个穿过罂粟丛的离人送别。

我很快就要离去，朵兰缇娜。现在，我在你的瞄准镜里，实际上，我在樱草丛中发现你之前，我就已经在你的瞄准镜里，我已经知道我要去向何方。你用左边的嘴角微笑，然而你知道是该如此，只能如此。然而，没有人会坐在搁脚凳上，盯着门的角落，在生命的另一边，我永远归去的地方。和这个故事一起，当然，因为我不存在于故事之外；我没有自己的脸，我只拥有你的脸，朵兰缇娜。火车在十字路口鸣起汽笛，盛放的脸映在窗上。

"娜塔莎看见了他的脸。"她仍一眨不眨地眺望，好像在看着生命的另一边。"她能听见他的声音，"她低语，"她重复他说的话，但也创造出新的话语，他们在过去该说出的话儿，他们在过去忘记说的话儿，因为在最需要的时候，有那么多的话语不曾说过。他会握着她的手，捏捏它，就像在那一晚，他死之前的第四天。她的心中会充满甜蜜的悲伤，眼泪涌上眼眶，这已经不是她第一次问自己：'是谁在对我说话，此刻他在哪里，此刻他又是谁？'她身边的一切便将再次被一层干燥而多刺的怀疑的面纱笼罩，接着她便又回到她垂下的双眉之下，凝视着她认为能找到他的地方。她便将又一次相信整个生命的谜底即将为她揭晓，随时随地……"盛放叹了口气，直到此刻她才看向我，好像不解我怎么会在这儿，就在她对面，就在靠向河边车站的火车上。我和你，我说，你，我对你说，都可以看见那同一个车站，朵兰缇娜；它仍然在那下面，在同一个地点，但已经被焚毁。当然，在我们进站之前，我准备好从第一节车厢下车，而盛放则会从最后一节车厢下车。不过，现在还早，我们还没有穿过隧道，还有一段路要走。我仍能看见你躺在樱草丛中，我说，樱草丛，我对你说，想知道为何微笑，是因为我对你说的这一切，还是也许你知道有关我的事，所以你因为我确信你什么都不知道的事实而微笑。也许你已经知道我的第一本也是唯一一本小说的境遇，我说，小说，我对你说，在我从艾奥瓦回来之后立刻出版的那本？或者因为你已经知道这一切将如何收场而微笑，因为只有那些知道结局的人才会笑那些不知道结局的人所说的故事。决定权在你手中，但你若愿意，我希望我们能回到火车上，就一会儿，因为它就要进入隧道。盛放一开始是沉默的，接着，等我们出了隧道，她转过身看着我。

"我的第三个故事终于恐惧，"当我们到了俯瞰河流的轨道上，她宣布，"娜塔莎有时会被恐惧吞噬，不是因为死亡，而是因为失去她的美貌，这让她不由自主地检查自己裸露的手臂，想知道它现在已经变得多么孱弱；至少在她脑海中，早晨她会盯着镜子中悲伤的脸，开始哭泣。"盛放用手背轻抚我的脸颊，梳理我眉上的碎发。乘务员朝车厢瞥了一眼，正了正帽子，继续向第一节车厢走去；我想象他挣扎着，碰撞着火车的内墙，也许是因为白兰地的缘故，也许是因为车厢在轨道上蹦跳着。盛放现在在轻抚我的手。"这故事终于一面镜子，而你在镜子中看不到灵魂。"她说着，用眼睛指指窗外；我们已经到镇上了。我起身，拉起窗帘，这样就没有人能从路堤处看见我们，接着又俯身回来，给了她一个柔软轻快的吻，就像蝴蝶一样。在我走之前，她站起来，拉住我的手臂。"我爱你至极！"她发出一阵闷闷的哭声，忧心忡忡地看着门。"至极，至极！"她体内深处爆发出另一股声音，但是她用另一只手捂住了嘴。有一瞬间，我以为我俩在生命的另一边，但是盛放轻轻把我拉回车厢。"自由存在于内容中，命运存在于形式里。"她说完便吻了我一下。接着她让那修道院的钥匙落入我的外套口袋。我感到困惑，朵兰缇娜，我说，困惑，我对你说，所以我飞快地把手放进口袋，向第一节车厢跑去，希望没人注意到我。我跑啊跑，我眼中的光，我在奔跑，朵兰缇娜，因为我在最后一节车厢。哪怕一秒，如果我能离开这把狙击步枪，那我就能在棉蓟后转身，那我就能把那一把钥匙从我衬衣口袋里拿出来，给你看我仍留着它，它仍是我财产的一部分，我心中的河。

你要是知道阿伽通神甫是谁！

你是不会相信的，朵兰缇娜！

十二

"看！他是个修士，却不知道该如何正确地画十字。"盛放轻轻地对我说，透过敞开的窗指向阿伽通神甫。院子里，他正站在羽翼风暴的中心。她的双手爱抚着我，从胸膛一直到臀部，我说，爱抚，像蝴蝶般轻颤。又到了周六，又一次，如你所知，我该写老教堂的天使，而不是谷仓和白鸽。太阳已经落入修道院后方，当一只洁白无瑕的鸽子从窗子飞进来，我们仍在宿舍里；它栖在床上，好奇地看着我们，先用一只眼睛看，接着再用另一只。依偎在她分叉的鼻息中，盛放什么都没有听见，也没有看见，她潜入了自己，让她的身体荡出涟漪，白鸽脸刷的红了，变成了一朵会动的罂粟花。我想要说些什么，但是她用胸脯蒙住了我。我在她乳头下眨着眼，看着她的腹部在肋骨下退缩，消失在视线中，接着又出现，在肚脐周围一圈圈地搏动，模仿着吸气呼气的动作，在里面创造它自己的回音。她扭动着，软绵绵地倒在我身上，双腿间的小小火焰仍在扑闪，而白鸽用自己的喙啄着自己的颈项，好像在开玩笑。当然，这一切在我看来都非常古怪，朵兰缇娜，我说，古怪，我对你说，但是这不是我和她在一起的时候发生的唯一一件古怪的事。举个例子，有时候，在她家里，后院里的自行车会突然自己动起来，虽然并没有人在骑。她用微笑的眼睛看着我，没人在我们高中见过这样的眼睛，她对我说这只有当她双腿间的火焰燃起时才会发生。自行车绕着圈，而她就潜入自己之中，出来时带着小巧的珍珠，她用舌头在我身上由上至下滚动它。不仅如此，还有带着奇迹味道的言语；那些你不会说出来的言语。

现在，我们在宿舍里，我说，宿舍，我对你说，或者更准确地说应该是客房，俯瞰庭院。栖在木质床头板的白鸽突然昏厥，折起翅膀掉在床单上。红色的圆圈，就像盛放自行车的轨迹，我说，圆圈，我对你说，朝我们蔓延开来，在她滚烫的大腿下颤抖。我把她拉近，她的胸脯溢满我的胸膛，接着透过窗，我看见死去的鸽子从天空落下。我想要告诉她或者警告她床单上越来越近的圆圈，但是她用手把自己撑起，转头看向我正在看的方向。

"有时候，某些东西会在空中杀死他的白鸽。"她嘶哑地说。"它们在半空停下，在空中停顿片刻，全身变红，接着就朝着修道院落下；去年，整个院子铺满了红色的鸽子，虽然他连一只红色鸽子都没有，全都是白色的。"她说。"谁知道是什么原因，可能是某种疾病，可能是某种罪……"她说，看着受创伤死去的鸽子。"但是你不觉得很古怪吗，他都不知道该怎么画十字？"她又问我，看着楼下的阿伽通神甫，他在院子中间，迷失在白色羽翼的风暴中。太阳从鸽喙滴下。

我的老师坐在窗沿，就在红色圆圈堪堪触及之处，开始穿起衣服。"赛兰提斯神甫，我父亲的兄弟，是这儿的院长。三年前他去世了，留下阿伽通神甫一个人在修道院里，但是我还是每个月来一次，在周六，就像我叔叔还在世时一样。从那时起，我觉得除了我以外没有别人再进过这所修道院了；阿伽通神甫像隐士般活着，他甚至在旧教堂附近的岩石上凿出一个石室。他大部分时间都待在那儿，当然，是在他还能走路的时候，当他的哮喘和风湿病还没有将他困在轮椅上的时候；当他只能坐轮椅的时候，他就只在院子四周活动了，画画十字，转转念珠，和他的鸽子们说说话。"她说，胸脯收进那张通往乳头的细小血管组成的网。她扣上衬衫，我说，她的衬衫，我对你说，告诉我一个秘密，这是我第一次说出这个秘密，朵兰缇娜：那个养鸽子的男人不是修士；他甚至连教士都算不上。当他还是个小男孩的时候，我说，小男孩，我对你说，他承受了某种悲剧，这是他不想谈及的，所以赛兰提斯神甫让他留在修道院。于是他就留下了。他给院长帮忙，帮他打扫教堂，他们一起建造了上层庭院的谷仓，他们一起开始养殖鸽子。他们已经有了一群鸽子，将修道院上空变成了白色，当他告诉那老人他不能再待下去了，他计划去遥远的地方遗忘过去，虽然他知道他会带着回忆起程。就连空气也总是散发着他过去的气味。赛兰提斯神甫告诉她，整整三天，他爱抚他的鸽子，和它们说话，把它们放飞，再带它们回到谷仓，他所做的这一切都只需一个词。他离开修道院的那天，所有的鸽子停在他身上，他站在教堂的门廊中，双手张开，就像有生命的十字架。后来，他们像兄弟般道别，院长把老教堂中的一个小天使圣像送给了他，作为盘缠，接着陪他一起去了火车站。几个月之后，他寄了一张明信片给院长，说自己已经到了目的地，虽然他并没有说在哪，虽然院长通过邮票可以看出那是一个遥远的地方，而他很长一段时间都不会回来了，因为你不会千里迢迢到那么远的地方，只为了留宿那么几天。"只有当他喂鸽子的时候，院长才会提到他，但是随着时间的推移，他渐渐遗失在他的记忆里，就像鸽子自会不断繁殖，也自会在修道院中找到空地休憩。一个冬天，肆虐着冰雹、大风、暴雨、飞雪和细雨；大地上升到了天空，天空下落到了大地。那一个冬天，所有的鸽子都死了，除了两只，它们藏在稻草下得以存活。当他来到谷仓找新的稻草来替换旧的草席，他发现了两只躲在最深处的鸽子。那一个春天，孵出了八只小鸽子，长得非常相似，全都和雪一般洁白。之后，它们生出来的都是白鸽。"盛放对我说。

天知道多少年后，有一天——因为你必须要从某刻开始，某一刻——当院长在教堂后面劳动，一个长着大胡子男人来到院子里，绕着樱桃树走了很久，看着修道院上空飞翔的鸽子。直到他说明自己是谁以及如何得知通往修道院的道路时，赛兰提斯神甫才意识到这就是十八年前来到修道院的那个男孩，我说，就是那个男孩，我对你说，总是在圣像跟前哭泣的男孩。现在的他衣衫褴褛，憔悴不堪，好像提前老去一般，而他的眼睛睁得很大，血丝遍布。他说话与行动都很困难；他用头指指鸽子，亲吻了赛兰提斯神甫的手，轻声恳求让他在修道院留下，因为他已经无处可回，无处可去。"我想要忏悔；我想要忘记人生，因为人生只是一个想法，只有当你还记得，它才存在。"他对赛兰提斯神甫说。这位老修士，修道院的院长，为他与他痛苦的灵魂祷告，我说，灵魂，我对你说，接着给了他一件修士的袍子，还有宿舍里的一个房间。虽然他从未接受修士的规矩，赛兰提斯神甫为他施洗，给他阿伽通的名号，阿伽通神甫。

"当我去那里拜访我的叔叔，阿伽通神甫一般只是和我打个招呼，便往老教堂或者谷仓走去。当时，他也在岩石上凿自己的石室。他很早就出发，在破晓的时候，接着在晚上的祝祷之前回来。有时候他想要说些什么，但是他的哮喘总是击败他，让他难以开口。有一天，赛兰提斯神甫为他备了一剂药，鸽蛋、蜂蜜和柠檬，从某种程度上减轻了他的困扰，让他能呼吸得顺畅一些，但他仍不怎么说话。"盛放一边叙述，一边看着阿伽通神甫捡起死去的鸽子放在腿上。

"他要怎么处理这些鸽子？"我问，站在她身后，轻轻撩起她背后的头发，亲吻她的颈项。我觉得那吻穿透了她的身体，我说，身体，我对你说，她关窗户的手微微颤抖，最终放弃，靠回我身上，就像她在学校里靠在窗玻璃上一样。阿伽通神甫坐在轮椅上，垂着头，一堆死鸽子躺在他腿上。接着他绕着教堂转了一圈，身后是落在草地上的鸽子，一跳一跳跟在他后面。

"他将它们葬在修道院的坟地里，就像修士一样。"盛放说，打开门，走下楼梯，前往门廊。扶着木制的扶手，我慢慢地跟着她，虽然这些楼梯摇晃着吱呀作响，仿佛马上要从横梁上掉下来。走上通往老教堂的小径，我们能看见阿伽通神甫就在修道院的坟地里。他在埋葬鸽子。他坐在轮椅中，在坟地中来回移动。从上往下看，他就像是绑在十字架上的黑鸟。我们一走入平地，盛放便停了下来，呼了口气说："我想他想对我们说些什么，只是出于某种原因他不能……"她又呼出一口气，不断向上爬着石阶，这些阶梯是用尖头木条绑在土地上的石板组成的。"总而言之，他相信你。"她头也不回地说。

踏上最后一级阶梯，能看到老教堂顶上的十字架；这下我真的看见天使了，我想，就从她身后向我们靠近。我能听到她粉色裙子的轻语，我说，轻语，我对你说，和文学课上我们听到的声音一样。我已经知道要用哪种方式去触碰她身体哪个部位才能发出哪种声响，每走一步这声音都如何循环往复，在她臀腿间扑飞闪烁。我现在能听得最清楚的，就是她大腿和膝盖的柔软声响，因为她的裙子紧身而轻薄，在她走动时，从一条腿滑到另一条腿上。踏过所有在我们脚下咯咯作响的石板，我们来到了老教堂前的平台。盛放的脚踝试图将她的双脚稳定在中心，所以我也试着跟上。总而言之，我们来到教堂跟前，我说，教堂，我对你说，一阵无礼的风已经像棉签一样挖着我的耳朵；那一刻既美好又不适，所以我就张开嘴，像在家里清理耳朵一样，我说，我的耳朵，我对你说，在洗完澡之后。幸运的是，她没有看见我，因为她向修道院转过身去，稍稍侧过那升上榆树林的太阳。"就在这里，我来告诉你。"她终于转向我。"阿伽通神甫只是躲在修道院里假装修士的红尘中人。这背后有充分的理由：没人知道他在这里，没人记得他在这里，虽然他们怀疑他藏在某座修道院里。他们到处找他，但是没有人想到他扮成了修士。就在赛兰提斯神甫去世的那一年，就在第四十天，我们一起来到这儿，就是在这里。阿伽通神甫没有坐在轮椅上，那天他自己走路。"她说着，转过身，展开双臂感受着空气。"在这里，你可以看见一切；你可以听见一切。如果你屏住呼吸，就能听见空中鸽子的声音，"她说，"鸽子，"她对我说，"还有我的心，石梯之间正在生长的草叶。风吹动我们背后圣人的道袍发出的瑟瑟声响，还有那个声音，"她说，"那个嗓音，"她对我说，"就像婴儿咿呀的声音，来自穿过阿伽通神甫石室的空气。在这里，一切都是谜；一个大谜团。"盛放说完朝教堂走去。

  门只是用一根破木棍撑着，所以她只需移动它，我说，移动它，我对你说，教堂就自己把门打开，也许是因为它微微前倾，这就是为什么门吱呀作响，缓慢地靠向墙壁，贴上墙才停住。盛放把木棍放回去撑着门，飞快地弯腰进去。入口高不过一米五；也许比这还矮一些。我也弯腰，走了进去，但中途却不得不停住；教堂里面是一个山洞的一部分，但是墙上都涂着石膏，上面还画着壁画。他在壁画上张开翅膀，在我们上方，我说，张开他的翅膀，我对你说，像是在保护着我们，就是我们为之来访两次的天使。我像一朵飘移的云朵般看着它，而它也好像跟随着我的每个步伐、每次呼吸。它是如此真实，好像随时都要飞上天堂。若非如此，那就是我们尚未意识到自己已经在天堂中了。就在它翅膀末端，有两个圆形小孔，光从这些小孔中射入，交织成十字，不断在我们周围移动。我们都凝视着天使，光旋转着，与壁画一起，与我们一起，与整个教堂一起。"这就是他告诉我他秘密的地方。"盛放对我说。"他说的时候哭了。他离开修道院，为了逃离他的记忆，却阴差阳错在他前往的国家参与了战争，一场他永远不会忘记的战争。那个冬天，他去了某个寡妇家，但是很快他们就来抓他了。'你现在就是死在你面前的人。'他们对他说，虽然总有人会死在另一个人的面前。他为了他父亲出生的房屋而战，他对我说，他为了所有其他的房屋而战，却独独救不了自己的妻子。她在家中与她六岁大的女儿一起被杀害。天使的圣像，就是赛兰提斯神甫在他离开修道院时送给他的圣像，被烧毁了，只留下左眼。直到那时他才成为了斯尔梅尼扎大区的指挥官；他从未亲手杀过任何人，他说，但是清真寺仍一座座被摧毁，人也一个个被流放。除此之外，他的士兵把停火执行者绑在电话柱上羞辱他们。虽然他并不知情，但他知道他将因此永远得不到原谅。就是这样。人民很快忘却所发生的一切，因为一旦收到指令，他们立刻就能忘记；一开始他们每一个人都固执地赞美他，但很快他们就公然以他为耻，因为他保卫了他们。人民不需要长远的记忆，因为今天的人民与昨天的人民并非同样。为了要在他们背负的人生中获得成功，因为战后是很容易成功的，突然每一个人似乎都急于背叛他来证明自己，因为人民，他说，人民，他对我说，更愿意相信他人口中的故事而非自己拥有的记忆。所以，有一天晚上，在他们寻找他的时候，虽然他们并不想要找到他，因为在抓到他之前他们必须抓到另外一些人，他找到了妻子的坟墓。虽然他不知道她的小女儿是否与她葬在一起，他仍然点亮了两支蜡烛，在十字架上留下一块圣像，实际上就是圣像的左眼，就这么看着，第二天早上，顶着一头灰发和又长又乱的胡须，他发现自己位于修道院下方的火车站。他们现在已经找了他六年，一直没能找到他。没人想到要将所有修士的胡须剃光，他说，无论有没有联合国的决议，他们没能执行一场剃胡子大会，这才让他侥幸逃脱。有时候他也会开玩笑……"盛放在穹顶上的天使下方旋转着,说完了她的故事。我觉得她是在说天使的故事,而不是阿伽通神甫,即使天使并没有胡须。她一说完,朵兰缇娜,不知从何而来,就像所有的奇迹一样,一只白色的蝴蝶飞了进来,停在她的右手上,像个等待雪花的孩子般在她的掌心摊开翅膀。她脱了鞋,我说,她的鞋,我对你说,开始与蝴蝶一起旋转。

"如果你喜欢我,如果你爱我,把它们脱下,给我穿上,我们一起散个步,上上下下,一直走到花园里,采一捧香梨。"她轻语着,蝴蝶扇了扇翅膀,渐渐淡去,融化在她苍白的手中。她仍在旋转,我说,旋转,我对你说,仍看着他,好像看见了久违的朋友。"啊,你的香梨,是少女灵魂的美丽。"她唱着,一滴泪从她的一只眼睛中滚落,划过她的喉咙,沉入她的深谷,那深谷也在旋转着,摇啊摇。她用另一只眼睛看着我;她用眼睛左边的眼角看着,笑着,就像你一样,朵兰缇娜。"如果你喜欢我,如果你爱我,把它们脱下,给我穿上,我们一起散个步,上上下下,一直走到葡萄园,采一捧葡萄,我吃一颗,你也吃一颗,啊,你的葡萄,是少女的眼睛。"盛放旋转,蝴蝶随着她的手升起,或许是她的手随着蝴蝶升起,翻飞着,蝴蝶绕着她浮沉,我说,浮浮沉沉,我对你说。突然之间,一切都不见了,消失在天使的眼睛里,就像一切出现时一样。"直到刚才,它只会通过窗户来到我的面前;这是它第一次停在我的掌心。"盛放说着,站在光的十字架上;接着,等她的胸脯安定下来,她画了一个十字,穿上鞋,飞快地跑出去了,好像要逃离自己的影子一般。我用木棍撑好门,匆匆追赶她。

"你有没有注意到他听到那首歌时的欢喜?"她问我。

"谁?"我反问。

"天使。"她回答。"这是一首马其顿老歌。"她又说道。"每一首诗都是某一场爱情的一枚碎片,某一场人生的一次呼吸。每一只蝴蝶都是某人被遗忘的声音，某人的呢喃。契诃夫死的时候，"她说，"契诃夫，"她对我说，"一只蝴蝶从开着的窗户飞了进来，在吊灯中迷了路，撞上了灯火。"盛放吐气，她侧身走下陡峭的石阶。在下面，阿伽通神甫正把活下来的鸽子赶进谷仓，没有发现我们沿着小径走下庭院。我们没有在井边逗留，直接进了门廊，走上宿舍，便回到了那间有死鸽子的房间。床单已彻底染成了红色；盛放把床单和鸽子一同抱起，下楼去了某个地方，然后很快又带着新床单回来了，伴随着罗勒和乳香的气息。

"我叔叔的房间里仍保留着他的味道；赛兰提斯神甫在每一个角落里都放了罗勒与乳香。罗勒是爱的芳香，乳香——乳香是灵魂的芬芳。"她说，铺开床单坐了下来。她坐在床上，我坐在窗旁的木椅子上，寂静颤动着，从墙壁与天花板上剥落，就像干燥的雪花在房间里沙沙作响，低声抱怨。我们沉默地看着教堂顶端的十字架；它奇怪的影子落入我们房中，仿佛它就横在我们的窗户上。

"还有一个秘密。"盛放打破了沉默。"我已经自杀两次了。"她又说道。"我以为我能做到，但这比书中写的要难得多。从此以后我就开始来这儿，来找赛兰提斯神甫；我来忏悔，在圣人眼前的安宁与寂静中忏悔。祷告是与神的对话。在他死前的两年里，我逗留的时间更久一些；我想在寂静之中面对我的人生。那寂静，就像你现在所听到的，对我说我所活的并非我的人生，并非我的时空，它们只是那些我身边的人为我发明的。他们根据他们的需求创造了我和我的人生，而你在这样的人生中什么都无法改变；你必须接受这种生活，或者直接不活。你的人生是一场乡村舞会，而你却无法结束它，因为你并没有收到邀请，也没有权利这么做。不过，正如我对你说的，我试了两次要将它结束。第一次我试着服毒自尽，第二次我试着跳到货运列车的第二节车厢底下。当我看着那些螺栓和铁链，货运列车车厢从我身旁飞驰而过,我的红色手袋落在尘土里;我这才发现活着仍是一种选择,而非命运。

"实际上,这是当我承认货运列车开得比我的决定要快时,赛兰提斯神甫说的话。一开始他沉默着摆弄手指,接着他对我说他曾在监狱里白白度过六年,为了某些他不见经传的生平,某些他的密友编出来的故事。他出狱之后,便立刻来到修道院。他甚至对监狱里共度时光的人感到失望,但他却不生他们的气,因为每个人都要背负自己的十字架,这是他说的。他从这些人身上学到的是,任何人都能让你失望,他从那些圣人身上学到的是,仍有人能理解你。'人们发明了传记,让你无法在传记之中诚实地生活。如果你接受这样的生活,必然要面对悲惨的结局,因为人本质上是卑劣的,讨厌皆大欢喜的结局。卑劣的人在变得卑劣之前,首先是愚蠢的。你能从他们身上期待什么呢,期待他们为他人的悲惨而欢欣鼓舞?问题是为了死亡而死,还是为了生活而活。只有独处是自由,只是自由并不总是独处,而是意识到人生是一种选择,而非命运。'他说,凝视着自己膝盖上的手,苍白而沟壑纵横,就像一只萎缩的苹果。'如果苏格拉底没有在基督受刑之前的三九九年被毒死,他也会被钉死在十字架上。'他说。'他吃了毒芹而死。'他补充道,站了起来,去集合在修道院上空盘旋的鸽子。我看见它们从四面八方落到他的身上,真正的四面八方,如雪花般落下,没多久赛兰提斯神甫就变成了院子里的一个怪雪人,像一朵小云朵般飘在低空。落日的光从鸽喙上反射开来。"盛放说完了她的故事。

我们从宿舍下来;第一丝夜幕落在修道院上;她说阿伽通神甫现在应该在岩石中凿出的石室里,我们无法与他道别了。我们在教堂里一人点了一根蜡烛,出来后将身后的门关上。寂静在对着我们身周的树木说话;对某些树说得多一些,某些树少一些,根据它们的功绩而定。

"现在你有东西写了。"盛放在走向火车站的时候对我说。"我觉得你会成为一个好作家,我是说你会写出有人会读的作品。"她补充道。"当然了,如果有些东西不值得下笔,那就写值得阅读的东西吧。"她笑了。"但是,首先,当然,你得先毕业,然后上大学,再毕业,诸如此类。"她对我说。"然后,如果你愿意,我可以帮你拿到艾奥瓦一个创意写作学校的奖学金。"她提议道,手扶着头顶的树枝,因为我们走在通往火车站的无人问津的捷径上。"我大学里的一个朋友现在住在那儿,"她往小径深处又走了几步,"他给广告和音乐视频写写剧本。我们和他聊聊,他能帮你。"她停下来,用纸巾擦擦她的鞋子。"等你出名了,我可能会变成一只蝴蝶。"她边说边直起身。"如果我停在你的手上,就给我朗诵一首诗或者给我说一个动听的词,我就会成为一只幸福的蝴蝶。"她说着,在我的额头上印下一个吻。"每一个灵魂都值得获得一个新的机会。"她总结道,将我搂在她的手臂之下,走向火车站。

火车几乎是空的;车轮撞击着轨道的轴承,车厢摇摆着,不知何时,不知如何,我睡着了,但是我知道我梦见了阿伽通神甫;他站在门口,递给我一张纸条和一只红色的鸽子,我说,鸽子,我对你说,为我饯行,虽然没有只字片语,我们却似乎通过眼睛理解了对方。

十三

就和昨晚一样，如果你将昨晚定义为早就过去的夜晚，我收到了盛放的纸条，在我们最后一次见面之后过了将近一年：我们这周末一定要见面，在她家，纸条里说。她有很重要的事要告诉我，但是我千万不能忘记带修道院的钥匙。我想要对你说的这一天从火车站开始。我从早班车的第二节车厢下车，随身携带着那个行李箱，就是好几年来我每次回去或离开小镇都拖着的那个；我每次离开，里面装满了泥刻外公给我准备的过冬食物，当然，在他还活着的时候，每次我回来，里面总是装满空罐头和脏衣服。虽然我有学生折扣，但是我很少坐火车，因为每天只有两班，而且车程比坐汽车要长一倍。和以前一样，在车站下车的旅客寥寥无几，只有我必须穿过贴满讣告的大街，不能左顾右盼，而是低下头匆匆赶路，以免又认出自上次回来之后又新添的微笑。时光荏苒，朵兰缇娜，我说，时光，我对你说，我有一种越发强烈的感觉，是我的凝视把这些微笑贴在树干上，我反而不能接受就算没有我，他们也会在那里迎接主街上的行人。当然，热头鹰这时已经不在镇上，也就不再躲在撒尿男孩喷泉旁边的枫树后准备迎接我，这就让我能够飞速来到停着自行车的院子，几乎是用跑的。我能感觉到修道院的钥匙在我的口袋中不断啮咬；这一次，我对自己说，要把它留给她；我已经不能再照顾它了，总是担心它掉了，或者被人偷了。我也要提醒她，她曾承诺帮我参加艾奥瓦的创意写作班，我对自己说。

院子沉浸在寂静中；小号和中号自行车已经锈迹斑斑，停在疯长的草丛里，但是大号自行车仍然状况良好。我骑上它，转了几圈，直到她出现在窗口；她的微笑像落在沟渠中玻璃碴里的新月一样明亮，契诃夫会这么形容。我拎起我的行李箱，等自行车立定，从焊接在柱子上的铁条下穿过，发现自己已经站在那里，覆盖了每一面墙的书架上仍旧摆着那几百本书，除了开了窗的那面。这次盛放表情严肃地迎接我，好像在面对一个完全陌生的人。我坐下，她站在我旁边，手指扫过我变灰的头发。

"阿伽通神甫上个月死了，直到昨天才有人知道这件事；他们会在报纸上宣布又一个战犯死去了。"她轻轻地说，手指在我头顶停留了一会儿。"我们都是因那伊甸园里的罪行被判死刑的罪犯。"她补充道，用来自她腹腔深处的声音发出一阵短促的笑。"没有什么能拯救我们，因为来把我们的罪孽扛在身上的他都无法将死刑减轻。"她说，将我压到她的胸口，就像她之前在教我们安娜还是爱玛的时候把书压在她的胸口。"人生本就是罪，因为这罪我们都被判了死刑，在行刑前只给我们一点时间来完成最后的愿望，这是我每次去修道院的时候，赛兰提斯神甫对我说的。"她总结道，而我仍在用我的脸颊漫步在她颤抖的身体上，在她说出来之前，倾听着她要说的每一个字。这些字词要经历多少艰难险阻才能冲上身体进入嘴巴啊，朵兰缇娜！我跪在她面前，将耳朵贴在她的肚脐上，我说，她的肚脐，我对你说，开始倾听她孕育出最柔软的词句，这些词句在盛放的嘴上蔓延，就像热巧克力。在上方，就在胸腔的圆弧之下，我听着那些词句，像冰雹般敲落，撕裂了树叶，在地上弹起，互相亲吻来将自己磨圆。再稍稍向上一点，在她胸脯下，词句聚而成群，像蝴蝶般翩翩飞舞；它们就在那里，但没有人听见，它们可以贴在你的胸壁上，落入底部，就成了你的，虽然它们是别人的，而你永远不会注意到。你可以把它们说出来或者写出来，却从未意识到它们并不属于你。词句是很危险的东西，朵兰缇娜。

"他把自己吊在樱桃树上；鸽子把所有的叶子都扯掉了，好从远处看到他。"盛放把我扶起来。"是那个每个月给他送一次蜂蜜的村里人发现的。"她说。"也许他已经无法承受罪孽。"她一边说着故事，一边将我的头抱在她的胸口，好让我听见她的血液绕着她的乳头奔流时冒泡的声响。"总之，什么是罪孽？罪孽就是生活本身。"我听到她体内传来一阵突如其来的吼叫。"因此，活着，"她继续说，"也是一种罪。虽然我有罪，我依然活着。"她说，用胸脯像两只小手一样爱抚我。"你会怎么想，如果我告诉你，我就是那个脱掉自己衣服的人，是我亲自带着他们来到院子里，是我亲自告诉他们怎样爱抚我，是我亲自鼓励他们尝试一些新的、不同的东西，因为人生不是用来重复的，而是要抓住未知的日子，未知的早晨，未知的夜晚；我亲自教他们不仅要腾挪他们的屁股，摆动他们的舌头，像狗一样——你能听见我说的吗，狗，我说，狗，我对你说——还要在他们自己之中发现自己。我亲自告诉他们最好在浅水中轻点九下，再深入一下就好，让这赤裸的女人得到满足，给她时间让她吸入足够的空气，好让她飞起，直入云霄，只为再回到地面，变成一只蝴蝶，感受不到自己的重量，但清楚地知道她正给空气和生命赋予意义。我们会不断重复，直到他们意识到自己也是赤裸的。当他们意识到之后，我说，可能有人会看见他们，那就标志着原始罪孽的终结与新罪的开始。谁知道这种事我干了多少次，谁知道我叫了多少声'噢'和'啊'，因为我，和所有赤裸的女人一样，有我自己的罪词。"她说，把我拉得更高一些，手捧住我；她在我额头上印了一个吻，我们一起坐在窗对面红丝绒靠背长椅上。

"我有个大学里的朋友，她现在在城里的图书馆工作。去年她嫁给了一个野心勃勃的兽医。她会像爱尔兰传说中报丧的女鬼一样长长地哀号，你会以为她被屠杀了。'小心，小心，有蛇；小心，小心，有蛇！'实际上，这只是她高潮的征兆，这可怜的人儿。许多勇敢的男人——男人的罪孽叫勇敢——会光溜溜地从她的学生宿舍逃出去，直到他们发现这只不过是她的罪词。因为学生宿舍的墙壁是用薄如纸一般的合板做出来的，边缘都破损了，我听到许多快要为人母的叫着**喵**、**噢**、**啊**、**我的天**或者简单的**咦**，听上去好像她感到一片茫然，不过实际上这就是她们的罪之声；每一个赤裸的女人都有自己独特的罪词。赤裸的男人，那些不太勇敢的，往往只是把这些词藏在心里，以为这就可以将自己从罪孽中拯救出来。"盛放发出嘶嘶的声响，用舌尖舔着我的双眉之间，接着又去舔我的鬓角。"我也想让你知道这一点。"她继续说道。"前一段时间，究竟是何时不重要，我怀孕了，并且想把孩子生下来，就像任何一个赤裸的女人一样，当然，因为只有赤裸的女人才会生孩子。本该是孩子父亲的那人在镇上数度与我擦肩而过，以为只要他假装没看见我我就认不出他来。我想要把那一块肉生下来，来刁难他，给予那不幸孩子生命来羞辱他，但是我又好好想了想，发现正如我有机会打掉孩子，他，同样，如果不愿意，也应该可以打消做父亲的想法。若要做母亲，首先必须有人想要你的孩子；只是想要生下他的宝宝是不够的。当我告诉他我做了人流，他欣喜若狂；现在我们从某种角度来说成了朋友，虽然自从他们封闭了军事基地之后，实际上，是自从军队离开之后，我再也没见过他。除了我和他，没人知道我做了人流；我哭了三个夜晚，我无法入睡，薄雾之中，我看着我的父亲坐在摇椅上摇，我的母亲将书架上的书一本一本拿出来，寻找玛莎，伯爵的女仆；我也看见我那些未出生的孩子骑着自行车，绕着铁柱渐渐长大。接下来，和所有镇上穿着衣服的女孩一样，我又开始出门了，但同时又在别人看着我的时候低下头，情不自禁地脸红，觉得他们都知道我的秘密。我假装无辜而纯洁，因为在这里的人生就是肉体演的一场戏，这里就是灵魂的剧场。我看见穿着衣服的女孩在大庭广众之下，在街道上，因为牵着她们男朋友的手而羞窘，但是一有机会她们就迫不及待地拉下自己的内裤，在黑暗之中尖叫着自己的罪词，逼着人们从窗户泼下冷水让她们清醒清醒。有一天我正在填学生名册的时候，一位老教师悄悄地说她听见一个姑娘在她窗下叫了一晚：'小心，小心，有蛇！'所以现在，她说，她都不敢开窗通风了，因为她害怕，她对他们说，怕蛇；现在她老梦到蛇爬进她的房间。我边从书架上拿下《安娜·卡列尼娜》边暗自嗤笑。"盛放说。"虽然我还年轻，但毕竟我还是个老师，一个穿着衣服的女人，所以我相信我的学生不会去瞎想我没有穿着衣服的画面。"她继续说，但是语气变得严肃，好像在讲课。"我也相信他们不会看着我，好像我是某个赤裸男人身下的赤裸女人，或者也许，好像我在披头散发地尖叫着，月光落在日历上，上面印着的小奶狗疑惑不解地听着我不断叫着**噢**和**啊**，还有**哦**和**对**，它们跳上了篱笆好听得更清楚些，听我罪孽的回音在它们背后的山谷回荡。对于我的学生而言，我只是一个平凡的穿着衣服的女人，不是吗？就和镇上所有其他穿着衣服的女人一样，听我说，这个镇上，我说，我烘焙馅饼，煎蛋，洗衣服，洗床单，做所有的家事还有其他不值一提的小事，因为如果我这么做了，我的肚子早就像蛋奶馅饼一样隆起了。"盛放争辩道，看着窗外。一只红色的风筝在松树上方飞翔；它的尾巴落在自行车上，接着又立刻升起，飘到隔壁家的烟囱上方。眼光追随那纸做的尾巴，我可以感觉到盛放就要告诉我一些很重要的事，但是她还在从她肚脐后方的词库中挑选恰当的词汇。她的胸脯上下起伏，好像有什么东西从里面推动着她，这些东西互相推搡，最后又落入她裙子深深的领口。如果某一天我想要描写她，比如说在一本小说中，朵兰缇娜，我一定会先写她的胸脯，它们鼓动着，好像每一瓣都有自己的心脏。小小的心脏在胸脯里跳动，带动乳头在空气中激起涟漪。

"当回忆如潮水般涌入，樱草便在我胸口生长。"她说着，好像在读我的心。"曾经，作为一个学生，我真心爱上了一个同班同学；一个非常聪明英俊的男孩。不幸的是，赤裸的男人不想要一个赤裸的女人。我试着把我的一切展现给他，听我说，我说，一切；告诉他在哪里可以找到它，如何找到它——我说，一个又一个惊叹号，一个又一个句号——一切女性的标点符号；我甚至告诉他膝盖后的软垫上被人遗忘的轮盘，还有最里面那个隐秘的小点，八厘米深，就和任何一个赤裸的女人一样。我用一根濡湿的稻草爱抚他的胸膛，就像我对你做的那样，但什么都没有发生，什么都没有。这个赤裸的男孩不想要一个赤裸的女人。他叫菲利普。有一天他出国之后便再也没有回来；我知道他很成功，因为他们在外面都很成功；我知道他在制作一些视频或者广告，但是我也只需要知道这些，无须更多。呐，就是这样。现在你已经知道一切，听我说，我把一切都告诉了你，你现在不需创造就有东西可以写了。"她说完拥抱我，她的胸脯顺着我身体的轨道四处挪移，在我耳边上升，下降，爱抚我的脖子，接着又原路返回，一点弯路也没有走，只留下一缕微光，柔软而顺滑，像铁轨的轴承上闪着微光的车厢。最后，她起身，穿上了红裙子，在臀部上方扣上皮带。

"有时候，那些风言风语会传到我的耳朵里，镇上那些穿着衣服的女人谈论赤裸的女人时所说的话。"她绾起头发后继续说道。"她们说我勾引学生；我带他们回家，我甚至还在教室里，在门背后勾引他们；说我专教俄语和法语经典著作里那些不堪入目的情爱片段，好像她们知道何为经典；说我上课的时候甚至不穿内裤，听听，不穿内裤，我说，并且还在我的书桌后面张开双腿，捕捉我的学生们那柔弱娇小的灵魂，像蝴蝶一样——我的双腿是陷阱，捕捉那些天真幼小的阴茎，她们说；说我用藏在文胸里随身携带的濡湿稻草调戏高年级学生，公开斥责那些穿着衣服的女人，说她们在愚弄自己，自以为没有人知道她们会脱下衣服尖叫，没人知道她们在晚上两腿叉开自如骑行，在白天却穿着又厚又长的裙子，宽宽的裤子和平底鞋，好让自己显得端庄贞洁。她们觉得如果这么穿着打扮，就一定纯洁，无罪且得以永生。她们唯一不能隐藏自己罪孽的时刻就是她们怀孕时，因为这对所有人来说都太明显了，明显她们曾经赤裸着，做出了某种行径，让她们的肚子变成没有内胎的扭曲轮胎。当然，要是追究那轮胎究竟是属于一位老师、裁缝、店主或清洁工，那我们就偏离重点了。总而言之，这并不是罪孽，因为就连神都在拿撒勒的玛利亚睡着时做了这件事。就算我穿戴整齐，在那些穿着衣服的女人面前，我仍然是赤裸的。如果她们做得到，她们早就将我逐出学校，还要逐出这小镇。她们将自己的罪孽藏在她们指为罪人的罪孽之后。就像抹大拉的玛利亚，举个例子。"盛放说着，拿走了我在扣扣子时递给她的修道院的钥匙。"修道院里发生了奇迹。"她看着钥匙冒出了这么一句话。

"什么样的奇迹？"我边问边站起身来。

"我现在就告诉你。"她说，我看着她，等待她告诉我是什么奇迹；她把钥匙放在手中转动着，好像在尝试着回忆起这把钥匙可以打开哪一扇门：
"这是他房间的钥匙，"她终于说道，"三年前，他让我向他保证在他死后的三十三天会打开他的房间。你在这儿待多久？"

"我需要待到什么时候？"我问。

"你什么时候回去？"她问我。

"明天，坐第二班火车。"我回答。

"明天就是那一天。"盛放说。

"我们有时间。"我点头，看着钥匙，与此同时我也在想着那个秘密，它已经开始挠我的脚心，穿过我的身体一直到我的喉咙。那个房间里会出现什么？我情不自禁地想。修道院里究竟发生了什么奇迹？我想着，拎着我的行李箱走向那空荡荡的房子，很久之前，我的阿姨就不住在里面了，我的外公也是。明天我们就要去修道院，我对自己说，明天，我对自己说，因为当时我仍有**明天**，朵兰缇娜。

十四

我们乘坐早上的火车来到了修道院；大门敞开着，庭院无人维护，无人打理，无人清洗。整座修道院看上去就像个流浪汉；它从未沦落到这个地步。那些总是用右腿在草丛里蹦跶，好像在寻找重要东西的白鸽，已经无处可寻。几只蹲在墙上瞭望的猫被我们吓了一跳，窜到了树顶和钟楼上。宿舍里的每一扇门都大开着，痛苦地呻吟，那刻薄的微风不断踢打它们，让它们撞在墙上。我们站在唯一一扇紧闭的房门前。把手上装着手刻的倒十字。门上方盖着木质格栅的窗上躺着一只巨大的黑猫。盛放镇定自若、不慌不忙地转动阿伽通神甫给我们的那把钥匙，慢慢地用她的膝盖把门顶开。房间空空荡荡；房内只有前面那堵墙上有一个开着的柜子，里面放着一个带着黑锁的木制骨灰盒。用同一把钥匙，上下颠倒，她打开了骨灰盒，屏住呼吸，激动地看着我：骨灰盒里只有一张折起来的纸，上面盖着封蜡章。

那只猫现在正朝向房间，就像一尊狮身人面像高高在上地看着我们。它的影子落满整片地板，所以盛放抓住我的手，拉着我走到面向谷仓和天使教堂的窗前。她吹走灰尘，靠着墙壁，其实更像是坐着，解开封蜡，用两只手拿着那张纸，开始读出声来。

"亲爱的，我们又在一起了，但这是最后一次。我一直在耐心等待着被选中的日子到来，在这一天我要告诉你一切，甚至包括我瞒着神藏在这黑暗年岁中的一切，远离尘嚣，远离岁月。现在，当我发现自己站在这些奇怪的岁月终点，我对你无尽感激，感激你决定今天带他过来，但是我也要感谢你对我说想要见见他，恭喜他写成那篇关于莉莉的故事，你也把他带来了。我很高兴，在这里，与你在一起，他也会听到完整的真相。"盛放轻声地读；她破碎的声音漫步在整个房间，像蝴蝶般爬上墙壁，撞击着窗户，接着再撞击一下，然后，你一定要相信我，朵兰缇娜，这很奇怪，但是真的，一只白色的蝴蝶真的出现在另一端，开始撞击玻璃，因这不愿让她死去的空气而兴奋战栗。我老师的声音随着她的眼睑和拿着纸的手而颤动，纸上散发出强烈的封蜡和乳香的芬芳。

"你知道我回来时，修道院里只有赛兰提斯神甫一个人，"她读道，"他怀着兄弟之爱接受了我，虽然他明明可以在见到我的时候在我面前摔上大门。三年前他死了，和蝴蝶一样安静。我将他葬在祭坛的后面，就在菩提树下，瑙姆神甫的旁边，你也认识他。你来了，在他的墓上点亮一支蜡烛，而我的胡子已经及腰；我站在大门前，鸽子垂在我的肩膀上，就像一件袍子。我知道你那时并没有认出我，亲爱的，即使你早就认识我了。如果她都不能认出我，我对自己说，那就没有人能认出我；我抱了抱你，哭了。因为高兴，也因为悲伤，亲爱的，当然。后来，我对你说了一些事，但不是全部。岁月如梭，蝴蝶死去，只为让新的蝴蝶继续诞生；鸽子填满了庭院，全都洁白如雪。当它们展翅，我以为是甘菊在蒸发；当它们落下，我以为是蓝天带着它的云朵落在修道院上。没有人来，没有人想到要来这里找我。我知道，亲爱的，我知道；你是唯一一个可能背叛我的人，但是你没有；现在我知道你没有背叛我。"盛放的声音连同她的胸脯颤抖着，好像绑在她声带上的气球般跳动。从纸背看,我可以推断这封信上的字写得很小,很圆润,很俊俏;每一行都很直,从头到尾都是笔直的。双手拿着那封信,稍微偏向右侧,就好像在和某个站在她身后窗外的人一起读,盛放飞快地瞥了我一眼,大声叹了口气,继续读下去。

"我还能做什么呢,亲爱的?我是无辜的,但是我没有这么说的权利。他们想要我说自己有罪,还要证明自己的罪;要我说自己是个恶棍,还要证明自己是个恶棍。我唯一的罪就是我不会承认他们完美无缺,因为就连神也会犯错,所以他们就不可能什么错都没有。我知道,亲爱的,我应该谦逊地将自己的灵魂放在银盘上献上,佐着面包和盐,就像我们国家欢迎意料之中和意料之外的客人一样。我应该点头;称失败为胜利,称自己为恶魔与罪犯,称他们为圣人与天使;那一切就都步入正轨了。那么,我就不会在这里了;我就会与他们签署秘密协定,我就会成为民主人士与盟友;成为一个仅仅敬爱他们完美无缺的神的男人,你知道,就是那个从天上丢下民主炸弹的那个。你已经知道他们已经找了我多少年,多么顽固地坚持要把我带去那个没有任何真相能得到证实的地方,因为真相会提前以谎言为证,谎言会变成毋庸置疑的真相。你非常清楚至今为止,有多少人死在那里,连祷告一句的时间都没有,因为就连死亡也是一种罪证。实际上,亲爱的,你再清楚不过,当他们拥有了自己的真相,才不管别人的真相是什么。这就是为什么他们永远是对的,这就是为什么他们有权不在任何人的面前回答任何问题。确实,这就是为什么,亲爱的,我不想要成为他们的真相,这就是为什么我感谢你没有背叛我。"盛放读道,眨着眼,就和你现在一样,朵兰缇娜。

我可以看见你呼吸粗重,在樱草丛中唤起波浪,它们摇晃着,好像要抓住你的每一次呼吸,我说,呼吸,我对你说,免得它落入河里。我可以看见左岸映入你的左眼，它的呼吸也与你的同步。我已经知道你眨眼代表什么，不眨眼又代表什么。我也知道在这封信读完之前，你不会扣动扳机，我说，读完，我对你说，还有他想要我听见的尘封的真相。我当然想知道，朵兰缇娜，我想知道他怎么会知道我会和盛放一起来，而且她会当着我的面朗读这封信，现在，你也知道他实际上并不是修士，一个真正的修士，而是一个冒牌的，这也解释了为什么他不知道该怎么画十字，也无法辨认谁是圣西西尼乌斯，谁是圣托马斯。这个奇怪的男人究竟是谁，朵兰缇娜？如果我只能活到此刻，活到信的中间，我也就不可能知道了。我觉得连盛放都不知道。

继续读下去之前，她用指尖撩去胸脯上的露珠；它们看上去又如雨中的蜜桃透着晶亮的光芒，我说，蜜桃，我对你说，我们村子里有棵野桃树，在面包店后面，此刻浮现在我的脑海中。小时候，我爱让蜜桃留在枝条上，吮吸上面的雨滴；等雨停下，我就来到树冠下，踮起脚尖，在枝条间跋涉，我说，枝条，我对你说，我用舌头舔去蜜桃上每一滴水珠，缓慢而温柔，小心而虔敬，就好像在吮吸神圣的液体，一种仙露，朵兰缇娜，一剂天堂的良药。等后院中的蜜桃成熟，我迫不及待地等着雨下起来，我说，蜜桃，我对你说。这是堕落还是诗意，我不知道；我只知道这回忆总是在一瞬间带我回到童年。我也要对你说那时候的故事，如果我们有时间，朵兰缇娜，我说，时间，我对你说，也许甚至也要告诉你我偷偷写下的那些诗歌，只为自己而写，就在桃树下，就在我诱人的桃树下。然而，如果你允许，我想把我们带回盛放和那封信，我心中的河，我们一回到那里，她就会继续读，把纸一折为二。

"现在，亲爱的，我们来说说最重要的那件事，也许我在一开始就应该告诉你的那件事。在此之前，我只想告诉你，你带轮椅来是正确的，当你告诉我越少说话越好，当我彻底改变我的声音，因为声音与微笑是一个人最容易被认出的地方。这就是为什么我用胡子掩盖嘴巴，用哮喘掩盖喉咙，甚至连我自己都分不清这是装出来的，还是我真的在受病魔的折磨，因为即使只剩我一个人，我还是会呼哧呼哧地喘气，正如我教导自己所做的那样，并且我的声音无须空气就可以一直缭绕，直到说完一整句话。所有的伪装让我生病，让我怀疑自己是否真的这么擅长伪装，还是只是真的病了。为了避免被那些当地的通敌分子认出来，因为他们是最坚持不懈也是最危险的一群人，我慢慢开始认不出自己。我在庭院中的池塘里看见自己的倒影，难以置信这竟然是我自己。这就是为什么有的时候对那个轮椅中的修士说话，就像在对一个陌生人说话一样；他总是鄙弃我，特别是当我在圣母玛利亚的圣像前匆忙画十字的时候。如果我都不能认出我自己，那么所有那些偶尔来访修道院假装自己想要看老教堂的天使的民主人士与外国特工又怎么会认出我呢？

"甚至当他们小心试探我的时候，我将我从赛兰提斯神甫那里学来的一切全都告诉了他们：比如说，他们会问，我躲在哪里，他们把我藏在哪里，他们应该去哪里找我，他们不应该去哪里找我。在宿舍里，在那张摆满了蜂蜜和蛋的桌子上，我会逆来顺受地建议他们去被人遗忘的防空洞、地下指挥所、被遗弃的战地指挥所、反对派村庄以及旧军队营房，甚至去几个无人问津的山洞教会与修道院找我。所以，他们离开的时候，想象一下吧，亲爱的，所有这些间谍都会亲吻我的右手，好像我是一位大主教，他们一路走向大门的时候还不忘对那些外国人解释说我是来自阿陀斯山佐格拉夫修道院的修士；一位壁画家与治愈者；格里高利·帕拉马神甫的得意门生，佐西姆神甫的亲戚，卡拉马佐夫兄弟的朋友与派修斯神甫的侄子。谁知道派修斯是谁，而从海牙到哈莱姆的所有黑人都认识他！坐在樱桃树的树荫下，坐在瑙姆神甫和赛兰提斯神甫之间，我一直在想这些人是否真的在找我，还是在找些借口好找不到我。也许他们已经疲于在自己家园的楼房、地铁站和机场被摧毁时，还要奔波寻找那些通缉犯。有一天，亲爱的，记住我说的话，因为这些是来自老教堂天使的话语，不是我的，两架客机将冲入他们最高的大楼，直到那一刻他们才会知道自己究竟在和谁打交道，才知道他们曾利用的哪一个朋友与他们只是乌集之交，本质上只是不共戴天的仇敌。"盛放呼气，把纸折了一下，只剩最后一部分没有读。蝴蝶第二次来到窗前，我说，窗前，我对你说，又开始飞扑着玻璃；它仍然不能领悟，看得见不代表一定摸得着。看着我眼中的蝴蝶，盛放抓住我的外套，把我拉近，好像要把我融进她的身体。我们都靠着窗玻璃，盯着那封信。

"听听它的结尾吧。"她对我说完，又继续读了起来："我一开始就应该写了，但是当我在樱桃树上挂好了套索，我仍在拖延，仍在思考我是否应该把它说出来；没多久之前，我决定还是要写下来，就在这里。我的莉莉死去之后，我和他住在一起；我们住在一个田野里被遗弃的小木屋里。这你知道，但是你不知道的是我们不得不分开：来自镇上的人们带着传令把他带走了。第二个月他就在小镇附近的一个村庄里，被一些十年来都没能生下孩子的人领养了。他们真的是好人，我对他们唯一的请求，就是请他们用我的名字给他命名，在他长大之后给我寄一张他的照片，好让我拿着看，好让我保存起来，好让我为他高兴，但每次想到这点，也让我哭泣。所以，现在，亲爱的，立刻放下这封信，去骨灰盒里找那张照片。拉起底部的盖子，你就能找到它。"盛放颤抖着，打开了骨灰盒，慢慢拿出照片，把它夹在信的后面拿在手上，又继续读起来："他们将照片寄到我留给他们的地址，同时还附上了一封信，告诉我他们已经为他进行洗礼，我可以随时去看他。头几年我真的很想去看他；我会坐夜班车过去，但最终却在火车站止步。我会坐在河边，看着河流，看着我脚趾间长出的青草，思考着对他来说，知道我的存在意味着什么，相对的，如果他不知道我的存在又会怎么样。我会咒骂，责怪，安慰自己好几个小时，接着我就会乘坐南下的火车回去，在油轮或者雇佣兵营里工作。几年之后，我对这种痛苦的存在感到身心俱疲，便回到了斯尔梅尼扎，带着那张照片回来，就是你拿在手中的信后面的那张。我修缮了我父亲的家，那儿已经无人居住，我决定住在那里，离这里越远越好，因为我回不去了，而且我又能回哪儿去呢？回到莉莉死亡的回忆中？回到为他，那个可怜的孩子，悲伤的地方？我结婚了，可战争又开始了，后面的你都知道了——我已经对你说了我的故事。所以，我想要再次感谢你的帮助，让我能见见他。"

盛放读完了信，缓慢地拉出那张照片，而我一眼就认出来；那是我骑着我的小木马，穿着短裤、白袜子和凉鞋。我穿着白色合成纤维的衬衫，还打了一个领结。我记得当时这张照片从家里消失了，我说，家里，我对你说，因此我几乎要哭掉了眼珠子，而我母亲向我保证她会在给房子刷上新漆的时候找到它。我不知道我们是否真的在刷上新漆的时候找过这张照片，我只知道我已经把它忘得一干二净；直到那时我才想起来。我看着盛放，她仍然难以相信所发生的一切。她吐了几口气，继续读下去。

"我就是康斯坦丁；我就是你短篇小说里的那个男孩，而莉莉就是你的母亲。如果你愿意，可以在我们的坟前点一支蜡烛。"盛放总结道，看着我的脸，好像在空中将我一片一片拼凑起来。她的双腿和她的裙边一起颤抖着。蝴蝶仍在撞击着玻璃，好像它还是不能相信飞翔的空间仅此而已，那只在门上伸展手足的猫试着追随它，头在格栅间移动。盛放因自己读出的内容而震惊，不知该拿那封信和那张照片怎么办才好；我想要拿走它们，但是她抓住了我的手，开始吻它。"还有，"她说，定了定神，便接着读，

"我知道那个离开之后从未回来的女人,亲爱的,但是你会收到一封信,告诉你她身上究竟发生了什么。我也知道那个坐在摇椅上不断摇晃的男人,手里拿着票根,好像鸽子的翅膀;他一辈子都看着自行车不断重复着转圈;我知道那个男孩,他找到了闪电之后立刻变成一只蝴蝶;我知道那些鸽子和谷仓;我知道老教堂里的天使;我也知道站在窗框上的猫正在看着你们……"盛放停了下来,突然我们一齐抬头看向门上的窗:那只猫眨了眨眼,慢慢转身,跳了下去,不见了。好像它的存在只是为了这一刻,只要这一刻在这封信中。盛放的胸脯推搡着裙子,好像被蒙住的鸟,我说,像鸟,我对你说,好像它们要带着它飞出那扇门。一只手压在它们身上,她把头靠近我的头,转动了那封信,好让我自己读下去:"我知道你是一名学生,我知道你马上就要离开,去很遥远的地方;我知道你会成为著名作家,但名声属于恶魔;我知道有一天他们会把你带到前线,现在没有人会相信这点,我也知道在那里会发生可怕的意外。趁现在还来得及,试着改写这个故事;试着反向叙述自己,从现在回到你记事的第一天。真相已经揭晓,我写下这一切就是为了警告你,那个托着狙击步枪的女人,就是你称之为朵兰缇娜的那个人,是应该认识你的,并且也会认出你,就像你也应该认识她,但你却无法认出她。试着认出她来,好拯救你自己。我会把这封信留在骨灰盒里,然后把自己吊在樱桃树上,因为目前为止发生的一切,包括从此之后会发生的一切,只有到我死了之后才有意义;如果我什么都无力改变,我的存在便是毫无意义的。"

这就是阿伽通的信;我们把它和那张照片放进骨灰盒里,爬下楼梯来到教堂前的院子,我说,教堂,我对你说,于是我看见修道院里的一桩奇事,朵兰缇娜。鸽子组成了一棵盛放的樱树,当我们向门口走去的时候跟在我们后面慢慢移动。我感觉到它就是那个不断跟着我的阴影;我甚至感觉它现在就在我们头顶，朵兰缇娜。或许只是一朵飘过河流的白云。盛放关上门，她对我说这诡异的事每一天都在发生，只是若有人想要拍照，这些鸽子就立刻散开，飞上天空。据说直到现在，它们也会毫无征兆地出现在修道院的院子里，形成一棵巨大的树；它们记得阿伽通神甫，或者应该说康斯坦丁，上吊的那棵樱桃树。

一路上，那只修道院的黑猫一直跟着我们，一直跟到铁轨，我说，猫，我对你说。站在火车的隔间里，我们仍然能看到它被一群狗团团围住，但是它跳上了菩提树救了自己一命。那些狗仍绕着树踱步，我确信就算火车已经开了很远，它们仍在绕着圈。一小时之后，我和盛放到达了河边的车站；就是下面那个车站，朵兰缇娜；你一定看得见它，至少眼前可以浮现它的样子，不是吗？虽然它位于右边的河岸，我们的人已经炸毁了铁轨，因为有人让一节绑着定时炸弹的车厢顺着铁轨划下来；你们的人立刻以轰炸车站作为回应，因为清真寺和堡垒周围的壕沟受到这边迫击炮的功绩。现在，当然，不管是铁轨还是车站，都已无人问津。你在河的那一边，而我在这一边；你通过你的瞄准镜看着我，我通过我的瞄准镜看着你，而那条河仍然四溅着水花，潺潺奔进柳树林中，就和那时一样。那时，我说，那时，我对你说，我们下了火车，盛放立刻就在人来人往中迷失，只给我留下一点时间好回家拿我的行李箱，再匆匆回来赶第二班火车，就是行程表上说与落日同时到达的那一班。幸运的是，我提前半个小时到达了车站；反方向的火车尚未到站，就是那辆应该在日落之前到达的火车，它在等待另一辆列车，好与它擦肩而过。

我正想找一个长凳或者某块平地好放下我的行李箱，这时我看见了树篱边的盛放；她正站在站台上凝视着河流。她穿着紫色的裙子，翻领上有银色丝线绣成的一只美丽蝴蝶，她戴着一顶帽子，手上拿着一个红色的包，脚上穿着漆光皮鞋。她究竟是怎么做到如此迅速地打扮停当的？我想着。她看上去像某本小说里的人物，但我记不起来是哪一本。当她看见了我，只是微笑，挽着我的手臂，问我是否能在火车进站之前和她走走。车站里只有几个老人，大部分是左顾右盼的老头老太，想知道谁的孙子孙女先到，或者哪辆火车会先进站。火车站的路堤顺坡而下，一直延伸到河里，我说，河，我对你说，当我们沿着路提上凿出的阶梯信步而下，盛放正在对我说，对她而言，整个世界如何突然之间变得陌生了起来。

"陌生，"她说，"是所有的树，陌生是空气的颜色，陌生是云朵，陌生是滚落山坡的太阳，陌生是潺潺的河流，"她对我说，"陌生是对面堡垒的墙壁，见证了这么多年的历史却一句话也不说，陌生是充满了秘密的人生，"她说，"每一件事都是陌生的。"她对我说，我可以从她的眼睛中看出她觉得一切都是陌生的。当我们走下阶梯，她突然安静了下来，盯着河流看了一会儿，用一种几乎有些窘迫的声调轻声说她对于那封信一无所知，因为如果她知道，她不会让那些事发生；接着她提到了莉莉，低下头哭了起来。她打开她的手袋，哭着，我说，她的手袋，我对你说，她的眼泪直直地落了进去。接着她把手袋合上，沿着一直延伸到河边的小径前行。我沉默地在草地上拖着我的行李箱，跟上她。我们停在一棵柳树旁，我说，河堤上老树交错的树根之间生长出的小柳树。

"一棵柳树什么也不是；它的存在毫无意义；它开花，却不结果。"盛放说，凝视着水面。她的裙子微微闪烁，就像跳跃的波涛，兴高采烈地从河流中回到岸上。"我来这儿想要投身在火车底下。"她继续说，左边的嘴角藏着一抹鬼鬼祟祟的微笑。"就在第二节车厢底下，更具体一点的话。"她补充道，又打开了手袋，虽然我此前从来没有见她用过。"昨晚，你离开后，我联系上他了；这是他的地址和电话：菲利普·布莱克史密斯，艾奥瓦，美国。如果你决定要去，给他打个电话，他会帮你的。他住在得梅因，但有个朋友在艾奥瓦市，教创意写作班，叫国际作家研习班之类的，我想，某种写作研习班。那个教课的教授是一个出名的畅销书作家；我想你可以从他那儿学到很多东西。"她说着递给我一张薄如蝉翼、几乎透明的纸条。她微笑，又只用她的嘴角微笑，就像你微笑时一样，朵兰缇娜。"有一天你会出名，而我变成铁轨上空翩飞的蝴蝶；接着我会飞下来，停在你的手臂上，正如我们之前说好的，不过我只停一会儿，好轻抚你。"她说。

"我不喜欢悲伤的故事。"我反驳。

"就算我已经告诉了你一切，你还是需要创造许多东西好让它变成事实。你要编造足够多的谎言好让人相信，我无所谓；根据我告诉你的每一个词，你都要创造两个词出来，接着根据你创造出来的每一个词再添上一个你记得我说过的相关的词。再多写一百个词来原谅我。对于莉莉我很抱歉，我觉得，对他们两人，无论如何，但等我觉得抱歉，往往为时已晚，我知道即使现在，更不要说明天，你分给我的时间就会越来越少，一直到后来这样的时间甚至将永远消失。如果你有时间记得，记得我和我的三个故事，还有我最爱的三件事。"说完，她一路上沉默着，走在那通往铁轨阶梯的狭窄小径上。"第二节车厢，砒霜和生命的另一边。"她妙语连珠，停下了脚步。"想象一下，你甚至收到一封来自生命另一边的信。"她补充道。"我们当时在修道院里——一位邮递员一定把信扔在了门前。我的母亲很久之前就被一辆从亚斯纳亚-博利尔纳前往阿斯塔波沃的马车撞死了；马的名字叫莱维，它从头到尾的每一个细枝末节都被一个叫马特维耶夫的人研究得清清楚楚；她被葬在火车站的一棵樱桃树下。"她说着从包里拿出一封信。"'我从那盛放的樱桃树上折下湿润的枝条。'那个安葬她的男人写道。

'我用它们抽打我的脸,陶醉在它们的芬芳中。一切都散发着凯特妍卡的味道,我对自己说,而我的柳博奇卡每次在花园中看见我总会生气。神会看见我有多么急迫,我祷告了多少次,求他把我变成更好的人,现在他的确这么做了。我现在是一个好人了,都是因为凯特妍卡。她死去之前,将她的祖母玛莎还有你的故事都告诉我了,小盛放。就是在那时,我才发现自己是普希金的孙子,就在他与丹特斯决斗的几个月前,他亲手写下:"今天是里程碑,今天我上了第一百个!"原谅我,盛放:我的祖母阿斯娅·沃格尔·冯·弗里森高夫就是那第一百个;在米哈伊洛夫斯基附近的斯维雅塔格斯基修道院中,在坟前,她哭得比他的娜塔莉亚还凶,我的小盛放。那个叫马特维耶夫的男孩也就是在上个月才带来凯特妍卡的文件;那是她遗落在亚斯纳亚-博利尔纳的文件。也就是那时我写了这封从阿斯塔波沃寄给你的信。你应该知道凯特妍卡挺好的,但是柳博奇卡却委靡不振。该怎么说呢,她讨厌的不仅是味道,而是空气本身。她坟墓上的樱桃树彻底枯萎。另外,火车也不再经过这里,但是我还是迪米特里·内柳多夫,我还是阿斯塔波沃火车站的调度员。'"

盛放读完了信,将其塞回红色手袋,扔进河里。波浪立刻张开手臂欢迎它,让它转了几圈,又把它颠来倒去,好像在玩弄它,好让它如闪电般消失,被柳树根下的溪流拖走。我仿佛可以听见整条河都在它体内颤声歌唱。目送那手袋离开,盛放开始慢慢地发自内心地笑起来,接着发出一阵更像哭声的笑声,最后才大声地咯咯大笑。

"村庄看上去就像一座正在蒸发褪色的巨大湖泊。"咯咯的笑声似乎在她体内回荡。"你记得她的裙子钩住了他外套上的天鹅绒饰布吗?接着她雪白的颈项靠了过去,因叹息与力竭而颤抖,满脸泪水,心烦意乱,遮着脸,这才将自己完全交给他。看见树叶间斑驳的光点吗?就像蜂鸟在空中到处散落着它们的羽毛！"这些话语从她体内深处冲出，犹如自言自语。她用温热的手指轻抚我，继续说道："血液在我身体里流动，就像一条乳白色的河，好像我在两岸之间流动。"说完，她快步走在小径上，小径在湿漉漉的草丛与柳树间蜿蜒。在上方，在河湾，你已经可以听到火车在地下的轰鸣；攀爬着铁轨轴承的声音在路堤边的树林中反复回荡。"我爱你至极。"盛放向我转过身来。"我曾爱你至极。"她又说道。"但是莉莉……"她哭出声来，却又陷入沉默，在草丛间奔跑。我一边追赶她，一边不时抬头，看着铁轨；火车还没有进入眼帘，但是它一旦驶上平底，我对自己说，一切都将为时已晚，我肯定赶不上它。我追在她身后，想要拉住她的手臂，但是她突然转身。"你知道吗……我的惩罚便是我的复仇！"她说着，张开双臂拥抱我，在草地上向我走来，但是她的鞋卡在树根里，脚一打滑，便摔到了河里。

　　她用一只手去抓一根悬在河面上的柳枝，但她的手打滑了，没能抓住它；在她落下的地方，河流正全速奔腾，瞬间就将她拉到从岸边伸到河面上的树根底下去了。我丢下行李箱，扑倒在地面上，开始飞快地在草地上匍匐前进，试着抓住她。但是水流的速度比我快多了；水流让她转了几圈，接着把她扔向柳树下方的某处，不久又将她拉回。我在岸上的灌木丛间穿梭，试图递给她一段干树枝好让她抓住。当我冲出灌木丛跑到柳树下的一小块空地时，水流已经把她拉到河对岸去了，浪涛无情地击打着她的身子，所以我只看见她最后一次探出水面。她身后的一百米，也许是卡在一些枝条上了，她的帽子兀自跳动着。我仍然不能分辨这一切究竟是真的，或只是一个梦，可火车尖锐呼啸着已经到站，将我拉了回来；我抓住行李箱，跑上阶梯，被绊倒了两次，但最终不知怎的竟还是跳上了最后一节车厢的台阶。

我将自己锁在一个小隔间里，用臭味熏天的窗帘将自己裹起来，像喉咙被割开了一样吼叫。手中紧捏着她给我的那张纸条，我哭得更响了，因为这证明了刚刚所发生的一切都是真实的。吹走窗帘上的灰尘，我觉得自己每时每刻都能看见她的帽子；在我面前跳动，转动，笑着摇摆，好像在幸灾乐祸。我身下的车轮撞击着铁轨的轴承，盛放的声音在我脑海中回响："我的惩罚就是我的复仇。"一遍又一遍，一成不变，我说，一模一样，我对你说，而火车仍在滚动，在铁轨上铿锵作响，啄食着它们，它摇摆着，好像经受着狂风的吹拂，左摇右晃。前方的车头在嘶鸣，我也在嘶鸣，我说，就像一匹马，我对你说，突然之间黑暗降临，下一瞬间隧道终结，接着，再一次，我听见了盛放的声音从下方传来，车厢下面，哭喊着："莉莉，莉莉，莉莉！"一成不变；一模一样。好几天，火车在我脑海中不断回响，我说，火车，我对你说，河流如雷鸣般轰响。我本该为她做些什么？我还能拿什么来拯救盛放？

十五

甚至后来，在我来到艾奥瓦之后，还是忘不了那可怕的一幕：她的帽子在浪尖跳跃，仿佛幸灾乐祸，我永远无法原谅自己没有跳进河里，试着救她，即使我不会游泳。水并没有那么深，我对自己说，深，我告诉自己，它无法将我俩都拖下去；我本可以抓住一根树枝。我本可以上岸，我本可以抓住她，我本可以救她。因此，接连几天，我说，接连几天都在循环往复，我对你说，一成不变；沉重的话语在我体内翻滚，朵兰缇娜，发出叮当的声响，啄食着我，伸出手指指着我：罪犯，我说，还想写一部叙述他犯下的罪行的小说；她正要溺死，他却跑去赶火车，我说，好像这是他人生中的最后一班火车！这些话说得没错，朵兰缇娜。我本可以延迟考试，我本可以来年再入学，罢了。

我唯一的安慰便是没有亲眼目睹她的死亡；我没有听说她死去的消息，也没有遇见任何人或读到任何新闻来证实她的死亡。也许，最终，她并没有死，也许她从另一边出来了，我对自己说，下游某处，在桥边；河水在那里慢下来，平静地流淌，不是吗；你一定知道那里的河水不过膝。也许这是她的奇迹之一，我对自己说，她的秘密之一，这就是为什么即便我听说她已死的事实，对我来说她都没有死。这让我稍微好受些，我说，让我的灵魂平静了一些。想着她，我和史蒂夫·利普托夫教授在艾奥瓦的校园里漫步；我们讨论着我正在写的故事，而我对自己说我要再次向他提起盛放，再问他要一次她大学的朋友菲利普·布莱克史密斯的新地址，但是他在中途制止了我，不让我问任何问题。

"你的故事中还有很多结尚未解开。"他对我说。"很多东西都还不明朗。你必须意识到那些剧情已经发生，其中的人物也都存在于过去。因为他们是过去的一部分，而你是在事后叙述这个故事的，你必须要与他们打两次交道。"教授说，身穿桦树投下的斑驳树影。"你对他们的爱要一视同仁……"他补充道。我点了点头。公园很空旷；你连鸟鸣啁啾也听不见；我来自五月花的同学们可能正在阅读或者根据教授最后的意见给他们的故事收尾；实际上，所有人的故事都已经进入尾声，除了我的，朵兰缇娜：只有我不知道该如何继续下笔，这就是为什么我要求与他进行额外的面谈。

"如果你不知如何继续，"教授突然插嘴，好像抓住了我弥漫在空中的思绪，"编一场雨或日落。当土地蒸腾或夜幕将至，一切就都简单了许多。没几本小说连一滴雨都不下。"他说，迷离地瞥了我一眼；在那一瞬间，我感觉他须后水的气味荡了过来，我猜他还洒了点在脖子上。"作家无须完美无缺，"他试着扫动小径上过早凋零的叶子，"但必须旁观者清。"他站定在心形的池塘前发出声明。他的双手不断摩擦着皮带扣，而我则捏紧了身前的文件夹，我说，文件夹，一个字都没说。我们沉默地绕着湖走：第一次穿过了一群海鸥，第二次穿过一群鸭子。走够了，我们便在白桦林下的一张长凳上坐下，我说，白桦林，我对你说，并且同时大声地呼出一口气。我想我们都在为周围的美景，落日与树叶的沙沙声而惊叹。试想，惊叹，朵兰缇娜！多么美妙的词！我记得当天早些时候，我就从安娜·科米茨卡口中听到过这个词；我们坐在同一条长凳上，她大声叹了几口气，像是高潮了一般，她说实际上她是在惊叹这美丽为她带来的狂喜。她写反思诗歌，并且对我来自库库塔的室友豪尔赫·胡里奥·加布里埃尔·埃伯特有些兴趣，不过她很谨慎。现在轮到我和史蒂夫先生一起坐在这条长凳上，或者说得更准确一点，是我、他还有盛放，因为事实上我一直都在想着她。教授的右臂搁在长凳的靠背上，从远处看好像他在拥抱我。如果有人从远处看到我们，他们想到的第一件事就是我们是情侣，就连我，当我找他和我一起散个步，让他给我指导写作，听我给他朗读我接下来的故事时，已经下定决心，如果他胆敢做出比摸肩膀更亲密的举动，我就要一拳打进他嘴里。幸运的是，这会儿他坐得挺正经的，靠在椅背上，看着池塘。被这种几乎算是正常的景象所蒙蔽，我根本想不到之后会发生那种事，朵兰缇娜。

有一会儿，我们一句话都没说；只是大声地呼吸，看着海鸥像箭一样射入水里，野鸭在它们周围游动，想抢夺它们的猎物。两只海鸥在扑打着水面，后面紧跟着两只鸭子。突然之间，我灵光一现，涌现了之前亚斯纳亚-博利尔纳那位伯爵曾想到的问题："为什么眼睛那么喜欢对称的东西？究竟什么才是对称的？人生中的一切都有对称性吗？"如果人生是一个圆，我对自己说，如果灵魂跨过以圆的这一端为起始的线，为什么圆的另一端就没有另一根这样的线呢？说真的，永恒为何只存在其中一边？也许我们在这一世之前就已经存在，只是我们失去了所有曾经的记忆。海鸥飞起，喙中没有鱼，两只鸭子在池塘中间转了一个完美的圈，一只向右，另一只向左，沿着同一条直线游回岸边。

"你必须学会诚实地写作。"教授终于开口说道。"你必须知道如何小心地抓住主旨，就像捕捉一只蝴蝶；你不能将它半路拦截；你得温柔地捕捉它，用一张直觉织成的网，缓慢而安静，"他说着，在空中晃动着手臂，"就像这样，"他说，"用你的技巧和喜乐。只有捉住它之后，你才能想到要怎么利用它。在开始写作前,你必须要有自己的主旨,你也必须找到说出主旨的那个声音。"他分得太开的牙齿让他口齿不清,而他随意地跷着腿,但又很小心,可能是不想在熨得完美无瑕的裤子中部留下一条褶皱。"与此同时,要时刻记住,作家不是正在写作的人,而是被阅读的人。"他继续阐述。"只有在有人阅读的时候你才存在。"他补充道。"现在,就在这一分钟,就在这一秒钟,我亲爱的可可先生,全世界有一百万各种各样的人正在写作,大部分是充满挫败感的男人,希望整个星球的女人都会爱上他,但是与此同时,哎呀,在这个大千世间,此时此刻,只有十个人,或者说,一百个作家真正有人在读。其他所有人都是白写。打个比方,我自己,就不认识任何一个来自**你们**国家的作家;所以,这就意味着你们国家没有作家。"利普托夫提点道,欣喜异常地强调"你们"这个词,应该是想要提醒我,在某一节课上,只有来自库库塔的豪尔赫·胡里奥,埃伯特兄弟知道我祖国的存在,这是因为在他小时候,他的祖父乌苏拉·大言·埃伯特告诉他来自马其顿的一位叫马奇的炼金术师创造了第八大奇迹。

"一名作家,在这一刻,此时此刻,在南北半球至少各拥有一名读者,更别提在每一条经线上了。还是不要讨论平行线了。所以,如果读者不是你的最佳人物,那你根本就不是一名作家。作家只因读者的存在而存在。因此,再重申一遍,作家只不过是被人阅读的人。"他一边以一种实事求是的语气说着,一边掸走裤子上他想象中的灰尘。"这就是为什么你不应该写只有认识你的人才读得懂的东西,也别随波逐流地相信任何奖项能把你变成作家。有多少作家甚至曾经得过诺贝尔奖,可是现在早就无人问津。你最爱的伯爵,我这是随着你叫的,来自亚斯纳亚-博利尔纳的那位,于一九一〇年去世,当时诺贝尔奖已经发了十次了。你知道他一次都没得过,倒是被另外十个人拿去了,但在这些人里我也只想得起吉卜林。想想吧,这个奖从来没有颁发给马塞尔·普鲁斯特，或者弗兰茨·卡夫卡，或者约瑟夫·康拉德，或者詹姆斯·乔伊斯……然而，这却丝毫不会有损他们的地位……"教授安静了下来，像洗手一样搓着手。

"我想要说的是，"停顿很久之后他又出声了，"即使是最大的奖项也没有任何意义，更别说某些地区的同僚自己搞出来的无人知晓的奖项了，我亲爱的可可先生，在地图上的某些黄点上，在鸽子都不生蛋的地方。"他说完咧嘴笑了，食指弯曲放在嘴上，这是他的习惯性动作，每当他想说出些特别的东西，想要口吐连珠妙语，或者来个什么比喻的时候，就会这么做。"相信我，"终于等他用拇指和食指搓了搓鼻子，往下拉了拉，好像从黏土里捏出一个鼻子之后，他开口说道，"**你们**国家最震古烁今、垂芳百世、举国闻名的作家，我却连他们的片鳞半爪都不曾听闻。如果我不知道他，这就意味着他不存在。"他说。"参考书目就是作家的坟墓。"他说完又跷起了腿，把膝盖上的裤子拉直。我想他看到皱巴巴的裤子会感到毛骨悚然，因此我们甚至连牛仔裤都要熨平，好不让他失望。此刻我想说些什么，说些彻底不相关的东西，比如关于对称，或者关于那些闲庭信步般悠游的鸭子，关于那些总是让我想起海鸥乔纳森，或者至少，如果可能的话，不经意间再一次提起盛放，甚至菲利普·布莱克史密斯，但是很明显，他不想要参与任何对话，也不需要别人的回应，他也不想要我说任何话。这就是为什么，当我张开嘴要说话的时候，他拍拍我的肩膀。

"等这写作班结束的时候，等我们带着上完的创意写作课离开五月花的时候，只剩三个月了，你，可可先生，你就会回家；你们所有人都会回去，当然，你们所有人也都会忘记我这个人，甚至我这个作家。然而，因为每一个想要成为作家的都必须先成为一个无用或自负之人，我知道如果我戳你那里，戳你的虚荣心，你就会永远记住我。"他说，右眼斜视我的腿。

"一名老师必须要先被恨，才能再被爱。当然，我没有时间兼顾所有人。我和唐·埃伯特，那个豪尔赫·胡里奥，来自库库塔的兄弟谈过，还有法托斯·德德尔利，那个写朵兰缇娜的故事的，你知道，还和来自高崎的麦戏戈·探戈稍稍聊了一会儿，还有昨天，非常迅速地，我和安娜·科米茨卡小姐聊了几句，还有现在，在这里，和你。我想开诚布公地对你说几件事。首先，扔掉那些哀婉动人的词句。第二，永远在前一句与后一句之间跳过九句话，就像密宗性爱。那九句话每句你都可以自己留着，留给另外一个故事。就像省下精力投入下一次的造爱。精力可以转变为灵魂，这点你应该知道。你存的句子越多，那之后写出的句子便会一句比一句强。写两句话就够了，如果这两句话之间留存着你自己留下的九句话。当然，连词，或者，上帝保佑，情态动词用得越少越好。这是情色文学的情爱道具，只有阳痿的读者才爱看。将它们连起来，接着，用你存起来的九句句子的能量，不要让任何人有机会将它们拆开或跳过。连词是空虚的，是那些无才之人的呼吸胡作非为的地方。

"第三，只有伟大的主旨才能孕育出伟大的小说。抓住主旨，正如我告诉你的那样，就像捉蝴蝶；不要埋伏，要去搜寻，不要像条流浪狗；不要甩着舌头追赶它。最后，找到对的声音去传达它。"史蒂夫·利普托夫宣称，爱抚着长凳光滑的扶手。我能感觉到他的手在颤抖，同样的震动也传到了椅子上，接着通过椅腿落入草丛中。就像你的颤抖也传遍了整片樱草，朵兰缇娜。很长一段时间，我们周围的一切都在震动着，而他沉默地看着海鸥；接着，手指在我背后敲打着椅背，他对我说："若无必要，就不要写作。你成为作家是因为你必须写作，而不是因为你想要写作。记住这一点：用心去写，用你的记忆、梦境、一百年前就与安赫尔·蒙特一起结束的其他人的命运。将传记写成小说，将小说写成传记；没有人会知道哪些是真相，哪些是谎言；哪些是你的，哪些又不是。就连但丁·阿利基耶里，或者也可以叫他杜兰提·第·阿利吉耶罗，那位伟大的意大利诗人，在他的《神曲》中，许多地方都借鉴了柏拉图、西塞罗、维吉尔和托马斯·阿奎那，但他却并不比他们差。"他补充道。"实际上，真相就在你笔下，而属于你的东西则在你笔下生花。这就是为什么没有人胆敢指摘那位你喜爱的来自亚斯纳亚-博利尔纳的伯爵从米哈伊洛夫斯基那儿借来的东西。他们为什么要这么做？因为如果没有这位伯爵，一切都将截然不同，反之亦然。"他说完，向我转过身，好像在用一只眼睛看着我。真相已为人知，教授有一只下垂的斜眼，朵兰缇娜，我说，眼，我对你说；我意识到他并没有在用那只眼睛看我，虽然它像车前灯一样对着我眨呀眨；他必须稍稍转头才能用左眼看我。他现在正用那只眼看着在我腿上休息的文件夹；那个我把这个故事的所有版本全都存放其中的文件夹。里面有一章关于我的外公泥刻·镍克斯的故事，正是我在前一天晚上写的，我说，前一天晚上，我对你说，我本想要读出来，但我改变主意了，我已经放弃。这真是可悲，我对自己说，可要怎么做才能让一切有所不同，我却毫无头绪；我真心爱那个男人，那个热爱石头的奇迹般的男人。

无论如何，在他说完一切而我一句话也没说之后，我们坐在那儿凝视着池塘；我看着水波随着微风泛起涟漪，一片枫叶漂在浪尖，就像盛放的帽子。就算他的右眼看着文件夹，我却知道他视而不见；他的另一只眼睛盯着草地，或者说盯着一直延伸到河岸的青草。

"我和菲利普·布莱克史密斯，我们每个月都在得梅因举办精英聚会；只有大人物才可以参加：出版商、编辑、导演、演员、营销代理、共济会会员、畅销书作家、犹太人……如果你愿意，欢迎你来参加。"教授说完刚要站起来，却又坐了下去，好像忘了什么东西。"无论如何，如果我冒犯了你，原谅我。"他补充道，接着以迅雷不及掩耳的速度，就像挥动着空气形成的翅膀的蝴蝶，他吻了我的嘴角，就像愧疚①亲吻詹姆斯·迪恩那样。下一刻我看见他站在我面前，他的臀部站起来大声喝彩，而他则注视着海鸥潜入水面。他斑驳的影子落在身后；我想要站起来，抓住他脑后的头发，我说，他的头发，我对你说，把他扔进那群鸭子和鹅当中去。然而我只是坐在长凳上，看着他的影子。我知道每一个人，就像每一棵树，都要死在自己的影子里。正如我也要死在我面前随着节奏摇摆的棉蓟的影子里，它假装自己正在测算我所剩无几的时间，只测算我所剩的时间；蓟草疯子般嘎嘎大笑，朵兰缇娜，这棉蓟经过特训来痛恨我。它看见也听见了一切，却仍假装什么都没有看见或听见。它根本不会感同身受，而没人比它离我更近，我说，更近，我对你说。从棉蓟中回来，好像之前的一切全都是一部需要倒转从头开始的电影的一部分，创意写作教授，我说，又坐回了长凳上，拉直膝盖以下的裤子，跷起了腿，用耷拉着的右眼看着我，问我：

"你准备如何继续？"

"用一块石头。"

"什么石头？"

"刻着记号的石头，刻着符号……"我把我外公泥刻·镍克斯的那一章抽出来，上面印着小号字体。"每一块石头都有隐秘的一面，"我补充道，"无人可见的一面；只能用手触摸以及……"

"这倒可能会很有趣。"我讲到一半被教授打断，他向后靠在椅背上，手臂搭在我身后的靠背上，等我开始。

---

① 此处为人名。——译注

十六

于是我开始了：

"我的惩罚就是我的复仇！"我听见盛放的咆哮。一模一样，一成不变；她的帽子在浪尖跳动，好像在嘲笑我。已经持续了好几天，我说，好几天，我对你说，就算我试着安慰自己她可能没有死，因为我并没有亲眼看见她死去，也没有听说她的死讯。这么说来，外公泥刻·镍克斯也以为莱特死了，可在最意外的时候她却出现了。我记得十分清楚，恍如昨日；他坐在墙边转动着面前的石头，而她站在梨树下注视着，在沉默中等待他；她的眼泪顺着皱纹蜿蜒落下，就像透明的虫子，然而我的外公却压根没有注意到她，他想要寻找手中石头隐秘的那一面。终于找到时，他笑了，石头嵌入了墙上属于它的位置，就好像从一开始这个位置就注定是它的。当然，那位老妇人仍然站在梨树下，仍如影子般肃穆。唯一的声音就是我外公手中的石头发出的隆隆声；这是他与墙壁对话的方式。每当他冒险说一句长句，总免不了结巴，所以大部分时间我们都是用几个短词来沟通，或者拍手：拍两下是好，拍一下是不好。若有沉默的需要，我们就用眉毛说话。就算他是个石匠，匠心与生俱来，他却从没有建造过大教堂，只建造过面包店、大门与水井。他知道如何建立，如何掩盖，如何嵌入。他能砌出各式各样的石墙，就像那座绕着高中的石墙，就是那座因我愚蠢地在学校书桌上刻画而被罚建的石墙。他制造的一切都渗透着美感。没有任何一块石头的隐秘面，那唯一知道自己是石头以及为什么是石头的一面，是外公找不到的：

"隐秘面，我亲爱的孩子，只能用手摸；隐秘面是看不见的。"手里拿着一块新的石头时，他便会这么说。"但不仅是石头；所有东西都有自己隐秘的一面。如果你知道该如何触摸它，不靠眼睛，只靠触觉，那你就十分了解人生了，甚至了解得太深，以至于对你不利。"他会这么说，词句从他体内流淌出来，甚至吟唱出来，此时此刻，他总是忘记自己在说长句的时候会结巴。石头被放进墙壁之前，会在他的手中沙沙作响，就像如秋风中的落叶般被人激情澎湃地翻动着的书本。然而，在它嵌入属于它的那一排，在灰泥中安定下来的一瞬间，外公会轻轻拍拍它，拿起一块新的石头，在手里转动。交织的静脉形成了他的双手，犹如一张蓝色的网。"词语也是石头，"他如是说，"每一个词也有自己隐秘的一面。我的隐秘词是莱特；至今为止，我已经六十年没见过她了……"

"别再卖弄你的大道理，告诉我。莱特是谁？"教授突然插嘴，凝视着池塘，好像在对鸟说话。我小憩一会儿，时间足够我看看岸上的鸭子以及阻止自己咒骂他，朵兰缇娜，接着继续说我的故事。

外公砌墙的时候，我就在旁边看着，我们无须语言就可以理解对方，只需要眉毛。站在墙边，我看着他和那些石头，影子随着大门的扩张慢慢延长。我外公的头与边缘一起移动，与他手中的石头同步。我的眼睛随着那影子，并没有发现那位戴着灰色遮阳帽、白色蕾丝手套，拿着装饰着胸花的细长女士手袋的老妇人；她现在就站在梨树下，我说，站着，我对你说，看着外公堆砌着石头，对着墙壁轻语，用手背抹去额头的汗珠。我想告诉她教堂的入口在另一边,只是想帮她而已,但是我突然看见,从西西尼乌斯主教坟墓的方向走来的,是狼绯老师,我之前的法语老师。她就像一株蓟草般从草地中长出来。我很清楚地记得她;她是盛放高中里唯一的朋友。

狼绯怎么会在这儿?我知道她是共产主义者,我自顾自想着,与此同时,所有的乌鸦,原本窝在十字架下躲避烈日,直冲云霄。它们看上去就像体格娇小的牧师等待着死者,躲在钟楼后面,谁先看到他就能为死者主持仪式。站在乌鸦的影子底下,狼绯对老妇人说了些什么,我一个字都听不懂,虽然我学法语学了两年,但我只是盯着她嘴里看,我把所有时间都花在这上面,想要咀嚼一些词语,可以的话再把它们吞下去。她会说一句话,所有人,一个一个,我说,所有人,我对你说,都要重复这句话。轮到我的时候,我只能看着墙上的图片。

"重复。"她会再对我说一遍。

"我正在重复。"我会说第三遍。

"你为什么不能重复呢?"狼绯会紧张地眨眼,想要得到所有人的支持,就像一个真正的法国女人。

"我正在。"我会回答。

"怎么可能?!"她会反问。

"在我心里!"我掷地有声。全班发出一阵哄笑;她也跟着笑,转过身背对我们。她还能做什么呢,可怜的人;没人能与傻子说理。不仅是个傻子,还是个屁股将军,我会对自己说,一名将军,我告诉自己。这位女士只好在黑板前游荡,看着强行挂起的圣像。

不过,我们先把这事儿放一边,朵兰缇娜;此时她就在这个故事里,站在我的面前,她知道我是谁,毫无疑问,我才离开了不到两年,出乎所有人的意料，我去学习比较文学了。真相已为人知，盛放是唯一一个提前知道的人，不过这已经无所谓了；没有人会问她任何事，她也不会告诉任何人任何事。当狼绯走近教堂的时候，我说，教堂，我对你说，我瞬间记起自己出于恶意或者想要搞笑的念头而不计一切做出的蠢事，所以我脸红了。我羞愧地低下头，退到门廊之后，想着我也许能够悄悄离开坟地，像鬼魂一样。不幸的是，狼绯加快了脚步，跳过小天使的坟头，绕过西西尼乌斯主教的坟墓，叫着我的名字；她告诉我那个老妇人请求她，所以她现在请求我去叫那个正在砌墙的老人下来好问他一些关于教堂的事。

"她不好意思大声叫，"她对我说，"她不是这里的人。"她说完盯着我看，等待着我回答的同时脸上挂着微笑，就像一个真正的法国女人。她声音轻柔，舌头在喉咙里像只鹌鹑般滚动，就像一个真正的法国女人。我看着那位老妇人；她挺矮的，额头上有斑点，耳朵很小几乎撑不起她的帽子。我就像蹲在车子后面的塑料摇头玩具一样点点头，走到了墙的另一边。外公总是在墙的内侧干活；他会带着石头和灰泥爬上鹰架，带着正好够用的份，不会超过建造三排的份。等他用完之后，就会爬下来，为接下来三排挑选新的石头，就这么干上一整天。此刻他正在砌第二排，所以我必须爬上鹰架，从他放在板上的那堆石头上冒出头来好让他看见我：他正忙着抚摸一块石头，就像在抚摸一只鸽子。很少会出现他找不到手中石头的隐秘面的情况。他把石头从鹰架上扔下来的情景我没见过几次，我说，扔下来，我对你说，让我想到，在所有那些石头中，毕竟还是会有那么几块是没有隐秘面的。

"这样的石头不适合建筑；这样的石头适合坟墓；这样的石头不能嵌入墙中。"我的外公会这么对我解释，虽然我并没有问。现在我叫他下来；我告诉他有个他看不见的女人，因为她在墙的另一边，想要见他；她想问问他关于教堂的某些事,我对他说。外公用另一只手拍走帽子上的尘土,扬起右边的眉毛,这说明他不知所措;从来没有女人想要找他。他的手往衬衫上擦了擦,爬了下来;当然,他从来不会直接从墙上跳下来,而是先蹲下,接着坐下,然后借着背后的木板缓缓把自己推下来。如果真的很高,他还是会先坐下,只不过这次是慢慢挪到最下面那层木板,最后才跳下来。

狼绯老师站在老妇人身后,看着他的手像两根树枝一样悬在衬衫的袖口。外公走近后,不知该说些什么,不过就算他知道,他也很可能结巴起来,她们还是一个字都听不懂。我们用眉毛达成一致,让她们先开口说话。他等着她们开口。老妇人脱下手套,伸出她苍白的手,像纸杯蛋糕一样小。外公瞪着眼睛,对自己应该做些什么毫无头绪;如果他像握着石头一样握住它,我对自己说,那这只手也就完了,它会在他的手中崩碎,碎成一片一片。他用左边的眉毛告诉我他只会伸出两根手指,于是他便这么做了,她却用两只手抓住了那两根手指,看着他用法语叽里咕噜地说了些话儿,我说,一些话儿,我对你说,直到今天我都没法复述,虽然我很熟悉带有南部口音的法语的只字片语。幸运的是,我说,幸运,我对你说,狼绯走上前,翻译起来。

"她为你的姐姐莱特捎来问候;她住在鲁昂,法国中部的波旁地区。她有三个孩子和五个孙子。她的丈夫克拉纳,她说,是一名矿工;去年冬天的时候去世了。他们姓科维奇,虽然其实他们应该姓柴可夫或柴可夫斯基,但是他们逃离洛克福,马其顿马莱西拉地区的一个村庄的时候并没有相应的文件;自一五八二年起就已经有这个山村的记录。村里有四十八个家族,十六名单身汉,都是基督徒。这些村民几个世纪以来驻守着臭名昭著的山间小道恶魔之路,但是六十年之前,一半村民不得不逃走,因为另一半被螃蟹骷髅头,原谅我的法语,以及克里姆·卡拉帕帕斯,再次请你原谅,屠杀了，谢谢。"狼绯说完，像娃娃似的拍打着睫毛。外公也做了相同的动作，但是我却不明白他想说些什么；他先扬起一条，再扬起另一条眉毛，我说，向我点点头。即使只是做了这些动作，他还是说了很多，我只能翻译出几句话。

"他感谢你带来好消息。他已经将近六十年没有见过他唯一的姐姐莱特了；他很高兴她给他捎来她还活着的消息，他说，活着，我对你说，而且很惊讶她还没有忘记他。"我注意到老师用法语说了很久，老妇人则不断点头，接着又看了看外公额头上和嘴巴周围长矛般纵横的皱纹。她仍然握着他的手，虽然这让外公很不自在，甚至用自己的眉毛请她让我们所有人都坐下再谈。他的手只习惯触摸石头，这就是为什么他很少握手。最后，她放开了他的手，他也终于松了一口气，我说，终于，我对你说，指示那位夫人坐到梨树下的长凳上。他们走在我和狼绯前面，我已经把这位老师与狼联系在一起，虽然我曾经与一头狼的确有不怎么愉快的经历，老妇人打开装饰着胸花的手袋，取出一张破破烂烂的旧照片交给外公，点着头，也很像塑料做的摇头玩具狗。外公停下，用手指轻抚照片，好像要拂去上面的尘土，急匆匆地坐到长凳上。法语老师坐在老妇人旁边，而我则仍然站在一旁，靠在梨树上。就我从他们的对话中所观察到的，狼绯翻译的只是回忆而已：她从火车说起；她说一列驶往港口，另一列驶往北边的什么地方。她翻译了一些关于战争的东西，关于有人烧毁了村庄，关于红色的马，关于被血染红的溪流，还有被急速拍打着的小腿，跑过荨麻地；她译出那些荨麻被踩在脚下，却又直起身来，那些小小的腿儿像是灌满了水一样肿了起来；她译出那些小脚像气球般胀开，根本走不了路，只能飞行，一对父母吊在大门上，他们的名字也被译出：玛利亚和尼格利亚。

老妇人沉默，外公却只是看着我，我说，看着我，我对你说，扬起左边的眉毛，我立刻在他身边坐下。我知道他激动的时候一个字都说不出来，这就是为什么他想要我帮他和她们交谈。首先，他问莱特在哪：她还能走路吗？她真的还活着吗？她能过来吗，好让他们在对方还活着的时候见个面，因为他们之后或许会见面，但却不认识对方，因为在另一边是没有名字的。他说朵拉外婆，他的妻子，在生我的繁花阿姨的时候去世了，他说，繁花，他对我说，而他几乎一辈子都是一个人过，和石头一起，后来和我一起。他提到降临到我父母头上的悲剧，我说，悲剧，我对你说，降临到他们的头上，他的大女儿和他的女婿，一滴眼泪鬼鬼祟祟地滑下他的鼻子，躲在他皱纹沟渠里的某处；它无处可逃。如果它滴下来，一定会落在他手中拿着的照片上。

"如果你见到莱特，你认得出她吗？"狼绯直译道，直勾勾地看着我的外公，眼睛一眨不眨。

一个人如果对自己没有自信，他一定会开始眨眼而不自知。

外公的眼睛一眨都不眨；他说自己记得她的头发，浅浅淡淡，如波浪般卷曲；他记得三月里绑上的红白交织的绳子，那是他回忆里的她所存在的最后一个月，他们在等待归燕，这就是为什么每个孩子都在右手腕绑上红白交织的绳子；他还记得她那双山毛榉木做成的白色木屐，还有他自己站在她身边，捧着一捆樱草；他还记得她的眼睛，当她坐上开往港口的火车，手从窗口伸出来，直到与升上枝头的蒸汽融为一体。他记得那么多，谁想得到呢，我根本不知道他竟然记得那么深。说完，他看着我，我们立刻通过眉毛理解了彼此；我告诉他这就够了。老妇人在狼绯的耳边低声说了些什么，这让她古怪地看了我一眼，她一定知道了什么与我有关的事，我对自己说，还有盛放，我想。也许她知道我们一起去了修道院，我想，修道院，我对自己说，她知道，我对自己说，仅此而已，我没有时间想别的了。我看着外公，他还在看着照片，看着那个穿着绣花裙子的女孩，还有手捧樱草的男孩。空气里弥漫着凿开的石头的味道。法语老师站了起来，咳嗽了一声，接着，好像再一次发现长凳上有我的签名一样，我说，就是那个臭名昭著的签名，我对你说，她用一种心烦意乱的声音告诉我们那位坐在外公旁边的老妇人就是莱特，他许久未见的姐姐。外公只是看着我，我说，看着我，我对你说，一个字都没有说：他的眉毛冻住了；没有时间翻转它们。他慢慢起身，用双手撑着膝盖，我说，膝盖，我对你说，这一刻我才意识到他已经老了，虽然在石头面前他不会承认。莱特跟上他，忘记了她的手袋和手套，任它们掉在尘土里。

"虽然无论从哪个角度来看，这都很可悲。"我读道，瞥了池塘一眼。"我还是要说，"我继续道，"他们拥抱，久久保持着同一个姿势，一个字也没说。"

仅仅通过外公的眉毛，我就可以看到他的一生正在他眼前铺展开来，在那很远很远的地方，在洛克福，我说，在马莱西拉地区，在那位睿智的炼金术师的祖国，我对你说，在玛利亚和尼格利亚上吊的石头大门前，他还是个孩子，哭着牵着受惊的姐姐的手。我可以看见莱特的小手消失在火车头后面的蒸汽里；我可以看见外公站在铁轨旁边，我可以看见为什么他活了一辈子就为了学会好好去死；我可以看见只有相信奇迹，奇迹才会发生，我可以看见狼绯知道我和盛放之间的一切。她看着我，用左边的嘴角微笑，只有盛放会这么笑。而现在，又多了一个你，朵兰缇娜。

莱特留下与我们一起住了三天；这三天里，她和我外公无须语言就能理解彼此，有时对对方说一串早就忘却的词句，把彼此逗笑；有时他们只是用脚拍打着地面，兴高采烈。我看着他们，发现，有趣的是，生命竟能因回忆而复苏，我说，回忆，我对你说，而回忆便是如此取代爱。老妇人随身携带着叉子和勺子，以为我们这儿一无所有，和她离开时一样。她还带了一个盐瓶，因为当时这儿也没有盐；她还带着她的假牙，因为她自己已经没有牙齿了。他们又哭又笑，最后，我们带她去火车站，就像六十年前那样；火车离站的时候，携带着老妇人的手，只是这一次没有了蒸汽，外公久久不愿离开，看着空荡荡的铁轨，好像看见自己的一生都已经过去，好像不愿相信无论是现在还是过去有哪怕一列火车曾从这里离开，从他眼前。我看见，在他眼中旋转的，是那从未触过他的已逝时光。回到过去，我说，回去，我对你说，外公还记得连自己都以为已经忘记的事；他记得村里那个变成鹳，却再也变不回来的男人；他记得有个村民被作弄跳进迷雾，他还以为那是羊毛；他记得有个人撒谎说自己见过会飞的驴；他也记得那个鸡棚，在那里有好心人找到了他们，他还记得许多其他的事，但最重要的，他记得在他们逃出村子的那一天，自己从大门上挖出来的那块石头。他把那块石头藏在床底下；每当我去探望他，他在把上述一切说给我听之后，会拿出那块石头，我们俩都会轻抚它，接着他再把它放回床底。外公相信这块石头一直都醒着，我说，醒着，我对你说；它一直都保护着我们，免受斗鸡眼或不祥梦境的侵扰。

在之后那个春天里，莱特死了；她被葬在鲁昂天主教堂的墓地里，就在法国波旁地区。我也是后来才知道的。狼绯为外公翻译那封电报，上面说她去世之前用一种无人能懂的语言说话，还在右臂上绑着红白相间的绳子，在花园里等待归燕。当第一只燕子飞来，我说，燕子，我对你说，她靠在椅背上做起了梦。"有一天，她站了起来，"电报上说，"去床上躺下，从此不再存活。"当外公告诉我这一切的时候，一滴眼泪卷入他的皱纹里。她死了，但是外公尚未过完那遗失的六十年，所以大部分时间，当他说起她的时候，都说得好像她还活着一样。有时候他在自己的故事中陷得如此之深，让我都害怕他的眉毛会游荡到仍侵占着他额头的发丝之中迷了路。后来，在某一个周五，在他去世之前的几周，他竟能说出一些我会铭记一辈子的话。

"你怎么看，我亲爱的孩子，我会死在那不属于我的六十年中，还是死在我所拥有的三天之中？"我不知该如何作答，虽然我扬起了左边的眉毛，试图说些什么。他只是笑，蹲下身，取出他那块小小的灰色石头，石头的凹陷之处还嵌着灰泥。"我们逃跑的时候，我从我们家的大门上取出了这块石头；我的父母在绳子上摇晃，好像在看着我，我哭着用指甲挖着，让那块石头松动，好把它从墙里挖出来。我也的确挖出来了。我将它握在掌心，发现每一块石头都有自己隐秘的一面，肉眼看不见的一面。然而，人生的隐秘面又是什么呢，我亲爱的孩子？"把石头放回床底下属于它的位置时，他突然问我。然而，我又一次不知该如何作答，虽然我扬起了右边的眉毛试图说些什么。外公坐在床上，我说，床上，我对你说，双手放在膝盖上，这是他平时休息时的习惯性动作。"既非死亡，亦非灵魂，也非在空中回荡的声音。"他说。"人生的隐秘面是死亡瞬间的回忆。"他说，看着那张木凳，在我看来正要发芽，抽出新叶的木凳，像是要记起如何再次变成一株李树。下一个周五，我去床底下找那块石头，发现它已经不见了。在村子的坟地中我找到了它，在我母亲的十字架与安琪儿的十字架之间；外公在石头上粘了两根蜡烛，为所有做不了梦的人们。"我们住在逝者最后的梦境中，他们住在我们善变的回忆中。"他这么说，一反常态。

"好吧，不过回忆不是艺术。"我听见一个百无聊赖的声音如是说，好像刚刚睡醒，正是史蒂夫·利普托夫教授。"如果你写的是小说，那它就是文学作品；如果你写的是你的回忆，那你就不是在写小说，而是在写回忆录。你必须知道你所诉说的是什么样的故事。"他说完起身。

"我在诉说人生。"我说。

"所以呢?重点是?"教授问我。

"重点在下一章里;关于我母亲的那一章……"我大声而紧张地回答,甚至可以说是无礼的;也许我应该在他像愧疚亲吻詹姆斯·迪恩一样亲吻我的时候给他一拳,我对自己说,但现在我心中只有我的母亲,可我却什么都无力改变。

十七

然而，无论在那心形池塘边发生了什么，在那个午后，我都将史蒂夫·利普托夫教授给我的建议，连同标题，都贴在我五月花里书桌前的墙壁上。我仍然不知道故事会如何进展，但是我所肯定的一件事便是每一个真正的事实中都藏着两个想象出来的事实，反之亦然。我写得飞快而入迷，甚至连我自己都再也分辨不出何为现实，何为小说；何为真相，何为谎言，何为原创，何为借鉴。我关心的唯一一件事就是它够不够出彩，我说，出彩，我对你说，而它也的确很出彩。几个小时之后，我欣喜若狂地写到我对我母亲的第一个回忆，我说，回忆，我对你说，虽然我仍然难以相信最终的结局，朵兰缇娜。

我们下了绿色的火车；我、她，还有一只蟋蟀。太阳跟我们一起；我们拉着它，就像拉着一个纸风筝。我们走在一条在尘土之上闪着微光的小径上；就好像走在空气之上。她对我说："不要用的你嘴呼吸，你的舌头会发痒，你的体内会灼烧。"所以我没有呼吸，我太过害怕。她拉着我的手，把我藏在她彩色的影子里，在最好的部位，在她的胸部之下。在一棵黑色的桑葚树下，我们看见一群头发蓬乱的吉卜赛人坐在他们用毛毡和油布做成的旧地毯上；我从篱笆后面偷偷望去，看见他们中间有一堆好东西，最上面是一条最精细的白面包。在阳光明媚的春天里，那条面包像雪花一样晶亮；村子里是找不到这种面包的，也没有人会去面包店买。每个人都在制作他们自己的黑色酸面团或者凹凸不平的面包。在隔天必须要用锯子或者斧头才能把它切开。那些院子里有烤箱的就自己烘焙自己的面包，那些没有的则把尚未烘焙的面团放在木板上，带去迪克·约翰逊的面包店。迪克·约翰逊是普里克·约翰逊，那个在钟楼被杀死的狙击手的父亲，朵兰缇娜。他的血像一只被捏爆的玛扬纳蚊①一样溅到墙上。他们面包店生意不错，不过当村民开始迁移，我说，迁移，我对你说，他们也一起搬到了镇上，带着他们用来隔着安全距离翻动面包的木铲一起。他们在镇上开了一家面包店，不过他们只烘焙百吉饼和小餐包，因为工厂里批量生产白面包，再通过商店贩卖。人们称之为国家面包，因为它是由国有面包店制作的。迪克·约翰逊的私营面包店不知怎的竟还能留在这一行，不过当那相框里被国家强制挂起的圣像一死，全国普遍陷入了危机，也就没有人再来买百吉饼或者小餐包了。于是，他们只能把面包店卖给一个像狐狸一样胆大包天的商人，我说，狐狸，我对你说，并且举家迁移到辛普森沙漠的爱丽斯泉。只有普里克·约翰逊留下了，作为一名真正的爱国志士，当然。

  回到我的重点，我想要对你说我所看见的那条面包的故事。我站在尘土里，面包在远处闪闪发亮，像镜子一样，而我则目瞪口呆地看着那些吉卜赛人。我瞪大了眼睛，而我的母亲则拽着我的手，好像在斥责我，甚至轻轻拽着我想把我拖走，但我的脚钉在地上，即使天热得像雀斑奶奶的烤箱。土地在我们面前龟裂；如果它豁开一道口子，我们会像地里的老鼠一样四处逃窜，躲到犁沟里。太阳和面包的光让我眼花缭乱，我开始以为自

---

① 产于尼加拉瓜和洪都拉斯"蚊子海岸"的蚊类。——译注

己是水晶贾科莫：人人都能看见我的心脏跳动，脑海中的思维像水族箱里的小鱼儿游来游去，而那些吉卜赛人只是安静地吃着，桑葚从树上掉落，在尘土里爆开，尘土像炸弹一样四散飞溅。我的母亲用力拽着我，但是我一动不动，我无法将自己从那张毯子上的零售白面包边上拖走。最后，我母亲因我们只是站在那儿看着他们吃而感到尴尬，她把我拖走了，但我却开始大声抗议，嚷嚷着要那面包，一片白面包，我说，面包，我对你说，我觉得自己会死，如果吃不到他们正在桑葚树下吃着的面包，像鸡一样摆动着脖子，啄食，吞咽。我母亲不知道该说什么又该做什么；她只是拉着我的手把我拖走，我的脚在尘土中留下两条蜿蜒的曲线。我的塑料搭扣凉鞋里装满了死苍蝇和死虫子。

等她终于把我拉到弯道边的石榴树下时，一个女人跑了过来，不断晃动；尘土溅到犁沟里，她的哈伦裤快要掉下来了，打扰着路边干燥的荆棘丛，我想变成彼得潘，飞向她，拥抱她。看着她赤脚跑在尘土里，我舔掉滚下鼻子的泪珠，等她赶上我们。当她跑近，我能看见她的脸上耸起皱褶；皮肤在她的下巴晃荡，哈伦裤仍在跳动，好像是用大理石做的。我站在我母亲的影子里，我说，我的母亲，我对你说，不敢相信自己的双眼，因为我看见这个吉卜赛女人的手里正拿着那一片零售白面包，我的那一片面包。她用一只发黄的、母鸡般的手，带着些蓝色的指甲，轻抚我的脸庞，另一只手则将那片面包递给我。

"我们也是人。"吉卜赛女人顺了顺气说道，她的手现在放在我发热的脑袋上。我感觉好像有一只小鸟在我的头发里窸窸窣窣。"他是个男孩，女士，"她说，"有蛋蛋和鸡鸡，女士！"她补充道。"让他吃吧，我不会给他下毒的，女士，我们也是人。"穿着哈伦裤的女人晃动着，仿佛在用全身呼气。"他是个男孩，有蛋蛋和鸡鸡。"她重复自己的话儿，还眨了眨眼，看着我的下半身。

当她弯下身,所有的皱纹全都冲下她的脸庞,劲头大到让我以为它们会一路冲下她的脖子和肚子,摔在我们面前的尘土中。我把头靠在我母亲的臀部,如狼似虎地嚼着面包,大口大口地咬着,好像我这辈子都没见过面包一样;我狼吞虎咽,朵兰缇娜,我的脚在尘土中窸窣作响,头像公鸡一样摆动。那个吉卜赛人,就连站起来的时候都在晃动,看见这景象她笑了,我说,笑了,我对你说,她嘴里的一颗牙就像一轮小太阳一样闪亮,嘴角的皱纹仿佛接受了夏雨的洗礼,一瞬间冲洗干净。她拍走哈伦裤上的尘土,回到桑葚树下嘈杂的阴影里。

那面包的滋味,朵兰缇娜,我说,面包,我对你说,直到今天我仍能回味,就像我仍能感受到我母亲的羞愧,她默默地把我藏在她温暖的影子里,一直走到庭院里的葡萄藤下。当她放开我手,我立刻问道:"妈咪,什么是蛋蛋和鸡鸡?"她保持沉默,于是我意识到这是人生命中非常重要的东西,我说,生命,我对你说,你不会大声讨论这些。在那个吉卜赛女人提起之前,我从来没听过这样的话。雀斑奶奶称之为**小屌**而我的母亲称之为**嘘嘘**;我只听到回声·响嘴说过一次,当时他还是乡村学校的看门人,他称之为**约翰逊**;实际上,他是这么说的,**他的约翰逊根本不把元帅放在眼中**,通过挠挠自己的裤裆来为这句话点上标点,但紧接着的那一天,三位从城里来的先生,也没有问他在不在乎:他们只是把他塞进一辆车,车门上有圆形的窗户,我说,车门,我对你说,只有在复活节的时候才带他回来,背上有黑色和蓝色的条纹,我说,黑色和蓝色,我对你说,看上去像是碎了的复活节彩蛋。

我自己将这一切联系起来。从那时起,我就知道这个词是危险的,我唯一不能理解的是,他们怎么会让迪克·约翰逊跟他的儿子普里克·约翰逊，我那位不需要鞍就能骑驴的朋友，用这么重要的东西，那个东西，作为他们的别名①。看到母亲面对我的问题闪动着眼睑，我意识到，她也一样不知道答案，所以也许这就是为什么她在那一天带着我去见了卡桑德拉·小枝，一个足不出户却知晓村庄里所发生的一切的人。她很胖，可是每个人都叫她小枝；我从没见过她走路的样子；她总是坐在石榴树下的两张破旧的公共汽车椅子上，这还是我父亲从镇上免费带回来的。每当我看着她，总是以为那椅子的皮就是她的皮，都是红色的，有些汗湿，边角已经褪色，就像她永远碰不到彼此的膝盖。有几勺形状怪异的脂肪从她的腿上荡下，大小各异；她说话的时候，它们会跟着一起颤抖。我总有这么个印象，在她的裙子下面藏着三排乳房。有时候，当云朵从院子这一边的墙上跳到另一边的时候，我感觉这坨长着睫毛和肿嘴巴的巨大肉团正在向某处移动，我说，移动，我对你说，在行进，离开她的椅子，离开我们，离开庭院，离开石榴树，离开躺在椅子下面的猫，把一切留在身后。

每次我们会遇见吉卜赛人，其实都是因为母亲要带我去见她。她会施展些巫术，用一碗浸泡着空心小石头的水，洒几滴在我的头上，再给我母亲一壶，壶上有两个小嘴，让她带回去在我睡觉之前给我洗漱：用第一个嘴给我洗脸，第二个嘴用来洗肚子。她以为我什么都听不见，或者至少什么都不懂，她会含糊地说我在周三一定不能洗澡，也不能在周五吃肉，还有在周日她要送一些油去教堂，或者送一匹布去修道院。这整整持续了八年。

"等他十三岁了，一切都会回归正轨，会平安无事，仿佛什么都没有发生过，无所畏惧，他会做到的，他会做得很好，我的姐妹，他会很快长大，

---

① 普里克（Prick）、约翰逊（Johnson）、迪克（Dick）三个词都有"阴茎"的意思。——译注

在他戳戳捅捅的时候，会像头公牛一样，他会让群山回响，我亲爱的姐妹。"她说，虽然我一个字都没有听懂。"一点都不要担心，你的儿子是个帅小伙，她们会直接跳上他的床。"卡桑德拉宣告道，一只手放在我身前，另一只手放在我背后，我的臀部，抱着我。她的手烫得像雀斑奶奶夏天用来暖身的瓦片；她在冬天一点都不觉得冷。我就要忍不住流眼泪；我甚至觉得她把手拿开的时候，会连着我的皮肤一起剥下来。这一切结束之后，那只猫护送着我们走到门口。我们用自己从卡桑德拉的花园里采摘的花朵盖在那个两嘴壶上。看上去就好像我们带着一束花。"正该如此，我亲爱的姐妹，"她说，"不要让任何人知道！"我相信我的母亲，请神怜悯她的灵魂，如果有必要的话，做了一切她被告知去做的事，但还是没能阻止一切，还是发生了一些事，我说，一些事，我对你说，带着缺陷与失败。但是，这不重要，一点都不重要，朵兰缇娜；是对是错，都分毫不会改变我此刻的处境！

在我弟弟安琪儿出生之前的那个夏天，这位治愈者卡桑德拉·小枝，总之所有那些爬墙偷看她是否还坐在公交车椅子上的孩子都是这么叫她的，被人发现已经死了，那姿势好像正要上路一样。她头上飘着云，墙壁与她的老猫也都加入。猫倒着走了几步，我说，倒退，我对你说，接着再向前跑，好像它正与她一起上路，不想落后。当他和我母亲离开时，我在我们自家的后院也这么做过，虽然我知道我们一直都在原地，因为人生与过去紧紧缠绕。未来的回忆是不存在的。我想说，我的母亲是一个美丽的女人，一头黑色鬈发，一双奇怪的绿色眼睛，看上去像是倒过来长的，所以其他人鼻子旁边的部分，在她脸上则是长在另一边，靠近眉头的地方。她的笑是有魔力的；她只用自己的嘴角微笑。我们一点都不像，我说，一点都不，我对你说，别人不也长得不像他们的母亲吗，所以这又有什么关系，我会这么对自己说。然而，我真的很想和她长得像一点。我知道自己也不像父亲，但是也有很多有相同想法的人，我对自己说。然而，我觉得有件事很奇怪：普里克·约翰逊和亚伯拉罕·响嘴怎么会长得这么像迪克·约翰逊和回声·响嘴，简直就是翻版？他们怎么会长着一模一样的鼻子？甚至连他们的脚趾也一模一样？我父亲有一头金发，柔和的声音与蓝色的眼睛，而我，正如你所见到的，顶着一头灰发，薄薄的鼻子，杂色的眼睛与薄薄的嘴唇。我不知道该如何用嘴角微笑，如何像我母亲那样扬起嘴角；我不会用鼻子唱歌，我父亲曾经让我通过他鼻孔的动作来辨识歌曲。他在很远的地方工作，大部分时间都把我和我母亲留下，如果不算雀斑奶奶，那位一直在庭院踱步，和鸡说话的老妇人，便只有我和母亲相依为命。不过我要说清楚，奶奶不会和所有的鸡说话，只和那些她当作朋友的鸡。这就是为什么，即使她在那里，她也并没有与我们在一起。

　　有时候，一般都是假期，我们会去探望繁花阿姨和泥刻外公，在我成为我自己之前，他们搬到了一个镇子上。外公廉价购入一座谷仓，装修了一下，给它打扮打扮，造了两间普通房间、一间储物间、一间浴室与一间食品储藏室，我说，两间房间，我对你说，接着他们便搬进去了。在朵拉外婆去世八年前，或者更早。总而言之，我十分期待见到他们，因为我与繁花阿姨总是相处甚欢；她比我大了正好三把手指，我说，三，我对你说。或者更少一些。她在酿酒厂工作；确保所有的瓶子都有塞子。我会给我带葡萄麦芽做的果汁，不过后来她到巴尔干旅店去做前台了，我说，巴尔干，我对你说，从此以后再也没有带任何东西回家。酒店前面有一个撒尿男孩的喷泉。当时的小镇十分美丽；空气里弥漫着百吉饼、菩提树和用水冲洗过而变得凉爽好走的街道的气味。还有用真正的柠檬做的柠檬汽水，你一定想不到有多好喝。我在泥刻外公还有繁花阿姨的家里度过许多愉快的时光；在夏天，外公下班回家，总是带来皮薄瓤红的小西瓜；他会像削梨一样削西瓜，拿在手里转动着，削完我们便一起吃起来。我吃我的，他吃他的，我俩都把西瓜插在刀剑上像吃冰激凌一样。我们会朝着窗外吐西瓜子，吐到长着水仙花的小道上。野西瓜经常在那里发芽，但我的外公总是将它们连根拔起，否则它们会抑制那些花朵生长。我们吐完西瓜子就安静下来；每一粒西瓜子都是一个词。一粒是我的，一粒是外公的，一粒是繁花阿姨的，一粒是妈咪的，一粒是爹地的，接着再从头开始。这些西瓜子成就了美好的谈心时刻。只有爸爸一直都不能理解，他总是因此生气。既然我们谈到他，让我告诉你他很少回家，我是说回到村子里，每当他回来的时候，他会和我母亲一起等待天黑，天一黑就开始撞击鹿角，那头画在床头板上方墙壁上的鹿。他们以为我已经睡着了，其实我只不过是呼吸得沉重一些罢了，好像我不在这里，好像我已经去到遥远的地方，来到梦的土地；我帮助他们忘记我。闭着眼睛，我很奇怪为什么他们这么恨这头鹿呢？它能对他们做了什么坏事？

  一年冬天，我在鹿角下找到许多彩色笔和小木船；小木船可以插进插座，它周围的灯，还有那个站在船尾、手握木桨的男人都会亮起来。它们在名为"克斯马基"的收音机下方的壁炉上发着光，当我发出睡着似的呼吸声，他们就会毫不停歇地撞击它，所以我决定假装从睡梦中惊醒，哭着跳起来，仿佛梦见自己从小木船上落进水里。我拿起小木船，轻轻呜咽着，从墙边的楼梯爬到阳台上去；幸运的是，电线很长，因此小木船不断荡漾发光。我听见身后的他们不再发出声响，不再用头撞击那头鹿。阳台是用普通的木板铺成的，脚踩上去就发出尖叫，好像它们要断了一样；我们都扶着墙走路，以防掉到下面的鸡窝里。雪积得很深，我坐在壁架上，腿都可以碰到雪了，但我刚一坐下，我母亲就会出来，穿着印着鸡的活泼的裙子；她轻抚我的头发，叫我回去睡觉，不要害怕。我这才意识到原来她以为我睡着的时候感到害怕，虽然我的确气她没有用她的脚来温暖我的脚，也没有像往常一样和我一起睡，她没有陪我，而是陪他。我带着哭腔对她说我要跳进雪里，我会跳的，我说，因为没有人爱我，你不爱我；可紧接着我父亲就出来了，我说，又大又肥，头发和汗衫都乱糟糟的，领子大开着，他出来了，我对你说。月光照耀着他胸膛上的白毛，兴高采烈地在雪地里打滚，留下一条一直延伸到大门的银色轨迹。看着雪花在月光中激动地闪烁，我渐渐镇定下来。我的母亲在我的床上躺下，我说，床上，我对你说，轻抚我的发，因为我喜欢她这么做，朵兰缇娜，她给我讲了很久灰姑娘的故事，那个埋葬了她母亲的骸骨，因为不愿顺服她而变成了一头小母牛的女孩；骸骨变成了世界上最美丽的衣服，她穿上了它，王子便爱上了她，娶了她。我梦到她在灰烬中刨出那条裙子和那双鞋，穿上它们，便出发去王子的城堡。她变成公主之后，她母亲的骸骨又经历了什么变故？我一直都很想知道。就连泥刻外公也什么都不告诉我。"母亲永远爱她们的孩子，就算他们犯了错。"我又一次问他的时候他这么回答我。梦见灰姑娘，听着新下的雪彼此簇拥着落到阳台上，他和我母亲想撞多久那头鹿就撞多久；她会又累又渴般呼吸，好像急需喝水却没有人给她递一杯，而他则会用鼻子唱歌，等着我床头挂毯上的兔子猜上整晚他唱的是什么歌。那台"克斯马基"收音机则噼噼啪啪地嘶声吟唱，让他的灵魂展颜而笑。就像那次我在院子里玩耍时那样，我跑回来想要喝水，因为我只喝卡桑德拉·小枝给的壶里的水。我捧着壶的时候，看见他们俩在床上纠缠；他腰部以上是赤裸的，所以我可以看见他的背上毛茸茸的。他的腰部以下则盖着绣着各种鸟的毯子，我的母亲躺在孔雀下面；我以为她想在山坡的另一边找到它们。他僵住，手撑着身体，而她从他的手臂下面窥视，难以置信地眨着眼。他稍稍朝我转了转身,笑了,我说,笑了,我对你说,他对我说就在那一分钟,他们正在毯子下面为我烘焙出一个小弟弟;我说"好",从壶里喝了一口水,就跑出去对所有其他的孩子们说。我们和普里克·约翰逊、亚伯拉罕·响嘴等了整整一个小时,等他们出来给我们看我的小弟弟;其实,普里克甚至还说这么长时间他们的烤箱都足够烤熟一整头牛了,不过我们还是等着。等他们出来时,并没有带着小弟弟,搞得我都不知道如果不撒谎该怎么解释这一切。我觉得我就是从那一刻开始撒谎的,朵兰缇娜,因为如果你爱你的谎言,它们也许就会成真。

几天之后,我的父亲又要出远门了;实际上,我醒过来的时候他就已经走了。我的雀斑奶奶则会在院子里踱步,和她的鸡说话,而我的母亲则会织起总是太大的毛衣。我什么都不用问,我只需看她的眼睛是不是盈满泪水,她必须躲在自己的头发后才不至于让我看见哭泣的样子。风拍打着奶奶的长衬裤,摇晃着白杨树的叶子,发出柔和的颤声,好像一条空气做的深深的河流过整座村庄。当我坐在那里,小手放在母亲的膝上,谁知道我在朝哪看,我又听见了什么,在想什么呢!我会在脑海中穿越回去,一直回到那个院子里,维森神甫,就是那个与我们学校同名的、被处死的鲍里斯·巴加罗夫的儿子,在院子里骑着黑马走在无花果树旁的小径上,大笑着,好像在歌唱。他永远不会用双脚走路;去教堂不会,去坟地也不会。要是有人死了,人们会用双手抬着棺材,而他则是骑在马背上,高高在上地摇晃着祭神烛。他一走过无花果树下,整个院子就会陷入沉寂;一连几天这里都会百无聊赖;清晨鸡会报晓,午时狗会吠叫,桥边驴在嘶鸣,而我们则会到镇上去看望泥刻外公和繁花阿姨,离开那座屋子,离开那片沉寂;阿姨就和维森神甫吊在马鞍上的圣像一样漂亮;她们看似是同一个画匠画出来的,只是颜色不同罢了;她的脸庞白皙,双唇柔软。这么柔软的双唇要怎么画出来呢？她亲吻我的脸颊时，我总以为她的嘴唇正在融化，我说，融化，亲吻之后再长出新的来。她的腿像是雕刻出来的，又细又长，毫无瑕疵，也没有毛发或毛孔，就和我母亲膝盖以上的皮肤一样。我母亲的腿像橘子；我阿姨的腿像香蕉。

  繁花阿姨在我面前毫不克制也毫不扭捏，在一个不知道自己是男人的小孩面前没什么好扭捏的。为了不让别人看见她灌下去的是什么药片，我的母亲会躲去房间外吃药。她一走，繁花阿姨就会掏出她的乳房，弹弹它，挠挠它，好像在掂量重量般掂掂它，接着她会用手指压在深色的圆圈旁边，涂上白色的乳霜。如果她还有时间，我说，时间，我对你说，她会让我用手指碰碰那蓝色的尖尖，它就会像在大笑般颤抖起来。我笑的时候鼻尖也会颤抖。我们是一样的，我会对自己说，我们理解彼此。当母亲打扮停当去看医生的时候，虽然她对我们说她是去找工作，以为我只是一个六岁小孩，什么都不懂，繁花阿姨会躺在床上，解开裙子的扣子，我说，裙子，我对你说，它们就会滑下来，露出两个尖尖角，轻颤着好像在说话，虽然它们没有嘴巴。她会把我放在它们下面，放在她小腹上，我说，在她平坦的小腹上，我对你说，抓着我小小的手指，教我如何先拨动第一个，再拨动另一个，这让它们开始噘起嘴来，变得异常严肃，变硬，涨开，不再大笑。我以为它们生气了，就开始挠它们痒痒，就像母亲把我从梦乡里叫醒时会挠我痒痒逗我笑一样。但我越挠，它们就越是刻薄暴躁，甚至到了一步都不肯动的地步。它们僵直而蠢笨地站着，就像普里克·约翰逊尿裤子的时候一样。阿姨会让我在她温暖的腿上休息，我说，腿，我对你说，会开始笑，摇晃着我的肩膀，每次她高兴愉快的时候都喜欢这么做。她见我害怕那些尖头，它们已经长得比我小小的手指还要大了；它们一个念头就可以把我的手指给吞了。于是她就开始爱抚我的膝盖，亲吻我胖乎乎的腿，朝我的大拇指吹气，好像要把我像个气球一样吹起来；繁花阿姨就和一碗汤一样滚烫，我的臀部感到特别温暖，而我只穿着背带短裤，不过这无关紧要。

"骑小马咯!"她会叫起来，她的腿托着我的腿，就像骑着我的小木马一样。我们骑了很久；她抬起她的小腹，我抬起我的臀部。"你千万别告诉别人。"她会对我说，从体内深处发出嘶鸣，就像当维森神甫，鲍里斯·巴加罗夫的儿子，看着坟地时，他的那匹马一样大声嘶鸣。"如果你对任何一个人说了，我们俩都会死的。"她会这么说，而她的小腹在我身下就像一锅烧开的水一样冒着泡，仿佛里面装满沸水，正从肚脐喷出。

此时此刻，大门仓啷一声，繁花阿姨扣好她的裙子，给我读了一篇故事，就是关于那个撒谎说自己看见会飞的驴子的人，不过他却不知道有个人比他更会撒谎，他对所有人说天上掉下了鞍具，而不是驴子在飞。我记得那个骗子，朵兰缇娜，因为他很危险；他说的谎言都会成真。当然，我母亲进来看见我们一起大笑，繁花阿姨亲吻我的脸颊，就像所有阿姨会做的那样。之后我们就不等泥刻外公从湖边的修道院回来了，因为石匠在镇上已经没什么市场；我们得乘坐绿色的火车回到村子里去，在天黑之前。我们身上的煤炭味会缠着我们一整天。一如既往，我的母亲会立即清洗路上穿的衣服，在院子里晾干。我在它们之间穿来穿去，好似不经意，实际上我是想闻闻我的短裤是不是还留着阿姨的味道。我不记得那味道是否还留着，但是我记得我等不及再回到镇上，和她玩骑马游戏。我母亲会承诺我们马上会去的，但是总是推到明天，所以明日复明日的那一天终于来临，我说，来临，我对你说，我一整晚都大张着嘴呼吸，因为我想如果我用鼻子呼吸，人人都能听见我心脏如雷声般跳动，一直传到床里的弹簧上。我害怕他们可能发现我还醒着然后带着我到楼下的房间，里面雀斑奶奶正像马一样打着呼噜，我说，马，我对你说，还不断和她的鸡朋友们说话。

她睡觉时穿着羊毛套衫，闻着就像潮湿的稻草，我几乎永远不可能这么对她说，就算是在她背起我，带着我去园子里采摘辣椒或黄瓜的时候我也不会说；我会用两根手指捏住鼻子，保持沉默。如果我说出来，她一定会生我的气，因为每次要是有鸡没有把蛋下在我们后院里，她就会生气。她会好几天不和它们说话，而是私下里在我父亲面前对着它们指指点点。他则会张开双臂，将它们赶到鸡窝里去，接着自己走进去，一分钟之后他就出来了，手里捉着那只被记上记号的母鸡。母鸡会咯咯大叫，拍打着双翅，而他则走向无花果树，蹲了下来，就像普里克·约翰逊尿裤子的时候；接着他就操起斧头，我则用双手遮住眼睛，大拇指压住耳朵，接着只听嘭一声，一切都结束了。之后，奶奶则会用咧开的皱纹笑着，吮吸着鸡翅。父亲总是听奶奶的话，我说，奶奶，我对你说。

后来，整整三个月我们都没有到镇上去；泥刻外公来过一次，来修理院子里的烤箱，并在牛棚里再造几道新的隔墙；我母亲买了一头驴，这样她就不用把大包的烟草顶在头上了，但是驴子必须和猪分开，因为猪一逮着空子就往驴身下钻，跳着想要够到它身体下方晃荡着的黑色的东西。如果我们不造那隔间墙，猪就会把它整个吃了。这就是为什么外公必须得来，救驴子于水火之中。他的确又来了一次，我都差点忘了——来杀猪；它在墙下面挖了许多洞，于是墙倒了；驴子只好冲破大门自救，跑到九座大山之外去了。我们再没找到过它，虽然我和奶奶花了好几天在附近的田野里寻找它。他们切肉的时候，留了一份给阿姨，这就让我们仨有个由头可以去镇上了。雀斑奶奶站在刺槐旁，对我们叫道："快点，要下雨了！"可母亲以为她在和鸡讲话，所以我们并没有加快步伐。在我们上火车之前，我说，火车，我对你说，雨突然倾盆而下，一阵大雨把我们变成了落汤鸡，等我们到了火车站都已经认不出对方了。我是唯一一个他们还能认出来的,不过这也只是因为我很小,而且脸上挂着灿烂的笑容。一个醉汉,除了眼球以外浑身沾满污垢,大声质问当我们浑身湿透,当大雨浸湿我们的骨头,这是否意味着我们的灵魂仍是干燥的,还是说,和其他部位一样,也是湿透的。

"为什么当肉体湿透的时候,灵魂还是干燥的?"他会再重复一遍,不知怎么竟能用嘴对准用绳子绑在手上的瓶口,喝了一大口。"我,"他说,"被这位先生不公平地拘捕了,这位穿着绿衣服的,带着木塞的先生。"他结结巴巴地说,朝瓶子里看看。"我被禁止思考;这就是为什么我无法给你答案,我只能问你问题。"他声明道。没有人回应他,虽然我连灵魂是什么都不知道,我说,灵魂,我对你说,它又藏在哪里,更别提它是否是湿的。我们到镇上的时候,雨仍然从树叶上滴下,所有挂在主街大树上的逝者的照片也都蒙上了水雾;每一张照片、每一个人,从火车站到泥刻外公的房子,看上去都像在流泪,弄脏了所有的海报和树干。真是糟糕的一天;繁花阿姨不在家,而我冷到了骨子里;我觉得我身上的一切都缩水了,我甚至都找不到我的小屌好尿尿。实际上,还是妈咪找到它,把它掏出来,拉拉它,好像在拉它的耳朵,等着看我尿得到处都是,让蒸汽在我周身缭绕。我从来都无法像广场上的撒尿男孩那样尿得那么久,那么直,那么远。卡桑德拉·小枝的咒语一点都没有生效;水柱偏向左方,落到了水仙花里,闻上去就像馊掉的汤。然而,等我稍觉暖和一些了,一切似乎回到正轨,就连繁花阿姨也回来了,不过我的眼睛再也睁不开了。泥刻外公早就在另一张床上睡着了,腿上聚集着许多苍蝇。我只能用眼角看见他的脚,边缘是黑的,好像他的脚底长出了蹄子。

隔天早上,太阳从水仙丛中跃出,吓了我一跳,让我以为它是来追我的，因为我不经意间在它头上撒了尿。然而，它并非为此而来。它爬上李树，咯咯笑着，长长的鼻子抵在玻璃窗上；好像要向我展示它在白天长什么样。外公已经出门了，另一张床上没有脚在盯着我；他在天黑的时候出发，天黑的时候回家，免得路上有人问他在干什么，因为他还不能说完整的话。他小时候，某个晚上，他在月亮后面释放自己，一只黑狗跳到他身上，咬断了他喉咙里所有的肌腱和带子，包括声带。然而唱歌的时候——他却能像夜莺般唱歌！后来，等我学会如何使用眉毛说话，他告诉我歌声和话语并非源于一处：话语，他对我说，源于头脑，而歌声源于灵魂。我仍然不知道何为灵魂，不过当我看见他将手放在胸前，我意识到繁花阿姨的灵魂有两个小尖角。

  太阳放过了窗户，攀上了李树的一根树枝，就像一只猫，接着又跳起来，也许只跳到屋顶上去了。在隔壁的房间，繁花阿姨和母亲在大声聊天；门掩着，没有关实，所以我能听见她们在吵架，繁花阿姨嘲笑，斥责我的母亲，我说，说她已经三年没有给朵拉外婆上坟了，现在急些什么；她停了下来，你能听到有人走近房门，但她并没开门，只是叹了口气，出去了。透过窗户，我能看见我的母亲关上了大门，如碎片般跑走了，仿佛她是由尖木桩之间的空气组成的，消失在繁花阿姨晾起来的内裤背后。我一秒都没多等；我跳下床，跑到隔壁的房间里。阿姨焦虑不安，所以她沉默着让我坐下，硬把我塞进椅子，我说，强硬地，我对你说，把一盘法式吐司扔到我的腿上。她坐在另外一把椅子上，看着我吃，我说，吃，我对你说，我仰起头吞咽着，像只鸡一样。每吃一口，我都在期待她给我说些有趣的事，我看见她先是紧张地靠在一边的手肘上，接着靠在另一边，而她的胸部在衣服里像鸽子一样扑动着乱作一团，似乎要掉出来。她见我看着它们，便把手伸进去，像是拉着兔子一样拉出其中一只，我说，抓着耳朵，我对你说，开始抚弄它，触摸它，挤压它，好像它在寻找一张嘴巴，候在那管小鼻子的鼻尖之下。我被一片吐司呛住了，所以她给我一杯水好把它吞下去，免得我窒息。

"等你吃完，"她对我说，"到另外那个房间来。"她补充道，消失在门上的装饰之后。我把剩下的早餐塞进嘴里，脸变成蓝紫色，像茄子一样，不过我抓过杯子，把水倒进我的嘴巴，在千钧一发之际将它们咽下去了。

当我进入另一间房间，阿姨全裸地躺在床上；她的头微侧，好像在为一幅油画摆姿势，她用眼睛示意我坐在她身边。我以为我又要骑上她的小腹，不过在我的另一条腿跨过她之前，她曲起膝盖，张开双腿，拉着我的手，用我的中指触碰那黑暗中的毛发。这种触感在一瞬间让我的全身震颤起来，好像有什么打在我的背上。她两手撑住我的腋下，让我坐在她身上。

"你想做什么就做什么吧。"她说着，把我的手掌按在她的胸脯上；那两个发蓝的小小尖角在我短小的手指之间冒出来，开始咯咯笑，开始发狂。我不知该做什么；我不知自己想做什么。我开始晃动我的臀部，就像骑小马一样，虽然这并不是一匹小马，与之大相径庭，她前后摇动我，就像那辆把我们从村子里带来的火车；我只知道小马，她笑了起来，我也和她一起笑了；接着她会说"驾！"，我也跟着说"驾！"。我们不会停下，我们不用休息。骑着骑着，她突然抓住我的小手，把它拉到我身后，塞进黑暗中，潮湿中：好家伙，那里如此温暖而柔软，就像母亲留在桌子上放凉的覆盆子酱。好家伙，那里如此美妙！我感觉那些小小的覆盆子籽粘在我的手指上。繁花阿姨眨动眼睛，狂躁地摇着头，脖子上的筋在喉咙下方束成一束：它们在她的喉咙上延展，收紧，滚动。我不知道哪只手更幸运：是那只抓着尖角的还是卡在果酱里的。在我考虑这件事的时候，繁花阿姨开始呼哧呼哧地喘气，好像被放了气的气球在房间里乱飞，不知停在何方。接着她突然镇定下来,把我抱下来,扣上印着花和荆棘的裙子,我说,荆棘,我对你说,在我的额头种下一个吻,用手臂抱起我;接着,我们坐在花园里,看那些水仙花,一直等到妈咪回来。

妈妈回来之后,她们俩一起去了那个阴冷的房间,泥刻外公总是把西瓜滚进去,在把它们像削梨一样以画圈的动作一次削开之前先放凉,她们面对面沉默地坐着。妈妈穿着袜子,繁花阿姨光着脚。我搭起了鞋盒,用它们造起房子来。我一直搭到第八个,但是房子七零八落地倒了,这让我很愤怒,但与此同时母亲说她"怀了",辛格医生告诉她"怀了"。我不知道她怀了什么,因为她怀里什么也没有;我又搭起鞋盒来,又看看她,还是没发现她怀抱着什么。我又瞥了一眼繁花阿姨;她瞪大了眼睛看着妈咪,好像不敢相信自己的眼睛。她看了看母亲,又看了看我,又看了看母亲,又看了看我,我说,看我,我对你说,接着突然她从椅子上跳起来,拥抱母亲,开始亲吻母亲,在房间里到处旋转着,你都能从房间的另一边看见母亲的内裤了。我母亲的袜子一只接一只地滑下,看上去像是她的腿在蜕皮似的。

"我就知道!"阿姨大叫,看着不断颤动着的鞋盒。"他是你的幸运符。"她微笑,抓着我母亲的臀部,开始亲吻母亲;她的吻几乎要让母亲窒息。母亲拾起袜子,看着我,眨着眼睛,好像很愧疚;就像我尿床后愧疚地眨着眼睛一样。她们俩都凝视了我一会儿,虽然我一头雾水,因为我当时什么都不懂,朵兰缇娜;我只知道女人的双腿之间有覆盆子果酱,但我对谁都没有说。

十八

既然我们说到覆盆子果酱，我说，覆盆子，我对你说，让我告诉你关于安娜·科米茨卡的一些事儿，就是我在艾奥瓦市国际作家研习班的同学。想不到吧，朵兰缇娜，无论是偶然还是注定，她也一样，为覆盆子果酱而疯狂！她住在我们楼下的房间，五月花宿舍的一楼，和一位来自高崎、非常年轻的作者麦戏戈·探戈住在一起。如果唐·豪尔赫·胡里奥，埃伯特兄弟是可信的，这两位抱负远大的女性作家每天早上都把果酱涂在她们的乳头上，就像涂在吐司上一样，接着她们就一起享用早餐。科米茨卡要吃八个麦戏戈·探戈的乳头才能满足，麦戏戈吃了两个安娜·科米茨卡的乳头就饱了。如果你相信埃伯特的话，这位来自扎科帕内的女诗人有两瓣像圆面包一样的乳房。

虽然我早就怀疑他只不过是在愚弄她，这位来自库库塔的作者到目前为止没说多少话，可能是因为他大部分的时间都在写作。在收到他父亲电报前的三天，他的小说差不多就要写完了；他坐在房间里的窗台上，双手插在口袋里，享受着他像蝴蝶一样的小胡子所拥有的神奇现实。除此以外他说的都是真的，因为他说起安娜·科米茨卡停都不停一下；好像他看见她坐在一张飞毯上，如果他不把整个故事在这一刻说出来，他害怕她会飞到他头上来。麦戏戈·探戈去密西西比河的那一天，和克鲁亚的法托斯·德德尔利，内罗毕的穆姆博·图伦巴，西藏的敏上罗彬，还有另一位来自阿斯马拉的作者一起去看河，那位抒情诗人小心地邀请我的朋友唐·豪尔赫·胡里奥·埃伯特去楼下的房间吃覆盆子果酱。她在做低因咖啡的时候，这种咖啡是来自不来梅港的富翁路德维希·罗塞洛斯发明的，她开诚布公地对他抱怨没有人想要她的肉体，虽然她很清楚每一个人都首先想要被当成一种性的存在，其次才想成为作者。当两杯咖啡冒出的热气袅袅上升，她坐在他旁边，开始朗诵诗词，带着随笔的脚注。

"对她而言，"埃伯特说，"作家不存在；存在的只有他所用的语言，而诗歌与听众，小说与读者之间的关系，无论如何，总是也只是一种情色的行为。她对我说：'要么这东西让你激动，要不它让你一点都不激动，你懂的。'"他边说，边耍弄着他的蝴蝶，仿佛在他鼻子底下打着羽毛球，与此同时我正尝试着写点什么，实际上，尝试变得诚实些，变成有说服力的现实主义者，正如史蒂夫·利普托夫所说的，直述人生，不要有任何添加或隐瞒。如果我真想成为现实主义者，反正他认为我是；如果我不想，那我就可以做些别的，不过只能在我克服现实之后。这就是为什么，在那关于我阿姨繁花那又长又风流的章节之后，我想要继续诉说我母亲和她每个人翘首以盼的孕期，因为这是她的第一次。

我用以下这句话开展这一章节：**妈妈像是被黄蜂蜇了一般肿了起来**，不过我立刻把它划掉了。我又写了一句新的：**我母亲的腹部像百吉饼一样变大**。我把这句也划了，因为听上去太草率，而且也不准确：怀孕妇女的腹部不可能像百吉饼，也许只能像甜甜圈。这就是为什么我又写了一句新的开头句，只是把"百吉饼"变成了"甜甜圈"，好让它听起来更严肃一些。我感到很满意，抬起头来，不是为了看豪尔赫·胡里奥，埃伯特兄弟在窗户上干什么，而是看我面前的那张纸；用红色钉子钉在软木板上的纸，上面写着史蒂夫·利普托夫的指示。我又把它全都读了一遍，不过还是最喜欢那个叫我诚实一些的忠告，如实写下涌入我脑海中的记忆，要写得令人信服，接下去这故事就会自己变出事实来。我又回到那句描写我母亲腹部的句子，我说，腹部，我对你说，我能想到的仍然只有甜甜圈、蛋奶派、面包条和面包卷，我发现这一切都和食物有关。为什么我要把我的母亲和糕点相比呢，我问自己，转头去看豪尔赫·胡里奥·埃伯特，他仍然在诉说着他的故事，把玩着他的蝴蝶，先把它抛到这边的嘴角，接着又抛去另一边。如果他愿意，他可以让鱼儿绕着五月花飞舞，我对自己说，他就是这么厉害，我微笑。

太阳的光芒穿过他的耳朵，好像两根香烟；实际上，他把落日一分为二，好像两只耳朵后面各夹了一支烟。他游手好闲，因为已经快要写完那篇叫《屠刀纪事》的短篇小说，这让他一切顺利，因为在课程结束时他至少能交出点东西来，他已经构想好了谋杀，他甚至已经知道那把刀是用哪份报纸包着的。

"都在我的脑海中，兄弟，"昨天他对我说，"包括用谁的声音来叙述，包括那个斗鸡；我只需要去库库塔，把它写下来。"他一定很满意自己坐在窗上的姿势，让两道落日的光穿透他的耳朵，我对自己说。我又看了一眼那句"甜甜圈"，立刻把它划掉了。它刚被写下十分钟，读起来就已经极其陈腐，老套，庸俗，愚蠢。谁知道一百年后，它会变成什么蠢样，如果我让它留下的话。甜甜圈和面包毫不相干，面包是肉体或红酒，拥有血液；甜甜圈不是面包。

咬着铅笔头——我只用较软的铅笔写作——史蒂夫·利普托夫在那页纸张底下的建议让我影响深刻：**创造纪实，纪实创造**。我不记得他什么时候说的，但浮现在我脑海中的是他的臀部，上面的两个球在前赴后继的时候像两片铙钹一样敲打着。我脑海中同时也浮现出了我的母亲，因为她也一样，当时她走路的时候也奇怪地分成两半；她走得步步为营，好像不相信自己的双腿。**妈咪在院子里走着，手撑在后腰上，雀斑奶奶在她前面急匆匆地把拦路的鸡给赶跑**，我写道。我读了几遍，觉得这不能算糟：有空间，有节奏，生气勃勃，唯一的问题就是我不知道我写下这句话是为什么。当我想要找出些意味，词汇只是躲在遥远的地方。另外一边，唐·豪尔赫·胡里奥，埃伯特兄弟，一点都不怵，找词对他来说轻而易举，我对自己说；看上去他已经毫无消停地说了整整两天的安娜·科米茨卡了。

"你必须承认她挺漂亮的。"他说。"我把她从头到脚吻了一遍，一点一点，从午夜直到公鸡的第一声啼哭，作为惩罚。我是刽子手，她是被害人。只有当我睁开眼，才意识到自己不在库库塔，而是在这儿，在五月花，不是吗，兄弟，在一楼，楼下，如果我没有搞错的话。所以，我从头到脚把她吻了个遍，兄弟，我在她胸部的南边小小施放严肃的惩罚，因为她说每一个词的意义都深深潜入她的体内；该死的，我对自己说，我像同义词词典一样用词汇充满她；我正在，她说，经历一系列的高潮，因为这些过于激动的词，这些过于坚挺的词，她说，雄性的词，将我像大张的靶子一样刺穿的词，她对我说，她的声音挂在我小胡子北边某处，好像一节空荡的货车车厢，兄弟。我感觉一辆货车从身边飞驰而过，兄弟。我正在将我所有的词出口到中欧去，到山区，货车滚滚而去，不靠站，兄弟，也没有时刻表。世界末日来临时，人们坐在头等车厢里，而文学则藏在货车车厢里，兄弟。"唐·豪尔赫·胡里奥，埃伯特兄弟，一口气说完，手里转动着父亲寄给他的信，告诉他他盲眼的母亲因为遗忘而生病，所以他要是不早点回去，库库塔的每一个人可能都患上同一种病，一场抹杀记忆的瘟疫，那样就再也没人会记得他,他是谁,他为什么存在,以及他怎么进到村子里的。

"安娜对我说了关于词的事。"他说。"而我,兄弟,相信我,只是想着我的母亲和我的库库塔,南库库塔。我对自己说,兄弟,词汇就是阳具,安娜,没关系,但是,向神祷告,除此以外,安娜,我自己想着,祷告当我回到库库塔的时候有人会记得我。我停不下来,兄弟,想着那场擦掉所有记忆的瘟疫,而她,安娜·科米茨卡,兄弟,坐在我面前打开着,靠在床的另一边,用指甲在她的皮肤上划线,从膝盖一直到腹股沟。她是我打开的词典,兄弟。词典中最有趣的章节之一是关于避孕的方法,兄弟。我就是通过这才学到把埃及莎草纸浸在鳄鱼粪便和胶水的混合物里,可以做成完美的保护膜,前提是把它恰如其分地放进阴道的底部。因此,艺术与性交,安娜,我说,是通过莎草纸联系起来的。"他说道,接着开始引用她的话语:

"'优秀小说的每一页,'她说,'也就是一本成功的小说,比如,举个例子,你那本关于陆军上校的小说,'她说,'必须有诱惑、调情、承诺与爱。如果不是每一页都让我激动,如果不是每一句话都与我造爱,我就会立刻将它摈弃;我会忘记它,就像忘记一张糟糕的封面。这种东西一毛钱一打;你不需要记住它们让它们存活。'她说着站了起来,看向窗外,就和我现在一样,兄弟,她娇美的臀部晃动着,和她一起叹着气。'我想要一本让我激动致死的小说,'她说,'一本可以将我禁锢在书页之间,将我俘虏,撕开我的衣服,其中有一个章节让我意乱情迷,让我在一系列高潮的宣泄中爆炸,正如隆起的夺魂地雷。'她说道,而我,兄弟,用这双忙碌的作家之手时,一点一点地、一个词一个词地,慢慢拉下她的内裤,就像一列火车缓缓出站。她娇美小巧的臀部那么晃眼,好像整个落日都进入她体内,从内部将她照亮,就像一盏灯笼。'写作是一种情色活动,每一个词——都是性感地带；这些词要享受自我，而句子则应该进入高潮，像女人高潮时一样尖叫；好的句子就像女色情狂，永远不会只因一种含义而满足。'她说完了，粗重的鼻息喷到窗边悬挂着的日本柿子上，兄弟，喷进树干里。"豪尔赫·胡里奥·埃伯特说，把信塞进口袋，我说，口袋，我对你说，开始通过自己的小胡子吸入想象的空气。

　　沉默中——我不知道持续了多久——我开始描摹雀斑奶奶的句子，在它旁边，我写下了另一句应该用来开头的句子：**我问妈咪：在她肚子里的时候，我是怎么呼吸的呢？但她只是耸耸肩，抬起一边的胸部，接着才抬起另一边，表明她不知道；我问她这个宝宝知不知道它有一个哥哥，就像我知道我们有一个宝宝一样，而她只是点点头，好像很焦虑、烦躁地看着我，好像不明白我怎么会在这里。**我有些茫然地读着，撇开一段距离，像是它会传染一样读得很快，接着，我连再读一遍的心情都没有，直接在上面划了整整十次，带着极其愉悦的心情。再也辨认不出任何一个词。我一点都不为它们的消失而惋惜，我只是很烦恼找不到描写我妈咪怀孕的那一章的开头，在她坐在椅子上看着窗外的时候，她的腹部不断隆起；我觉得她只是整天坐在椅子上呼吸着；有时候会用手摇摇我的木马，再没有其他动作了；她很安静地呼吸，兄弟，好像在用空气充满自己的肚子，我只记得那一件事，但我什么也没说，也没有写下来。这对唐·豪尔赫·胡里奥，埃伯特兄弟来说又有什么用呢？当他决定从窗上跳下来的时候，我瞥了他一眼，他在床上躺下，双手枕在头下；他先用一边的嘴角吹着自己的小胡子，再用另一边的嘴角吹，像在赶苍蝇。

　　"'你知道吗，'安娜边说边像一条湿抹布一样落在我头上，兄弟，'一个女人为性而痛苦，我也很痛苦，我觉得，我下来的时候有点感冒。'她说着，小腹咯咯地笑着，就在肚脐下方。我的一只耳朵听着她的声音，另一只听着风摇动日本柿子树和桦树的树枝,兄弟。"埃伯特喃喃说完便睡着了。

我拿了一张新的纸,重新开始写了起来:**母亲住了两个月医院,但我的弟弟安琪儿仍然不愿降生。**我立刻划掉了整句话,把纸揉成一团,扔进了桌子底下的垃圾桶。我安慰自己:如果我数数所有揉成一团的纸张,加在一起,也许就能和伯爵写《安娜·卡列尼娜》时所扔掉的媲美。在作者不知情的情况下,他的索菲亚·安德烈耶夫娜对他的文章作出九百次的修改!也许是她,而不是他,把安娜扔到火车底下去的,我盯着面前那张黑色的纸想到。

"那是周三。"唐·豪尔赫·胡里奥,埃伯特兄弟,突然活了过来,打了个哈欠,他的小胡子飞扬起来,在他的鼻子底下奔跑,他继续诉说他的故事,就像从未睡着过一样。"'一位作家,'安娜边说,兄弟,边把覆盆子酱涂在胸脯上,'一位作家,'她重复道,'写出的小说永远是从他自己的回忆中读取的。'她说,托着自己的胸脯,像托着两盘食物。虽然我不饿,但是我还是吃了八个乳头之后才喝了一杯威士忌,兄弟。"唐·豪尔赫·胡里奥,埃伯特兄弟,吹嘘着起了床,真相已为人知,他跳了出来,好像刚才睡在吊床里似的。"来,"他说,"我听得出那是她的脚步!"我站在他旁边看向窗外:真是安娜·科米茨卡经过楼下,走向国际作家研习班的教室。今晚她要朗读她关于男性与女性写作的论文,我记得,看着她用臀部旋转,将空气碾碎在双腿之间。

"看,"豪尔赫说,"看她走路的样子,兄弟!"

"怎么了?"我试探着问,虽然我能看见。

"她走路时,一条腿像男人,一条腿像女人。"埃伯特解释道。

"为什么?"我问他,嚼着我的铅笔。

"我花了一整个晚上给她解释男性和女性写作的不同；我想她能理解那些区别。"我来自库库塔的室友说。

"她的步态挺不错的，挺中性时髦的。"我为这场对话作出了一点贡献。

"她是个处女，还是个拉拉。"埃伯特透过小胡子呢喃。"我为你守身如玉，我的爱！"他细声细气地尖叫，推了一把窗户，一个筋斗翻到了床上，好像落入浅水中，呻吟了起来。

我们看不见安娜在那些桦树林中做什么，不过两分钟之后，埃伯特又说了一遍"那是周三"就开始打呼噜了，与此同时又喃喃说出一串他脑中的地理方位，包括西边的密苏里河，东边的密西西比河，中部的某个首府城市得梅因，以及艾奥瓦市，就在这儿，就在床上。"那是周三，"他重复道，"我们在雪松激流镇上；有一天我们顺着密西西比河向下游航行，但是，相信我，兄弟，"埃伯特在梦中轻语，"密西西比河与我们的马格达莱纳河根本不可同日而语；你在马格达莱纳河上航行一辈子都不会厌倦。"他似乎记起什么般喃喃自语，好像在测试自己的回忆，或者，也许，只是也许，他，也一样，在远方，成为那遗忘疾病的受害者，连没几天前发生的事都忘记了。

他开始拼写出一串名字："卡希尔达·阿曼达、伽利略·丹柯汀、罗萨里奥·图格、莉昂娜·卡西亚尼，那是周三，乌尔维纳·达莎、弗罗兰多·亚里沙、吉列尔莫·瓦伦西亚·阿布达拉，那是周三，罗莎·埃莱伦·弗格森、何塞·帕兰西亚、朱韦纳尔·乌尔比诺、耶利米·圣日美，那是周三，罗莎·卡巴卡沙……"这些名字没完没了。当他躺着背诵这些名字的时候，我再一次尝试为那新的章节寻找开头：**妈咪织着给男婴穿的衣服，虽然雀斑奶奶叫她不要去引诱魔鬼；妈咪会对她说她早就知道是个男孩了，但是奶奶喃喃地祷告这个孩子能健康地活着生下来；母亲会说要**

给他起名为安琪儿，奶奶请求她不要起名，因为一个尚未有人用的名字不是给人用的，她会说，人，她对妈咪说，画了个十字，把脚放进烤箱里，用两只手压着胸部下方的手织羊毛外套。雀斑奶奶是个奇怪的女人；夏天她冷，冬天她热；炎炎夏日，她穿着羊毛外套，凛冽寒冬，她倒会赤着脚去雪地里给鸡喂大麦。我写得很快，甚至用起了缩写好跟上如泉涌的文思。正当我以为自己稳定了节奏，唐·豪尔赫·胡里奥·埃伯特突然用鼻子吹出了哨音，说："那是周三。"一切都泡了汤；我甚至都不记得那一切是不是真的，还是我编出来的，不确定我奶奶是否真的赤脚走在雪地里，一边用脚敲打地面一边给鸡喂大麦。

我把一整页全部划掉，又写了一句新的句子：**妈咪坐在一张凳子上的时候，泥刻外公上气不接下气地跑进房间，用眉毛告诉我们镇上发生了地震；不是很强，但是人们还是一整晚都待在外面。奶奶说她半夜听见鸡叫，还以为是狐狸惊吓到它们了。妈咪想要站起来，但却做不到；她只是把手放在肚子上，说她昨天晚上梦见了白色的鸟。奶奶说奇迹马上就要发生了，接着我们都看着妈咪坐着的凳子碎成了好几片……**我想要旁若无人地继续写下去，但是唐·豪尔赫·胡里奥·埃伯特兄弟从床上跳起来，好像快要淹死一样，并且飞快地开始打包；他看见什么就往行李箱里扔，他说他会提早走，如果他还记得的话，会用挂号信和我联络。"如果我忘了，那就意味着我已经遗忘。"他补充道，把过去六个月来他写过的纸全都塞了进去。

隔天，他的确在天刚刚破晓的时候出发了，他下楼的时候，每走一格楼梯都要背诵一次名字和城市；三天之后，法托斯·德德尔利也走了，去支持萨兰达的民主反对党的行动，他们已经闯进了军火库，偷走了他们所能找到的全部枪支。"现在我们已经有了在本地与外地推行民主的武器，兄弟，整合我们民主的地盘。"当我们在五月花的入口前分道扬镳的时候，他对我说。那天晚上，我又进行了几番尝试，想要为我母亲的章节写个开头，但都以失败告终。我只知道那句句子必须准确明了，不能用上帝视角来叙述，不能用一个已经知晓一切的人物来叙述。既要实际而真实，又要奇怪而难以置信。我把最后一张纸扔进垃圾桶，又在桌上铺上一张新的；我又快速读了一遍史蒂夫·利普托夫的指导，穿好衣服去池塘边散个步。我走着，朵兰缇娜，我说，我走着，我对你说，接下去的七天我不停地走着，然而那句我正在寻觅的句子却毫无影踪。当时我已经摆脱了自己写的每一句话；包括诚实的与编造的，只留下一个事实，母亲怀孕了，她期待着我的弟弟安琪儿的诞生。桌子底下的垃圾桶吐了一地废纸。我发了一封电报给豪尔赫·胡里奥·埃伯特，代安娜·科米茨卡向他问好，当然，她从没这么说，我请他给我一句句子，描述一个孕妇怀着将死的婴儿，但是三天来我都没有收到任何来自库库塔的回音。

有一天，搜寻着那句遗失的句子，我收到一封埃伯特的电报，虽然实际上并不是他本人发来的，而是关于他的一封电报。落款是一个叫多明戈·曼努埃尔·维加的人，是他来自北库库塔的朋友。电报上说豪尔赫·胡里奥·加布里埃尔，埃伯特兄弟，正在写他生命的代表作，已经失去了一切与现实世界的联系，并且乘着一艘叫"新忠诚"号的船，在马格达莱纳河上顺流而下，直到多拉达才返程，就这么上上下下，循环往复，好几天都不停下。当船长问他为什么他们要用这么古老的方式顺马格达莱纳河而下，问他这要持续多久，唐·豪尔赫·胡里奥，埃伯特兄弟毫不犹豫地回答："直到生命尽头。"

我的母亲也曾这般顺流而下；顺着同一条河！

跑下阶梯的时候，我与安娜·科米茨卡擦肩而过；她每天下午都绕着池塘跑步。我连告诉她我也喜爱覆盆子酱的时间都没有；我冲进房间，抓起铅笔，划掉那句泥刻外公正在告诉我们地震的句子，写道：**母亲离开了，去生安琪儿，虽然我一直做梦，梦中她生的是我，时时刻刻，毫不停歇，直到生命尽头。**

十九

地震之后的第三天,安琪儿出生了。

我们让他受洗,起名为安琪儿,因为他就如天使一样洁白,朵兰缇娜。

他们带着他去村子里的时候,奶奶对我说我比他大一只手掌加一根手指。为此,我还特意数了数繁花阿姨的手指,我说,繁花阿姨,我对你说,整个房间里弥漫着覆盆子果酱的味道。因此,这就意味着我更大,我对自己说;我记得各种各样的气味,你却什么都不记得。我大了整整六枚豆子、六颗苹果、六粒弹珠。我什么都知道,而他什么都不知道;他不知道风会吹,不知道有太阳和月亮,青草和荆棘,蚂蚁和蝴蝶。他只知道哭,挥着自己的小手,好像在和周围人的视线打拳击,我说,视线,我对你说,但是他对人生一无所知。他甚至不知道有白昼和黑夜;不知道当外面湿漉漉的时候,就是下雨了,当外面白茫茫的时候,就是下雪了。他是粉色的,柔软的,眼珠子四处转动着,像是玩具里的小球,你用各种方式移动,尝试不同的路径,为了把小球弄到洞里去。你以为搞定了,你眼看球就要进洞,它却决定停下往回滚动,死死地卡在小道上,改变了主意。我的弟弟安琪儿就是这么看着我的:狡猾而短促,迅捷而生动,好像他想要一下子看到一切,不让任何东西逃出视线。

正当我准备再加一根手指好数完我比他大几岁的时候，我的父亲从遥远的工作岗位回来了，并且，据我当时所能理解的，带回了一个消息，说他在镇上找到一份永久的工作，就在那里，就在山坡后面。如果他愿意的话，可以穿过梅尔兹走到那里。他的工作就是开卡车运输木材；先在林子里把木材装到卡车上，接着再由他运去锯木厂。卡车和房子一样大；他开着卡车回来给安琪儿过生日；我还以为这他们送给他兜风用的。他把卡车停在鸡中间，于是它们便花了一整天的时间啄着那些轮胎，让我们捧腹大笑；傍晚，我们的父亲兴致高昂，甚至喝了一整壶的红酒，还把酒壶摔在刺槐上。接着有人说如果他没有钥匙就无法发动卡车，他的回答就是从一整盘饭中抽出一把叉子，一把白色的、柔软的叉子，就连我都能把它掰弯，只要我愿意。他把它拧了起来，并决定就用它来发动卡车的引擎。鸡咯咯叫，从窗户上滑下来，从卡车门上的反光镜上跳下来，这期间没有人相信他可以，但是我们的父亲点燃了引擎，发动了卡车，驶出了院子。我们手里拿着刀叉追在他后面，但是在教堂那里就追丢了，他已经进入了黑暗。我们只能看见他的车灯编织成一条穿过山腹的小径。黎明，我们在一地罂粟中找到了他：卡车在罂粟中留下两条印子，末端则是一个圆，就像棒棒糖似的，接着就停下了。爸爸在方向盘的喇叭上睡着了；他醒来之后什么都不记得，他不知道怎么会和卡车一起在野地里，也不记得自己是怎么穿过河上的三座桥的。从那时起，我从来没见他砸过酒壶；他只喝井水，外加一勺小苏打，在喝水之前放进嘴里。卡车一直停在我们的院子里，虽然上面爬满了鸡。

我想要对你说，正是坐着这辆卡车，这辆在他睡着时停在罂粟花中的卡车，有一天，我去了锯木厂，他开着将我载到那儿。那里有两团圆形的木屑山，都是那些被锯断削薄做成勺子的木头留下的。虽然木屑堆已经盖过了卡车，管子里的木片仍然不断飞出。如果他们把我留下，我就会一整天都在木屑堆里打滚，而它们就像裹着糖纸的糖果一样沙沙作响。堆着木屑的场地让我想起繁花阿姨躺在床上的样子。我从木屑堆上滚下来，就像从阿姨身上往下滚一样；我享受它们的气味与喃喃的声响，只是好景不长；我们的父亲总是急着回家，所以他总在我玩得最癫狂的时候打扰我。我知道他等不及要用双臂环着安琪儿，安琪儿，我说，让他骑在他的肩膀上，在院子里或者村子里散步，而我则跑在他们前面，好让他们看见我。我的弟弟会咯咯地笑，什么都不懂，不过他会跳起来追逐一只蝴蝶或者只是一只苍蝇，这都无所谓，反正他们在一块儿玩耍就对了。

他们会这样跳上好几天，直到安琪儿在睡梦中再也不翻身了，就像童话里那样，整整一把岁月，像五颗红豆、五粒弹珠、五颗苹果那么多，五，我说，五，我对你说；我仍然记得他吹完蜡烛，黑暗在房间中降临。就在我对你说话的时候，朵兰缇娜，一模一样的事发生了，就是我此刻弯着腰驼着背写下的，坐在挂着史蒂夫·利普托夫意见的那面墙前写下的。在此，我不可能瞎编乱造；在此，我在诉说我的人生，关于我必须要让人信服的属于我的现实。不多不少。

然而，此刻，当我想着这件事的时候，关于人生，朵兰缇娜，我能听见我的背后，在壕沟里，热头鹰。他真像一只刺猬一样发出隆隆的声响，视察着前线，接着又回到教堂边的营地。他还没有来视察我的岗位。我能听到壕沟中的虫子和草皮渐渐安定下来，我说，壕沟，我对你说，一切重归平静，彻底安静。我的瞄准镜上缘发出粉色的光，接着又溶解，消失；太阳一定还悬在你的头顶，在堡垒崩坏的墙壁的上方某处。站着，等着，疑惑不解。似乎它很难领会何为真实，何为谎言；我要如何对太阳说，如果你选择相信，那么一切就是真的！你，此岸的太阳，还有你，彼岸的太阳，在距离壕沟很远的地方，在我的回忆里，在我该死的小说里，你一定要相信，我说，相信，我对你说。目击这一事实，在小说中正值冬季，我说，冬季，我对你说，他们从镇上回来；他、她，还有他们的两个孩子。

你，太阳，你正透过路边大树上的冰霜窥视着，不是吗？我们路过梅尔兹，离家很近了；你可以看见村庄里第一排的房子，还有变压器上被雪覆盖的鹳巢。他和母亲在我们前面，循着赶集的人们留下的已经冻住的脚印。我超过了安琪儿，我说，安琪儿，我对你说，就走在他们的身后；我已经很大了，可能十岁了吧，那孩子才刚刚到我的腰。他们一整天都把他扛在肩上；我不知道他在想什么，突然在雪地里玩我的木棍。他们把他放下，让他和我一起走，但是他，才刚刚开始走，就要撒尿，于是他便这么做了：母亲托着他的小弟弟，就像一支小铅笔，而他在雪地里画了个圈，并且兴高采烈地指给我看。他尿得又直，又平，又远，就像广场喷泉里的撒尿男孩；我根本无法画圈，虽然卡桑德拉·小枝已经尽力了。等他完事了，我拉着他的手，一起顺着小径走，可是他立刻甩开了我的手，弯下腰，抄起一些雪，背地里大嚼了起来，就像我在无人注意的时候会做的那样。当时，我正试着用我的帽子去捉一只在我面前蹦跶的鸟儿，我说，鸟儿，我对你说，把安琪儿彻底忘在雪地里。当母亲转过身来看我们的时候，我才注意到她张着嘴，脸颊都吸进去了，瞪大眼睛注视着；他，也一样，转过身，一脸惊骇，不愿相信自己的双眼。下一刻，他用背后的手推了推母亲，我说，他向前走，我对你说，在我们身前像一堆雪一样冻住了；雪不再沙沙作响，小树林里的鸟儿也不再摇动树枝。在我们身后几米远的地方，安琪儿背对着我们，他身后现出了可怕的身影：一头皮毛华美的狼，四肢瘦长，双眼冒着热气。我已经知道在所有的寓言中，狼是一种嗜血而危险的动物，时刻准备着吃掉任何挡在前方的天真无邪、纯真清白的生物。在学校那出名为《狼与羊》的戏剧中,那头凶猛的狼就是由学校看门人回声·响嘴饰演的。我们不仅憎恨他这个人,也强烈憎恨他的狼性。就算披着人皮,狼还是狼。当然,安琪儿对狼一无所知,而这头狼也和回声·响嘴没有任何相似之处;它用后腿站在雪地里,用舌尖舔着我弟弟手中的雪球。我看见它从冻结的犁沟那里下来,用肚子分开积雪;雪花抓住它的毛发,在它的胸前闪烁。它感觉到我们站在旁边看着它和安琪儿的时候,向前探了探头,瞥了我们几眼,先是用一只眼睛看看我的父亲,再用另一只眼瞧瞧,又舔了一下雪球,转过身,切开荆棘丛的积雪,爬到边界的顶点。它又从那里看了我们一眼,我说,一眼,我对你说,消失在从缆车冻住的缆绳上落下的白色晶尘中。

  缆车可以划过村庄上空,把林中的落木运到镇上。它已经被弃置,它的任务已经解除,于是那些已经出发的木头永远到不了锯木厂,在我们头上吊了好几年。有些村民的地就在它下方,他们总是恐惧地抬头看,怕那些木头随时会掉下来,摔进他们面前的犁沟中,四脚朝天栽在土里,就像辣椒一样。我不知道这些木头已经在空中吊了多久,被遗忘了多久;对我来说,它们就像冻住的卡通胶片,不愿继续播放。后来,因为无人问津,小偷开始带走那些缆绳和铁柱,把缆车一片一片拆开;我知道回声·响嘴自然是其中一分子;他用这些零部件建造自己在镇上的房子。

  狼离开了,可我们仍然站在绑着木头的锁链下;锁链在我们头上吱嘎作响,在风中摇摆,而我们却保持沉默,好像冬天冻住了我们的双唇。接着,爸爸用双臂举起安琪儿,让安琪儿的腿环着他的脖子,就像围巾一样,而母亲则拉着我的手,我们嘎吱嘎吱地在雪中前进,一晃眼进了村子。我们只能听见树在打战,我说,树,我对你说,村庄的喷泉费力地汩汩喷涌。寒冬在大理石上蒙上一层半透明的薄冰,我说,蒙上,我对你说,接着就跑了。只有等我彻底暖和了起来，被抱在奶奶的羊毛套衫里，我才意识到刚才发生了什么以及可能会发生什么：这头狼本可以把安琪儿拖进雾里，拖进白色的薄雾，在我们发现他消失之前；它本可以夺走他的小手；它本可以像宰一头羊一样屠杀他，留他在雪地中血流成河；它本可以像吞了小红帽那样吞了他，虽然他戴着一顶带流苏的绿色羊毛帽；它本可以将他从我们身边带走，再也不回来；它本可以用尖牙和耳朵吓死他，让安琪儿从此以后再也不会说话，只能结巴或者用眉毛表达。

这就是为什么，我们一到家，妈咪就给他喝了一杯糖水，亲吻门后的圣像，画了一个十字，并且向神发誓每年的今天都会送一头羊到修道院。不幸的是，她并没有机会恪守这个誓言。当雀斑奶奶听说狼的事，我说，狼，我对你说，她只是在房间来回踱步，绑上了丝巾，大声质问；如果他因为绊倒而伤着自己，她就会把胡椒和碾碎的洋葱涂在他的伤口上；然而，此时此刻，她却不知所措，不知该怎么帮忙。"很糟糕，"她呢喃，"很糟糕，肯定不是什么好兆头。"那天傍晚，他们带他去找万达女巫，那位当地的治愈者，为惊吓施咒，我说，惊吓，我对你说，然而，三天之后，我们都已经忘了那头狼了；安琪儿又开始追着维森神甫的德国牧羊犬跑，以为它就是那个在梅尔兹舔他手中雪花的猎犬。

现在，我又听见了热头鹰的声音，朵兰缇娜，我很高兴他并没有到我这儿来；他从壕沟的左支离开了，去了炮兵阵地。你看上去也挺高兴的，因为他不会来打断我的故事；我可以看见你微笑，左眼的睫毛颤动着，你一定也想听故事的尾声，我对自己说。就快要到尾声了，朵兰缇娜，我说，坏事总是匆匆发生；好事却总是多磨：那年夏天安琪儿生病了，我说，安琪儿，我对你说，妈咪带他去镇上看病。头一周里，我们都等着他们和泥刻外公一起回来。他会画着圆圈，削开小西瓜，像削梨一样，插在刀尖上给我，而我边吃边看繁花阿姨的照片。有两打从各地寄来的照片和明信片；最后一批，是在一个月前寄出的，来自一个叫科克河畔的地方，在某个叫盛提丽的小岛上。我学了地理之后，知道一个四面环水的地方叫岛，但还是不知道我的阿姨怎么去岛上的，她又不会游泳！当我想起鲁滨孙的那座荒岛和我读过的那个故事，感到一阵战栗。因为我永远不会忘记，她突然出现在我心里，形单影只；坐在树墩上，教一只鹦鹉说人话；她只靠海龟蛋存活，她胸脯上的小尖角因恐惧而颤抖，因为夜幕已经穿过震颤着的树林缓缓降临。我很高兴自己记得鲁滨孙的那座岛名为绝望岛，而不是盛提丽。看着明信片，特别是繁花阿姨漂亮的照片，我想了很久她在那座岛上干什么，我说，岛，我对你说，还有那该死的盛提丽究竟在哪？她打扮得像那些假日里从镇上来的巡回马戏团里的大眼睛女人。那个斗鸡眼不不·无梦会让她们在墙壁和屋顶上走着，而她们的裙子从来都不会从腿上滑下来，虽然她们经常倒过来，就像蝙蝠一样。在这三天里，我们都会僵着脖子走路，看着村庄墙壁上倒挂的景象。如果阿姨也倒挂起来的话，我还认得她吗，我说，我在思考，我对你说。我已经很久没见她了，其实没有人见过她。唐·维托·德尔·金宝·香蕉，从某个地方搭乘流浪汉坐的夜班火车到镇上的男人，带她走了，告诉每个人他马上就会回来在锯木厂开一个两用车工厂。如果两用车销量好，他会开始生产常规车辆。我不相信他，但是阿姨信了。她随着他离开，据说是去采购机器了，我说，机器，我对你说，可是她再也没有回来。

在这儿，她只存在这些照片中，我对自己说。我通过翻看它们找到了她。在第二箱里，我发现她站在橙树林里；小小的球体挂在树枝上，像空中的乳房，繁花阿姨坐在下方。她旁边有一条四肢瘦长的狗，和那头舔过安琪儿掌中雪的狼很像。照片背面写道，那条狗其实是一头狼。读到这里时，照片掉到了地上；三分钟之后我才捡起来，通过紧盯着空中悬挂的橙子总算才回了魂。根据日期和我自己创造的时间表整理那些照片和信件的时候，我在自己的衬衫里藏了一张，照片上阿姨在一个四周挂满粉色窗帘的房间，窗帘轻薄得如同蛛网。在她的背后，透过玻璃墙，你可以看见海湾、小船和大海。我知道那一定是海，因为我可以看出岸上的棕榈树，还有一艘被照片锯齿状的上边切成两半的大船。我把一切都藏在我的衬衫下，我说，包括那艘大船，我对你说，就在那一刻我才意识到盛提丽一定在某个遥远的地方，在无垠的海外，在拥有山坡和山谷，高峰和溪谷的海外；在拥有峡谷与峭壁的海外，就和在陆地上一样。如果月亮消失在大海的边缘，像在电影中一样，我对自己说，那么大海中也一定有山峰，我对自己说，就像在陆地上一样。这就是为什么人们乘坐大船，爬上水做的山峰，和卡车一样轰鸣。不过，下山的时候，他们却不需要咆哮。

我盖上那些盒子，再次确认阿姨的照片是否还在我的衬衫里，我说，我的衬衫，我对你说，发现它已经一路滑到我的肚子上了。我让它留在那；不会掉出来，我对自己说。衬衫用皮带绑紧了，它哪儿也去不了，我对自己说。在这之后的每一个夜晚，我都会梦到自己出海，却总是在错误的港口靠岸；有时候我还能碰上鲁滨孙，有时候只有鳄鱼和猴子。我永远都到不了繁花阿姨的岛屿，但是我永远都不会放弃，一直在航行，而我们的安琪儿则会向我挥动他的小手，渐渐变成一只白鸽，想要赶上我，超过我，可他永远做不到。大海太过宽广，不可飞越。"等我，我会回来的。"我会对这么对他说，等，我对他说，接着就在浪涛中奔跑，就像在童话故事里。

梦着这些梦，不知几日飞逝，直到一天早晨，如果早晨是一切开始的地方，外公把我叫醒，对我说他会带我回村里，因为这里没有人能照看我；他说他准备在九片坟地、九座大山之外建一口井。在我们离开之前的五分钟，妈咪来了，拍拍我的头，笑了笑，我说，笑了笑，我对你说，但是她的眼睛有些空洞，好像她并没用眼睛在看，而是用眉毛。我知道她要和安琪儿一起留在医院里，因为他的头发掉光了，脸也皱了起来，好像他睁着眼在水里睡了许久。爸爸也从医院里回来，拍拍我的肩膀，之后我就和外公一起出发去村子了。我三次回头，三次看见他们站在门边，站在李树下；三次回头，三次看见一片云朝他们身上洒水，就像神甫在假日里用剥去叶子的罗勒条洒水一样。我用手压压肚子，碰碰繁花阿姨的照片，接着跑起来追上外公。他走得非常快，也许和所有说话不利索也听不清楚的人们一样。他们只是向前看，只倾听自己的步伐与内心的思绪，我对自己说，浑然不觉自己脚步匆匆。不觉自己脚步匆匆，便永远不知疲倦。他们只是将时间与时间相比，这就是为什么他们永远不知疲倦。你若是看着长满荆棘的灌木丛和路边的树，你若是看着它们，你会很累，我对自己说。

　　整个夏天，我都和雀斑奶奶相依为命；她每天都煎蛋、辣椒，还有茄子。我们采摘一种名为"苏丹"的葡萄，穿过它们，我们便来到"皇后"与"红衣主教"的面前；我们摧残着葡萄园里所有的帝国；接着我会坐在河岸上，而她则翻着溪流中的石头寻找游鱼。每当她抓住一条，就扔到河岸上，而我则用一根细木棍把它们插起来，数着各种不同种类的鱼，尽我所能。我们走过整条溪流；她涉水而行，而我只是走在河岸上。我害怕水蛇，我说，蛇，我对你说，这就是为什么我永远不会涉水。又一次，我在棍子上数出了十三种不同的鱼；我觉得奶奶已经把水里所有的鱼都抓上来了。那一天，她还抽出三条水蛇，不过她一见这些不是鱼，就像卷带子一样用手把它们卷起来，把它们扔到河对岸去。她颇有节奏地翻动着石头，伴着从柳树与黑麦草的头顶倾泻而下的落日。我想对她说够了，但是她和水吵起架来，不停地吵，越来越生气，好像在和某个固执而不听劝的家伙争执。她黑色的衬衫彻底浸湿了；一路滴回家里。

  在我们的院子里，一个被皮带一分为二的男人，犹如两节香肠，正等着我们；他穿着一件卡在他弯曲胸毛上的衬衫，还戴着一个紧得像套索的领结。他的衬衫上少了两颗纽扣；也许是从绞刑架上逃出来的时候掉的。他与电视上的哈代惊人的相似，只不过他是彩色的。而且也没有戴帽子。看着他从肩膀上抬起头——更像一只乌龟向外窥视，把他肥厚的食指伸进领子松了松——我觉得有一位隐形的刽子手仍在他背后勒紧套索，而他挣扎着要松开它，告诉我们一些重要的消息。我绕过他，却发现他背后没有人。我又转了个身，我说，转身，我对你说，看见在下面的院子里，在那些嗡嗡叫着、似有生命的黄色荆棘丛，因为你看不见那些蜜蜂，还有另一个彻底陌生、又矮又紧张的男人来回踱步。我觉得他们八竿子也打不到一起，除非他们都是同一部电影里的人物；那个男人长得十分像劳莱，当然，也是彩色的。他在盖满鸽屎的车前来回走着，我说，鸽子，我对你说，还挥着手，仿佛要用左肩打碎落日，更像是要打碎在他面前闪着微光的墙壁。这两位活生生的劳莱和哈代是出名的喜剧演员，我在铁托·老·跳线的电视上见过他们，这位铁托·老·跳线，可能是因为他名字的关系，可能是村子里唯一有电视的家伙。胖子看着下面的瘦子，再看看插着鱼的棍子，又看看我，最后才看向雀斑奶奶，她正眨巴着白色的眼睑，好像在播撒从刺槐那儿开始降临的夜色。

  在那一刻，我刚要把那些鱼放进井旁的水桶中，那个好像在煎锅里嘶嘶作响的男人，不知从哪里抽出一张潮湿的纸，迅速将它卷在食指上变成一个小纸卷。接着他又用另一根手指滚了滚那个纸卷，好像在思量该怎么做，接着又把它展开，压在两个手掌之间，熨了熨，递给了雀斑奶奶，又松了松他的衬衫领子。奶奶不识字，但是她还是接了过来，我说，接了过来，我对你说，开始像转动黄瓜一样转动它，时刻准备着把它的皮给剥了。

"我感到真的很抱歉。他们俩死了。"这个男人说，眼睛盯着烟囱。我不知道谁能死在烟囱上，不过奶奶手中带有我母亲笔迹的纸掉了，她看着我。我抓住自己的肚子，立刻发现这次我真的把繁花阿姨的照片掉了。可能在我裤子里，但是我太不好意思现在查看。

"自杀的自由是一种仁慈，而人总是浑然不觉。"胖子说，把纸捡了起来。"这种自由给我们一种拥有自由意志的错觉。"他说完，向那位陷在嗡嗡作响的草丛里的朋友挥了挥手。我那十三条鱼大张着嘴，正盯着我张嘴呼吸；它们也在看着奶奶，就在那根颤抖着似有生命的棍子上：我的爸爸妈妈怎么了？我想问，但却发现自己没有声音。我以为自己在尖叫，我说，尖叫，我对你说，然而实际上我只是张着嘴，就像插在棍子上可能还活着的鱼。我不知道接下来发生了什么，朵兰缇娜；我只记得自己站在某处，一根棍子戳穿了我的喉咙和耳朵，不过我的头枕在一个巡查员的肚子上，这就是为什么我被提起来又扔下去，我说，扔下去，扔到被蛛网做成的窗帘包裹的地方，在远方某处你能听到船只离开时的笛声，或许它并没有离开，朵兰缇娜，因为一切都在我眼中。因此我祷告，如果眼泪滴落，你的眼泪，安静地滴落在樱草之中，不要让热头鹰或断臂人听见，因为他会在你背后如影子般出现。

归根结底，神还是存在的，朵兰缇娜。你的眼泪落在沉默里，与它一起滴落的是我和它映射出的一切。只有奶奶仍然坐在门槛下的三脚凳上，诉说着，好像被一只落到她腿上的白色蝴蝶带到另一个地方去了。

二十

偶然之间，一只白色的蝴蝶，带着两位巡查员来到两块石头压着的两封信面前；胖子命令不要碰它们，而那个走路的时候左肩前倾的人则用另一边的肩膀指向铁轨。在对方身边，牵着手，卡在地上就像橱窗里的人偶，死去的她和他站在那里。火车将他们钉在岸上。胖子说火车司机压根没有看见他们，因为他们在火车转弯的时候跳进了第二节车厢底部。火车将他们粘在路堤内侧。那位走路左肩前倾的人说，死亡只在一瞬间，而雀斑奶奶又问了三遍，他们是否遭受痛苦，是不是很痛。所以他只好三次证实他们的死亡只在一瞬间，这意味着他们并没有感觉，奶奶，我对自己说，他们甚至还没分清痛不痛就死了。在此之后，胖子把那些信交给我们；首先是她的，写在通讯簿的一张纸上，接着是他的，实际上只是在香烟盒上写了寥寥数笔。她哭了，而他拉着她的手给她勇气；火车惊雷般轰鸣，汽笛声在峡谷中回荡；他们没多少时间去改变主意。火车在轰鸣，正如我说，轰鸣，正如我对你说，车轮仓啷跨过铁轨的轴承，妈咪边写边哭；她写下她的名字，却又划掉，看着隧道。你可以看见她拿着笔记本的手正在颤抖，另一只正在写字的手也在颤抖；所有的字母都像刺槐的树叶般被磨损。上面写着生命是多么美丽，我应该为自己还活着而高兴，因为只有活着的人，她说，才有时间留给回忆。

"记住，亲爱的，当我给窗户上的麻雀喂食；记住那天早晨的烟草地，记住那些在墙上移动的影片，记住那辆火车还有和我们一起下车的蟋蟀，记住你自己和我们去镇上探望泥刻外公和繁花阿姨；记住你仍记得，"她心中说道，"这就是人生。记住那些吉卜赛人和白面包，记住我们在院子里的刺槐下互相倾诉的梦境，那轮像放大镜般升起的明月，星星透过放大镜望着我们；记住那些我轻抚你发丝的清晨，叫你看另一张床。'看，我说，看你睡着的时候谁来了。'于是你会掀起被子蒙住头，气他睡在那里。"他在晚上来临，不叫醒我就直接睡在那里；他的衣服叠好放在椅子上，鞋子放在门边。这就是我在被子底下所能看见的一切，在我生气的时候。

隧道背后某处，火车在咆哮，她也记得我们一起做的雪橇；我把木头锉平，用玻璃抛光，她则钉上座椅。接着，从刺槐那儿，她会把我推下坡，我咯咯笑着，一次又一次，乐此不疲。她从不会说自己累了，或者够了。她会用一根绳子把我拉到上方的大门，接着又让我从那里一路滑到下面的平地。"你的母亲，"信中说道，"希望你能保留我们共有的回忆。这就是人生，我亲爱的孩子。这将会成为你最后的记忆，关于我，关于你父亲，关于你的弟弟安琪儿，母亲的甜心，像蝴蝶一样从我们身边飞走的天使。但是，这就是人生。我最后的心愿就是让我们三人同穴而眠。请让雀斑奶奶和泥刻外公在我们的坟头种上水仙和丁香；两束蓝花，一束白花，为了他。"这之后则是用大写字母写下的请求，请求外公带我去镇上，让我在那儿上学，长大以后变成将军，她说，将军，她对他说，或者医生也行，同时也将房子的一部分作为遗产留给我，就像他会留给自己的孩子一样。"在你有生之年，父亲，请视他如己出；永远不要让他挨打，蒙羞，或是遭受不幸。求求你，父亲，"她换成了小写的字母，"我求你原谅我们这样不辞而别,甚至连拥抱都没有,但没有其他的办法了——我自己和你女婿佩恩失去我们等了如此之久的安琪儿,失去我们的白蝴蝶,便无法存活。"她结束了。就在那一刻,胖子又对我们说了一次那只蝴蝶,它为他们带路,最后停在压着信的石头上。当他弯下腰把它们捡起来,她停在他的手上;他想用另一只手去抓住它,但是她消失得无影无踪。瘦子说她朝着隧道飞去;胖子不这么认为,还用手肘捅了捅他。瘦子说不准她有没有从另一端飞出来,不过他倒是很确定她再也没有回来。

"一只奇怪的蝴蝶。"他说,一边的肩膀向前冲着。

"怪异的神的手笔。"胖子用一种恼怒的口气打断了他。

"它本可以成为证据的。"瘦子仍不放弃自己的论点。

"那位老伙计去世的时候,"胖子说,"我是说我的父亲里奥·咬·麦克华德。"他继续道。"一根黑色的羽毛飘进房间,就在他临终时睡的那张床;没有人知道它从哪来,或从什么鸟身上掉下来的。如果,真的,它是从鸟身上掉下来的话,我必须这么说。我给所有对鸟有所了解的人、治愈者、算命先生、女巫、工匠都看过,我偷偷带着它东奔西跑,但是所有人都确定这不是鸟的羽毛,世界上不存在拥有这种羽毛的鸟。可是,只有鸟才有羽毛,对。"他说,看着雀斑奶奶在自己胸前画了个十字,浇筑出脸上的皱纹:她有两张脸:一张白皙光滑,另一张是黑色的,长满皱纹,沟壑纵横。她把额头上所有的皱纹撸到下巴,让它们淹没她的喉咙,看着手中的字条。她不认字,我说,但是她能看:她儿子只写了几行,全部都是扭曲、苍白、惊恐,但充满了锋利的字母,让铅笔在纸上戳出几个洞来,现在,这些洞在她面前就像小星星一样闪烁。上面写道,获悉他已经走了,他们俩决定和他一起走。而后说道,我原本也不知道,朵兰缇娜,医生打开安琪儿的脑袋想寻找病因,但是它从他们手中溜进骨头里去了,于是他们决定放弃追踪，不再寻找。

"将我们和小安琪儿葬在家乡，葬在村子的坟地里，葬在教堂后方，玫瑰丛旁；我们都要葬在一起，我自己、玛丽金和他，紧挨着，这样我们就不会在黑暗中走散。"那位左肩前倾的读道，把纸条还回来。雀斑奶奶用另一只手接过，凝视着那些闪着微光的星星，用两只手轻拈纸张，像是轻拈蝴蝶一样。

他们把石头压在信上的时候，一定已经听见了汽车的哨音；如果它能晚一分钟，我对自己说，他一定也会给我写些什么，就几个词，如果没有更多；他可能已经写上我的名字，他可能已经写上"儿子"，虽然我不记得他曾这样称呼我。然而，毫无疑问，他一定会给我写几句，但是火车是准时的，我说，准时，我对你说，他拉着她的手，但是，当那咆哮声撞击在路堤上……

"她想要放手，像从他的手里抽出自己的手，"胖子像是亲眼所见，"但是火车却从隧道里猛然冲出，向它们飞驰。"看着胖子，我对自己说，他有时间描述场景。"引擎如雷鸣般轰响，"他说，"她再一次尝试把他推到旁边的草地上，但是他在路堤上滑倒了，拉着她一起，撞上了第二节车厢。火车没有停下；司机根本不知道火车压死了他们。"微风携着那些信逃离火车车厢，它们仿佛活过来一样翩翩飞舞，仿佛自己想要飞翔，仿佛想要变成蝴蝶。

"我们不能把它们留在这儿。"胖子说。

"我们的调查需要它们。"肩膀前倾的人补充道，把格子帽子放到头上，走向车门。

胖子伸出手，我说，手，我对你说，奶奶立刻把那两张纸放上去，像甩开烫手的山芋。他把纸在指尖揉成一团，我说，揉成一团，我对你说，接着便费力地摇摇摆摆从盖着刺槐斑驳树影的小道走了下去。我看着他们离开，我说，看着，我对你说，心在哭泣，朵兰缇娜。我真的哭了，我心中的河，但没有眼泪流出来；眼泪流到我的体内；我听见它们在我的内脏中回响。三天来，我体内洪水泛滥，满得要溢出来，甚至从鼻子流出来。他们为什么留下我一个人，我问自己，如果他们爱我，为什么没有把我一起带走？头一次，我想也许他们并没有像爱安琪儿一样爱我，因为他们甚至可以和他一起死，却不能和我一起活。就这样，我说，就这样，我对你说，冬天过去了。春天来临，水仙盛开，丁香怒放——两束蓝花，一束白花，为了安琪儿。泥刻·镍克斯外公，我称之为泥刻外公，来接我两次，我说，他来接我，我对你说，但两次我都不愿离开。

我们会和雀斑奶奶一起抓河里的游鱼，收集草丛中的蜗牛，采摘房子后面野地里的蘑菇，在犁沟里寻找硬币，诸如此类；我们是不屈不挠的小分队。不仅如此，我们在学校里唱"用冬青树枝装点大厅，哗啦啦啦啦……"的时候，窗户大开着，因此全村都能听见我们的合唱。每一个人真的都在自己的院子里喝彩。那种感觉很棒，如果你愿意这么想的话；我们很坚强，我们彼此相爱。回声·响嘴，那位看门人，背着一包新年礼物一路从镇上过来，我说，包，我对你说；接着他站在学校前面的阶梯上，摇着铃铛的木把手，让铃铛丁零零响，把我们从滑冰场召集过来。实际上，整个村庄就是一个巨大的滑冰场，包括那些连着上面小径的屋顶。这些房子也可以滑，只要他们有这个想法。然而，回声才刚摇了三次，我们就已经在学校操场上排好队了，我说，学校操场，我对你说，像企鹅一样在雪花中等待他叫到自己的名字，没有人抱怨快要把我们的小耳朵冻掉的风。

"老实告诉你们，我差点没能赶到这儿。"回声·响嘴在发礼物的时候说。

我们正要吃那些糖丝、酒心糖块和拐杖糖,但是在我们用绿色的水洗手消毒,确保我们不会染上某种脏手病之前,两个男人来到学校,他们的长风衣像耙子一样扫着路上的雪;他们抓住看门人,把他塞进一辆轮胎上带链子的吉普车,在暴雪和红星中离开了。直到第二天,新闻里才说发现本要用来装饰圣诞树的五十包太妃糖、数不甚数的棒棒糖和金纸包裹的糖果藏在村庄入口的一座谷仓里。你想得到吗,朵兰缇娜?他,我说,回声·响嘴,我对你说,从那装着我们新年礼物的包裹里偷走了这一切准备去镇上卖!每次他给学校送东西时都这么干。这就是为什么我们总是缺少粉笔、算盘、地图、地球仪、数学书,而他则拿着我们后来给他的钱再去采购;就是因为他,我们才缺那么多东西。他被带走之后就再也没有回到村庄;他的第一个妻子和儿子亚伯拉罕把家里的所有财产装在属于林业管理公司的卡车上,甚至连门窗都拆走了,我说,门,我对你说,带着他们养在床底下的鸽子搬到镇上去了,再也没回来。是的,朵兰缇娜,这就是那个在我上岗之前死去的回声·响嘴。他在坟地里拉屎的时候被击中了。

总而言之,虽然他这位学校看门人不在了,我们还是继续在进学校之前,用一个装着绿水的碗洗手;我们的老师对我们说在某个镇上,我想应该是叫特维迪·达姆之类的名字,发了霍乱,这就是为什么我们必须要把自己洗干净赶走霍乱。我们以为那霍乱随时都可能在村里爆发。水有种未知的异国味道;没有薄荷味,也不是新鲜烟草,更不是切好的西瓜味,而是一种很不同很陌生的味道,有点像煮蜗牛。幸运的是,没有人生病,反而是鸡都死了;巷子里到处都是羽毛;河都散发着鸡汤的气味。当然,就算那些鸡死了,也没人感到悲痛,除了雀斑奶奶;她很伤心,因为早上没人和她拌嘴了。那些吉卜赛人从巷子里捡起这些鸡,把它们堆在板车上,板车的边缘是用树枝做的,我说,捡起它们,我对你说,接着一连几天在铁轨旁的桑葚林中大快朵颐。整个区域都飘满了烤鸡的味道。奶奶说吉卜赛人永远不会死，因为他们没有坟地。因此，我也认为死亡是依赖着坟地的，我说，坟地，我对你说；只有那些有坟墓也有坟地的人才会死。若是如此，那就是说我也会死，我对自己说，因为我每天都能从阳台上看见那片坟地和我们家那三座坟墓，与此同时那头舔着安琪儿手中雪球的狼总是出现在我的脑海里，而它永远都舔不完那雪球。我觉得是那毫无预兆的初冬拯救了我。

那年冬天，雪花飘落，像双峰骆驼般爬上我们的窗户；雀斑奶奶把脚伸进烤箱，我说，她的脚，我对你说，却仍然无法让它们暖和起来。这是她头一次在冬天感到寒冷；以往她都是在夏天才会冷的。她就是没法让自己暖和起来，虽然她把热瓦片贴在腰上，贴在背心里，贴在背上。我坐在她身边，却不知该如何帮她。风撞上门，硬是从中间的缝隙穿了进来；它一下就吹进火炉里，对闷烧的煤炭小声说着什么。奶奶也对风说起话来。

"有人在想着我们，上帝保佑他们。"她会说，接着又继续对那透过火炉盖子向外窥视、哔剥作响的火焰说起话来；她像和人说话一样和这些火焰说话。木柴会咕哝，而她却说她是在对她的兄弟姐妹说话；她说他们就像裂开的土地一样分离；三处深渊，三个孩子各占一边。再也没见过彼此，再也没有彼此的消息。她记得他们的名字，但只有当她像个孩子般说话的时候才记得。她会对自己的丈夫说话；他离开，到海外工作，写了封信说自己会回来，六个月之后他们唯一的儿子出生了，佩恩·E.罗尔，但是三年过去了，接着三十年过去了，他却从没有回来过。"如果他还活着，愿一切得到原谅，我的孩子。"她说。"如果他已经死了，愿他安息，无论他在何处长眠。"她说，就这么和火焰说着话，她慢慢转向我。我可以从她的眼睛里看出，她想要对我说些什么，但是又似乎提不起力气开始这段话，只好吐出一口气，继续和火炉里的火焰呢喃低语。

有只狗在外面吠叫；我本可以说那是只流浪狗，但是村子里并没有这种狗，它们都属于村庄，也没有人知道它们的主人究竟是谁；它们是所有人的，又不是任何人的。风在窗户上用雪花堆起了另一个驼峰。奶奶往腿上放了一块热瓦片，叠起双腿，它们在烤箱里紧挨着，她又看了我一眼。火焰咕哝起来，好像我们认识的所有人都突然想到了我们，来探望我们，来找我们聊天。唯一缺少的就是奶奶会递给他们的一碗泡卷心菜的盐水，好让他们放松，吸鼻子，愉快地点头。她沉默了一分钟，好像再也没有人和她说话，接着她说自己马上就要和许多人团聚了。

"因为这里，"她说，"仅剩的那些，我已经不再喜爱；没有一个人，我的小羊羔，没有一个人与我一同分享回忆，我认识的每一个人，"她对我说，"就在那里；在这里，再也没有人记得我们共有的回忆。"没有人记得她所记得的，她抱怨，这就是为什么她再也没有遗憾，因为也没什么好说的了。就连那些鸡都死了，她说，它们都不在了。"这就是为什么，"她说，"我决定对你说，正在对你说：你，我的儿子，"她说，"儿子，她对我说，我们让你受洗，起名为康斯坦丁，你给他们带来福佑，我的小羊羔，他们通过你看见了神，你赐给他们安琪儿，奶奶的小天使，我血中的血。但是，这可怜的小东西，生病了，我的小羊羔，承受了莫大的痛苦，还是个婴儿就死了，在痛苦中死去，还没有玩够，还没有爱够，还没有拥抱够，那可怜的人儿。他走进他们的心中，"她说，"他们的心中，"她对我说，"所以他们和他一起去了，我的小羊羔，正如你所知道的。没有他，他们活不下去，我的小羊羔，"她补充道，"但他们有没有问你是否能独自生活？他们没有，我的小羊羔，所有你可以对他们说再好好想想吧。至于我，这骨子里的寒意敲碎我，腐坏我的肉体，这就是为什么，我的孩子，我必须要对你说，当时你不知从哪里冒出来，你从天堂里掉下来，我的小羊羔，整整六年后安琪儿才出生。你记得他出生的那一刻，对吧？你也记得你的第一张照片，骑着木马的那张。照片里，你六岁了；这是他们给你拍的第一张照片。再也没有别的照片了。他们把这张照片寄到某个地方；某个人，真的，会很高兴看到你，但是……你给他们带来福佑，小羊羔，而他们却抛下你一人。他们有没有问过你是否想要孤身一人，我的小羊羔？不，他们没有。他们应该为从未考虑过你而羞耻。爱他们，就像他们爱你一样；尽你所能记住他们。来，我的羊羔，让我抱抱你；你和这瓦片一样温暖，我的孩子，就和所有回忆一样，但已经没有什么可以温暖我的心。"她说，雪在我们家的窗上蹦蹦跳跳，好像一整队骆驼路过——一个驼峰，两个驼峰，一个驼峰，两个驼峰……月亮在它们再次路过之前升到了最高点——一个驼峰、两个驼峰、一个驼峰……

当新燕飞进我们屋檐下的燕窝里，雀斑奶奶俯卧在床上，在记忆之中踏上回到过去的旅程。她一个字都没有对我说；没有说我应该把她葬在哪里，或者我在她的坟头应该种些什么。她用毯子盖住自己，蒙住头，微微颤了颤，好像一缕顽皮的微风吹到毯子里，就这样结束了。我们将她葬在白丁香后面，泥刻外公拉着我的手，这只手，左边的这只，朵兰缇娜，我们走向小镇。一路无言；我什么都没问，他也什么都没问。我们看着燕子啜饮池水，在我们面前穿过落日赶去做好它们的巢穴。就这样，我说，我们沉默地走过长长的路，我对你说，进入人生的另一个篇章，另一个故事即将展开。必须得展开，否则现在就不能结束。这就是为什么我仍能看见你，朵兰缇娜，而我仍然不知当一切结束你会怎么看我。你会让我像人一样死去，还是像被无名的风扔到路上的虫子？谁问过虫子要生还是死？它们出生，却不知道自己出生；它们出生，却不知道自己有兄弟姐妹；它们被捏死，却不知道自己已经被捏死！太阳仍然站在堡垒上空，不愿妥协。这还是你将我禁锢在十字准线中的那一刻吗，我说，十字准线，我对你说，这还是你早就可以杀死我的那一刻吗？你只需要扣动扳机，我早就死了。我仍在对你讲故事吗，我说，讲故事，我对你说，而你仍在读我的唇吗？时间是怎么了，朵兰缇娜，如果我们还没有和泥刻外公一起走到即将开始的故事里，而热头鹰仍在我背后某处的壕沟奔走想要亲眼见证每一个真相？泥刻·镍克斯外公总是说我们每个人都必须要亲自寻找石头隐秘的那一面。

二十一

　　虽说住在同一个屋檐下,我却很少见到我的外公。我们往往在沉默中交流;有时候几个月过去了,我们连一个字都没说,连一个微笑都没有。我可以连续几天保持沉默。吃饭的时候,我们用右眼达成一致,睡觉则用左眼;上学则用嘴巴和鼻子。我们用上嘴唇和鼻孔挤出一个好笑的皱眉模样;如果皱眉的时间较长,这就意味着学校里有麻烦,如果很短,和触碰的时间一样短,那就是没问题。你可能要说,多么奇怪的人,但时间本身就是奇怪的,朵兰缇娜。另外,就在那个时候,侵入者尼尔和他的朋友艾德文,举个例子,就公开对月亮辣手摧花;从此再没有人能爬到她身上去。

　　我想说,从两个街区组成的村子——一个花园里有月亮,另一个山坡上有太阳——来到镇上的学校,我发现自己很难找到方向,甚至连哪儿是东,哪儿是西都分不清;也分不清人们是在嘲笑我,还是没在嘲笑;分不清何为愚弄,何为同情;分不清何为屈尊俯就,何为耻辱蒙羞……到上学结束还有三个月,在我看来,我插进去的班里孩子们总是咧着嘴嘲弄地看着我的绑带塑料凉鞋,或者我那头像奇科那样的发型——那是漫画英雄扎戈尔的朋友。我仍留着一样的发型,那头雀斑奶奶会在落日时分帮我梳理的发型,这就是为什么我的刘海像落日画出的弧线。也许是因为这发型,没有人想坐在我旁边,我对自己说;也许这就是为什么他们让我坐在最后那排,坐在拉美子·马木多娃,班上唯一一个吉卜赛人的旁边。那张椅子是空的,我说,空的,我对你说,我一坐下去,就立刻意识到没有人愿意坐在拉美子旁边是因为她痛恨水,更别提肥皂了。实际上,她特别讨厌身边有任何香味;她只想闻到自己的味道。当然,她根本不知道在法国,或者说得更精确一点,在十八世纪的巴黎,整个城市都充斥着让人难以忍受的恶臭。街道散发着垃圾的酸臭,院子冒着尿骚味,还有腐坏的木楼梯,老鼠屎,厨房里放着烂掉的卷心菜和羊脂;起居室一股灰味,卧室里能闻到油腻的亚麻布,还有浸在令人作呕的汗水中的湿床垫。人身上带着大蒜和衣服的霉味,呼吸为空气注入蛀牙的恶臭,而他们不再年轻的身体滋出一股霉奶酪和酸牛奶的臭味。污秽的河,污秽的广场,污秽的教堂,桥下和庭院都一样污秽。多么美妙,拉美子,我想对她说,那里充斥着美妙的恶臭,我想鼓励她。村民和神甫都一样臭,学徒和师父的老婆也一样臭,所有的贵族和权力顶端的国王也一样臭。国王庄严地散发着臭味,就像雄山羊腐烂的骨架,而皇后则像雌山羊的。夏去冬来,一成不变。那简直是恶臭的天堂,人间的地狱,拉美子,我想要这么说来给她勇气。当然,巴黎的臭味是最绝的,因为巴黎是法国最大的城市,而最大的城市往往是最臭的。你能想到吗,就是在这可怖的恶臭之中,我说,恶臭,我对你说,一场革命席卷而来,声张着自由、平等、个人财产成为每一个人不可或缺的权利;就在那忍无可忍的恶臭中,基础主义的磐石已经就位,构建世界体系的封建主义开始走下坡路,没过多久,爱玛·包法利开始在她丈夫查尔斯·包法利背后出轨,和罗多尔夫,和莱昂通奸,原谅我粗鄙的语言。因此,历史、恶臭与情爱全都掺和在一起,拉美子。

我真的很想把这些全都告诉她,我说,很想,我对你说,甚至想要告诉她我是从哪儿一个字一个字看来的,如果有需要的话,但是她表现得好像根本没注意到有人坐在她旁边。她享受着自己幽僻的小空间,仿佛统治着自己的国度。为了不去侵犯她的领地,我也停止洗澡了。如果路易十四,所谓的太阳王,做得到这一点,想象一下吧,散发着恶臭的太阳,如果拉美子·马木多娃一世,所谓的新月亮,也能做到,那我也做得到,我对自己说。而你一定想不到:没过几天我们已经相处甚欢,虽然我们一句话都没说。

"人们发明了肥皂,只为躲避自己;躲避与自己交流,反而与其他的味道相处。"我在自己的笔记本里写下这睿智的一笔。

我们通过气味交流也许是件好事,不过两周之后我们开始发痒。我们严厉的无眉老师厚脸皮彼得,站在离我们很远的安全距离之外讲连通器的时候,我们不停地抓痒,刮下皮屑,把它们挠走,在课桌上和课桌下抓着痒,就像正经的小煽动者。可是越抓越痒。你根本停不下来。我走路的时候也要抓痒,跳着挠痒吉格舞,边抓痒边旋转蹦跳,一展曼妙舞姿。我在家也不停地抓;我睡觉的时候也挠,一直到天亮。我在自己的梦中挠出一个洞,睡着的时候抓得特别用力。几天之后,那个奇怪的男人,也就是我的外公,发现这不是什么寻常的抓痒,他的小胡子都翘到鼻孔里去了,随后带我去医院,去看史蒂夫·挠挠医生。医生一看见我,就说我得了一种会发痒的病,这种折磨会让我无时无刻不抓痒,他说,你会抓痒,他对我说,而且不把自己像兔子一样剥了皮是不会停下来的。

"如果只是这个得了痒病的人自己抓痒也就算了,但是这种情况下,它也会摧残那些见到他,甚至听见他声音的人,他们也会开始抓痒。"他说。我看着医生往后靠了靠,像要从身边的空气中保护自己。他说这种病人很适合玩拍人游戏;如果你拍到一个,甚至不需要承认自己先被拍到了,只需要等上几秒钟，等他开始抓痒，你就知道你拍到他了。他开了种药膏给我，**总是**，他对我们说，**一天涂三次**，挠挠医生说，于是我的外公就照做；他把膏药涂满我的全身，就像是在用白色的石膏涂墙，或是在涂白花园里的李树；我看上去就像是涂白的厕所。就这么变白了，我都不敢到狭小的后院去，在那里如果两人擦肩而过，必须要侧着身子才能挤过去。有时我会透过门上破掉的窗户往外窥视；透过那扇正巧和我一样高的小窗。实际上，门上有九扇这样的窗；属于我的是第三排的最后一扇。如果你仔细数，我对你说，就是那一扇！第三排最后一扇，没错。我可以从这里看见在巷子里玩耍的孩子，他们正在安全距离之外对着我们的房子指指点点，好像我们家闹瘟疫一样。又一次，他们甚至看到我被涂白了；我跑到房子后面的厕所里，因为我没办法透过门上的破窗户撒尿。虽然我们住在镇上，真正的一座小镇，只有主街才有下水道；所有其他的房子都只能建室外厕所，就像村子里一样，只是他们的比我们村子里的臭多了，而且彼此还离得很近。在我们的村子里，厕所要么在院子外面，要么在果园里，在梨树和苹果树之间，而从房屋通往厕所的小径两旁摆着涂白的石头，就算在黑暗中，在月光下，也能看见；那些石头会发光，这样你在黑暗中奔跑，解开裤子的扣子的时候就不会错过厕所了：那些涂白的石头就像高速公路旁的里程碑。

在我恢复之后，即使我不再抓痒了，学校里的每个人见到我还是绕道走，就像由一对指南针引导的一样；我们的生物老师维拉·毒菇站在她的桌子旁一动都不肯动，虽然她往常总是在教室里走来走去，并时不时拍拍我们的头，特别是当我们搞混雌蕊和雄蕊的时候。不仅如此，我们的数学老师索菲·塞克斯顿现在再也不会走近最后一排，她会往这儿来，可突然想到我便折返了；她甚至都不收我的卷子，以防那些被感染的数字弥漫在空气中。她从远处给我批了一个 D，甚至不用测试我所学到的知识，省得要和我共用一支粉笔。愿她安息；当我们在梅尔兹种下一片针叶树林的时候她死了；我在她的回忆中种下一棵松树，我说，松树，我对你说，并且希望它立刻枯萎。我不知它是否真的枯萎了，我只知道我的心中生出了强烈的恨，与山齐高的恨。我恨每一个人，除了泥刻·镍克斯外公和繁花阿姨，自从她离开之后，我总是梦到她，我把她最漂亮的照片放在枕头底下。关于她的美丽梦境终结的时候，我会发现自己在半夜醒来，再也无法入眠，所以我把这些时间花在设计各种各样的酷刑上。我写了一长串美妙酷刑的名字，但是当我在一本叫作《宗教裁判史》的书中读到它们后，便感到极度失望；就是在那时，我意识到一切早就被发明出来了，再没有什么是原创的。

也就是说，我想要说的是，朵兰缇娜，即使是在那时，索菲·塞克斯顿去世之后，那两个侵入者毁了月亮的贞洁之后，每次我看着她都会哭，我养成了一种态度，即使在此时此刻，当我透过我的瞄准镜看着你，当你透过你的瞄准镜看着我，我意识到，它毁了我的一生。现在我懂了，我这辈子并没有让自己更好过，反而让别人更难过。之后的许多年里，在难以入睡的漫漫长夜，脑袋里想着各种各样的酷刑报复那些我认为侮辱或嘲笑过我的人，我知道我这一生再也不会爱任何人，也没有任何人的死亡会让我悲伤，更不会有任何世人面前的成功会让我欣喜。在那些我以为与我亲近的人自杀之后，以及读了他和她留下的信之后，我再也不懂何为悲痛，何为喜乐，真的。这就是为什么，我对自己说，我再也不会为任何人哭泣，也不会为任何人微笑，我不会为任何人悲痛，也不会为任何人快乐，不会因任何事失望，因为最大的失望已经在我身后，永远在我身后。我所有的一切只是我想象的计划，关于我的生死，我的成功，我的复仇。那只是一个非常简单的计划：**创造自己的人生，享受前一天创造的今天，就当是真实的一天。**没有人可以把它从我手中夺走。这就是为什么我想象我写的论文出类拔萃，于是我便成了写作能手；我想象自己是学校里最棒的运动员，于是我便成了最棒的运动员；我想象自己很英俊，于是当我在橱窗中看到自己的时候，发现自己是最英俊的男孩；我想象自己和世界上最漂亮的女孩造爱，这本身就很美妙，无论从哪个角度来看；我想象自己将镇上最彪悍的家伙打得满地找牙，而他祈求我对他仁慈一些，这种感觉无与伦比，因为我一点仁慈都不给；我想象自己用隐形空尘杀死了世上所有的杀人犯、恐怖分子、强盗，还有强奸犯，我感觉酣畅淋漓；我想象自己一举修正了世界上所有的错误；我想象自己说着世界上所有的语言，而我在睡梦中真的能说所有的语言……我想象自己是一名作家，我在别人的书上把作者的名字涂掉，写上我自己的名字，于是我成了作家。还真有几个孩子相信我是个作家。甚至相信我写了《安娜·卡列尼娜》！这种感觉很棒，朵兰缇娜。在之后的两年里，我还真的相信自己是一名真正的作家；我甚至连做梦时都在写作。和所有作家一样。我会跳起来，用手指在空中写作，在隔天早上寻找留在墙上某处的字迹。我想象自己找到了它，也许我还真的找到过。这就是我真实的故事诞生的过程，成了想象出来的故事，就像我想象中的故事作为真实的故事诞生一样。我会提前几天想象后面的日子，我说，提前，我对你说，接下来几天则享受着自己作为一名世界知名作家所获得的名声与荣耀。两年内，我用繁花阿姨曾经用来装靴子的大盒子，装满了一堆书，十三本订起来的笔记本。

有一天，我化身想象中的自己，坐在李树下，开始写莉莉的故事；就是那个被坦克炮筒撞死的女人。这是我根据小镇图书馆里某份旧报纸上的一篇报道写的。沉浸在莉莉的故事里，我并没有注意到泥刻·镍克斯外公就坐在我背后，谁知道他坐了多久，靠在膝盖上，看着我呢喃，写作，双脚拍打着尘土。我几乎都看不懂自己在写些什么，除非我立刻再重读一遍；如果我不记得其中的蝴蝶或者虫子，隔天我就记不起来这笔记本里写了些什么。因此，我读着，双脚随着我故事的节奏拍打着地面，为自己的作品倾倒，微笑着享受我自己，而外公的手拍打着膝盖，他站了起来，抖掉像雪一样盖在他帽子上的花瓣。

"不要浪费时间，做些实际的工作。"他说，没有结巴，没有把小胡子扔到鼻孔里去。工作对他而言就是造些什么东西出来；造一座大门、一座钟楼或者一口井，这都无所谓，只要眼睛看得见就行了。工作意味着做出些拿得出手的东西，某种实质性的东西，他对我说。能经受风吹雨打的东西。如果要建造，那就要建造出可以永久留传的东西；必须要用石头，而不是用板条和涂料，泥土和麦秆，他说。那些用泥土造东西的人，外公对我说，是没有人会认可的；他们的那些东西日后不能用来开凿也不会被人找到。就算他们大老远地从喀尔巴阡山过来，他说。若果真如此，那就必须留下一些痕迹，我对自己说。在夜幕降临之前，我完成了第一部能留存的小说；那个关于莉莉的故事；我写完了，或者我以为自己已经完美收官，直到假期过后盛放头一次走进我们的教室，作为文学老师走了进来。她不知道我写作；实际上，没人知道我在写作，除了我自己和外公。然而，原谅我，我差点又撒了一个谎；我觉得回声·响嘴，我父亲那位时不时来叨扰我的朋友也略知一二。

"我很好。"我咕哝道，坐在李树下写作。

"你在写作。"他问，看着我咕哝着，双脚拍打着，在膝盖上的笔记本上潦草地写着字。"书名叫什么?"他咧嘴一笑，在李树下弯下腰，看上去像条准备挣脱束缚的狗。

"怀孕的鸡。"我头也不抬地回答；回声能懂什么艺术？我对自己说。

就在下一秒钟，他爆发出一阵大笑，发出响亮的咯咯声；他摇晃着我头上的李树；我的腿成了春日的峡谷。

"好小子，真有你的！"他说，吸着被小胡子过滤之后的空气。"那些公鸡也很行啊！"他讥讽着走出大门。

回声能懂什么短篇小说？我对自己说，听着他离开；他究竟是在笑鸡还是在笑我，我不知道，我只知道有几片屋瓦掉在巷子里。他说话的时候连树都会颤抖；没有人像回声·响嘴那样说话；每个人都以为他在吵架，而他只是在正常说话；如果他在撒尿男孩喷泉旁的广场聊天，就算在教堂里都能听见他的声音；如果他停下脚步，询问市场里的某个产品，公园里的人都能听见，甚至连盛放后院里那些骑着自行车的孩子都可以。据说他的鼾声在三条街外都能听得一清二楚。特别是在夏天，当所有的窗户都大开的时候，而且他睡觉的时候也不会蒙着头。

搬到镇上之后，他开始卖生菜，但当关于生菜成为传播黄疸病的媒介这一事实被发布之后，他的生意一落千丈，他开始寻找山坡里古老的金子。我听见他对外公夸夸其谈，说起圣康斯坦丁与海伦娜教堂，就是你看见的那座教堂，朵兰缇娜，更确切地说，就是在宝座下面十米远的地下室里，你能找到康斯坦丁皇帝和海伦娜皇后的袍子，全新的，好像昨天才穿过。他有一张寻宝图，他扬言道，他还吹嘘自己知道它们长什么样，他只需要西西尼乌斯主教的允许，抬起祭坛前的八块石板，他就能爬下八十八级旋转阶梯，前往地下室。如今，许多年过去了，正如豪尔赫·埃伯特兄弟所说，或者说在几天前，朵兰缇娜，我走进教堂想点根蜡烛，我说，教堂，我对你说，我看见祭坛前的八块石板不见了；我们至今不知那个抬走石板的人是不是真的找到那些袍子。我们只找到一枚卡在宝座旁的镀金纽扣。

也许有时候我们只看得见我们想看见的，朵兰缇娜。

这就是为什么我们不需要证据。

你看见我面前的棉蓟了吗？

在我来这之前它是否已经在了呢？

我已经不记得了；也许与此同时有些事情发生了变化。只是人们认为这很难改变。我想对你说什么来着？啊，对了，关于回声·响嘴！两天前，就在教堂旁的营地，正当我擦拭着我的狙击步枪，他在我旁边坐下。因为我听过他那个关于康斯坦丁皇帝和海伦娜皇后的故事，我决定告诉他教堂里的纽扣，而他只是抽动了一下小胡子，好像不相信，又好像很惊讶，接着他又开始抽动鼻子，眨巴眼睛，保持沉默。只剩我们俩的时候，他承认自己试了很多个晚上，把它拉出来。他会再试一次，他说，如果不成功，就挖开教堂，这就是代价。

"那个纽扣我倒不是很在意，我更在意皇帝和皇后；那些袍子上自有纽扣。"他说着，在自己面前画了个十字，虽然我知道他既不关心神，也不关心圣母玛利亚。前一天，我看见他通过贩卖圣像赚钱，虽然现在他正虔诚地看着教堂，看着顶上的十字，以为自己在轻声呢喃，实际上连普里克·约翰逊都能听见他说话，当然了，当时他还活着，就在我们头顶上的钟楼里。也许就连你也能听见他走进壕沟时的咒骂声、歌声或呼吸声。我想说的是在他还活着的时候，虽然我现在说得好像他还活着。我突然想到……之前有一次，在离开艾奥瓦之前，我也写了些他的事情，不过被我烧掉了。它和其他我放在繁花阿姨之前用来装靴子的盒子里的所有书一起，被付之一炬。它们燃烧着，像杜松丛一样咔嚓作响。我一从艾奥瓦回来，就立刻把它们烧了，当我从史蒂夫·利普托夫那儿学到如何写一部真正的小说，真实的故事之后。我知道你不能想写什么就写什么，而只能写你真正懂得的。这就是为什么我不想留下任何往日的习作；我不想留下任何会给我的生平简介或者作为一个小说家的名声留下污点的东西，以防任何人决定要出版我在学会正确写作之前所写的那些垃圾。不然，某些浑蛋，请原谅我粗鄙的语言，可能会挖出一个叫作"麦爹爹"的关于回声·响嘴的故事，举个例子而已，并且还出版了这部小说，企图把我毁了或让我感到窘迫。就连那些著名作家也曾写过些乱七八糟的东西，不过都很明智及时地毁了它们，我对自己说。不会残留任何痕迹；这些残留物就是作家的脏衣服；它们是私密的；翻看这些东西，就像透过钥匙孔窥视正在拉屎、不断冲着马桶的作家。这就是为什么我欢欣鼓舞地把我以前写的一切付之一炬，除了莉莉的故事，那个关于灵魂和其他几个人的故事。我手中已经拿着，或者更准确地说是在我的行李箱里，我的第一本也是唯一一本小说，《记号》，这让我欣喜之极。欣喜之极，朵兰缇娜。我认为就连史蒂夫·利普托夫在与我道别的时候，也对它很满意，虽然这本小说还没有写完。我希望它会成为一本关于爱的小说，可是最后它却成了一本关于记号的小说，更广泛地说，是关于一个小点，关于我随身携带的伤疤，不知不觉，直到读了阿伽通神甫的那封信，实际上，直到你已经知道的那悲剧的一天，我说，那一天，我对你说，我们在他的房间里找到信之后，我和盛放一起读。记号是一种标志，一个小点，一道伤疤，朵兰缇娜；记号是我的人生，这丛棉蓟，这个故事，我正在对你诉说，我说，现在，我对你说，就在我等着你扣动扳机的那一刻……

还有最后一件事，朵兰缇娜。在我将之前的所有创作烧掉之前，除了刚刚提到的那几个故事之外，我也发现自己曾写过一部中篇小说。想象一下吧，朵兰缇娜，我说，想象，我对你说，如果你可以，这部中篇小说是关于拉美子·马木多娃的！标题是"香水"，而且在标题下面，就和所有标题的下面一样，写着日期和写作地点。比较那些日期，我发现这些都是在盛放尚未给我任何鼓励之前写的，没有她的鼓励我该死的什么都做不了。盛放是唯一一个知道如何让我的灵魂飞翔的人，我的灵魂曾被锁在恨意编成的骨灰盒里。她让我飞得比那些虫子更高，像有翅膀一样，唤醒了在我胸膛沉睡的蝴蝶；她知道如何让我抬起双眼，我说，双眼，我对你说，让我像一阵风一样奔跑，只为看她什么时候来学校什么时候离开，把所有的蝴蝶和她的微笑比较。在高中第三年的第三堂课上，当我看见她叠起双腿，看着窗玻璃上的蝴蝶，她的胸部闪着晶莹的光，我意识到，她的人生和梦境变得模糊，很难分辨何为真实，何为谎言，我明白了为什么每一个没有她的梦境都成了与她在一起的现实，而每一个与她在一起的现实都成了我能够触及的梦境。关于她的一切创造成了现实，而昨日被遗忘的谎言成了今日唯一的真相。你不可能创造出比她更奇妙的东西。一句话，迄今为止你可以推测，是她彻底改变了我，朵兰缇娜，她是唯一一个能让我承认自己在写作的人，除了她我不愿对任何人说，正如你已经知道的，我让她读了一些我写的东西。当她说起安娜·卡列尼娜、娜塔莎·罗斯托夫或者爱玛·包法利，我可以看见蝴蝶在她脸上翻飞，粘在她的嘴唇上；我会通过那些小小的翅膀进入她，沾满了黏黏的白色尘埃，我会从她洁白的牙齿间钻进去，我觉得那些牙齿从来没有嚼过东西，本也不是为了进食而诞生，只是用来微笑的；我会进入她，睡在她悸动的心脏的阴影下，或者只是在她的胸脯飘浮，在她体内飘浮。最重要的是，我想要从内部想象她的肚脐，像一朵苍白的玫瑰在外侧盛放，我要在那两条浅浅的垄沟里，清晨也经过它们从她的脚心爬到臀部。

没错，朵兰缇娜，这是事实，我说，你没有错，我仍会梦见她。我仍然不能相信她已经不在了，我仍然不认为她的死亡是真正的死亡。也许这就是为什么我仍然梦见她用一根湿漉漉的稻草轻抚我的肚子，虽然当我醒来发现自己，实际上，哭了一整夜。我本可以为她做什么吗，朵兰缇娜？我本可以为她多做些什么吗？除了把她放进我的第一本也是唯一一本小说，当然。举个例子，如你所知，我本可以至少和她一起淹死，而不是看着她在落水之前递给我的纸条上亲笔写的菲利普·布莱克史密斯这个名字，而不是冷静地，想着自己前往艾奥瓦的旅程，好像什么都没有发生。

这发生在很久之后；在收到艾奥瓦市国际作家研习班的邀请之前，我已经成为尚未被聘用的比较文学教授，以及某种程度上的作家，发表了几篇短篇小说。邀请函上说，研习班由史蒂夫·利普托夫二世主持，他是一位全球畅销作家，作品被译成四十种语言，包括林加拉语、约鲁巴语、卢旺达语、班达语、班巴拉语和俾路支语；他的一部惊悚小说的销售数相当于我们国家二十世纪所有作家所有小说的发行总量！也许还更多一些，也许可以把所有的世纪全都算进去。

等签证的同时，我整理着自己的手稿，我也在外公的坟头用眉毛告诉他我将来的计划。他的坟墓就在坟地的最深处，所以我必须翻过篱笆，免得看见墓碑上那些兴高采烈得可怕、被冻结的微笑。总之，我正为我将来的小说《记号》包装着概念、人物以及笔记，此时，一位素未谋面，甚至神秘的女人走进院子，穿着一件有点像是红色，甚至可以说是红色繁花的礼服。从窗户看着她，感觉她好像把整个春天及部分夏天全都集中在她的腹部、胸部和大腿上。比如说，覆盆子就栖息在她臀部中间的褶皱里，避开其他的元素，正是适宜覆盆子的特性。她站在李树下，我说，李树，我对你说，盯着窗户，好像在等我打包完毕。虽然有一条薄窗帘遮着我，我还是觉得不舒服，觉得那个女人直勾勾地盯着我，而我却假装没看见她。她的手倚在尖桩篱栅上，就在水仙旁边，我说，尖桩篱栅，我对你说，看上去想要叫出声来,想说些什么,但在最后关头又改变了主意,只是咬着嘴唇,好像在啃啮着舌尖。我把窗帘推到一边,我说,窗帘,我对你说,她惊讶地畏缩了一下,但同时又好像高兴起来。她又一次尝试说些什么,但失败了;她只是低低头,从挂在手臂上的大衣里取出一封粉色的皱巴巴的信。她从篱栅上方把它递给我,看着我的手。我见她依然站在那儿等待着。我打开了信,抽出信纸之前我瞥了一眼她的脸。我不记得她是谁,不过既然我不认识她又怎么可能记得她。不过我记得她一直看着我的手,在我邀请她进来的时候也看着;她因此受到了惊吓;我想也许她是怕别人看见她。我拉下窗帘,关上了窗。

在那张叠了四次的信纸中有一张照片;透过纸张我已经可以感觉到它了;当那个女人进来的时候,我,慢慢地,好像是拈着蝴蝶的翅膀,抽出了照片,我说,照片,我对你说,并且立刻认出上面的繁花阿姨,虽然她变化很大。她洗尽铅华,眼睛周围没有了微笑,虽然她的脸像方糖一样晶莹,由反射着落日的小水晶组成。她直直地看着我,太阳站在上方一动不动,就像在这里,朵兰缇娜,我说,在这一刻,我对你说。

"你稍后再读那封信。"女人说。"我可以坐下吗?"她边问边坐下,膝盖托着手,好像要把裙子压进皮肤里。

先看看我一只手里拿着的信,再看看另一只手里的照片,她叹了口气,问我要了一杯水。她一口气喝完,接着开始对我说在过去的三个月她有多么挣扎,不知该把信撕了,确保什么都不会被揭晓,还是把信送给我,确保一切都会被揭晓。前一天晚上,她的两个女儿,双胞胎,她说,在睡梦中哭得很凶,根本静不下来。她丈夫醒来,扇了她们几巴掌;她们便不哭了,但是整个晚上她看见泪水滚落,闪着微光,就像星星一样落在床上。黎明时分,她们仍然沉默地看着她;她们没有要吃的,没有要抱抱,也没有要玩；她们拉着手睁着眼睛躺着，边咬手指甲边看着她在房间里走来走去。她的丈夫在门廊的灯光下转着圈，边咒骂边喝酒。白兰地在他体内汩汩作响，回音弥漫在整座房子里。他喝完了，从外套里拿出几个硬币，朝孩子们扔去，便出门去讨一瓶新的白兰地了。

她轻抚腿上的裙子，对我诉说她的故事；这个故事，朵兰缇娜。

二十二

我要再说一遍：这个故事，朵兰缇娜。

"所有我收到的信全都藏在我的内衣里，那里是最安全的。在她寄来的每一个信封里，都有一张她的照片；她总是穿着新裙子，背景里有船和海。有时候她站在粉色夹竹桃中，就在一幢有许多阳台和窗户的房子前，不过大部分时间她站在橘树、柠檬树或橙树旁。有一次，她裸露的乳房就挂在树干旁，那些中间有乳头的圆圈像极了叶子间的小柠檬。信中她用文字描写，而照片则将一切展露无遗，她奢华的珠宝，昂贵的鞋子，和永不重复的发型上戴着的帽子。我知道她先是在一艘船上工作，接着在一个叫'圣米歇尔'的医院里做修女，又在一家名叫'卡萨诺瓦'的酒店里工作，最后则去了一家叫'唐·维托'的赌场。

"七年前，我收到一封信，信上说她终于开始了自己的事业，如果我愿意的话可以去探访她，甚至和她一起住上几个月。我什么都不用担心，一点都不，但如果我愿意，她可以帮我找份工作打发时间，边工作边享受生活。她描述那里的生活，"女人说，"对我说我们可以坐着他们的游艇在广阔的大海里航行一整个夏天；我们身边会云集著名的演员、运动员和歌手。我给她发了电报说我来了，她回复说会在港口等我。她写道，我大老远地从船上就能认出她。

"她坐在一辆既没有顶也没有窗户的红车里等我。穿着一条宽松的、像个大袋子一样的裙子,她的眼睛下面也有巨大的眼袋,这些是照片上从没出现过的。城市周围绕着高墙,所以在港口只能看见两座大教堂的尖顶。之后的一天她开车带我在城市里四处转悠;我们吃着自己从树上摘下来的橘子。我看见一辆火车直接从海面驶来,穿过岛屿,仿佛永不停歇,就和普通的火车一样。我们经过陶尔米纳,一个有着狭窄小巷和宏伟教堂的小镇,从小镇最高处你可以看见所有环岛的海滩和潟湖;那儿还有一个露天剧场,站在走廊上你就能看见埃特纳火山。卡塔尼亚随处可见教堂和彩色的小巷;我感到人们一整天都在街头信步,永远不急不忙,总是坐在当地的酒吧里或自家门前。我们也去了阿格里真托,一个坐落于山谷边缘的寺庙小镇;我们看见八座保存完整而壮丽的古寺庙,之后,我们沿着阿纳坡河谷一路向下,高耸河岸的最高点在好几处相遇,突然形成了一条谷中隧道。我们享受着头顶上方时开时闭的景观,仿佛走在童话世界的魔法屋顶下。'河里的水清澈见底,想喝就喝吧。'当我们在一个阴凉处停下歇息的时候她说。'水龙头里的水不能喝,'她说,'在这座岛上你除了渴死外别无其他死法。'她大声地咯咯笑起来,晃走脸上和手上的水珠。这个岛屿叫作盛提丽,先生,她就在那里,我世界上最好的朋友,你的繁花阿姨和她的朋友唐·维托·德尔·金宝·香蕉一起在海岸上经营着一座旅馆。他们手底下有十个姑娘;其中三人来自萨兰达,五人来自特兰西瓦尼亚,一人来自阿尔古利察,一人来自苏尔杜利察。等我们在岛上尽兴游览之后,吃晚餐时,繁花说在盛提丽,这算是正经职业了,只要能赚钱,没有人会因工作而羞愧。第二天晚上,她把我介绍给一个浑身都是刺青的家伙;我们甚至在橘园里漫步,月光在他肩上的蜘蛛背上闪烁。我想他问我是否想留在镇上；如果我愿意，他可以为我处理文件和其他琐事，当他不再出声，我发现我们已经来到一个能看到灯塔的房间。

"第二天早上，当我们在露台上吃着早餐，大大小小的波浪全都打在露台上，撞得粉碎，繁花递给我五百美元。'这是你的那份。'她在我耳边轻声说，把钱塞进我掌心。我根本没有抬起双眼，也没抬起双手；我全身都在颤抖，感觉所有的浪全都打在我身上。从那时起，我定期去'绝望岛'，在岛上逗留一阵，做这种季节性的工作，年复一年，每年夏天我都和她一起生活。"女人说，手滑下裙子，像是在把裙子和皮肤一起往下拉，以为它和她腿上的细小毛发一起褪到膝盖以上的地方了。

"六年前，我结婚了，诞下一对双胞胎。那年夏天我没有去，虽然她给我发了几封电报，询问原因。我并没有解释什么，只是给她寄了一张双胞胎的照片；我抱着伊莎贝拉，而他，我的丈夫，正抱着阿娜贝拉。一个女孩正看着我的臂膀，另一个看着他的，而我们都面带微笑望着远方某处，望着照片以外的远方。自此，我和最好的朋友繁花便再没有联络。隔年反而是我先联系她；我很幸运，竟能通过我唯一拥有的电话号码联系上她。你知道吗，你的阿姨，我儿时的朋友，很高兴再次收到我的消息，她一点都不生气，至少我没听出来。她温柔体贴地听我哭诉；她温柔体贴地听我祈求她的帮助。我承认我们没钱买食物；我的丈夫，一名机械工程师，他这一代的代言人，曾在市场里干体力活，但是我们的菲亚特坏了，他再没法做出租车司机了。我们的女儿生病了，而我们没钱买药。她什么都不说；她只是倾听我说话，保持沉默。等我说完，她说她会考虑该如何帮助我，还说她会打电话给我。三天后，她打电话告诉我去哪里拿机票，告诉我她会在岛上唯一的机场等我。

"在之后的四年里，我每年夏天都去那里；我会在盛提丽和繁花一起度过三个月，一般在十月回来，带着足够多的钱以期能撑到下一个夏天。当时，这里没有人知道，现在也没有人知道我在那儿做什么，先生；他也不知道，直到我向他坦白一切的那一晚。那是个美好的秋夜，十月的夜晚，甘美的夜空中悬着一轮纯洁的明月，它正冲我们眨着处子般的眼睛。我的丈夫躺在我的左胸；我可以感觉到他的睫毛就在我的乳头上。他是多么良善，多么安静，多么爱我们，我和孩子们，我对自己说，他不应该蒙在鼓里。月亮眨着眼睛像在赞同我，虽然我并没有问她。我盯着她，在他的发丝间轻语；我向他坦白在我消失不见的三个月里，当我在那座岛上的时候，并不是在摘草莓或桃子，而是当一个季节性的妓女。他知道那座岛；他也知道繁花。另一个房间里，一个孩子开始哭泣，我想是伊莎贝拉，月亮在我丈夫的眼里慢慢溶解；一片一片滴落在我的左胸。那一晚，在卧室里，他眼中的火焰熄灭了；我们再也没有正眼看过对方。他在沉默中送走我，又在沉默中欢迎我，大约在十月，偶尔在十一月。之后我们又变成一家人。就这样持续到去年。去年十月，唐·维托饱受疾病的摧残，正如那些近亲总是在讣告中写的，听上去好像迫不及待想要那可怜的病人早点死去一样，唐·维托死了，留下繁花孤身一人。"女人说着她的故事，看着桌上的信。

"某个午后，"她继续压着膝盖上的裙子，"只有我俩坐在花园中的垂柳下，沉默地坐着：繁花用指甲刮着桌子表面，而我想着我的双胞胎；下个月，我对自己说，她们就要开始上学了。那天早上，我头一次发现，在蕾丝花边下，她的乳沟：那些皱纹从脖子开始，一路蜿蜒到她的胸部，就像淋在蛋糕上的热巧克力酱。一阵携着牡蛎气味的微风吹过，让垂柳的树枝像女人的头发一样纠缠。突然，繁花摸了摸我的手，就像她曾经习惯做的那样，像是在提醒自己我们曾情同姐妹。'我是在家乡遇见那位去世的维托，他那时还健在，在镇上叫"巴尔干"的小旅馆，你一定要记住。'她说。'你知道,我当时在那儿做接待员。'她补充道,继续用另一只手刮着桌子。'他介绍说自己拥有一家助动车工厂,不过他已经对此失去兴趣,所以想要投资建厂,生产廉价汽车。工厂必须设在巴尔干地区。除此之外,他还拥有一家豪华酒店,就在地中海的某座小岛上。他在旅馆里住了一整个星期。有一天,他给我看了一家酒店的照片,就是这家;三个月后,在他的酒店里,"卡萨诺瓦",他对我说,比起我在这儿赚的,你可以多赚三十倍。看,他已经知道我的工资是多少了,珠珠。'她说。'我们乘船航行,就是你乘的那艘。隔天,他立刻承认自己不是做助动车生意的,而是做移民蛇头,而且在我的行李箱里,我当着他的面打开,有十公斤海洛因。'她轻声说,声音里裹着湿沙的香气。'他的酒店,'她继续说,'实际上是一个妓院;里面有十个房间,八个女孩,彻夜不眠地工作。其中两人在白天也要随叫随到。我只在假期工作,油轮和远洋班轮在灯塔后抛锚的时候。客户乘坐客船"蒙娜丽莎"号到达我们"卡萨诺瓦"门前的私人码头。只有在这样的时节,唐·维托才会请我帮他维护酒店的声誉:他认为,无论何时,任何一个像男人一样付钱的客户都应为其服务。性,他很爱这么说,不是一个依赖日月的季节。不过,在头两年,我主要在厨房或前台工作。之后,他以我的名义开了一家旅游公司,专门聘用那些来走精英时装秀的模特,还有来当保姆或季节性导游的女孩。他们都受过良好教育,会说几种语言。我们主要付出的是倾听,倒没有太多肉体接触;我们服务的价格是岛上竞争对手的两倍。就连耳语我们也要收费。我一般都去码头等待那些女孩,不过有时候,我也会去岛上另一边的机场。我也去那里接过你一次,如果你还记得。他的心脏病发作了——唐·维托在他的遗嘱里说把他财产的一半留给我,虽然在此之前我已经拥有了支配权;在属于坎波·迪·格兰德·卡特尔的那批油漆里发现海洛因之后,我就算是想回家也回不了了。我寄回去的所有信和钱全都被退回来，上面还盖着章说查无此人。我后来才发现是我父亲亲自退回来的，甚至不愿查看发信人是谁。你自己也知道我通过你给他送了三次钱，但也都被他拒绝了。'她说，指甲在桌面上发出咔啦咔啦的声音，手颤抖着，无法平静。我知道她还有别的烦心事，但她不会说出来，我对自己说。

"所以，年轻的先生，"女人说，"时光飞逝，我走了，又回来，我丈夫总是在我们拥抱时哭泣。他的眼里没有泪水，但是我感到他的整个身体都在颤抖，溶解在床上。"她说，手上上下下，从膝盖移到臀部。"双胞胎跑过来拥抱我，"她继续说，"她们看见我，被快乐淹没。我给她们带来漂亮的裙子、大衣和各种玩具。她们打扮得和娃娃一样漂亮，每天都要换无数次衣服，转来转去，在镜子前看着自己；她们无数次问起我和玩具，我在那里做什么，而我会柔声地向她们解释，说我在玩具厂工作，所以我才能给她们带来世界上最美丽的玩具。我的丈夫只是低下头，假装在那一刻，有东西掉在地上，于是他去桌子底下寻找，羞愧万分。其实他的眼睛里盈满了泪水，他不想她们看见这样的自己，那么沮丧，抽噎着，双眼蒙眬。只有当我们开始说起我不在的时候她们做了些什么，我保证下次回来帮她们买自行车的时候，他才会站起来。"她说着，手的动作慢了下来，好像厌倦了在腿上的跋涉。

在过去几年里，她丈夫很少和她做爱，就算做爱时，他也表现得好像是付了钱在嫖，似乎一点都不在乎她，就像她是别人的。他甚至从来不让她亲吻他，虽然他从来没有叫她别走，别离开，结束她季节性的缺席。

"我最后一次回来。"她说着，带着一抹微微的笑，笑容一直留在嘴角，直视我的眼睛。"我来过两次，为了送这封信，但两次院子里都没有人；我没有完成任务，只好回家。我不知道泥刻叔叔已经死了，神拯救他的灵魂。

但是，感谢上帝，我终于找到你了。"女人说。"你阿姨病得很重，她剩下的日子已经不是用月来计算，而是用天……她想让你知道她想葬在哪里。"她宣布，展开手上的信纸。其中有一些文件。我把这些纸拿在手里，默默地看着繁花阿姨的照片，照片上的人儿微笑着，十分开朗，看起来像是在享受周围的每一份空气。就连她右脸颊上的美人痣，似乎也格外高兴。这封信实际上只有两句话："我把一切留给你。爱你的繁花阿姨。"笔迹带有苦杏仁的味道；好像阿姨就站在我面前；我看得见她，却不知该说什么，不知她是否能理解这样的我。我把照片放进要带去艾奥瓦的行李箱，而所有的财产文件，除了"志维戈"酒店的所有权契据——酒店以我的名字命名，在夏天建成，位于"安静的绝望"潟湖——我全都高兴地给了这个女人。一切都该属于她，她可以从中获益，我对自己说，注视着躺在要带去艾奥瓦的行李箱里的阿姨照片。

　　后来，在艾奥瓦市，朵兰缇娜，在我写完这一切之后，我决定在教授和同学面前朗读；当然，读到这张照片时，我把手伸进外套口袋里，想证明这是个事实——我知道史蒂夫·利普托夫会很激动，因为一天前他大加赞美了超现实主义纪实小说，也就是用虚构的事实补充说明一个真实的故事，以此让人感觉作者是在诉说一个真实的故事，类似于关于某个真实事件的个人供述——但它不在口袋里。这张照片本应用来证实故事的真实性。教授却在空气中挥了挥手，好像在对我说他相信我，可是他的笑容却表达着另一种意思，说他不相信我，说他认为整个故事都是我胡编乱造的，这就意味着我并非在重述真人真事，而是编了一个没有任何真实根据的故事。我，在我的这一辈子里，都不知道那张繁花阿姨的照片究竟是怎么回事！我不断翻找自己的口袋，安娜·科米茨卡在我背后像知更鸟一样叽叽咯咯地笑，用自己的论文给自己扇风，那篇印在有粉色圆点的纸上的，关于两性写作区别的论文。要是唐·豪尔赫·胡里奥，埃伯特兄弟在这儿，我看你还笑不笑得出来，我想；你会引吭高歌，唱着咏叹调，就和他库库塔的鹦鹉一样，他曾训练那只鹦鹉窜到女士的裙子底下，唱起朱塞佩·威尔第的咏叹调。

照片不见了，这让我想哭；它对我的故事来说如此重要。这就是我故事真实的依据。教授又同情地笑了笑，迈着小碎步，转向站在墙边的学生，转向法托斯·德德尔利，用眼睛示意他说明一下他那个康斯坦丁和朵兰缇娜故事的尾声。他为了这一刻彻底改变了结尾；康斯坦丁本应是她哥哥，现在成了她订了亲的未婚夫，不过她为了另一个人离开了，到九座大山、九片坟地之外。那个男孩跨上他的骏马去寻找她；他来到一条河边，想要坐在骏马上跃过去，但是他掉了下来，被河水卷入了黑暗之中。许多年过去了，康斯坦丁从坟墓中站了起来，骑上棺材变的骏马，去九座大山之外寻找她，好把她带回他们的母亲身边，因为她不断祈求他，虽然他已经死了，祈求他在她死前把她带回来。他在门外等她们相认，拥抱，与她们的灵魂道别。等她们道别完，康斯坦丁抓住了朵兰缇娜变成一只蝴蝶的灵魂，升到云里，于是再也没有人能把她从他身边带走，现在，只要可以，他会随时鸣起响雷来实施他的复仇。还好法托斯·德德尔利隔天就要离开，我对自己说，否则，他会毁了这个故事，用每天睡觉之前我告诉他的那些废话。史蒂夫·利普托夫教授搓了搓手，像在洗手一样，我说，搓手，我对你说，并且迈着小碎步转向另一边，说这种为了恐怖而恐怖的东西他根本不感兴趣。

"文学让你有机会在无人指摘的情况下出售令人信服的伪造品；实际上，你不仅不会因此受惩，甚至可以得奖，当然，前提是你要写得好。我亲爱的学生，恐怖总是令人难以置信的伪造品。"他宣称，踮起脚尖，好像随时准备起飞。他把头发甩到脑袋后面去，虽然这头发本来就是长在脑袋后的，他再次解释说，他非常敬重那些将自身构建成令人信服的现实的文学作品，他也敬重那些结合科学事实和虚幻狂想来消除禁忌的文学作品；他重申，他喜爱的爱情故事是以科学事实为始，再借由狂想来打破被教条和定义所限制或规避的东西。我以为他真正想说的其实是他自己最新的小说，在五月花中有这样的传闻，说这本书的目的就是激烈地攻击所有关于耶稣复活的教条，以及他被遗忘的兄弟约瑟夫的重要性和抹大拉的玛利亚的命运，而非使徒彼得的名声。我正为了要曝光这件事而给自己打气，但突然之间，第三排有个人插话了，吹嘘自己终于为自己的故事找了个好名字：《爱因斯坦梦游记》。来自高崎的麦戏戈·探戈立刻插嘴，说她的标题是《列奥纳多裤子上的记号》。这突如其来的标题讨论会就这么热闹了起来，安娜·科米茨卡与她的《潘趣酒谈》，来自西藏的敏上罗彬的《九浅一深》，伊班加·阿洛塔的《荣格的兄弟》和来自内罗毕的穆姆博·图伦巴的《我的名字是同志》。我也想参与，但我还不清楚《记号》是不是最适合我故事的标题。听到所有的标题后，史蒂夫·利普托夫教授笑而不语，转过身来，并没有让任何一个人解释怎么想到这个题目的，也不叫他们开始阅读自己的作品。

"我们明天将很荣幸地倾听这一切。"他说。"现在我想要重申，真正的事实只有作者才能创造，其他任何人都不行。这就是为什么就算只是基于一种真实，辅以许多虚构的幻想，我们仍有可能将它变成事实。我不需要看到照片才去相信这是事实。"他看着我说。"当然，"他继续说，"你写得一切的确要有依据，但谁说一定要事实依据？虚构的依据，如果好的话，就是事实依据。如果你用我教你的方法去写，没有人能分辨何为现实何为狂想。这就是艺术的本质！千真万确，神创造了所有人，却没有留下任何实质上的证据，有人会因此而愤怒吗？他就是所需的一切。他就是证据。结合事实是一种创造性的艺术；即使从某个地方获得它们之前，你的幻想早已存在，因为你的创造性想象力很清楚你自己为什么需要它们！如果某些东西不被任何人需要，那就意味着它并不存在。现实是幻想，幻想是现实。记住这一点或把它写下来，因为没有它就没有文学。没有事实的小说是不完整的，而一本只有事实的书并不能算小说。这就是为什么你可以拿一本老旧的前线回忆录，把它变成一百本没有前线的小说。读有用的书，并从中获取所需，激活才能，当然前提是你要有才能，这样一切就都妥当了，这样在你的小说出现之前，什么都不会存在。存在的只有你的小说，因为你就是创造现实的那一个。

"如果上帝允许我们从自己的生命中创造生命，因为他是生命唯一的作者，那么谁又有权禁止我们从前人的作品中创造作品呢。此外，亲爱的作家，当然，前提是你有朝一日成为作家，要行使你的一切权力，从普通读者的手中夺取你的作品；永远不要，我这是在单独对你们每一个人说，因为作家不可能是集体，不要为一个没有高潮的读者写作，不要为不愿为你燃烧的读者写作，好让你和他或她再次亲密接触，但这次不做任何避孕措施。另外，把它写下来，钉在你书桌前的木板上：**不要脱开事实写作；事实撩拨幻想，而幻想也撩拨事实；在旧书的边缘写作，因为所有的故事早就被写出来了，除了关于故事的故事。没有人能一次性彻底写完这些故事。**"史蒂夫·利普托夫写完，把用剩的粉笔扔进垃圾桶里。"现实是一种意志。"他站在黑板前搓着手，像在洗手一样，捏着左耳的耳垂转过身，和每节课结束的时候一样，他的两瓣臀部像铙钹一样互相撞击着走出了教室。

坚持不懈地在口袋里寻找繁花阿姨的照片，我走向五月花公寓。落日最后的余晖在桦树的树冠上闪烁，就像蜂鸟的羽毛。我会把它掉在哪儿呢？

我狐疑地想着，走出桦树林，踏上通往宿舍的小径。直到我走到房间，我说，房间，我对你说，才意识到自己穿的是别人的大衣；我穿着唐·豪尔赫·胡里奥·加布里埃尔·埃伯特的大衣，朵兰缇娜，我已经告诉你，他必须立刻前往库库塔。十天前，我们从一家卖死人衣服和绿色鹦鹉的商店里买了两件大衣。我们有一样的大衣，但是和我不同的是，他完全不赞同史蒂夫·利普托夫教授，虽然从没和教授当面对质过。躺在床上，手枕在头下方，他会花上好几个小时思考如何让事实令人信服。虽然他声称他只写真实的事件，可是没有人相信他写的东西真正发生过。

"我该怎么写，兄弟，才能让人信服？我该怎么写得让人心服口服，相信我写的都是真人真事呢？该怎么写，兄弟？为什么他们就不能相信，有一次，在库库塔，一个坐在波斯飞毯上的人飞过我们家上空？为什么他们就不能相信唐·巴巴·德·席尔瓦·冯·底·德尔·普拉达·迪·咖喱手握自己的肠子绕着库库塔走了三天，甚至还和人下棋，斗鸡？为什么，兄弟？为什么他们都觉得我写的都是胡编乱造的东西？"他会这么问我，转动自己的小胡子，就像在用鞋刷刷着鼻子。繁花阿姨的照片对他来说没有任何意义，我对自己说，在走廊的窗前微笑。谁会相信他照片里的女人是真实存在的？换个角度说，当然，我极其需要那张照片，因为就算阿姨已经去世了，我对自己说，那张照片也是她曾经存在过的证明。我们任何一个人留下的最后一样东西就是尸体：它有名有姓；尸体一定是属于某一个男人或女人的。等尸体也消失了，唯一留下的就是尘土，不属于任何人的灰烬；这些灰和其他任何普通的灰尘没有任何不同。这就是为什么尸体才是我们最后的财产；尸体是有名字的，朵兰缇娜，而照片证明了这尸体曾经存在过，曾在整个宇宙中拥有自己的宇宙。灵魂没有名也没有姓；灵魂只是灵魂而已。既然如此，一切都已经完结；繁花阿姨如果死了，我对自己说，就再也不会留下任何东西。

　　站在五月花的镜子前，我决定要将自己正在写的小说献给唐·豪尔赫·胡里奥，埃伯特兄弟，因为他是唯一一个知道只写事实是多么困难的人；像繁花阿姨，她就是真实存在的；像盛放，没有她一切都不再真实。为了避免任何的疑惑或误解，我计划要在小说的开头写下，标题源于一首关于德丝碧娜的歌："我在你身上留了记号，德丝碧娜，永远不要忘记我……"我唱了起来，朵兰缇娜，正如你所见到的，但我只记得这些，我不记得完整的歌词。我承认自己唱得很难听，但是我必须告诉你繁花阿姨在除腋毛的时候总是会唱这首歌，她的歌喉如夜莺般婉转。等我长得比钥匙孔高一些，她会在我停下的地方停下她的歌声，我说，她会停下，我对你说，把剃刀扔进碗里，关上门，不让我看见她哭泣。后来我发现曾经有一个矿工在她的腋窝留下了记号；一只蓝色的蝴蝶，只有在阿姨抬起手臂剃毛的时候，它才会展开双翅。他已经走了，蝴蝶却留了下来。豪尔赫·胡里奥·埃伯特拿着繁花阿姨的照片有什么用呢？谁会相信那张照片中的女人真正存在过？我问自己。相信我，朵兰缇娜，我说，整整三个月，我都没能和他取得联系。没有人记得他离开的时候留下的地址。

　　无论如何，我仍然清楚记得曾经的自己是什么样的，虽然我预见自己将得到的名声似乎不知怎的闯入了脑海。在艾奥瓦的最后一天，史蒂夫·利普托夫又提起了菲利普·布莱克史密斯和他在得梅因市的派对，但是第二天早上我就离开了艾奥瓦，带着我最新版的小说。飞过海鸥乔纳森的上空，我想象自己赢得了世界上所有的顶级奖项，除了那些尚未存在的；其中的两三个肯定是我出于营销目的才接受的，毫无疑问；我怎么可能接受一切递到我面前的东西呢，我对自己说；我会等到最顶级的奖项声明："本奖项因高攀该小说而获益良多，而该小说只是受到其应得的嘉奖！"我从飞机窗口往外看：乔纳森已经踪影全无。谁知道在赚取名声的旅途上，我们是何时分道扬镳的呢？

当我降落在亚历山大大帝机场时，空气中弥漫着火药的味道，朵兰缇娜。等待着底部放着小说的行李箱时，我很想知道我们的小破镇里能出什么事儿，这味道到底是不是真的。

二十三

我走在大街上,两旁是在午后笑得异常灿烂的逝者,我的背后拖着装满建议、梦想和手稿的行李箱。这是镇上唯一一条真正的街道;其他的都只是通往后院的小巷,甚至连小巷也算不上。几年来首次在下层的车站下车,我不得不穿过通往小镇另一边的大街。我往往会避开这条街;我不想面对那一排微笑的新兵,等着我通过他们的笑容认出他们来。这是一个很小的镇子,没有谁不认识谁,无论生死,这就是为什么我总是感觉有人戴着死亡的面具,一直盯着我,微笑着等待我认出他或她。这种碰面是最令人沮丧的,因此每次从艾奥瓦回来,走在这条街上的时候,我总是尽力避免左顾右盼地往树上看。然而,这种碰面的可能性仍然让我惴惴不安,这就是为什么从踏上下层车站的平台,踏上街道开始,我的腿就开始打摆子。此外,我能感觉到某些东西或某个人,某种力量,某种迫使我抬起头来短暂一瞥的冲动,而当我这么做的时候——一位朋友的微笑就在面前等着我。他在微笑,而我无法相信自己的双眼;他很高兴见到我,我见到他却很不高兴;我堪堪挤出一个微笑,只是为了不要冒犯他,而天空飘起了蒙蒙细雨,我赶紧加快步伐。

黄昏时分,逝者的队列似乎不可思议地延长了,新树仿佛在街道两边长了出来；一阵诡异的雨更为此增添了神秘的气息，拉长了树木的线条，放大了从树枝上滴下的水珠。我用外套蒙着头，已经走过一半的街道，顿时感到左边有一个人似乎在我耳边轻声诉说一些很熟悉的东西，甚至感到有人在我脖子上呵气。我抓紧行李箱的手柄想跑，但那豆大的雨滴显然是专门来针对我的，猛敲着我头上的大衣。那阵鼻息爬上我的脖子，让我不由自主地停下脚步，背叛自己的理性决断；雨珠偶尔从睫毛上滴落。我眨了几下眼睛，想把它们甩掉，我说，甩掉，我对你说，当雨珠滴落，我看见面前的树干上她明朗的微笑，不是别人，朵兰缇娜，我说，是她，我对你说。这就是说她并没有从河里爬出来，最后，我得出了这不可避免的结论。风摇落右边每一棵树上的雨滴，将我往前推，摇晃我，把我转了几圈；行李箱掉进水坑里，结果我只好趴在地上，就像一只等人来抱的小狗。这让盛放笑得更欢了；我突然觉得她的笑容发自每一棵树，她的目光一直跟着我，直到我走到街道尽头。

　　没过多久，我觉得这只是想象在捉弄着我，因为我没法不去想她，不，因为那同样的微笑在广场中间的枫树上迎接我。雨从四面八方碾压而来，将树木变成巨大的手臂；排满树木的大道正在举行葬礼游行，旋律忽高忽低，为游行中的人们留下叹气的空间。我站在枫树下，我说，枫树，我对你说，我看着盛放在每一张海报上溶解；我在看她葬礼是在哪一天，哪一年，我发现，我离开的那一天她还没死，两天之后她才死了。那一定是他们在河里找到她尸体的日期，我对自己说。追悼会的讣告是由她高中的班级发表的，上面说，即使已经过了这么多年，她的死亡并不是缺席，而是一种改头换面的存在。雨不会放过我，让我离开。我用一只手拿着行李箱，擦拭从眼里溢出的雨滴，盛放看着我，微笑着眨了眨眼，不敢相信她已经死了，或者不敢相信这个人，这个站在枫树下像落汤鸡一样的人就是我，就是小说《记号》的作者，而那本小说就藏在行李箱里简报的下面，我说，行李箱，我对你说，恐惧突然袭来：雨已经浸湿了我的手稿，**完了！**我掀开大衣的一边，裹住手提箱，抱着它，心里才稍许平静下来：如果它被拯救，那一定是我的简报救了它。盛放同意；我看见她微笑，而她顺着树干慢慢溶化。我看见她，不敢相信那个在河边为我送别的女人；那个给我艾奥瓦州菲利普·布莱克史密斯的地址的女人，她，现在，隐匿了自己还活着的希望之后，竟然在这儿欢迎我的到来，作为排列在树上的微笑的死者仪仗队向我致敬，向伟大的作家康斯坦丁·镍克斯·奈斯塔洛夫致敬！雨正在我的耳朵里哔哔剥剥，我的想象穿过一条湿窗帘，看见我小说的标题就列在畅销书名单上，就像《纽约时报》和《世界报》上的那些，与此同时我默默地祈祷那些水没有溶化我简报上的内容，让它们滴在我的小说上，那样我会很难分辨简报从何开始，小说于何处终结。一场普普通通的雨就能毁了我的作家生涯，我惊恐地对自己说。

　　我不知道自己是怎么走到家门前的，朵兰缇娜，我也不记得自己睡着了，倒在泥刻·镍克斯去世时睡的那张床上；当我乘坐早班车抵达小镇，他已经躺在床上，头上蒙着布，所以我没能看见他眼中的余烬彻底熄灭的那一刻。吸进最后一口气的时候，他微微拉动那块布，看着我，仿佛不敢相信我回来了，我就站在他旁边，下一刻他又把它拉回去，就这么死了。他只想对我说他要走了。当我醒来的时候，大衣还是很湿，而在我身旁，稍许有些模糊，躺着角落里有干涩蓝条纹的盛放的讣告。我回忆起如何从枫树上把它拿走，为了证实我不是在做梦。所以我用手把它拉直，又读了一遍。相反，我会说，我们一起读了一遍，就像那时在修道院里那样；她一边读，一边看着我的嘴；我也一样，一边读，一边看着她的眼睛。她的头发扎成一个小团子，藏了起来，她的脖子就像天鹅的那样，因此无须用头发来证明她是一个女人；她无须证明自己的美丽。她的眼睛，就和你的一样，朵兰缇娜；只有少数女人才拥有这种一看就属于女人的眼睛。不是别的，而是女人的眼睛。她看着我，微笑，好像她很高兴，好像她还活着，找到一个人分享她的秘密；就像她说起安娜·卡列尼娜的鬈发，娜塔莎·罗斯托夫的肩膀或者爱玛·包法利的眼睛。看着从她双眼流下的小溪，带走讣告上黑色的字母，我意识到她的缺席真的只是一种正确的存在，因为她就住在字母里。并与这些字母一起被爱，我对自己说。

一天后，或者几天之后，这都无所谓了，回声·响嘴来了，甚至没有先喊一声也没有敲门；他只是推开门，开始笑。他边笑我边对我说，透过检修孔窥视，我看上去就像一只溺水的小猫咪。他咳嗽起来，接着，把小胡子抚平，他宣布他成了镇上坟地挖墓人的头领；他抬起手来祝贺自己。

"为了国家的利益，"他说，"我们挖开一个坟墓；接着为了我的利益，如果天气不错，挖墓人就会自己开一个，我自然不会干涉；接着又重头来过，为国家先挖一个，然后为了个人挖一个，以此类推；那里的坟墓足够每个人都轮一遍。我们拥有最高的尸均国内生产总值，我是说，人均。"他咧嘴笑了，手塞在口袋里提了提裤子。看见桌子上的讣告，他拿出手来指着它；他说他们在桥下发现她被缠在垂柳中。那些潜水的很难把她掐着树枝的手掰开；她不愿放手。他们免费把她葬在坟地的尽头，三个月之后他们收到给她立墓碑的钱；信上说钱是我寄的。"你知道那么一大笔钱都可以买一块能唱会跳的墓碑吗，"他对我说，"节假日还能拍手呢。"他咯咯地笑了起来，兜底翻着口袋，打探着看了我几眼，好像想知道我究竟为什么寄这么多钱。直到那时他才注意到我尚未打开的行李箱，意识到我对他所说的一切都是一头雾水，这就是为什么他拿出了那封曾经装着墓碑钱的信。那个信封和我去艾奥瓦前一天那个穿着花裙子的女人带来的信封是一样的；

当时里面装着繁花阿姨的信、照片，还有盛提丽的地契。她的那张照片如今仍在马格达莱纳河上漂流，和唐·豪尔赫·胡里奥，埃伯特兄弟一起，我想，在我内心深处，我笑了：繁花阿姨可能仍然光彩照人，仿佛几百颗小串灯的光芒同时在她皮肤下闪烁，抹去她脸上的阴影。埃伯特拿着这么一个发着光的女人有什么用呢，我问自己！

"不过那真是一块漂亮的墓碑。"回声·响嘴打断我的思绪。"每一个访客都会看它一眼。"他说。"如果你看着她，她也会看着你；如果你不看她，她还是会看着你。"他补充道。"那些字母我来做，不收钱。"他说完了，咒骂着停在他耳朵上的苍蝇，把空信封扔在桌子上，在走廊里朝着苍蝇吹气，它打哪儿来就回哪儿去了。现在，我面前有两个信封放在桌上：上面的笔记是一样的，只不过颜色不同。

无论哪封都没写繁花阿姨的地址。就是这样，朵兰缇娜，也就这样了。两封信在桌上待了一会儿；我看着他们，同时为小说作最后的修改。我曾想过要写一封信给她；告诉她艾奥瓦的事，还有我的小说，甚至告诉她自己也是其中一个人物，但我没有地址。真的，我连她住在哪里都不知道。想着自己可能这么做，我决定去找我去艾奥瓦之前给我送信的女人。

我很快就找到了那幢房子，按了几次门铃，一个病恹恹的男人开了门，他看上去就像在石头下躺了一年的一棵小草。太阳把他的影子钉在墙上，让他看上去像是倾斜的，他仿佛正从灰泥上剥落，慢慢落到街道上。他右手的手指彻底黄了，如同用颜料涂过一样。烟屁股仍然在他的食指和中指间燃烧。我告诉他我是繁花的外甥，他只是眨了眨眼，想吸一口烟屁股，但它已经燃尽。他四处张望，好像在寻找自己的影子，用眼睛示意我等一会儿。他以一种非常安静又怪异的方式转身，宛若被用线和头顶的遮阳棚绑在一起，走进那幢只有一个房间的房子，房间的门槛正对着街道。过了一会儿,可能十分钟,这个男人出来了,递给我一个同样的信封,洁白而挺括,像塑料做的一样,他像一只鸡一样只用单眼上下打量着我,吮吸起他指尖已经冷却的烟屁股,接着又以相同的飘浮姿势转了个身,回到房间里去了。那封信的收件人地址就是这里;我看见门上蓝色金属牌上的门牌号和街道名。虽然是寄到他们家,括号里却说这是给我的。我还没到家就把它拆开了:里面是一张黄色的纸,上面的字迹费力而笨拙,我看见的是句不连贯的句子;字母也是从纸的这一端撒到另一端。我觉得自己像食蚁兽一样用舌头抓起这些字母。

上面说她为盛放的事而感到抱歉,那个女人很久以前就把这个悲剧告诉她了,盛放已经什么都知道了,关于我和教授,关于修道院,关于阿伽通神甫的信,关于那个总有一天会杀了我的托着狙击步枪的女人,关于变成蝴蝶的男孩,关于转圈的自行车,关于真实的书和虚构的人生,关于我成为著名作家的梦想……这些都是谁告诉她的呢?我不明白。她决定以我的名义寄来一些钱,为盛放修一个墓碑,因为回声·响嘴已经两次偷了以她名义寄来的钱。那个每年夏天会去那里的女人问了他两次,是否收到盛放的墓碑钱,回声·响嘴两次把她从殡葬公司的排间里扔出来;他发誓如果她再来找他,他就要把她钉在十字架上,强暴她,直到她复活为止,他从头到尾一直都像疯子一样大笑。当她以我的名义寄钱回来,墓碑总算是竖起来了。我现在需要做的只是在坟头种上樱草,因为只有自然是真的,只有自然不会骗人。

"信上这一切,正如你所见,不是我写的,而是她写的,一点点写出来的。她和她的一对双胞胎一起住在这儿。我很高兴你一点都不贪心,没有接受那些地契,除了那栋叫'志维戈'的酒店。我本就确信你会这么做,我现在也很高兴自己如此了解你,虽然我已经很久没有见到你了;我不知道你在艾奥瓦学了些什么,如果你真的学到些什么的话,但是我知道你正在写一本小说。我知道对你而言,生命原本的样子不值得你去爱,你觉得有必要创造些什么让它值得被爱。你相信灵魂,我相信肉体。肉体属于我们,灵魂不属于任何人。如果你来接受,我的生意就会立刻倒闭。当然,无论如何,我还是想要见你;我希望你在我还活着的时候来看我。如果你来得太晚,我就不能用我的臂膀拥抱你;灵魂是没有可以拥抱的臂膀的。我已经被绑在轮椅上一年之久;我再不能走路或写字。那对双胞胎,我叫她们玛利亚和抹大拉,整天带我去橙树林或者橄榄树林散步。今年果实结得特别多;橙树的树枝都被压得低低的,碰到双胞胎的头,这就是为什么我们大多数时间都轮流去平台,俯瞰大海。我不想再麻烦她们帮我写信了;为你的外公点一支蜡烛,如果你仍把他当你外公的话,也为阿伽通神甫点一支,无论如何,至少这是他应得的,你应该已经知道了。我保存着他所有的信。爱你,你的繁花阿姨,永远亦永不。"我边走边读。最后有一段附言,不过字迹过于潦草,难以辨认。我把信塞进口袋,想象两个编着辫子的金发女孩在树林中推着繁花阿姨的轮椅;橙子打在她们头上,而她们只是弯下腰,笑了一阵,直到消失于落日中。

几天之后,甚至几周之后,这都无所谓了,在李树旁的房间里,我趴在摇摇晃晃的桌子上,又读了一遍这本小说,修改了几个部分,又写了几个新的章节来进一步把故事补充得更完整。我也插入了几个短篇,比如那个关于莉莉的,那个关于灵魂和发芽的木凳的。与此同时,我接到两个史蒂夫·利普托夫教授打来的电话,主要是询问我小说进展如何:第一个电话中,我告诉他我爱上了主人公,第二次我告诉他我恨每一个人,除了繁花阿姨和盛放。他想说些什么,我听见他在艾奥瓦市第三大街的某处吸了口气,但他却没有说任何关于小说的东西,只是代菲利普·布莱克史密斯问好，笑了几声，电话就断线了。

我放下了电话，就在那一瞬间，我精疲力竭、睡意蒙眬地看着讣告上盛放追悼会的通知，一个关于娜塔莎·罗斯托夫、安娜·卡列尼娜和爱玛·包法利的全新章节进入我的脑海。我可以看见她们一同坐在一辆法式拉条皮带马车上，落日在左边的窗户上像个大灯笼一样摇晃。只有车夫知道他们何时何地才能到达。包法利夫人在罗斯塔夫的肩上打盹，而她和卡列尼娜正在聊托尔斯泰伯爵的八卦，说起了那个女仆玛莎和伯爵的胡须，据说上面总有墨水的味道。一名作家的胡须还能是什么味道？我想假装自己是那个无所不知的司机，打断她们的谈话，朵兰缇娜，但是我控制住了我自己，让她们继续闲聊。

"他总是准备好扑倒任何会走的东西，甚至一只鸡，如果附近没有活生生的女人。"娜塔莎嘀咕着，用手中握着的白色手套遮住了嘴。安娜·卡列尼娜肯定地点头，低声说道："伯爵总是对妻子不忠，更糟糕的是，他还把这些写在日记里。接着，她们互相抚弄对方的膝盖：娜塔莎正在抚弄安娜的左膝盖，而安娜则对娜塔莎的右膝盖做同样的事。马车里非常闷热：爱玛睡着了，梦中蜂鸟羽毛在斑驳的树叶中闪烁。就在这一刻，马车的左后轮撞到了路上的一块石头，跳了起来，把作者从故事里甩了出去，但他设法尽可能快地赶上她们；那匹马知道前往阿斯塔波沃火车站的路。大约两弗隆①之后，毫无征兆，爱玛·包法利的胸跃动着仿佛正站起来喝彩，好像她刚从布伦酒店里走出来一样，她出现在马车的窗前。

"快写吧，你这个罪人，快全盘抄下吧，即使手会衰老枯萎，名声却青春永驻！"她大叫着咯咯地笑了，看着作者在草丛里像个疯子似的奔跑；马

---

① 英国长度单位，一弗隆约等于二百零一点一六八米。——译注

突然加速，消失在黑暗中，看你能不能变成果戈理，你行的话就赶上她们吧，我说。我不行，当然，但是我可以放弃这一章，反正我也不需要它；有时候人物也会对作者恶作剧，我对自己说，把自己从流沙中抽出来。我醒来，浑身湿透，到处在滴水，满头大汗地喘息着，仿佛还在看着爱玛·包法利的胸部狂奔，那两朵悬在马车外的松软小云；我趴在盛放追悼会的讣告上睡着了，脸上还印了字！我想知道我印着字的脸上都写着些什么！

一个月后，朵兰缇娜，我的小说《记号》出版了，精装本，我说，精装，我对你说，立刻获得了好评。读者和书评人全都赞不绝口，这在我们这儿是闻所未闻的。所有人都一致同意这是一本用小语种写就的世界级小说；在非英语国家这被认为是一部惊人的小说，一本当之无愧的全球畅销小说，因为毫无疑问，无论如何，作为一本译成英语的小说，它立刻获得了好几个国际奖项。与此同时，有些顶级的书评人公开声明《记号》是第一本铁定会被翻译成世界各大语种的小说，无须任何国家赞助、宣讲或推广，而是直接名列全球每一个国家的畅销榜单，不仅上榜，还拔得头筹。有些甚至还说这是一本全球性的世界文学大作；这位作家会在全球燃起烈火，就像上个世纪的安奇·蒙特、莱奥士·泽拉黑和布拉斯科·伊巴内斯·维森特一样。然而现在他们已经无人问津的事实在此已无关紧要了。比较文学部的一位副教授，顺带一提我之前在那学习的时候他就在那儿了，发表了一整篇论文比较《记号》以及其他的最佳小说，包括古德温·本波、哈里·摩根、亚瑟·戈登、皮姆、布瓦尔·佩居歇、德威·泰克士、朱利安·索雷尔，福斯特·弗里德曼、桑托斯·卢萨多、以实玛利·魁魁格①（他甚至还引用我的小说："我写了一本危险的书，可我觉得自己像羔羊一

---

① 这些人名都是用其他小说中两到三个人物的名字结合而成。——译注

样无辜。"），还有豪尔赫·胡里奥·埃伯特、麦戏戈·探戈以及来自班顿杜省昆都市①的伊班加·阿洛塔，此外还有俄国经典文学大家，包括亚历山大·彼得罗维奇·西罗金，拉里萨·福多罗诺夫娜，德米特里·杜普科夫和尤里·安德烈耶维奇·斯特雷尔尼科夫的作品。仅仅两个月就已经重印了六次，封面都一样，只是颜色不同。每一个版本都正式印刷了五百册，在我们国家的市场算是很大的数字了，因为我们每年平均最多卖出五本书而已。出售小说的营销代表将《记号》包装成一本爱情小说，描述一段遭到星辰诅咒的禁断之恋，主要针对女性目标客户群，毕竟她们在读者中占很大比例。另一方面，出版商希望引起更大的反响，通过每两周出一个新版本作为前一版本售罄的证明。公众不知道每版只印了五十册，或者有时这五十册可以做成两个版本，简单地换一下封面即可。正是因为如此巧妙的手段，人们在书店前排起队来；每天平均售出十八册，其中十册被秘密退回，因为它们是由出版商雇用的值得信赖的消费者购买的。

漂在公开成名的风口浪尖，《记号》获得一个区域奖、两个本地奖，被译成三种语言，虽然都是邻国的小语种，不过这对进一步推广这本作品仍然有很大贡献。而且，每一天媒体都报道热爱读书的公众对这本书煞有兴趣，甚至连国家电台都在新闻上播报说国际文坛对这本"巴尔干文学奇迹"大有兴趣，它成了东南欧最畅销的小说等等诸如此类。长话短说，朵兰缇娜，我说，总而言之，我对你说，一切看似完美，恍如梦境；我就要成为一个全球知名的作家，虽然我还没成为当地作家协会的成员，或者进入国家笔会，这真是让人摸不着头脑，在此之前甚至都没有人给我打上文学新星的标签。

---

① 位于刚果民主共和国。——译注

人人都想来找我攀谈，但我却没什么好说的。当他们问我是否正在创作第二本小说，我不确定是要说谎还是承认再也不会有第二本了；既然已经有了第一本，我为什么还需要第二本？我甚至一想到第二本小说就毛骨悚然。最后，我决定，一睡解千愁。总而言之，我的《记号》击中了目标；最后剩下的就是再稍等一会儿，以英语和法语译本作为起点，当然，等待这位来自我们悲痛半岛的作者获得决定性的突破，他觉得自己驻扎在绝望岛上，就像鲁滨孙一样，最终走进世界畅销作者的行列中去。与此同时，请听我说，我收到一张史蒂夫·利普托夫亲自寄来的精美卡片，亲自祝贺我，我甚至还从中嗅出一股嫉妒的味道。与此同时，或者往后一些，一封发自菲利普·布莱克史密斯的粉色电报也来恭贺我大获成功。我想给你看一切都是如此美妙，朵兰缇娜；就像童话故事：我飞过乔纳森，那只海鸥的头顶，我说，海鸥，我对你说，曼妙地超越我那华美的海鸥，直冲云霄，但是我也保证自己会在全世界飞翔，突然之间，就像在睡梦中飞翔一样，我睁开眼睛，打起尾旋，开始坠落。那是一场悲剧，我说，悲剧，我对你说，把我变成自由落体，我自己的灾难，我自己的洪水，我心中的河，洪水。

一位杰出的书评家，永远在敲打艺术与科学院神圣的大门，我说，一位书评家，我对你说，只有一位而已，一篇极其简洁却又尖锐和恶毒的文章——文章里有装满一整个聚宝盆的脚注，这些脚注的篇幅和原文一样——旨在证明我的小说完全是剽窃，一本彻头彻尾的盗版书，没有一盎司的真实性或独创性。当中没有提到他对世界文坛近期的动向毫无兴趣，也没有说起参考文献的创意使用方法，更没有说实际上每一篇文学作品，或者更精确地说，后现代的借鉴是以作者原创的、精心挑选的想象为前提的。更进一步说，正如史蒂夫·利普托夫之前讲的，一位作者在借鉴之前，会先一步思考借鉴什么，这就意味着他在创作，而非制作。不幸的是，那位戴着深色墨镜、拿着鳄鱼皮公文包的书评家声称一切都是剽窃，没有什么好解释的，这就是为什么"这本小说根本不是原创的艺术作品，反而展现了何为无耻剽窃的行径；把几本小说汇编在一起，它就是一锅叙事杂烩，里面都是些偷来的片段、想法、描述和章节，甚至所有的人物，没有任何的调味料可以把它变成一盘好吃的菜肴"。

　　史蒂夫·利普托夫在艾奥瓦国际作家研习班的创意写作课上教我们的都与他无关；对他而言，这些只不过组成了剽窃，就这么简单苍白。实际上，他从某种程度上还是认可后现代主义的。但是，他总结道，如果我想成为一个后现代主义者，我应该把一切都打上引号或变成斜体。为了证明这一点，他做了一份简明的概览，表现我以何种程度以及从何处借鉴了什么，除此之外，他还给出数据证实我大部分都是从俄国经典小说里偷来的，不过也有其他作者，揭露了许多我在这里和艾奥瓦收集的片段，当时收集这些是为了这本小说作准备。如果没有它们，我的书就真的什么都不剩了；留下的只有封面，那才是真正原创的：一只蝴蝶在书打开的时候飞出，但当它合上的时候它就不再飞翔！

　　在把我的小说撕得粉碎的那篇论文发表之后没多久，所有之前大加赞美的书评人全都成了第一批攻击我的人，很明显是想把自己从自己拉的屎里救出来，请原谅我粗鄙的语言，其中一个甚至还发现了一件耸人听闻的事实，就连我的题词都是抄的，这其实是马其顿的一首德丝碧娜的民歌，好像我在小说的第一页还交代得不够清楚似的。诸如此类的评语层出不穷。无论如何，我肯定是毁了，惨遭碾压，被扔去喂狮子了；我不知该怎么办，如何继续；我是否应该逃到绝望岛，或者像哈利·摩根一样立刻自杀，在我自己的老人与我自己的海跟前自杀，如果有可能的话。就在那时，朵兰缇娜，当我这么想的时候，有人敲门，我便开了门。让我更为沮丧的是，热头鹰上尉站在那儿微笑，两手交叠，而回声·响嘴把那封军队动员邀请函塞到我手里，我说，邀请函，我对你说，他们告诉我只有五分钟的时间穿几件衣服然后跟他们走。我当着他们的面打包完毕，带上了繁花阿姨的信，盛放追悼会的讣告，修道院的钥匙，我说，钥匙，我对你说，就在当天来到了这里，就是这前线，朵兰缇娜，这里，就在这里。昨天交火十分激烈，一如既往，朵兰缇娜。我已经数不清来了几天了，但是我知道今天就是最后一天，我说，最后，我对你说，因为我知道你会杀了我，因为你是我的命运，我心中的河，人性之河，虽然现在，在我告诉你一切之后，你已经知道死亡对我而言是一种奖赏，而非惩罚。死亡是我应得的，朵兰缇娜，不是吗？

　　开枪。

二十四

　　昨天的交火十分激烈,但在黎明时分又恢复了平静。这像一种默认的协议:你在晚上死去,在白天则享受一种近乎正常的存在。我和热头鹰已经躺在教堂后面的树荫下,而回声·响嘴则把自己从一个毛茸茸、臭烘烘和胡子拉碴的地方拖了出来。从他的脸上,或更加精确地说,从他的眼睛里,掉下一丛巨大的颜色驳杂的胡子。他看起来就像我儿时想象中的传奇英雄马科国王,当时我还从河边岩石里凿出的蹄形井里喝水。传说在追着撒拉逊人飞越九座大山、九片汪洋之前,他的骏马沙克的右蹄曾踩在上面。虽然他不配做马科国王,也不配做那匹叫沙克的骏马。热头鹰的副手平躺了下来,我说,平,我对你说,开始猛烈地打起鼾来,好像要把这个国家所有的空气都吸进去。在交火之间出现间隙,比如现在,比如当时,他就在壕沟里走来走去寻找好位置,他说,但一个都没有找到。然而,这也不全是真的。两天之前的夜晚,我正等待月亮就位,这样我就可以控制清真寺附近的区域,他悄无声息地爬到我的岗位,开始拿出金手镯、戒指、贵重的手表和钱。"如果人拥有这些,那就必须活着。"他嘟囔着,刷掉他裤子上所有的毛刺,这都是他爬上桥边第一排废弃房子时扎上的。

　　当时,然后是现在,我们躺在教堂后面,我正在苦思冥想是否要打他的小报告，但是回声好像感觉到了这一点，洞若观火地看着我，撇嘴一笑，用头往某个地方指了指。我摸了摸我背心的口袋，我说，背心，我对你说，震惊了；我呆若木鸡：两个大大的戒指正挂在我的口袋上；他昨晚肯定是趁我等待月亮隐去、好离开壕沟的时候把它们种在那儿了，我对自己说。

"你被标上了记号。"他说，转头看了几眼上尉，上尉还在打哈欠，在草地上伸着懒腰。"所以，我跟你们说，"回声·响嘴继续，好像继续着刚才被打断的故事，"我在哪标了记号，那记号就会一直在那儿，上尉。我在多少女人身上标了记号？只有上帝知道。"他吹嘘道。"但是他不会生活，他保持缄默。"他补充道，此时热头鹰睁大眼睛，开始啃咬自己的小胡子。虽然他只比我大没几岁，在小学留了几级，高中又留了一级，说实话，他的头发几乎全掉光了，就连他的眉毛都很稀疏，可是他的小胡子倒是异常茂盛，完全遮住了鼻孔。他脸上的每一根毛发实际上都集中在他的小胡子上。然而，下巴上一点胡子也没有。只有他和回声·响嘴留着这种胡子；他们会在坟地里用这种胡子捉萤火虫。

"我跟你们说，我有激光眼：我往哪儿看，就在哪儿留下一个记号；一张邮票或者封印，让人一辈子都忘不掉。"回声大言不惭，小胡子在面前两丛荆棘丛生的灌木丛上休息。"如果她看到我的眼睛，她在我的笔记本上就印上了记号。"他说。"没有一个人走入我的视线，还能不带一个记号地走出去。"他对我们说。"我看过一个女人的脖子，我说，她的脖子值一头羊，我跟你直说，她一辈子都印上了记号，甚至下辈子；我看了另一个女人的手臂和手肘上的软组织，一个记号就立刻开始闪光，像静脉旁的封印，我跟你们说；我在她的肩膀上留下一个圆形的记号，就像种疫苗一样。如果你看见一个当中有个点的圆形记号，"他说，"那就是我干的，回声·响嘴商标，我跟你们说，上尉，就是我，相信我。那么多女人，该死的，要什么有什么，我看一眼她们的脸颊，留下那么多痕迹或斑点，任何形状的记号，雀斑或斑点，烧伤或划痕，我跟你们说。"回声·响嘴自吹自擂，躺在树荫里，头靠在祭坛上。旁边的热头鹰正用一根草剔牙，而我坐在他们下方，我说，正在，我对你说，靠在一个手肘上，爱抚我的狙击步枪，这把狙击步枪，朵兰缇娜。我看着时间；还有半小时我就要去钟楼里接替布鲁图斯·靶心了。我赶走停在瞄准镜上的蝴蝶，用手臂挡在面前，笑了起来，假装用手臂挠我的鼻子；我觉得不便笑出声来：时值战争，他们可能以为我很高兴有人死在这里。我只看见热头鹰咧着嘴笑，他牙齿间的那根草叶跟着他一起龇牙咧嘴。

"我只会留下精确的记号，我跟你们说。"响嘴嘟囔着。

"你简直精确得太有教养了，回声，谁都看得出来，但是……"热头鹰又拔了一根草，放在牙齿缝里。

"但是，只能这样，我跟你们说，上尉。"回声·响嘴打断他。"这就是我，像兔子一样柔软，该死的，随你怎么说，我的眼睛就是这么致命；我就像用烧红的拨火棍一样在女人身上烙上记号；我只要看一眼，接着就嘭——一个记号！就像畜生一样，我跟你们说。"他说。"抱歉，像母牛一样，"他纠正自己，"我在她们身上烙上记号，我的上尉；她们的皮肤在我的目光之下灼烧。"副司令官兴高采烈，激动地蹦蹦跳跳，词从他的舌头滑落，掉在草丛里，热气蒸腾。他的小胡子是母牛的颜色，差点就要因为欢愉而迸出来。"你想问我什么，上尉？"他问，又把小胡子放在面前的灌木丛上。

"我想指出你只看那些得体的位置；我说，你烙人家的胳膊、脸蛋、肩膀，这说明你的目光很致命，但很有教养……"热头鹰继续解释道，在草丛里侧过身。他的头枕在一块裂开的石头上，可能是某种坟墓的记号。以前人们就用石头标记坟墓的位置,就像我们村里的人。"灵魂是没有名字的。"雀斑奶奶曾说。"死人有名字也没用;他们不需要任何用来区分他们或者认出他们的东西,他们都一样。"她轻声说,把蜡烛粘在草丛里的石头上。她知道整片坟地里从第一块到最后一块石头的名字。

那一刻,热头鹰就躺在某个早就被遗忘的灵魂上,看着回声·响嘴。

"不是吗?"上尉问。

"什么?"回声·响嘴反问。

"你有致命但有教养的眼睛。"热头鹰回答。

"我必须说实话,撒谎是一种罪,我曾,我跟你直说吧,上尉,我曾看过其他的地方;我曾饥渴地烙过其他地方,我跟你们说,而且还是致命地,该死的,随你怎么说。"他说,举起坐在他两腿之间的枪。"你和这家伙,这把狙击枪,就像我的亲人,像我的儿子,我跟你们说,因为他的父亲麦爹爸爸,或者说,佩恩·E.罗尔·奈斯塔洛夫,那是他的证明,是我的结拜兄弟,所以,我想对你们说,你们俩还年轻,我说,你们还不知道如果男人能跨过自己的羞耻心,他能看见什么。我跟你们说,我什么都没瞒着你们。我曾看过一个女孩的奶头,她又小又圆的奶头,或者说是带着黑圈的奶头,好像煮熟的栗子上小小的尖头;在那个小圆圈里,就在那里,我给她标上一个极小的十字架;她的乳头就像插在坟包上的一个十字架;她的奶头,整个奶头,就像一座教堂,就像先行者圣乔治的教堂,就是河对岸的那个,就在堡垒旁边,在他们把它拆了之前,该死的,在敌人往下面埋地雷之前。"他眨眨眼,翻起了白眼;回声·响嘴仿佛正和躺在他双腿之间的那杆枪造爱。"后来,在我们毁掉每一座桥之前,除了主要的那座,我跟你们说,有这么一个大胆的姑娘,没穿罩袍。我找准机会看了看她的肚子;她裹得紧紧的裙子掀了起来,她小腹两旁的垄沟一路向下流淌,流进裙子的边缘；你可以想象它们的尽头在哪，我的上尉，该死的！在山洞前，就在瀑布旁的泥沼那儿：你知道我说的是哪！这一切发生的时候我正直视她的肚脐，那小小的玫瑰花苞；一滴露珠从上面滑落；她的腋窝和镜子一样光滑；这一切发生之时，她就像冰一样融化，下落。公共汽车上只有我们三人；她拉着扶手，我坐在她面前的椅子上；我跟你们说，我正在去我买下的酒吧，在河对岸，他们那边，该死的，上尉。她的肚脐，我跟你们说，那个玫瑰花苞，该死的，随你怎么说，在我眼前像风中的树枝一样摇晃，而我已经准备好从座位上站起来，我浑身都燃烧了起来。我跟你们说，它就在我眼前晃着，我的每一次呼吸都让它移动，摇着它，转动它，打开它。这一切发生之时，它就出现在那里，就在那一刻，那个记号——一只双头鸡！该死的，一只鸡！她在清真寺附近下车之前，用小小的左手盖住那个记号，好像有什么东西在她腹部的肌肤灼烧。她一头亚麻色的头发扎编成一根粗大的辫子，好像是用樱草编成的，该死的。我也下车了，无论如何，我在公园里坐下，坐在菩提树下。她在喷泉旁的电话亭里打电话。我看着她捂着肚子，不禁想着如果她躺在樱草丛里，我跟你们说，没有人能分辨出她的头发从何而终，樱草又从何而来。该死的，随便你怎么说，上尉，我从来都没、一次都没见过这样的头发，就像一条樱草编成的溪流，兄弟。"回声·响嘴充满诗意地大叫，用右手爱抚着枪屁股。这时，热头鹰看着钟楼上方的天空。我抓住机会，就在那一刻，把戒指扔到背后去，摆脱它们。

"一个白如雪的女孩，我跟你们说，"回声·响嘴继续道，"我看见她在河里洗衣服，就在火车站旁，那条河，我跟你们说，被他们炸掉的那条，该死的，你们知道。这一切发生的时候，水刚及膝；我们这边的河水更干净，这就是为什么她到我们这来洗内裤，我对自己说。她洗的时候，我跟你们说,她把自己裙子拉到臀部上方,就像一个救生圈。阳光照在水面上,与水滴一起飞溅,从她半透明的腿上滑下来,真的是在里面滑下来的,在皮肤里面,如同在玻璃上一样。我击中她较高的部位,我跟你们说,在她的左腿,该死的,随你怎么说,就在她屁股下面那条线上。她的内裤滑到尾椎骨下方,那个记号就在那里。想象一下吧,我跟你们说,那东西成了一个卐字,该死的,纳粹党的钩十字,混账东西,像蜘蛛一样扭曲,你们知道。她越是搓那些衣服,那十字就越是往上跳,像是要和那些内裤一起潜入黑暗之中。我跟你们说,世界上存在着很多东西;只是必须先跨过羞耻心那道坎才能看见。你永远都不能确定你会看见什么或者可能看见什么,该死的,这个女人藏着什么,该死的,上尉,我对自己说。不存在任何一如初见的东西。"回声·响嘴说完转向我。"布鲁图斯·靶心应该从钟楼下来了!"他给我下了这么一道严厉的命令,而我差点没忍住笑出声来,让自己出丑。"去接替他!"他命令道。

"时间还早。"热头鹰否决了他。

"我跟你说,上尉,"回声·响嘴一拍都没漏,"这一切发生的时候,那条河还在流淌,我难以置信地看着她的屁股:我的眼睛怎么可能就在那里,在那一刻烙上这么一个记号呢,该死的?这是个诅咒,我对自己说;我并没有把耶稣复活当作耶稣复活来相信,但是要让一个十字出现在一个女人的屁股上,你还能说什么;另一方面,我最常留的记号是红色五角星,该死的,你们知道!"他说。"这一切发生的时候,我还以为有人在恶作剧,我跟你们说。撒拉逊女人屁股上出现了十字,你能想象吗!到处都是红星!这怎么可能,上尉,与我自己作对,混账,嗯?"回声·响嘴问。"我已经留下了数不胜数的红星,我跟你说,该死的,星星,那么多星星,一整个宇宙都是星星,我的上尉:在胸上、背上、屁股上、肚子上、肩膀上,甚至在那下面,那剃干净或修剪过的地方,该死的。有一次我在一个地理老师的双乳上留下两颗五角星;当我看着面前的两个奶头,就像在看两个盲目效忠党派的剃干净的女孩,头上印着红色五角星:没有嘴唇,没有眼睛,只有一点鼻尖和一个红星。她们用那红星微笑,用那红星交流。我会跳出来,上尉,该死的,好像被开水烫了一样跳出来,我跟你们说。这一切发生的时候,那些红星变暗了,而我则开始舔那些乳头,当我用鼻子逗弄它们时,它们就变得苍白,开始萎缩,我跟你们说,用鼻子,你们知道。我溺水了,我跟你们说,在我的秘密地理学领域笨手笨脚地游泳。

"我见过的东西,我的上尉,会让你费解,会让你费解为什么你会感到费解,接着继续费解,我跟你们说,随便你们怎么费解。这一切发生的时候,我看着那光滑的像抛过光的屁股,在上面留下了镰刀和斧头的记号!我跟你们说,这两个记号就像水从井里冒出来似的,该死的,我说,慢慢地,一滴一滴。你见过水从井里冒出来吧,上尉?首先,它慢慢浸湿井的底部,接着水出现在中间,开始填满整个洞。那个记号就是这么出来的,从下面的深处冒上来,我跟你们说,从下面的深处。我只用一个眼睛看,因为另一个,该死的,你们知道,被挂在我鼻子上的两片花瓣遮住了,像是新鲜的雏菊,我跟你们说。她是一个小太妹①,上尉,一个小太妹。我后来感到很不解,我怎么可能,我用我下面的兄弟起誓,我跟你说,只用一只眼睛就留下一个镰刀和斧头的记号,该死的?我用两只眼睛执行命令的时候总比一只眼更强更好!我看着那把镰刀,与斧头交叉,就在我来这儿的三天前;它们模糊,畏缩,被压扁了,而且灰蒙蒙的,手把扭曲而苍白。除此之外,该死的,她再也没有在周三穿红色的内裤,也没有为双峰染上

---

① "小太妹"(flapper)和前文根据语境所译的"花瓣"(flap)是同源词。——译注

相同的颜色；只有我的记号留在那被冻裂的深谷，我用我下面的兄弟起誓。"回声·响嘴宣称，把那杆枪拉到胸口。

"我也给三个男孩留下过记号，我跟你们说，不过只是意外，该死的，随你怎么说。这一切发生的时候，我以为他们是女的。爱信不信，该死的，我只在他们的额头上留下了记号，不小的。"他说完了，把自己捡起来，去草丛里更高的一块石头上歇息。热头鹰因为憋了太久的那口气而咳嗽起来；他突然像火炮一样咆哮起来，让我和回声·响嘴面面相觑，不知这到底是生气还是高兴的征兆；不知他到底是在安慰自己还是在像女人一样哀痛。他用手抹了抹眼睛之后才镇定下来，靠在墙上。

"不小心，你说，哈？"他终于振作起来，声音似乎同时从嘴里、鼻子里，甚至从耳朵里冒出来。你可以用这些器官吹灭一支蜡烛。

"这也没办法。"回声·响嘴淡定地回应道。"你呢？"

"什么我呢？"上尉跳起来，仍然抹着眼睛。

"你的眼睛怎么了？"回声·响嘴问。

"哦，这事儿啊！很好，该死的！我只能看近处的东西，而且除非我摸到它，抓住它，不然我是什么都不会相信的……"热头鹰回答，又发出一阵断断续续的咯咯声，在他体内，给他自己听，但又漏出了一点。

"好吧，该死的，我已经恳求你整整三周，要在晚上过河，到另一边去；我会留下我的记号，你就从近距离观察，然后抓住，但是……"回声·响嘴含糊不清起来，兴高采烈地打扰着身边的青草；他呼哧呼哧地喘着气，好像身体每个可以出气的角落都在释放气体，就像带着个篮子的大气球一下子撞在坟墓上。他转向我，看着我擦拭狙击枪。"你呢？你会上没受洗的吗，嗯？这里面区别可大了——受洗的、吃圣餐的那些就像一口井；你喝水的时候可以看见自己的倒影，因为它们浅；没有受洗的、剃过的、暗色的那些就像大海；深不见底，你也看不见自己的倒影，无论你看多久。"回声·响嘴突然改变信仰，一边往枪屁股吹气。"高中里有个老师；每个人在背后都叫她'吹箫'，谁让她自己的名字叫'盛放①'。"他说。"我在她身上留下了记号……"回声·响嘴正要继续说，而我跳起来打断他。上尉站起来，拍掉裤子上的尘土，扶了扶臀部挂着的猎刀，把他新的卡拉什尼科夫冲锋枪扛在肩上。脖子上挂着望远镜，一如既往。他的枪，一如既往，插在皮套里，没扣扣子。我仍然站着，狙击步枪就在我手里，我说，我手里，我对你说，等待命令去钟楼接替布鲁图斯·靶心。与此同时，几颗炮弹，也许是不小心，我说，不小心，我对你说，我不知道，掉在河对岸，同等数量的炮弹也落在我们的坟地里。有几颗还打在唯一挺立的桥上。接着，就在热头鹰转向我的时候，布鲁图斯·靶心身体探出钟楼的墙壁，我说，探出，我对你说，接着就落到热头鹰和回声·响嘴之间。他被一颗狙击子弹穿透；只在他的眉心留下一个小小的记号，好像有人看了一眼他的额头。

---

① "盛放"（Blossom）和"给某人吹箫"（blow some）的读音很接近。——译注

二十五

　　布鲁图斯·靶心就葬在我们后面，我们正排排站，接受热头鹰的检阅，他从南部的前线跑回来，像狗一样喘着气，告诉我们水库那边我们的一队人马被敌人彻底包围了，所以如果我们不想全军覆没，就得立即采取紧急迅速的行动。急需志愿者绕过光毛小公鸡酒吧，穿过雷区，显而易见。实际上整队都报名了，但是上尉叫我立刻转回前线，因为他要我去完成一个特殊任务。"之后我会需要你。"他说，把我和一个新的狙击手调换了位置，他一直都在盯着清真寺的尖塔。终于，他叫他们准备好步枪，我说，步枪，我对你说，接着他们就走了。

　　几个小时之后，他们回来了，脸上喷满了血。一片死寂。只有回声·响嘴吹嘘自己让几百颗头滚回灌木丛中，剜去了双眼、双唇和双耳。"你根本无法分辨，"他说，"哪里是正面哪里是反面，我跟你们说；全都是胡子，该死的，上尉。"他们第一次在水库旁发现恐怖分子的尸体。"尸检过程中，没有发现灵魂。"他宣布，开始像一台蒸汽机一样用鼻子吹口哨。所有的士兵都笑了起来，开始互相传起一瓶白兰地。没多久一瓶酒便喝完了，大家开始唱起充斥屠杀和上吊的歌曲。我还是新人，只是含糊地嘟囔着，和他们一样点着头，怕他们觉得我持有异议。两名士兵，实际上是两个凶犯，用上前线交换自由，吹嘘他们如何强奸了两个女人，下哈姆雷特地区的一个母亲和一个儿媳妇，就在河边。他们打破了绿色的门，闯进房间，那两个女人，他说，在楼梯上一看到他们就开始脱衣服。一个年轻而一头金发，另一个身材丰满穿着罩袍，蓝色的，像是剥了皮的鸡，年纪大一点的那个人说。她们家的男人移民了；她们一直陪着他们到门口，在门槛上哺乳，年纪轻一点的那个人说。她们都怀孕了，但在五个月的时候堕掉了，年纪大一点的那个人说。她们的男人已经三年没回家了，他了如指掌地对我们说。

"等我们完事了，这些女人连一点血色都没有了，她们白得就像涂了石膏的墙。"年纪轻一点的那个人忏悔道，把空瓶子扔进草丛里。最后，她们在大门口和他们道别，亲吻他们的手，跪了下来，用胸脯爱抚着门槛；到昨天为止还一切正常，但是今天他们就觉得双腿之间开始发痒；那位士兵以此作为他故事的尾声。

"有什么东西在我皮肤下面爬来爬去。"年纪大一点的那个人说，手伸到裤子下面。

热头鹰先是笑了，不过当他看到他们开始抓痒，就命令他们立刻带着镜子去河边剃毛。

只有其中一个回来了；另一个在跪下来洗胯部的时候被击中了。年纪轻一点的那个只看见他在水中发出咿咿呀呀的声音，好像在玩耍；泡沫浮在他头顶，一道血红色的水柱喷涌而出，洒在河边的草地上。他颤抖着，双手握着水壶；在告诉我们发生了什么之前，他把水洒了一地。直到太阳跳上老教堂残破的壁画，热头鹰才允许发放面包和罐头。我们坐在教堂背后的阴影中吃了起来。可以闻到乳香和蜡的味道。上尉朝草丛里的坟墓记号石上扔着小石头。回声·响嘴坐在他旁边，狼吞虎咽地吃着大块的面包；

他的胡子挣扎着,就像一只被绑住的小鸟。他像潜水员一样深呼吸,咆哮着,臀部在地上蹦跳着,像是要在胃里腾出一些空间。士兵们坐在他旁边,偷偷摸摸地挤眉弄眼,用罐子装呼出的气,而他挥舞着手肘,好像要保护自己免受想象中秃鹫的干扰,又往嘴里塞了更多面包。

"这场与河对面的战争,我们只能赢,该死的,上尉。"他嘟囔着。"就是这样。他们的孩子都够再打三仗,我们的孩子却连这一仗都逃不过。就是这样,如果他们打不赢这一场,后面每一场战争他们都会赢的。而之后会有更多的战争,记下我的话,该死的,我是说,除非我们这一仗大获全胜,一劳永逸地解决问题,就打这么一次,阿门,干死他们。"他祷告完毕,在草地上蹒跚,仿佛背后被一整个军团的蚂蚁给咬了。

"我们会赢。"热头鹰宣布,盯着刻在石头上的小小的十字架。"除非有人背叛我们。"他补充道,把所有的小石头都朝涂着蜡的墓碑扔去。

"我们为什么只能通过战争来衡量自己呢?"我对着罐子里问。

"因为这是唯一一件把我们紧密联合起来的事;其他的都只会让我们分崩离析。"热头鹰回答,一如既往,什么都逃不过他的耳朵,无论何时何地。"没有战争我们就无法共同生活;没有战争,我们就别无共同之处。"他总结,起身。

"爱呢?"那个代替斯坦·飞龙守在光毛小公鸡旁岗位上的男孩轻声问。

"就算是爱也会让人分离,孩子!他们有他们的,我们有我们的爱。"热头鹰斥责他,把面前坟墓记号石上的蜡给刮了下来。"我们能分享的只有死亡。"他补充道,站了起来。

"我曾爱过一位卢木妮·杜拉库·马尔·托巴库……"男孩承认,但是热头鹰没听见。实际上,那一刻一颗炸弹落在坟地里,回声·响嘴尚未和着自己的小胡子咽下最后一口面包,他无法咒骂,只能像条被踢了一脚的小狗一样尖叫。几乎是同一刹那,桥南边玉米地里的坦克轰炸了清真寺的尖塔;伊玛目被录下来的声音号叫了很长一段时间,落在各处的房顶上。我相信你也一样,朵兰缇娜,看见了一切,因为你现在所在的位置离那儿可能不到五百米。清真寺离你更近,朵兰缇娜。热头鹰透过望远镜观望,欢欣鼓舞地跳过刻着小十字的石头,跳过坟墓,跑向教堂的门廊,或者应该说是钟楼,下方八米远处是他的储备总部,连着一条通往光毛小公鸡附近花园某处的隧道。有一次我通过它,在近距离给断臂人一个惊喜,他当时正躲在尖塔的走廊里,但我的任务失败了。我只打中了扬声器。现在桥下都是水,因为一切已经结束。我还能对你说什么,朵兰缇娜,我心中的河,我说,人性之河,我对你说,还有什么,在你杀了我之前,我的故事已经完结,我的坦白已经结束,我的痛苦已经解除,我这错误的一生,剜去了真正的爱和真正的家人,剜去了真正的回忆和怀念?现在我知道我自己,实际上,甚至根本不存在,因为存在就是幸福地生活;我的海鸥乔纳森也已经不再;那些云彩也已经不再;在这里,一切都是黑暗、潮湿、无止境的空虚,我的地下共和国,我说,共和国,我对你说,我心中的河。最坏的情况就是我竟然能苟且偷生回到镇上;在那里没有人会欢迎我,会告诉我我还活着,更不要说在主街的每一棵树上,盛放会冲着我微笑;她的确应该对我微笑,因为我使她蒙羞,朵兰缇娜;如今她成了彰显我失败的永恒守卫。我完了,我心中的河;故事就要结束了……

但是,等等,还有最后一件事:两天前,我说,两天,我对你说,我收到了一封信。我在这儿收到了一封信,朵兰缇娜,一封信。粉色的信封里有一张黄色的信纸,我说,纸张,用红色的墨水写的信,还有两张小照片。一张是繁花阿姨坟墓的照片;黑色大理石的坟墓,上面摆着巨大的白色花瓶,插满了紫色的玫瑰。在大理石上你可以看见橙子的倒影,可能只是她挂在坟头的橙子；另一张则是一个裙子贴在皮肤上的女人，这让她的身体看上去色彩斑斓。她穿着繁花阿姨的红裙子；她坐在平台上的同一张桌子旁，挂着橙子的树枝就在她头顶。两个女孩，长得如此相像，就像对方的倒影，站在她的身边，双手放在她下垂的肩膀上。透过橙子之间的缝隙，你可以看见，就在那一线天里，是灯塔和巨大的船只，消失在深蓝色的海脊背后。下面，是秀气的字迹，用拉丁文写的，我说，拉丁文，它说繁花阿姨希望在死前见我一面；整整三天她都念叨着我，每听到雾角的声音都会醒来，接着她就不再问我的事，只是躺下休息。上面也写着我的"志维戈"酒店，我的酒店，想象一下，生意非常好，她照顾着那里的生意就像在照顾自己的生意一样；那些钱；我说，随时随地都可以寄给我。什么钱，朵兰缇娜？！谁的钱？在酒店门前，根据遗嘱，他们放了一个女人的雕像，张开双手随时准备拥抱。雕像面朝大海，面朝来来往往的船只，信中说，在最后，也许是写信的那个，也许是她们三个都请求我去找到那个无法感受香烟在指尖燃烧的男人的坟墓，如果我找到了它，在坟头放上些鲜花，点一根白色的蜡烛，不要买便宜货。他和他的房子一起烧了起来，信上说，也许就在我享受我的《记号》获得的盛名与赞誉的那一刻，我对自己说。我的睫毛仍然有烟草的味道，朵兰缇娜。

我把那封信和修道院的钥匙放在同一个口袋里；这里，就在我衬衫左边的口袋，朵兰缇娜。如果我留在这里，如果我成为一具新鲜的尸体，如果我的人早在你的人找到我之前把我从这里拖走，能不能至少请他们把钥匙和附有照片的那封信交给你。之后，你要暗地里毁了它们，我说，暗地里，我对你说；那个女人和双胞胎的事不应为任何人知晓，因为我在这里死去不是她们的错。不要留下任何繁花阿姨存在的证据，因为只有你和我知道她，朵兰缇娜。我把她的照片留在家里的轮椅上；我没来得及带上，我也忘记要带上它。当热头鹰和回声·响嘴敲门的时候，我以为自己已经不能算活着，因为活着，正如我刚才所说的，意味着幸福。我只是把"志维戈"酒店的契据和那份头版报道这个世纪最大抄袭案的报纸放进我的装备包里。它也在这儿，我带着它，朵兰缇娜；我没办法把它从包里拿出；我连一块肌肉都不能动，虽然我在瞥向河对岸之前正准备用那张报纸上厕所；我透过瞄准镜投去一瞥，便看见了你；我看见你微笑，在我看见你之前我早就入了你的瞄准镜。你早就可以杀了我，在我在樱草丛中发现你之前，我说，樱草，我对你说。

我就在这里，朵兰缇娜，就在这里，仍在这里！就在这也许仍能存在的一刻，我希望自己能做一回樱草；做一棵触碰着你的前额和脸颊的樱草，你洁白光滑的脸颊上，就在与那朵花儿触碰的地方，有一朵小玫瑰般的酒窝。就像我如呼吸一般轻触你，你的耳垂激动得颤抖；在你左边的眼角，我看见一层层薄薄的水汽正在聚集，可能会成为一滴眼泪，也可能成为一束光，一片晶莹，在你注视着我的眼光里。我知道爱是眼中的凝视，陷入爱河的女人双眼总会不知不觉湿润起来。爱可妮雅也是，我刚记起爱可妮雅，回声·响嘴的第一任妻子，亚伯拉罕·响嘴的母亲；她的眼睛总是湿润的。她和他坐在一张桌子旁，但你可以看见悲伤的水汽在她眼角聚集，与她的眼睑柔声细语。她会一连好几个小时看着回声；她的眼睛永远是湿润的，但是从来没有一颗眼泪滚落她的脸颊。我当时得出的结论是，这一定是爱，虽然他从不看她；实际上，回声是那种从来不会直视对方的人，包括自己的妻子；他从来不让她说话，虽然她就坐在同一张桌子旁；他什么都不问她，走的时候直接站起来，戴上贝雷帽就离开了；而她在他身后跳起来，去开门。有一次，在我们家，当我还在村子里的时候，我说，村子里，我对你说，爱可妮雅想说什么，但是他却用那只沉重的、似乎永远肿胀的手扇在她嘴上。"把你的话都藏在你两条腿中间！那张嘴不是用来说话的。话语只属于男人。"他说，一阵沉重的寂静落入房间，让每个人窒息，甚至那只猫。我看见一条细细的血丝从她的嘴角流下，但是她很快就用手遮住了。亚伯拉罕和我只能躺在灯具后面边看边哭，而那个塑料人闪了几下，暗了下来，好像连他自己都觉得很窘迫困惑。

那个冬天，爱可妮雅在睡梦中死去，就像一座真正的圣像①，春天来了，他搬到了镇上，他已经把丽思卡带进了家门，一个有两个儿子的女人；她耳聋木讷，但是她的孩子健康正常。他们的第二个儿子出生之后，回声才让她改姓为糊涂虫。他的真正姓氏不是响嘴，而是糊涂虫；我叫他响嘴是因为他声音很响，好像要把嘴巴射出来似的；他一出现，立刻就会有极响的噪音，因为他不仅说话，而且会大叫，好像在和九座大山、九片汪洋之外的人说话。他年纪大了，头发从头上掉下来的时候，声音越来越响，虽然丽思卡什么都听不见，所以她应该不以为意。那对双胞胎和他一样大声，那对兄弟里克和米克；他们会站在门边，我说，门，我对你说，大声嚷嚷，也许只是些简单的问答而已，如果有人敢问他们的话。他们的答案也没什么值得嚷嚷的。比如说，如果你问他们想不想吃饭，他们俩会说**可能想吃**；如果你问他们想不想撒尿，他们会异口同声说**可能想撒尿**。你大可以去看看他们在什么时候想用什么方式做什么事，我对你说。如果他们真想干些什么。这就是他们的天性；流淌在他们的血液里。另一方面，你看，既然现在回声已经走了，我似乎有点怀念那种嚷嚷；他嚷嚷的时候，每个人仿佛都获得了勇气。没有他永不停歇的噪音，我们的人看上去会少了很多，而你们则多了很多。少了，我说，多了，我对你说。是的，朵兰

---

① "爱可妮雅"（Iconia）中的 Icon 为"圣像"之意。——译注

缇娜，我心中的河，多了。

　　通过你的嘴角和微笑判断，我可以看出你并没有因为我对你说这些愚蠢的废话而生气；我可以看出你左眼是湿润的，因为这是我唯一可以看见的东西，有那么一瞬间，我以为你爱我；也许你看上了我，当我们透过瞄准镜对视的时候。也许这就是爱，我只是没认出来而已。什么是爱，朵兰缇娜？人可以脱离爱而活着吗？你知道，我说，知道，我对你说，我刚到镇上和泥刻·镍克斯外公一起生活的时候，我当时决定再没有任何死亡会让我悲伤，哭泣，也没有任何喜乐会让我幸福。许多年过去了，这当中决心的成分越来越少，性格的成分越来越多。很多时候我必须说服自己，我不能随心所欲地生活，而是要过一种我决定过的生活；我，朵兰缇娜，过着虚构出的人生；我过着我想象中的人生。我真心相信真正的自由只存在于彻底的孤独。我写作，想象有一天自己会成名，因为名人毫不在意他们究竟是被爱还是被恨；名人只能被嫉妒；名人视平民为蝼蚁，它们只在脚下某处生存，在尘土里绕着他们的鞋子乱转。当然，我只写谎言，因为我可以根据我的喜好量身定制这些谎言，就像我可以把谎言过成真正的人生。我认为谎言的手中握着唯一可以创造的未来；真相是平凡的，所有人都拥有，真相是白痴的消遣；真相是一片面包，街上的随便哪个笨蛋或者垃圾桶里随便哪个流浪汉都能找到它。就连那些偶然间走入我想象中的人生的女人，我也只是用来享受短暂而微不足道的欢愉，虽然其中有些不错的女孩，但也有荡妇；没有一个人能成功突破我的防线，我通过重复我的指导纲领保持这种状态。"做你自己；永远不要爱上任何人；没有人值得拥有你想象出的对她的爱。"

　　然而，爱并不存在，除非你能爱某个人多于爱自己，朵兰缇娜。也许这就是为什么我从来没感到一星半点的嫉妒，虽然他们说嫉妒和爱没有丝毫的关系。我只是想说，一切，我心中的河，一切，我的最爱，一切都失去了意义；包括我放在背包里的报纸，包括修道院的钥匙，包括记着爱·白色黎明名言的笔记本；一切，朵兰缇娜，一切。然而，如果爱是一种回忆，那就记住这完美的一天；蝴蝶在我们之间飞舞，太阳一脸困惑地悬挂在堡垒墙壁上方，看着我们趴在河的两岸，端着步枪对准对方；记住这微风，为我们吹来令人扼腕的香气，你身边的樱草，拥抱着你，好像拥抱着同伴，爱抚你，在那里，就像它们的同伴，就像我的，我说，我的，我对你说，好像在完成我最后的心愿。记住下面河水潺潺，在我们中间流淌；那条你只能听见，却不能看见的河，因为我们只能看着瞄准镜。记住，我心中的河，我说，人性之河，我对你说，记住那水波扑打的草叶的战栗，那些小小的波浪在两岸之间循环往复，纵横交错，却又毫不停歇地向下向前流淌。记住我嘴唇的动作，我说，嘴唇，我对你说；记住我的脸，记住我的微笑，河堤后的微笑，朵兰缇娜。记住我灰色的头发，我说，头发，我对你说，还有我面前摇曳的棉蓟，下定决心一直恨我，恨到苦涩的终点；让它和一切憎恨一起在烈焰中跳舞，因为，现在，恨意滔天，就在这一刻，我记得你也许能够记得直到现在我所说的一切，你也许能够在此之后写下一切，把它再次写成一本小说，它将再一次被赋予《记号》这个名字。让这些棉蓟死于妒火，我说，这棉蓟，朵兰缇娜。就算没有它，这也会成为一本小说，关于从我的瞄准镜里看到的一切，关于从你的瞄准镜里看到的一切；一个故事，关于我在你目光中的感觉，关于你在我目光中的感觉。我将会记得你对我微笑，相信我；我也应该记得这丛棉蓟，总是摇头晃脑，嘎嘎作响，什么都不信，什么都不记得，带着憎恨的毒汁。记住这一切，好让我们存在，朵兰缇娜！

二十六

　　昨晚，在壕沟里，在睡梦中，我突然想起留在身体上的一切触感，就像记号。我想起佩特拉，或者应该说她柔软的肌肤，在我腰间流连，好似泡沫；我以为她从头到尾都在溶解，在我头顶漂浮，就像小小的肥皂泡，她只会叫"噢，乖乖，噢，乖乖"，轻咬我的耳朵。我在她体内抽插，保持相同的节奏：九浅一深，在她骨头间抽插，每次我插到谷底，就有一种力量将我抬起，就像潮汐，一阵毫无预兆的浪涛生成于她的脚跟，穿过她的股沟和肚脐，我说，肚脐，我对你说，最后拍打在她晕红的脸上，融入她眼中的落日。她的胸部小而困乏，乳头却很坚挺，是粉色的，就像一个孩童的手指引诱别人拥抱。细小的汗珠在她的肌肤上闪烁，就像天鹅绒上极小的珍珠，折射着透过窗户落到大头针组成的星星上的光芒。我根本不了解她，朵兰缇娜；我不知道佩特拉是不是她的真名，因为和她一起住的老婆婆曾在电话里诚恳地对我说，她家里没有过名字这么搞笑的女孩①。我不知道为什么她出现在我的脑海里，我以为自己已经彻底忘了她；现在想想，这根本不是我的心意，因为她是我身体上的一处记号，不经意间留在我皮

---

① 佩特拉是一座约旦古城的名字。——译注

肤上的痕迹。

在她离开那间公寓之后，我说，毫无预兆，一如既往，而雨滴紧随其后，她是我神秘的暗夜风暴，我突如其来的洪水。她每次来总是带着湿泥的味道。虽然她是一滴雨，她有一对又大又沉的胸脯，我要用双手才能捧着，像抬起沉甸甸的苹果树枝一样。她会透过鼻子大声呼吸，只在最后才张开嘴。她以嘈杂的释放结束，仿佛已经充了好几天的气；就像一个突然松掉的气球，唾沫飞溅，气喘吁吁，直到最终变回扁平与空虚的样子，躺在屋顶某处。她终于吐出一口气，然后会安静地咆哮，我说，安静地，她的鼻孔猛然扩张，嘴巴张开想要尖叫；她潮湿的声音将我举起，拧成两半，我的腰部扭动着，最后的那阵震动就像针线般穿过我的胯部，在骨盆后方某处敲击。一刹那我被抛上岸，或者应该说我变成白色的泡沫浮在秘密的地下河流上。这就是她留下的，朵兰缇娜。我又从她那里转移到了蜜蜜那里，我说；和蜜蜜在一起是不同的——她很安静，呼吸轻柔，难以觉察；一声一响都会吓到她，甚至自己吓自己，我说，惊吓，我对你说，屋顶上的阴影，楼上抽水的声音，还有卧室墙壁之后传来的下楼声。十二次撞击在我脑中回响；十二级阶梯从我们的躯干一直下降到双腿，直到在那里消失不见，在房间的角落，在台灯之后。在吱呀作响的老旧楼房里，听着许多命运来来去去，蜜蜜在我耳畔低语，他父亲在青年时期双目失明，她是唯一的孩子，仍然十分眷恋他，这就是为什么她从早到晚都在描述一切声响，好让父亲把它们与尚未失明时听见的作比较。不幸的是，每一个不同的细节，蜜蜜低声说，倘若不符合他的记忆，倘若他无法想象或将它视为现实，他就立刻惊慌失措起来。在她说完她的故事之后，就是关于她父亲相同的故事，蜜蜜会温顺地滑下垄沟，在我的肚脐那儿转个身，再敏捷地爬上来，用芬芳的水注满我的嘴；我不知道她是如何如此迅捷地注满自己的嘴，如此之快地兴奋起来。我感觉是她温暖的灵魂注入了我的静脉，它轻挠我，用樱桃和草莓把我粘在床单上。和蜜蜜在一起时，房间里总有水果的味道。水果，朵兰缇娜，水果。

当然，也有蔬菜。比如茜茜，和蜜蜜不同，带着切片黄瓜的味道，行事风格却又和她相同，只不过茜茜用的是粉红色的小舌头。像一只蝴蝶，我说，一只蝴蝶，我对你说，她起伏，盘旋，用翅膀轻触我。她浮沉的频率如此之快，几乎不可感知，但这让我颤抖，犹如一个巨大、沉重而温暖的生物向我压来；某种未知或灭绝的生物，比如恐龙，只是打个比方。当我终于喷发，像清泉一样涌入干燥的田野，我说，田野，我对你说，她会用舌尖轻舔红唇，迸发出一种奇幻而满足的微笑，好像要将我全部吃掉，一口吞下。她像一只小猫，玩弄自己的胸脯，直至停在乳头上。她散发的热量可以和雀斑奶奶火炉里常燃的烈火媲美，她对它们说话，仿佛与人交谈。当茜茜玩弄自己的胸脯，柔软的手停在乳头上，我会痛，我说，轻微的痛。混迹在她们之间，我错过了所有的课程和研讨会。在学生公寓俯瞰着古老的废墟和吉卜赛帐篷，我躺在茜茜身下度过了最美好的时光，虽然我不爱她，就像我不爱任何人。尽管如此，这并不妨碍我们在春天里欣赏窗外李树的白色嫩芽，即便无人有心栽种；这风景让人联想起披在吉卜赛破帐篷上最惊艳的冬天。茜茜的胸部压在玻璃窗上，观察着春天的微风舞起一阵花瓣雪，它们落在被挖掘出来的大教堂和古剧院的礼堂里。

在这样的一个春天里，她在我的门口留了一张小纸条，从世界文学课的笔记本上撕下来的一张纸；她要结婚了，和一个她起名为乔纳森的移民，可能是因为她知道我有多么喜欢这个名字，她叫我不要生气。接下来的三天里，我梦见那并非只为觅食而飞翔的海鸥。之后，我回顾了整件事，意识到茜茜是正确的：爱人是一回事，丈夫则是另一回事；与爱人一起向往，但与丈夫可以一起生活。人生不在于向往，而在于生活。与此同时，如同我梦寐以求的海鸥，飞进我房间的是皮皮，或珀耳塞福涅，那个为自己的名字而感到羞耻的女孩，她证明了这一点。她知道该如何温暖我的膝盖，就在寒气从内部渗出的地方。她的肚子很可爱，就像一个哈密瓜，肚脐里散发出熟透西瓜的味道。她的皮肤像珍珠母一样晶亮。晚上，当我拉起窗帘，看着所有的色调在她的乳房和肚子上玩耍，她就像月亮一样闪闪发光，点亮天花板上用石膏镌刻出的玫瑰。她闪着珍珠光泽的乳房半边覆着粉色的蕾丝，白色而光滑的乳头在中间滚动，像名贵的珍珠，顶部有一个带花冠的浅窝。她的乳房是奇妙的：裹上衣物时，它们显得娇小玲珑，几乎无法察觉，但脱下衣服时，它们会慢慢胀大，乳头从皮肤中冉冉升起，像大雪天的雪花般萌生。这隐蔽的美丽是一种无中生有，我说，无中生有，我对你说，只需温柔触碰她耳后。不仅是她的乳房，她的整个身体都在抽芽绽放，茁壮成长，她双臂、颈部和腹部的淡色毛发从皮肤上微小的凸起处站起来。皮皮就像只属于我的春天一样萌芽，盛放，她差点被我们之间飞扬的花粉呛到，因为她想将舌头下所有的芬芳收集起来，以免灭绝。她就是充满芳香的诺亚方舟，需要好好保存。

　　如果现在看到她，我也无法认出她来，就像我无法认出德丝碧娜一样；我们一起学习，考试，当我触摸她的膝盖时，我们已经解决了所有问题。那一刻，我看到她的手指颤抖着，血液从她的双腿退去，仿佛感到尴尬。她的脸瞬间蒙上了红色的雀斑，蔓延到脖子上，蔓延到她游满小鱼的连衣裙间的深沟里。她有极薄而敏感的肌肤，我说，肌肤，我对你说。它就像一张银膜，几乎无法将她全部裹起来。这种肌肤极其少见，当你看着它时，它会受伤；甚至会因你的凝视而晕红，甚至会发出水痘那样的皮疹。安娜·卡列尼娜娇小的双耳也是因此在弗伦斯基的凝视下变红的吗？我想着，而德丝碧娜却张着嘴喘气。突然,她把所有的空气吸入体内,而我别无选择,只能从她那里获取氧气。我感觉她好像在把我吸入体内,就像吸入一粒尘埃,吸入床上被人遗忘的一小截线头。我以为她会剥夺我的一切,只留下我的骨架和那尴尬的赤裸裸的骨头。等我回过神来,她已经把胸脯放回了衣服里。在把它们放进去之前,她用小指触摸她左乳房下的天鹅绒圆圈。

"这是一个记号。"她说。

"什么样的记号?"我问她。

"你不知道德丝碧娜的那首歌吗?"她反过来问我。

"我知道。"我回答。

"我就是那个德丝碧娜。"她微笑,把胸脯塞回裙子里。"三年过去了,而我还没有忘记你。我有一个记号。记号就是一种象征,一种封印,一块墓碑,不是吗?"她微笑。"它会成为什么取决于你。"她总结道。

"为什么取决于我?"我询问。

"你需要说出我拥有什么样的记号,还有我是死是活。"她对我说。"开玩笑的。"她打量着我,把我拉到她的身上;她根本没感觉到我的体重;其他女人总是抱怨,当我压上去的时候,她们感到窒息。我的同学德丝碧娜和她们完全不一样;她写了神秘的诗句,她自己称之为异端诗歌。她写道,上帝在说谎,因为如果他照着自己的形象造了人,就像传说中那样,**上帝照着自己的形象造了人**,他照着自己的形象造了男人和女人,他又怎么知道该如何创造女人,既然**他的形象**,不是女人,而是男人,她会这般争辩。她低声诵读她的诗歌,给予辅音与元音同样的机会。有时候,我甚至听不见她在我身下呼吸,我说,呼吸,我对你说;被那静默包围,我就要沉沉睡去,在那深深的静默中,门突然大开,我看到阴郁的时光穿透那跨进来的人儿，是皮皮：我只看到她用手遮住嘴巴，转身离开；此外，她和蒲公英一起飘走，在古老的剧院和吉卜赛帐篷上闪动。至此，她可能以为我曾爱她，但从那时起，她知道错了。若非如此，那就没有罗拉，那位拥有夏娃的眼睛和亚当的臀部的教育家。

想到已经认不出我的德丝碧娜，我觉得上帝一定是先造了两个男人出来，也许在此之后才花了点时间思考如何将其中一个变成女人。当然，因为她的臀部。每当我躺在罗拉身上，都觉得自己坐在跷跷板上，一会儿倒向她的脸，一会儿倒向我的膝盖。"撞开，亲爱的，撞开！"她会大喊，把我像铲子上的狗屎一样在床上扔来扔去。

欧蕾则完全相反，我说，欧蕾，我对你说，她的屁股很平，她又消瘦又矮小，可胸脯让她倍感艰辛，它们是她的惩罚和负担。我想她躺着的时候一定最舒适，因为这样它们就会像果冻一样抖动，偶尔会碰到她的下巴，再卷回来一直到肚脐。扭动屁股时，她的乳房画着圆弧摇摆，就像一台吊扇。就算在中世纪，那些乳房也不会有什么吸引力。就算在那时，胸脯是以稍显笨重、较为饱满为美；要紧致，不能像充了气似的；要松散随意，但不能自由摆动，只能扑腾。我差点在欧蕾的胸脯里淹死，急迫地寻找救命稻草，而那根稻草就是琦琦，我说，琦琦，我对你说，因为琦琦的胸很小，乳头也极其微小，像铅笔画的圆圈。她的优势是一双长得要命的腿，似乎胸部以下全是腿。他们说长腿女人的子宫中没有重力，所以当她们造爱时，她们是浮在空中的。像这样的女人可以带你进入银河，进入无垠的宇宙，你甚至都没发现自己已经走了，永远不会回来。和她在一起时，我确实有这样的感觉，因为她的身体复制了宇宙中的所有运动；月球和星星，甚至是行星和黑洞的每一个动作。想象一下吧，朵兰缇娜，我们的每一个动作都在空中传播，空气再将它们反弹到我们身上。如果我们像被反射的宇宙波一样重复所有的动作，谁知道可能会发生什么！想象性爱以真空或黑洞的形状反弹到我们身上！和琦琦在一起，我绝对会有这样的感觉，我正在和空气造爱。

然而，大多数女性的双腿之间是有重力的；比比是如此美丽，那傲人的曲线，那曼妙的发丝，甚至连空气在不经意间穿过她时，都会嫉妒地尖叫。她幸福地结婚了。后来，在我离开艾奥瓦之前，他们全家一起去旅行，我说，旅行，我对你说，砰的一声撞上了岩石。没有人受伤，除了她，脊椎骨骨折了。从那时起，她就只好坐轮椅了。她打过几次电话给我，对我说："我听说你从艾奥瓦回来了，来让我看看你。"我一直没能鼓起勇气，去看她美妙的胴体皱巴巴地挤在轮椅里，朵兰缇娜。她喜欢在地上打滚，我说，地上，我对你说；她喜欢我用全身的重量轻轻撞击她温热的缝隙；她带来自己的床单，铺在地毯上；她用手掌把它压平，并用四个大头针固定角落。她带来的床单大多是蓝色的，和桌上蓝色的台灯相映成趣，它们一起营造了一种意境，仿佛我们置身于大海，在浅滩里游泳，浪涛把水推到沙子里，而海岸又毫不迟疑地把它带回去。我感觉水在拍打我们的双腿之间。和她在一起，我才头一次意识到生过孩子的女人和没有生过孩子的女人是不同的；她们体内的温暖是别的女人所没有的，她们体内还有一种搅动内脏的羞耻感。她喜欢跪在地上骑在我身上，手放在我的胸膛。这就让我能够在她之中爬得高高的，就像一只松鼠，而她只能震颤着，把我拉得更高，拉到里面的空间，拉到她体内，试着把我带到她盛放的树冠上去。

我花了几个月的时间才说服她独自来我家，来我俯瞰吉卜赛帐篷和古老戏院的公寓。每当她工作的学院图书馆里只剩我们两人的时候，我就和她说我知道的所有爱情故事，大部分是关于娜塔莎·罗斯托夫、安娜·卡列尼娜和爱玛·包法利的。我想说服她，如果有爱，就没有不忠；只有在没有爱的情况下，才会有不忠；爱若不存在，就不会伤人。只有当爱真正存在，它才会伤人。终于，有一天，她来了，但她太窘迫，连衣服都脱不了。我转过身背对她，我说，背对，我对你说，看着墙壁上她内裤的影子在移动；她把衣服叠好放在椅子上，一件接着一件。当时她没有带蓝色的床单，当然；她钻进了毯子，叫我过去，按照她的喜好把我放好，用两只手搓搓它，把它放到黑暗中，将我的膝盖拉到她身后，往后靠在两只手上，开始小心翼翼地顺着我腿上卷曲的毛发滑动。我感到一朵野花在她体内生长，只把她一人在床上举得高高的，把她变得轻如羽毛。她的头发，就像一片西瓜一样好闻，爱抚我的腰际，她呻吟着，摇摆着，仿佛掉了下来却又再次扬起；她停下稍息，接着又继续滑动，坠入不知名的深渊，却又娇喘连连地升起，一直到我身边。

"撞，蜜糖，撞我，"她低吼，"撞我，宝贝，温柔地撞我，就这样撞我，撞，撞，撞吧。"她召唤着我，而我撞啊撞，我说，撞啊撞，我对你说。"撞我，蜜糖。"她的声音在远处回响。"撞我，不要停，撞，撞，我的小松鼠，撞我，咬我，在里面咬我，像一颗坚果，啃它，我的小松鼠，撞，撞，撞我。"她哀求我，长发左右甩动，鞭笞着我，也鞭笞着她自己。她头发的鞭打让我不知所措，我甚至看不见她的脸；她的眼睛像受惊的虫子一样藏在角落里。她终于放松手臂，冷静下来，窝在我身边。她突然散发出海藻的味道。我以为她是偶然被冲到我的"绝望岛"上的海妖。在窗边看着她穿衣服，虽然灯柱发着光，我有一种感觉，她会回到我们想象的海洋深处，永远不会回来，永远不为人所见。我们每个星期都会见面，朵兰缇娜，至少两次，就像莱昂和爱玛·包法利，我说，爱玛，我对你说，直到那次意外发生。现在她已无任何感觉，但我仍感到那就像一个记号，我身上的记号。也许我应该打电话给她，朵兰缇娜。但是，什么时候呢？

就是这样；最终她们个个都会离开，我也会立即忘记她们，这就是为什么我现在不能保证那些是她们的真名。我想让你知道，朵兰缇娜，我说，知道，我对你说，我正在告诉你真相，没有向你隐瞒任何事。如果我要和你共乘一骑，就像法托斯·德德尔利的诗中那样，当你确实告诉我，我身上有泥土的味道，虽然我是泥土做的，我仍然感到你的胸怀在我的肩胛骨下，你的肚子随着马驰骋的节奏探索我的背部。我仍然感到你喷在我脖子上的鼻息，你的手臂环在我的腰际，手臂上的静脉传来心脏跳动的节拍，虽然确实可以嗅到泥土味。如果我能感觉到，你也可以感觉到，那么我何须告诉你，我已经死了，我说，死了，我对你说；你和一个死人同乘一骑？如果你知道我死了，朵兰缇娜，你还会与我一同驰骋吗？我甚至是否知道自己已经死了呢？另外，你已经知道自我从艾奥瓦回来后发生了什么，你知道我的小说《记号》，你知道我是怎么来的，和热头鹰和回声·响嘴一起，就算他低声说话，你在河对岸都听得见。你一定要相信我，朵兰缇娜，三天来，我失败三次，都没能击中我瞄准镜十字准线中央的目标，而目标都乖巧得像坐着的鸭子。第三次，热头鹰知道是怎么回事了，我说，知道怎么回事，我对你说，威胁说要杀了我，要射杀我，如果我再让这种事发生，如果我无法在激光记号锁定目标的那一刻射击。也许这就是为什么他把我带到这儿来，这就是为什么我能感觉到他无时无刻不在观察我，要么是躲在壕沟里盯着我，要么是在教堂旁边的大本营里用望远镜观察我。也许他已经发现了一切；我不觉得他到现在还没有察觉。

啊，多么美妙的微笑，就荡漾在你左边的嘴角，朵兰缇娜！我可以透过这瞄准镜就这样看上好几天，我的心中会充满时间；真真切切，头一次，我感觉一阵暖意在胸中蔓延，一直流到胃里，从上到下挠着我，顺着我的腿往下爬，一直流到我背后战壕中的土块里。那阵暖意又再次爬上我的脊背，在我脑后某处汇聚，耳朵后方。我的耳朵一定红得发亮，因为我能感觉到自己的门牙一阵刺痛，有一种轻微的触觉，仿佛一根羽毛在我舌头底下挠痒痒，沿着舌根，省得我吞下自己的舌头。我从未有过这样的感觉；我不知道这是不是一种爱；这是不是意味着我爱上了你，朵兰缇娜；当我将你锁定在十字瞄准线中，我爱上了你，当我看着你轻柔缓慢地吸气，呼气，看着你的鼻息离开樱草，而你开始飘扬，看着最高的那根茎秆顶端的黄色花瓣再次爱抚你的脸颊，逗你用左边的嘴角微笑，这微笑那么温暖，那么柔软，好像你正将金色的花蜜倒入玻璃杯，好像最精细的花粉落在叶子上，而它站起来喝彩，乘着风，钻进你的胸怀。那件衬衫一定踏着浪摩擦你的乳头，先快，再慢，随着风吹的节奏，随着你身畔的樱草战栗舞动。你的左手与它们一起颤抖，同样的频率，你的手在花丛中，在樱草丛中支撑着狙击步枪。再一次，我感到一阵暖意爬上我的脊背，刺痛我的两条大腿，犹如针扎；我感到它在蔓延，我说，蔓延，我对你说，在骨盆后面猛戳，我说，在我身下的绿草中，朵兰缇娜。你是我身上最深的记号；我能感觉你印满我的全身！

　　现在，想象一下，朵兰缇娜，这轮永远站在堡垒墙壁上方的太阳，突然变成了月亮；而我，不在这里，在这条壕沟里，在棉蓟后方，一瞬间出现在那里，躺在你身边的樱草丛中。你仰天躺着，用两边的嘴角微笑，我用一棵初绽樱草的茎秆轻抚你的胸脯。你奶白色的双乳之间有一条径直的黄线，反射着月亮的光辉，那条将两颗美好娇小的乳头绑在一起的丝线。突然之间，它变成了一根在我眼前闪烁的蛛丝；它也可能摇身一变，成为关于某个公主和王子的童话故事。平凡无奇的事实，变成了奇妙魔幻的事实，这就是为什么每当我碰触那晶亮的蛛丝，你的大眼睛都会扑闪，我能从自己的口中听见心跳，就在指尖回响，在你全身游走。突然之间，我心中的河，这悸动再也难以忍受；一切都支离破碎，蛛网以同心圆的形状破裂，而我再次浮在你的胸脯上；我为你左边的乳头吹气，它就像一匹母狼对着月亮嗥叫。我在你上方伸展，感受着你身上所有的隐蔽之处；我发现到你的身体是完整的，不止有乳头或者肚脐周围温暖的圆圈；不止有嘴唇和顺着你脖子上的静脉闪着晶莹亮光的发丝，不止有一只眼睛，不止是肉眼所见，你金色的头发之间有着静谧，你身后遥远的地方有着空间，你锁骨下方有着温热芬芳的壁龛，在你臂弯里甚至膝盖后方更柔软的地方，还有从肚脐到胸脯，再到你的脖子底部的凹陷，所有由心出发的血管聚集之处，留着两条金色的痕迹。每一次触碰都让泡沫扬起，落入深渊，再次出现，就像露珠出现在那垄沟，沿着两边肩胛骨的中线，最后止于那条小径，通往那九座大山、九片汪洋之外的神奇之地，我心中的河。现在是时候进入，啜饮永生的泉水，获得永生或变成一只鹳，就像西尔扬，或者像康斯坦丁一样永垂不朽，朵兰缇娜，传说中你的康斯坦丁，是他把你带回来的，虽然他死了，当你和他骑在一匹马上，翻过九座大山，经过九片坟地，回到家乡，他不愿承认自己已经死了。我仰天躺着，看着月亮，也许是太阳，意识到我不介意你握着我的手，爱抚我的胸膛，梳理我的头发，啃咬我的耳垂，抚平我的眉毛；这些我都不介意，虽然一直以来，我都很难如此平静满足地躺在我已经拥有的女人身旁，如果我曾经拥有你；一个神秘的女人：一旦你揭开神秘的面纱，便不再神秘。你需要一种新的神秘去刺激，让你想要揭开她的一切，就像打开一只牡蛎，去看看里面究竟有什么。

  我再次透过我的瞄准镜看着你，朵兰缇娜，我仍不解为何你离我如此遥远；我触不到你，但我可以爱你；你触不到我，但你可以杀我。当我将狙击步枪的枪口指向你，意识到我已经进入了你的眼帘；在我从樱草中发现你之前，你早就可以杀了我。你左眼闪动，告诉我你在读我的唇，我知道你已经听懂至今为止我所说的一切，你知道我正在对你说的与想要对你说的。我真正想要对你说的是，死亡的存在让地球上的生命得到理解。

二十七

我会将你拥入怀中,就像爱玛·包法利那样,把你带到有四根帷柱的床上,接着我要慢慢地褪去你的衣服,不对你施加任何魔法,虽然当我解开你的绸缎连衣裙,不可否认,我的手指在颤抖。丝绸正在滑落,朵兰缇娜,但纽扣仍贴在皮肤上,你屏住呼吸,听乳白色的河流在你体内循环。有这么一粒倔犟的纽扣,它卡在那里,不愿被撬走,它会反击;所以你,亲手,就像娜塔莎·罗斯托夫或安娜·卡列尼娜,把裙子拉到头上,于是那粒纽扣弹出,在地板上跳了几次,消失在虚无中。现在,你站着,赤身裸体,白得耀眼;只有你乳头的黑晕和内裤与乳罩的金棕色线条网住那光亮;那痛苦的白色。我的嘴唇轻触你,慢慢地,温柔地,就像喝着泉里的水;你必须屏住呼吸,不让水浑浊。你喝着,看着泉底;感到自己的呼吸回到身边,看见你的脸溶解成小小的涟漪,一直荡入永恒。你的身体也荡出了水波,朵兰缇娜;成百上千小小的水波在你的肚脐和乳房周围闪烁,一圈一圈地漫开,摇动着你颈部、腹部和大腿上精细的绒毛。你全身的肌肤因我的鼻息而不安起来,因为我渴望你,我将自己钉上十字架;我听着体内深处的水波荡漾,不知道自己究竟怎么了,我心中的河,我在底部等着见你的时候,自己究竟是怎么了,在那里我用一根渴望的矛触碰你,而你一直都在颤抖，将我抬起，穿过粉红色的树冠，好像你就是那块魔毯，那个来自唐·豪尔赫·胡里奥，埃伯特兄弟小说中的人物，甚至是一只蝴蝶，那只从河上升起的白色蝴蝶，把我传送到这无尽的光与美之中：送到这种致命的渴望之中。

我睁开了左眼，看见了远处的堡垒；就是那座用右眼看几乎就在鼻子前的堡垒，我可以用狙击步枪的脖子碰到的堡垒。我也可以看见你，真正的朵兰缇娜，我的朵兰缇娜，在中间分成两半——瞄准镜中你的头近在咫尺，肉眼中则是你的身体，很远，太远，仿佛不存在，好像我只是在做梦。我唯一可以看见的就是你的头，我说，头，我对你说，你那缠着樱草的金发，也许应该反过来说，这都无所谓。我闭上左眼，你又再度完整，在你完整的容光中，似乎你就躺在我的面前，就在防御土墙之前，身体撑在手肘上，微笑着，看着我的嘴，像个好奇的孩子，等待我故事的结局。当然，我额头上的记号，那个红色小点从未停止闪动；你随时可以杀了我，朵兰缇娜；你可以选择最佳时间射杀我：这是你的决定。

看到你被狙击步枪淹没，我想知道你埋在樱草丛中的腹部有什么感觉。你刺进背后阴影的靴子的尖端，与大开的双腿之间是否涌上一阵浪潮？在你身后，身下以及源自你身体、一直蔓延到堡垒墙壁的樱草在做什么梦？你是否都用乳头记录，地面的震颤，地下世界的咆哮，樱草的生长，士兵的死亡，当他们倒地不起，在前线某处，在黄蜂之间，咽下最后一口气？你一定感受到乳房尖端血液的跳动，你身体下方地面的反应，因为地面映射出所有存在的回声，所有生命的终结，所有的高潮、出生、死亡和灵魂的迁移，朵兰缇娜。

"我想抚摸你的头发。"我大声说，或者更准确地说，我的嘴巴张得更大了。"我想，"我说，"用我的眼睑，像一只蝴蝶，用垄沟里的露水，在你的身上与身下留下痕迹，即使这会夺走我的生命，我也要去到那让普通肉体变成女人的地方。我想从后面得到你，就用你现在趴着的姿势……"我说，嘴一直大张着，但没有空气进出；我只看得见你皱着眉头，朵兰缇娜，几条皱纹在你的前额上聚在一起；紧握狙击步枪，你皱着眉，闭上左眼，屏住呼吸。结束了，我对自己说，故事已经结束了，她正要杀了我；剩下的就是像唾沫一样溅在这丛棉蓟上。我应该听来自库库塔的唐·豪尔赫·胡里奥，埃伯特兄弟的话，当时在艾奥瓦市五月花二楼的房间里他对我说：

"作家应该一手拿笔，另一只手拿枪：拿着笔让他知道自己的能力，拿着枪是为了不要走太远。最好的例子就是哈利·摩根，兄弟。当他看到自己已经走得太远，他就提前杀了自己。"如果我以前记得这样的话，这一切都不会发生，这一刻不会发生，围绕着我小说的事件也不会发生，兄弟，我对自己说，没错。我确实走得太远了，朵兰缇娜；我想谈谈情欲，但它成了色情。如果我有哈利·摩根的枪，我在职业生涯结束时一定会成为一名作家；我会往嘴里放一颗子弹，因为说实话，我远远超越了自己，我心中的河。我只能求你原谅我：原谅我，朵兰缇娜，我说，原谅我，我对你说，但真正从我嘴里冒出来的更像谄媚，虽然我不想谄媚；我也不想沉默，不想乞求。我等待你银色的吻落在我的前额，朵兰缇娜。我知道这将是炽热而激烈的，这个吻我会记住几个世纪。来吧，我心中的河，额头就在这里。我看着，我等待，倚着我的手肘，如你所见；我等待这早就该发生的事。来吧！我已经感受到额头上的热血，我说，我的额头，我对你说；我也知道，你已经准备就绪；我可以看到你屏住呼吸，左眼紧闭。

然而，什么都没有发生，朵兰缇娜；突然之间，我不知道为什么，你的手又松了下来，你的胸脯抬了起来，就在你对着狙击步枪尾部呼气的时候，我说；你已经松懈，不是吗？与此同时，整片堤岸泛起涟漪，仿佛一阵微风跑过樱草丛。你到底憋了多少气,我说,看见你睁开了左眼,把头发捋到枪尾之后。你用左边的嘴角微笑,这证明你原谅了我。至少我以为你原谅了我。没有人能像你一样大度,除非他们爱你,我对自己说,眼角看着棉蓟笑得打战。听着,你这该死的棉蓟!要么就说话,说些什么:朵兰缇娜,就我而言,我愿你一切如意,我原谅你的一切;等我走了,我还会在你身边。要么说话,要么闭嘴:我要成为一只蝴蝶,当他们用金子打扮你的时候,当他们带着游行用的头巾带你去你心爱的,或者买来的丈夫的村子,当你穿着灰色长外套、戴着彩色围巾走过小巷,我会激动不已。要么说话,要么闭嘴:我会成为池塘里的一只青蛙,高兴地看到你左手抱着一个孩子,另一个孩子在你的右臂上打盹,第三个躺在你心口下方;我会很高兴地看到你很幸福,你走在你丈夫背后,隔着五步的距离,他像穿着大衣的鸭子一样蹦跳;我会成为一朵蒲公英,并为之感到高兴,朵兰缇娜,因为只有一朵蒲公英才会高兴,它知道顺从是为了幸福,这就是为什么你加入了他们,而那个大胡子会来检查你杀了多少人,实际上他想要更多的空间,让你离他的后背更远一些。要么说话,要么闭嘴:我会成为一片草叶,知道你拥有河的右岸,但随后你会需要更多,因为永远不会有足够的摇篮和私密的空气供给所有睡在你心口下方的孩子;我会成为一朵野生的向日葵,朵兰缇娜,无论你面向何方,我都知道你是他们顶尖的狙击手,那个已经杀死了我们三十三名士兵的人,就像三十三年,因为你也想要我们这边的河岸,这就是为什么你在那里,在樱草之间,说吧,樱草之间。要么说话,要么闭嘴:我是一片叶,我是一丛蓟,但我没有怨言。

每个人都有人生目标;每个人都应该做他或她自己。祝你们幸福快乐,无论是什么让你快乐,这就是为什么我会高兴地看见你从绿门后窥视,凝视着从山上滚落的月亮;我知道你在门后会很开心,因为这就是你想要的,朵兰缇娜，当你听到从尖塔落下的声音时，我看到你的眼睛在颤抖；你就是那样的，就那样吧；你和你的人民在一起，我和我的百姓在一起，河流横在我们之间，这就是全部事实。说吧，事实，要么说话，要么闭嘴；然而，永远不要让自己彻底迷失在别人的梦里；不要为了拓展疆域而繁衍后代；不要像石头下的一片草叶般受苦；不要穿着连裤袜穿拖鞋，不要用围巾蒙住头，好像你的脸在眉毛上方终结；要么说话，要么闭嘴。我在右岸，你在左边，而如果你能转身，会看到先行者圣乔治教堂的废墟，它们就在你身后，在堡垒南墙下面；它有着十一个世纪的历史。你能用手榴弹和新的尖塔抹去十一个世纪吗？这条河可以分开，一部分流向东边，另一部分流向西边吗？如果可以，原谅我，我心中的河，我说，河水深深，我对你说。最后一件事：我会做一朵水仙花，我说，水仙花，我对你说，我不愿相信你会感到高兴，当大胡子给你印有新月的彩色拖鞋，或者当他给你买白色的滑石粉涂在脸上，让它永保苍白，就像你被监禁的身体，不见天日。

他会禁止你留又粗又长的辫子吗？真的不准许你露出围巾下面的头发吗，朵兰缇娜？断臂人是否准许你不穿长外套躺在樱草丛里？谁准许你把头发放下来的，朵兰缇娜？谁准许你把它编进樱草丛里，让人分不清秀发终结于何处，樱草又开始于何处，抑或相反？我要成为你大门口的棉蓟，承认吧，而你变成入口处的樱草，说吧，我该对你说：**原谅我，我想我爱你，朵兰缇娜**，我说，爱你，我对你说，而你听见我的话，我心中的河，难以置信地眨动左眼，那究竟是我还是棉蓟，我说，棉蓟，我对你说，这究竟是我想说的话，还是棉蓟想说的，你又是否在河对岸听懂了它们。我这是哪来的勇气，如果我说出你从我的双唇中读出的东西，因此扰乱你的生活，而我却对你一无所知，我从没见过你，正如你可能从没见过我，对吗？你是对的，朵兰缇娜：也许我什么都没说，也许我只是想要说些什么。

你笑什么，你这该死的棉蓟？要么说话，要么闭嘴！等等！我觉得你在低声说着什么，朵兰缇娜，我说，低声，我对你说，如果我能读懂你的唇，你想知道为什么我没有认出你，我说，想知道，我对你说，不是吗？你说我们都是射击俱乐部"方阵"的成员，就在下面墓地的旁边。

"我们，"你对我说，"后来分道扬镳，有一个新的俱乐部成立了，叫'斯坎德培'，我加入了那里。用八枚子弹，"你对我说，"我可以在目标上刻一朵棉蓟。"你眨了眨左眼，笑了，我不知道你是开玩笑还是非常严肃，尽管的确有一个夏天，几个孩子离开我们的射击俱乐部加入了"斯坎德培"。我的嘴唇因说了那么多话而开裂，朵兰缇娜，但我不能喝一口水。不仅不能，就算能我也没有水。如果热头鹰会想起给我一片柠檬就好了，我说，柠檬，我对你说，把它放在这里，在棉蓟上，我不想死去时也口干舌燥，如果我终归会死，凄惨，羞耻，对生命和死亡同样失望，看不出它们有任何区别。但是，即使干渴，凄惨和羞耻，我仍然可以看见你，朵兰缇娜，我仍然可以看到太阳践踏着堡垒，咒骂自己没向时间学习，永远不要不自量力；永远不要去想人生是别人口中的故事，而不仅仅是呼吸而已。我认为你并没有活着，如果太阳就这么站在堡垒上空疑惑不解，难以置信。我看着你，我心中的河，一切似乎都很正常，就像这里的棉蓟后方，就像那里的樱草之间一样正常。我知道你活着，你存在，你呼吸，你的如瀑长发倾泻在樱草丛中，或是樱草正爬上你的头发，无论如何，你仍然在我的十字准线之间，如果你决定扣动扳机，我就会立刻终止我这失败的一生，我的故事。谁会需要这样的我，在这棉蓟后面一蹶不振，如你所见，而我又为什么要这么做呢？来吧，朵兰缇娜；没有人会注意到我已经不在，没有人！除了热头鹰，那天他清点着右岸战死的士兵，想要安慰还活着的那些，右岸逝去的生命是我方的两倍。死者是成功的计量单位；活着的只是失败的证明。来吧,朵兰缇娜,我说,开枪,我说,开枪,我对你说,我闭上双眼,如你所见。

几秒之后,也许只有一秒,我先睁开左眼,再睁开另一只用来看瞄准镜的眼睛。

"你在哪里,朵兰缇娜?"我问。

你已经不在。

二十八

突然，枪口前方又清朗了起来，我的左眼看见一朵野向日葵，在瞄准镜之前几厘米的地方平静摇曳；原来，是这向日葵遮住了朵兰缇娜，我对自己说，这就是为什么，在那几秒钟里，或在那一瞬的永恒里，我看不见她。我看不见你，朵兰缇娜，我说！即使奇迹已经发生，我还是不知道究竟过了多久，才让这奇怪的花得以成长，绽放，来到瞄准镜之前，被弯腰驼背的河风哄得笑了起来。你再度出现，我又看到你在用嘴角微笑。我第一次看见你在舔上唇，舌头先到中间，接着又回到嘴角。你舔得很慢，像在收集唇上的露珠。你的左眼又湿润了起来，一直睁着的那只；但是，与我不同，你仍可以瞄准目标——我就不能。我的脖子可以感觉到你的舌头，我说，脖子，我对你说，接着又到了我喉咙的凹陷处和我的胸膛；你把我所有塌陷的乳头集成一堆，像收集面包屑那样，一个一个往上堆，然后沿着一条直线滑向肚脐，在它周围转了几圈，像盛放后院里焊接杆子上的自行车；你的瀑布泛着细沫，冲刷着我，我说，瀑布，我对你说，而在这所有的喧嚣中，我听到了你的声音：

"骑我，白玫瑰，我绝世的美，我悲伤的刺，把太阳带进我体内，带着风、河与所有的星星；带着月亮。"你说。"月亮，"你对我说，"你这么做了，我会成为你的天空，你的太阳，站在堡垒的墙壁上。滚动吧，我的荆棘，在我乳白色的河流中，这种白色让你疼痛；骑，不要停下来，故事仍在继续，骑，骑着我奔腾，就是这样，我会变成蓝色，成为无边无际的高空和深不可测的低谷；我会是极限，我会是你的天空，不为人知的星系，骑，我的小刺，骑，骑着我奔腾，我的白玫瑰。"你呻吟，真的，你的胸脯在清真寺和被毁坏的教堂之间嘶鸣，尖叫；它们像闪电般明亮，我说，闪电，我对你说，白雨开始像牛奶一样倾泄，雷霆在天空咆哮，你的云朵仍滚滚奔腾，将长长的起伏的乳头伸到洪水中，它们打湿我炙热的身体，熄灭我的火焰。我似乎听到它们嘟囔："不要急，慢慢地，温柔地骑，让你的风停下，让叶子不再掉落，向声音敞开心扉；你口渴，但不要吞咽；慢慢地骑，就是这样，骑，骑着我，像这样，就是这样，这是我的谷底，谷底汇聚着一切最美的声音，埋在我体内深处的交响曲；你要平静地跳舞。"你说。"跳舞。"你对我说。"你这么做了，你应该滑下我的秘密通道，我原始的山脊，它们应该是光明和静谧的，继续，骑，光明和静谧，骑，慢慢地，像这样，在我的光明和静谧中，继续，骑，骑，骑着我奔腾，再多一点点，再多一点点，像这样，就是这样，骑，很好，骑着我，所有的光明和静谧，让天空豁开，让雷声喧闹，让白雨倾倒，我的白玫瑰，让我们的星系爆开，这谷底，也一样，不是下面那个谷底，骑，我的爱人，"你说，"爱人，"你说，"这么做了，我的爱人，就是这样，我想象中的小作家，像这样，骑着我奔腾，像这样，我的白玫瑰，谷底在上方，骑着我奔腾，谷底在顶点；谷底在我们头上的九天之外。"你惊叹不已，因为我看着你的舌头沿着上唇的边缘蜿蜒上下，像是被灼烧一样颤抖着，仿佛被热咖啡烫到，试图通过触摸和呼吸的治愈力让它冷却下来；你的臀部抬起，好像充了气；你体内的每一次抽动都通过臀部和大腿传递开来，我看见它们在闪烁和燃烧，朵兰缇娜，我说，闪烁和燃烧，我对你说，你小小的圣洁的蜡烛，火焰一直冲到你的腰际和胸膛，再到头部和肩膀，引起一阵颤抖，最后传到肚脐和樱草丛中，你可以在静谧中听见宇宙奇妙的声音；谷底的声音，一切源头的源头奏出的交响乐，声与光的源泉：

"骑我，我悲伤的小荆棘，不要停；滑向这个下坡或爬坡的最低点，这无关紧要，骑我，像这样，就是这样，骑我，更多，更多，像这样，就是这样，骑我，那里，骑，骑我，那里，你现在知道该如何缓慢生活；你现在知道该如何倾听我的声音；我身体神秘而深沉的声音；潜进来，听，骑，听，骑，听，听，听，听；你要听到花生长的声音，我体内这朵奇异的野向日葵，你美丽的花朵在我大腿之间圣洁的蜡烛中；听着那音调如何婉转，融入你充满雄风的音乐里，你要知道，每一阵吹进双腿之间的雄风，在子宫里都有对应的九个女声；每一声都有九声回声；你对我谷底的每一次触碰，都化作九个音调，每个音调都是嘴唇上的一个圆圈，舌头上的火焰，眼睛的扑动，九个音调，九种舞蹈，骑我，像这样，我的野向日葵，像这样，你这凄惨的作家，骑，骑，凄凄惨惨戚戚，像这样，骑上九次，探底一次，然后继续下去，骑，骑，骑我；你的九朵、十朵火焰点亮我大腿间九支、十支蜡烛，我只能看见我感觉到的，我只能握住触动我的，骑，骑，骑我，滑进来，像这样，滑，滑，滑进来，像这样，滑进来啊啊啊，就像这样啊啊啊，听我身体唱出的九首歌；我心脏跳出的十道匹练，我地下河流的九次咆哮，我子宫中盛放的花儿的十声轻语，我蝴蝶的九次呼吸，我金色樱草的十滴露珠，我亲爱的小荆棘，我的野向日葵，我该死的作家，我的爱人，我可怜的孤儿，我的鲁滨孙·克鲁索，在我海洋的谷底淹没，在'绝望岛'的海湾，骑，骑，骑我。"你低声轻语，你这么说着，眼中的震颤开始消散，减少；它拥着眼睑，藏起虹膜，让眼睛变白，仿佛所有的波浪都在那里崩碎，变成泡沫，浸染了整个海岸的白色泡沫，我说，浸染，我对你说，让海岸线消失。剩下的只有这朵野向日葵，转向堡垒上方的太阳。它飞速生长，也很快缩小，朵兰缇娜，所以这对我来说很艰难，因为我的头不能动，当然，只能用我的左眼，才总算在枪口下看见了它，几乎贴着地面，小得像朵洋甘菊。在那里，在你的那一边，一切回到了从前，在那奇怪的野花奇出现之前；就好像时间分成两半；在它出现之前与消失之后。实际上，也许什么都没有发生，因为你还是一如既往，我说，一模一样，我对你说；你眨动左眼，像往常一样，注视着这个方向，仍然用瞄准镜后的右眼将我禁锢在你的十字准线中，和我汗湿的前额上的记号一同舞动。

　　来到这里，就是热头鹰带我来的时候，我静静地将狙击步枪转向河对岸残破的堡垒，而你已经在那里，已经占好位置，已经瞄准了我；你早就可以冲我射出好几发子弹了，我一直在你的掌控之中；我在樱草丛中发现你之前，你早就可以置我于死地。你发丝间落满黄色的花瓣；你如瀑的长发倾泻而下盖住了樱草，或是樱草盖住了你的长发，这都一样，让人分不清秀发终结于何处，樱草又开始于何处。堤防在疑惑不解的天空下闪闪发光，在我看来，你还想对我说些什么。你想，朵兰缇娜，我可以看到你想，我说，你真的想，在那里，你慢慢张开嘴，用舌头润润嘴唇，噢，你的舌尖是多么可爱，朵兰缇娜，当它舔着我的耳朵，绕着我的耳廓，这种感觉如此美妙，与此同时你对我说：

　　"在我杀了你之前，我想要对你说关于我的一些事。受害者有权了解他仁慈的凶手。只有仁慈的凶手才会爱他的受害者，想让受害者知道她的故事。除了神，当然，每个人都知道他。神是自卫杀人；他的谋杀不是罪。当我离开'方阵'射击俱乐部——我们曾经都是里面的会员，而你却不记得我，虽然在靶子后面你像啃着糖衣苹果一样啃着我——我参与了我们的俱乐部，'斯坎德培'，接着夺得了巴尔干地区轻型步枪速射比赛的三连冠；你甚至不知道我是专业的芭蕾舞者。我曾出演《天鹅湖》和《一千零一夜》。我拥有一双美丽的腿，又细又长，但有点向外弯曲，这就是为什么他们说我走路时就像冰上企鹅。我的小腹紧实，肚脐平坦，像剃光的维纳斯山，光滑得如同抛光的木头，粉红的嘴唇，小而坚挺的胸脯，一只懒惰的左眼，"我说，"眼。"你对我说，你对我这么说。"用这只眼睛我连樱草都看不太清，"你说，"虽然它一直睁着。因此，我并不是你想象中那样的人，但是我知道为了当一个该死的作家，你必须学会修饰。只有一件事是真的；我目前为止从未射偏，所以我用一眨眼的工夫就能击中你，轻柔地，就像一只蝴蝶，你不会有任何感觉。"你说，你这么说。"我想你的眼前只会拉下红色的幕布，仅此而已。"你说。"在戏剧谢幕之时，完。"你说。"对吗，完？你甚至能听到掌声，虽然，我很遗憾地告诉你，你不可能返场。总而言之，我早就可以杀了你，但是我想每个人在死亡之前都有权利面对它。在死亡之前，你应该知道自己将要死了；当你死在战场，你应该知道自己将要死在战场，无论你是否知道自己具体为何而死。另外，你是个该死的作家，你们作家以为自己是永生的；你也许以为这只是一本小说，而我只是你小说中的人物。无论是否如此，你都已经知道你就要死了；唯一剩下的就是掌声。"你说。

"掌声。"我重复，你点点头，所以我听到你的话。

"另一件事。"你说，

"什么事？"我问。你只是微笑，对着樱草吹气，它们一棵接一棵地颤抖着，好像被雨滴打弯了腰；一滴一滴，一朵一朵，标上看不见的蛮暴风雨的记号。樱草的律动就像魔法钢琴上琴键的动作；我想我甚至能听见那神秘的音乐，在你面前的提防上滑动。你继续：

"如果我赤身裸体躺在这里，樱草挠着我的双腿之间，你立马就会扑到我身上，毫无疑问从我后面骑上来，冷酷无情地撞击我，猛戳我的骨盆，像傻子一样在空中挪动你的屁股。你说呢，你会的，不是吗？也许你会好好骑我；也许你的骑行最多伤到我的尾巴，然而当我的尾巴发痒时，我会从空气中一切美好中升华，变成一只蝴蝶。然而，变成蝴蝶之前，我要告诉你我不喜欢被人骑；我就是不喜欢；我已经受够了！从前面，从后面。"你说；你受够了，不是吗？"我不想躺在地上像一只翻过身的虫子；我不想你撞击我的大腿，我不想我渺小的胸脯在皮肤下像瞎了眼的虫子一样咆哮，让我的肚脐在肚子中抽芽，开出早熟的花，就像一朵野玫瑰。"你说；玫瑰，不是吗？

"这就是为什么我不允许自己成为你的记忆，因为若要毫无留恋地死，你只能去梦见自己想要遗忘的东西。在我结婚之前，我付了钱，让人把我缝起来，让我重新合上；当时是在村子地窖里一个割礼师帮我缝的。但才三天它就被撕毁了：那个买下我的男人骑了我一整晚，但是早上床单上连一滴血也没有；当他看见之后，他试着用枕头闷死我，但是我用一片花瓶的碎片割断了他的喉咙，这只花瓶也是我从床柱上推下去摔碎的。他拥有一家糕饼店。"你说；一个店主，你对我说，对吗？

"一个恐怖分子头领，瓦哈比教派的。"你说，如果我没有听错。"无人知晓的事实比最荒诞的谎言更令人难以置信；我是一个寡妇，丈夫被一个异教的狙击手杀死了；我被人带到这里，就是那个来看我是否还活着的、少了一条手臂的男人，断臂人，你这么叫他，一个危险的宗教狂热分子，一个移民和雇佣军人，这里每个人都跟随他，虽然他有精神分裂症。我想让你知道，他与你的诗人法托斯·德德尔利毫无关系，尽管他们可能长得很像。在这个虚假神明当道的时代，你又怎么分得清那是诗人的胡须还是恐怖分子的胡须？他帮我把我未婚夫的尸体带来这里，就在我趴着的地方，你说，现在，你对我说，你这么说，因此我们就可以用狙击步枪从远处向他射击。我来这里为他报仇；至少这是他兄弟说的，这就是大家的想法。只有我自己和断臂人才知道真相，因为他就是付钱让我去做处女膜修补手术的人，在我结婚之前修补。这就是为什么我不想被人骑；我已经被骑够了！我想再次成为芭蕾舞者。断臂人答应我，我们将在这边搭建自己的国立大学、国家剧院、表演芭蕾舞和歌剧，而我则出演《天鹅湖》里的白天鹅，用我们自己的语言，用我们自己的海报；你不知道用自己的母语演芭蕾舞剧有多么美妙！我们有想法，我们有人，我们所需要的是我们未来历史的新疆域！剩下的就是寻求复仇。你知道什么？你就是我要杀的人，你就是我的复仇，你就是我的奖赏。现在你知道我为什么要杀了你。我不想成为一个妓女，也不想死；我只想成为芭蕾舞者，以自己的语言演绎舞蹈，你懂了吗？我自己。"你说。"语言。"我重复一遍，看到你对我微笑，确认我已经听懂了你想告诉我一切。你在樱草丛中呼气，紧了紧支撑着步枪的手臂；你的手臂细长圆润，十指纤纤，带有粉色的指甲。有这种手臂的女人一定有一双美腿。我想看到你跳起来，双腿分开，朵兰缇娜，看到你脚尖落地，我说，跳起来，我对你说，就像一只几乎要飞起来的天鹅，却必须再次落在水面上。太阳践踏着残败的堡垒，没有左右移动。我之所以知道这一点，是因为我看到折射到我瞄准镜上沿的粉色线条毫无变化。不过，在死之前，我只想喝一口水；当红色的幕布落在我眼前，我至少不会口渴；我可以听到下面的河流，水声潺潺，穿过我，正在将盛放拖向对岸。

  我听着潺潺的水声，羡慕其中的游鱼，而我的左眼瞥见狙击枪枪口处小小的野生向日葵。我看见它，难以置信：这就是那朵说出这一切的向日葵吗，真的吗，朵兰缇娜？我不敢相信这朵野向日葵胡扯了那么多关于你和我的事，我说，厚脸皮的小向日葵，朵兰缇娜。我会把它连根拔起，只要我能动；我会毫不怜惜地把它拔出来，但是，此刻，我爱你，它说，或者是我说的，我对自己说的话感到震惊；究竟是我还是向日葵？没关系；我这辈子从来没有说过这句话，我说，我这辈子，我对你说，你只是温柔地笑笑，眨了眨左眼，仿佛在责骂我；其实，也许你是对的，你会爱上那个将要杀死你的人吗？那个将要在你的额头上雕出一朵厚脸皮的蓟花的人？受害者会爱上他的刽子手吗？还是刽子手会爱上他的受害者？你可能会认为我是因为长时间暴露在太阳底下而胡言乱语，朵兰缇娜；而你舒适多了；堡垒为你提供了一些阴影。你可能会享受杀死我的过程；我只能安慰自己，至少死人不会出汗。我本可以舒适地留在钟楼内，我说，钟楼，我对你说，那我便永远不会在樱草丛中找到你。太可惜了！我想说，如果我留在钟楼，那才真是可惜。

二十九

"快点。"进入钟楼时,热头鹰在后面喊我。上楼时他走在我前面,咕哝着,但一句话也没说。一眨眼,我们就已经站在那大钟之下,上面刻有"维丁,1801",这可能意味着它是在那个城镇浇筑的,正好二百年前。微风在钟的内部旋转,大声嘟囔,但我根本听不懂它在说什么,究竟预示着好事还是坏事。通过墙上细小的裂缝,可以看到河流的一部分,东正教徒和穆斯林的坟地,皇帝的堡垒,被摧毁的先行者圣乔治教堂,于一八○八年基于圣母修道院建立的西南帕夏清真寺,再往下一些,你可以看到光毛小公鸡酒吧和它旁边的那座桥,还有一直延伸到西部九座光秃秃的山丘的平原。整座山谷在你手中,我说,山谷,我对你说,你可以像吹走一粒尘埃一样把它吹走。热头鹰上尉用头指着清真寺;我将狙击步枪的枪口穿过缝隙,透过瞄准镜看到尖塔里有什么东西在闪烁;更准确一点,是在走廊上,在那个用圆形围墙围起来的尖塔顶部的正下方。我屏住呼吸,发现那只是一面小镜子,用一条鱼线绑在墙上的钉子上。风吹来,它转动,不时地发着光,诱使我们把它当作狙击步枪的反射。我转过身去告诉上尉,尖塔里没有人,却只见他坐在我左边的角落里,已在半梦半醒之间,睡得很浅,像一只兔子。他的眼皮颤抖着,头部往下垂,我说,垂,我对你说;

但他马上睁开眼睛,吓了一跳,举起步枪,战战兢兢,尽量保持清醒。最后,他慢慢放下步枪,转向我。

"你留在这里,得到我的命令才能下去。他们没有另外一个像这样的位置,可以让狙击手致命而精准地射击。"他说,然后缩在角落里,又瞌睡起来,愤怒地、断断续续地喃喃自语。几枚子弹嘶吼着穿过钟楼,落在壕沟之外的榆树林中。如果它们中的任何一枚能挤进这个缝隙,就能正中我的额头,我说,然后撞在后墙上;只会留下一个红色的污点,就像被拍死在墙上的玛扬纳蚊,我对自己说,我想起了帕迪·活塞、布鲁图斯·靶心和普里克·约翰逊,我疲惫地笑了,他们的血仍装饰着我背后的墙壁。即使子弹在咆哮,撕开我们周围的空气,鹰上尉毫不在意,它们一点没有引起他的注意——他一直在说话,像在做梦一样。

"联邦军撤走了,"他说,"但我留了下来,作为爱国志士。你怎么能离开自己的国家呢,无论它处于什么境况,甚至它已经不能称之为一个国家?如果你走了,我对自己说,这意味着你是侵略军的一分子,你承认你自己是一个侵略者,或者确切地说,你们同时侵略与被侵略。你会撤走,但你的人民会留下来。没有了人民,你还算什么士兵?不要转身,盯着前面,他会出现的!我的很多战友,这个国家的本土人,该死的,唱着外国歌曲去了北边。没过多久,他们在北方打了败仗之后,写信要求回来,继续盯着,他会出现的,回来之后成了高级军官,有些甚至更上一层楼;他们都成了热心的爱国者。虽然我留了下来,虽然我没有随着那蝗虫一样的军队离开,毁坏基地,片甲不留,和外国军队没什么两样,根本不像我们自己的联邦,我是说联合军队,该死的,我却还是上尉,他们里面反倒有两个,狗娘养的,变成了将军。还有一个,该死的,现在成了联合参谋长!原来离开祖国的才叫爱国,然后被那里踢回来,就骑着驴像英雄一样回来,去他妈的。现在他们在军事基地发号施令,领导爱国斗争,而我在这壕沟里跑来跑去,像一条狗,必须证明自己,搞什么鬼,全都见鬼去吧。再次证明自己,一再证明自己。我是多么愚蠢的傻瓜!一直都是这样——穷人死,而富人则在安全距离之外扮演爱国志士。他们甚至不知道如何用母语发号施令;他们已经舍弃了它,他们会用外语回答每一个问题,而不是自己的语言;他们,这群操蛋的杂种,盯好了,他会出现的,他们思考和做梦都在用老军队的语言,已经不存在的语言,该死的。我还能说什么?"他说,一只靴子踢在另一只靴子上,像是要踢走自己脚上那些早被遗忘的灰尘。"只有傻子才为理想而死!"他总结道,透过缝隙浮起诡异的笑容,你无法从他扭曲的笑容中得知他为何而笑,是欢乐还是悲伤。"我是个傻瓜,我承认这一点,但我不会不作任何抵抗就甘愿赴死。"他说,愤怒地喘气,好像在用他的鼻子咒骂。他哼了几声,又踢起了靴子。"你结婚了吗?"他问道,用一只眼睛看着眼前的缝隙,另一只眼睛盯着我,至少在我看来是这样的,因为我用左眼的眼角看着他,我只是把这只眼睛睁开了一秒,看看他为什么要竖起步枪。我用头告诉他没有,仍然通过瞄准镜看着河对岸的尖塔,而热头鹰以自己那不可思议的方式笑了起来,大骂那些像大黄蜂一样嗡嗡作响的子弹,它们打到了钟楼的前壁上。

"我已经结婚了;我有两个孩子,一个女儿,一个儿子。我的老婆作为'非军事人员'在军营里工作;军队撤退时,她也跟着走了。她还带走了两个孩子。一天晚上,她来了,还有两名警卫,我们的人,但是背叛了我们,该死的;他们用枪指着我,她则收拾起了所有的裤子、胸罩、卷发器、手提箱,拉着孩子们走了,从这个国家撤走。如果我当时有炸弹,我会像一个真正的爱国者,操蛋的叛徒,杀了自己,我会杀了自己,我对你说。我可以听到我的孩子们在楼梯上抽噎,拖着脚,双手抓住栏杆,但是她大声喊他们赶紧赶来，否则她会把他们留在这里，让坦克碾死。她深信，亡国只需要一辆坦克；把它像黄瓜一样碾碎，我们的国家！我最后一次见他们，已经不知是几年前了，他们现在一定长大了；玛利亚现在一定是个优雅的小姐，菲利普应该还在读小学三年级，如果他在上学的话。我还没有和他母亲离婚，让她下地狱去吧，至少我觉得我们没有离婚，无所谓。"热头鹰说，头靠在墙上，仿佛在打瞌睡，一刻不停地踢着靴子。

"我想对你说，"他补充道，"每个人都有自己的困境；不要因我把你接来而生气；我需要你；我们很早就认识了，你和我，尽管我们很久没见。在前线，该死的，在我面前，我的大部分人都交待在他们的狙击手手上。只有你可以干掉那坨狗屎；只有你，将军……咳……"屁股，那词都已经在他嘴唇上了，但他放它走了。"如果你可以用子弹在'方阵'射击俱乐部的靶子上刻一朵樱草花，"他继续说道，"就可以在河对岸那个操蛋的恐怖分子额头上雕一朵出来。"热头鹰大叫着站起来，然后起跳，动作更精确了一些，他往我头上靠了过来，透过空隙看了几秒；我可以听到他的哮喘正要发作，他正在用永远挂在他脖子上的望远镜找些什么。"听着，所谓的将军，"他又出声了，"我知道你写作，我知道你写了什么，我知道报纸上关于你的小说《记号》的那些报道。管他的，忘记那个记号，现在你有一个新的记号！拿着你的记号，留在上面，用它复仇，该死的，把它从你的胸膛上去掉。每个人都有自己的困境。这我很清楚，但你应该知道：不要写关于我的任何一件事；我会按字数给你子弹！如果你敢逃跑，我会追你到天涯海角，我会找到你，无论你隐藏在哪里；所以，咳，关于我——不，没有，不行，我不存在，该死的，我是一根黄瓜！"他体内发出一阵脱节的怪笑，沿着钟塔的螺旋楼梯下楼的时候像老鼠一样尖叫。他打开楼梯底部的木门，我说，打开它，我对你说，又马上把它关起来，砸在背后。我看见他冲向藏在无名战士纪念碑后方的梨树林。

从那时起，朵兰缇娜，尖塔整整三天都不见人影，在第四天，热头鹰派出一个邋遢的小伙子来替换我，这第四天就是今天。这事儿就发生在我来到这里之前，朵兰缇娜。当我爬下钟楼回到营地时，那里只有回声·响嘴一人；他正在数着他昨天收到的钱。看到我，他摆动着胡子，好像扑打着翅膀准备起飞，同时双眼眨了眨，电光火石间把钱放进背心里。我根本没问他，他却告诉我，现在他有足够的钱去某个岛上，建一家酒店，带上只为他工作的女孩，然后他要做的，就是拍打她们的屁股，舔着拇指和食指算钱，享受自我，他说。"我跟你说，我终于要享受人生。"他对我说。当时，我记起自己身上带着的文件；我取出了"志维戈"酒店的契据，那是繁花阿姨通过穿裙子的女人送给我的那个礼物，我说，那张契据，我对你说，把它扔给他。我告诉他，他不必再冒险去那些屋子里偷东西了。

"喏，"我对他说，"我给你盛提丽岛上最好的海湾旁的一家酒店。里面有三十个房间，还有十个女孩为你工作，帮你起步。"回声被他自己刚听到的东西震惊了，他先是呆头呆脑地看着文件，然后再看看绕着他脑袋飞翔的蝴蝶；他不知道该拿那张纸怎么办；他拿在手里翻来覆去，嗅嗅它，用胡子轻抚它，把它放在阳光下，看着它，接着左顾右盼，好像这是他刚刚偷来的东西，把它叠起来放进背心里，放在钱的旁边。他想拥抱我，我说，拥抱我，我对你说，但我飞速地在自己面前画了个十字，进了教堂。

后来，在我来这里的半小时之前，实际上，是在我发现自己到达现在这个位置的半小时之前，我说，在这里，我对你说，一定是发生了什么事，而这可能是热头鹰飞快地把我带到这个位置的原因，河的这一边的最高点。这是因为回声·响嘴，军团里最年长的战士，某种程度上是上尉的副手。也就是说，当我从教堂出来的时候，热头鹰已经爬上了那位无名战士纪念碑的顶端——他偶尔将此当作前线南翼的临时观察点——而且正凝视着河对岸。核桃树枝为他提供了伪装，他的嘴里飙出了你能想象到的最肮脏的咒骂。放下望远镜，他看见我从教堂出来；他跳进草地，边咒骂边咆哮，挥舞着手臂示意我跟着他一起一瘸一拐地穿过墓地。当我走在他身后，有那么一瞬间，我感到有人看着我，看着我在灌木丛中做出的每一个动作。我微微弯腰，甚至跪下，我说，跪下，我对你说，我的狙击步枪转向草地方向，打算不瞄准就直接射击。你不会相信的，朵兰缇娜，在那一刻，我看到了她，她的脸刻在黑色的大理石上；她的微笑和她落水那天一模一样。墓碑正对着我，即使她的坟墓在此之后，在另一侧。我赶紧赶上上尉，但是她跟着我，从未让我离开她的视线。好像她想对我说些什么；好像她希望我能对她说些什么。在壕沟的入口，我赶上了热头鹰，而盛放一直看着我。他跳进沟里，我紧随其后。上尉告诉我，不久前，你们的某个狙击手击中了回声·响嘴。他正在坟地的墙后拉屎，却不知道就在这个位置，栅栏向下倾斜，留给河对岸堡垒的射手清晰的视野。他跪着，手里拿着一张纸；他一直跪着，直到士兵将他从他的死亡现场拉出来。

热头鹰透露，他的副手回声·响嘴，在我眼中一直是个老人，从未超过老人的年龄，跪着，一只手里拿着某种文件，一只手抓着一丛罗勒。就好像他正在败退，正在作最后一次排便的努力，不要让它再缩回去，把他带到教堂的士兵说。听着上尉的描述，我想象他正在拉屎，没有注意到周围的一切，全神贯注于那无休止的排便，没有给他留下任何时间做别的事。他们可能很长一段时间都不能走到他周围，所以他一直蹲着，毫不留情地无视所有的子弹，那些穿到他屁股下面的子弹，那些嵌入了他周围坟墓里的子弹。他只关心自己正在排便，不在意其他一切。终于成功地把他从那里弄出来之后，他们看到子弹射进他嘴里，热头鹰宣告，然而子弹并没有穿过他的头，而是掉在地上，他背后。那就是回声·响嘴结束生命的方式：飘飘欲仙，富有，快乐，我说，快乐，我对你说，手中握着我的"志维戈"契据；士兵说他抓得这么紧，即使他们拖着他走过草地，他也没放开它。

来到这里，我想起自己从来没有告诉过他，我知道我父母的秘密；我知道关于我的一切，关于他们在前一天跳下火车，他们给了他钱，让他在首都为我买一座公寓，但他用得一文不剩，买了河对岸一家有八个妓女的夜总会。当这件事开始的时候，无论这是什么，我说，这，我对你说，是战争还是武装冲突，无论如何，他再也没机会进入他的夜总会；两天前，他留下的两个看守夜总会的守卫，被你们的人绑到餐厅的柱子上，在他们的腰间绑上炸药，把整个地方都炸飞了，什么都没剩下。回声来前线只是为了他的夜总会；他不在乎别的，朵兰缇娜，他只想要回他河对岸的夜总会，就在清真寺旁边。并且尽可能多地报复。我没有告诉他，在警察后来还给我们的我母亲的手提包里，我发现一份文件，由双方签署的文件，他自己和一个见证人；我知道他们给了他一大笔钱，但他从来没有给我一分一毫。他们就这么信任他？他从来没有告诉过我，他们把他叫去医院给了他这笔钱，而他也从未悔悟过。

"如果我在葬礼前回来，"我跟着热头鹰的时候对自己说，"我会往他的坟墓里扔一大块土，让他明白我是知道的；我会这么做的，让他被这重量压着，直到他意识到他死了。"上尉矮着身，气喘吁吁，冲在我前面，而在我身后，我仍然可以感觉到盛放的目光。几分钟后，我们到了这里，我说，这里，我对你说，就是我现在所在之地，就在我看见你的地方，而我在樱草丛中发现你之前，你早将我禁锢在十字准线中心。当我来到草皮形成的壁垒后方属于我的岗位时，上尉告诉我，我的任务是杀死在过去几天里杀了我们八名士兵的狙击手，其中一个，就是没多久之前，死去的那个回声·响嘴。"要么你死要么他亡。"热头鹰冲着我喊叫，像老鼠一样尖叫着跑进壕沟。

现在，剩下的就是道别，与我多情的血液，与这棉蓟，让他问你我们是否真的是这个世界上多余的存在吗；我们真的只是被所有人丢弃的垃圾吗？你明白我说的话吗，你这讨厌的棉蓟？它什么都不明白。它仍在同一个地方咯咯笑着颤抖起来，而你仍然透过瞄准镜看着我，朵兰缇娜。太阳仍在老地方，踩在被残破的堡垒上，凄冷而迷惑。它知道自己什么都改变不了；我们只能渴望遥远的星；某时某刻，我可能会认出你，当我发现你还记得我，我会扑闪着翅膀。这就够了，朵兰缇娜。回忆有时可以替代爱情，不是吗？只有回忆。这就是为什么，现在，尾声将近，我又想起了艾奥瓦国际作家研习班，或者是诗人法托斯·德德尔利，那首关于少女和死去的青年与死亡共乘一骑的诗歌的作者。在他离开的前两天——在唐·豪尔赫·胡里奥，埃伯特兄弟离开的两天后他才走——他和我一起走在五月花公园里，他告诉我一个智者的故事。智者住在破旧的村庄里，被混凝土地堡包围的村庄。老人坐在一棵古树下，什么都不说。"人们望着他，望着天空的眼睛。"他说。"他永远不会说出自己在想什么，因为他总是保持沉默。尽管他们不知道他在想什么，人们为他创造出了圣人的形象。"德德尔利说。"这个形象给予他们勇气。"他补充说。"他们都觉得他眼中有深刻的智慧和仁慈；我们都给他带来食物，放在树旁，通过我们的小牺牲，与圣人的超然思想合而为一，我们因此而高兴不已。"他说。这就是为什么，此时此刻，我们应该受到这样一种想法的鼓舞，有这么一个人，他的思想转向了天堂，让我们敬佩，因为我们都渴望那遥远的星星，朵兰缇娜。

我已经无法分辨这究竟是我的想象,还是有一小朵云在阳光下飘过;我们之间的空气像是在震颤,朵兰缇娜;还是,这只是回忆;代替爱的回忆?在我背后,在壕沟里,我又听见了热头鹰的呼吸声;他可能来这看看我是否还活着。

一

　　太阳践踏着残败的堡垒，我的狙击步枪指向河的另一边，在那里我看见了她；她也直直地看着我；在我发现她之前，我早已入她眼帘。生杀大权曾执之她手，我想，在面前如浑水般丛生的青草间，我喘息；我的心在迷彩服下漏跳了一拍，仿佛一只蚂蚱在作祟。我在瞄准镜中看见了她，清晰得像毕业舞会的照片；她也在看着我。她有一只蓝色的大眼睛，就像堡垒上方的晴空；我甚至看见她眼角那一层薄薄的水光，看来她已经一眨不眨地凝视我许久。我瞄准时，会闭上左眼；她却睁着左眼，即使那只眼看不见我，因为她与我相距甚远。我看见她金色的头发，倾泻在樱草丛中，一望无际。我不知它何去何从，也不知它始于何方：

　　——我在樱草丛中发现你之前，你早可以置我于死地，我说，樱草丛，我对你说，你眨了眨眼，像在确认我的话，像在读我的唇。我看见你的手指扣紧了扳机，我说，你的手指，我对你说，就像现在我也扣紧了扳机；我清楚你定能射中我，就像我也能轻易击中你。我知道你能看见我，好像近在咫尺，太阳在残败的堡垒上空闪烁，难以置信。时间在我们眼中划过，好像不属于这个时空，好像属于过去，我说，过去，我对你说，你甚至撇撇嘴笑了笑，直勾勾地看透我吐出的长长的字眼。我柔声说，当然，也许我只是张了张嘴，看见你左边的嘴角微微颤抖，好像你听见了，好像你为我难过：我要叫你朵兰缇娜，我说，当你透过瞄准镜看着我，能透过我的唇读出你的名。你的发丝间尽是黄色的花瓣，好像樱草是从你身体里长出来的，簇拥着你，就连空气里也开着花，在我看来是这样的；我要叫你朵兰缇娜，我稍稍大声地重复，一字一字地重复，你又笑了，左眼眨了眨，这说明你同意，我说，你同意，我对你说。直到此刻我才听见我下方淌过潺潺的流水，还有从堡垒那儿流出的溪水经过你的身旁，在我们中间下方汇聚一处。听着那潺潺的水声，突然，我好像坠入梦乡，变成一个故事，诉说着自己，因为人生，我说，人生，我对你说，就是人口中的故事。

一个故事，我说，一个故事，我对你说，我看见你在聆听，通过阅读我的双唇，你又那般笑了，手指却仍在扳机旁，以防万一：时光飞逝，朵兰缇娜，我说，时光，我对你说，然而什么都没有变。如果我顺流而下来见你，你的人会抓住我；如果你顺流而下来见我，我的人会抓住你，我说，你眨了眨左眼，这说明你同意。你已经知晓一切，朵兰缇娜，当我们下方的河水奔涌不息，就是那条河，曾将她带走，不留痕迹。当我转身，只见她的帽子在浪尖跳跃，咯咯娇笑。帽子在咯咯地笑，而河水奔涌不息，与此刻无异。

看着你左边的嘴角笑得悲伤，我想提议我们等一个晚上，然后一起下到河里，我说，河里，我对你说，但我突然感觉靴子被人狠狠踢了一脚，我说，靴子，我对你说，趴在我旁边的人，就在这蓟丛后咒骂着，朵兰缇娜，现在你看见了，我说，看，我对你说，不需要任何动作，只需用左眼的眼角，我瞥了一眼望远镜和热头鹰的歪鼻子。

"你还等什么？"他问，"开枪！"

起初，我什么都看不见，但是我看见你也同时睁大双眼看着我，疑惑不解，好像你不敢相信你的眼睛，我说，疑惑不解，我对你说，它们沮丧地匍匐在你的双手之上。你的头发像被割去的野花洒落在你眼前，洒满了堤防，樱草泛出红光，仿佛遭到屠杀。断臂人，那个肩膀上钉着空袖子的男人，在堡垒那儿露了个头，但下一刻就不见了。我们的白色蝴蝶，我说，蝴蝶，我对你说，刚刚落在我的瞄准镜上，忧虑不安地扑动它的翅膀。你看见了吗，我的白玫瑰，我心中的河？你看见了吗，我眼中的光？在这里的，我说，是我们的蝴蝶。我现在可以告诉你，没有一件事是真的；这是彻头彻尾的谎言，朵兰缇娜。我向你叙述了我的小说，里面的一切都是我借来的，靠我所能掌握的一切，尽我所能编造出让这一切成真的故事，我说，成真，我对你说，就像史蒂夫·利普托夫在艾奥瓦创作写作班中所要求的那样。这是彻头彻尾的谎言，朵兰缇娜，除了你和你洒落在樱草之上的秀发，我说，樱草，我对你说，让整片堤防如血淋淋的洪水般冲进河里。在某处，有一匹马为我们悲鸣，我对自己说，而我听到热头鹰上尉跑下壕沟，像老鼠一样尖叫；太阳仍在堡垒上空光芒万丈，而我以为自己还活着，但没有人对我说出真相。

没有人对我说，朵兰缇娜！

图书在版编目（CIP）数据

记号/(马其顿)布拉热·米内夫斯基著；王琳淳译. -- 上海：上海文艺出版社，2019
（新丝路文库）
ISBN 978-7-5321-6543-8
Ⅰ.①记… Ⅱ.①布…②王… Ⅲ.①长篇小说—马其顿—现代 Ⅳ.①I555.645
中国版本图书馆CIP数据核字(2019)第034318号

Original Title: Nišan

© 2007 Blaze Minevski

This edition is published by arrangement with Tempi Irregolari, Italy.

著作权合同登记图字：09-2016-735号

This translation is published with the financial support from the Ministry of the Culture of the Republic of Macedonia.

发 行 人：陈　征
出 版 人：张　翔
责任编辑：曹　晴
封面设计：周伟伟

书　　名：记　号
作　　者：(马其顿)布拉热·米内夫斯基
译　　者：王琳淳
出　　版：上海世纪出版集团　上海文艺出版社
地　　址：上海绍兴路7号　200020
发　　行：上海文艺出版社发行中心发行
　　　　　上海市绍兴路50号　200020　www.ewen.co
印　　刷：崇明裕安印刷厂
开　　本：700×1000　1/16
印　　张：20.25
插　　页：2
字　　数：229,000
印　　次：2019年3月第1版　2019年3月第1次印刷
Ｉ Ｓ Ｂ Ｎ：978-7-5321-6543-8/I·5212
定　　价：65.00元
告 读 者：如发现本书有质量问题请与印刷厂质量科联系　T：021-59404766